沈定濤著

文學叢刊

無牙王哥

下冊

文史哲出版社印行

無牙王哥　下冊

二三

早上九點半，房東開車載王哥去看牙醫。

到了診所，手機響起。原來是看診高血壓醫師的護士打電話來，說，今天是聖誕節前夕，病人拿高血壓藥的門診，得取消並延期。王哥叫護士打電話給女兒愛美麗，找她商量，因為她擔任開車任務。

牙醫幫王哥做口腔內下端蠟脂模型，並說，下次來再做上端假牙模型。

王哥：「什麼時候帶上假牙？」

牙醫：「還早。要到二月。」

這次，房東一起看牙齒門診，由於植牙部分出現磨損現象。檢查結果，全因為房東晚上睡覺時磨牙，故受損，要做牙套。

雙雙看診完畢。房東主動叫住護士說：「等他假牙裝好，打電話給他女兒愛美麗，告訴她，假牙一千六百塊錢，政府出。磨牙費，原本四百，但是她父親要磨的地方少，所以半價，只要兩百塊錢。叫她付。看她孝不孝順？」

停一下，房東繼續：「他女兒有錢。」

不假思索，王哥右手指向房東，笑著對護士澄清：

「他比我女兒有錢！植牙很貴的！」

房東：「如果你女兒還好意思不付錢，我再幫你付。到時候，你再幫忙打掃衛生，每個月用工資還我五十塊錢，就好了。」

回到住處，王哥撥電話給愛美麗：「什麼時候看高血壓門診？」

「下星期二。」愛美麗回答。

「可以載我去？」

「叫麗莎去。二十六號到三十一號，我們全家去太浩湖 **Lake Tahoe** 滑雪渡假。」

王哥感受到，電話上，愛美麗今天心情不錯。因為，她不用載老父去今天下午一點半的預約門診，因故取消了。如此，她可以花點時間去忙明天二十五號聖誕大餐。

二四

聖誕節當天星期四，早上八點五十分，趙太煮早點，袁小姐燒開水。兩個女人抱怨房東，收房租，十分講求準時效率。說到房東罔顧房客權益，難抑怨氣，例如使用多時廚房抽油煙機不清洗；老舊又常故障的洗衣機，他竟然好意思找工人來改裝投幣盤設計，房客得投下更多銅板才能洗衣；微波爐內部生鏽等問題，一一反映，狠心房東均沒理睬。冬寒時刻，暖氣只准使用兩個小時，同時放話：「如果節省水電情況不佳，漲房租。」

袁小姐：「賺這麼多錢給誰用啊？也用不完！」

趙太：「他開旅館、酒店，又有好幾間房子出租。」

袁小姐回房。

朱先生現身廚房。

趙太對朱先生經驗談：「今天吹北風，衣服容易乾。」

前陣子，陰天偶陣雨，明兒個起，烏雲蔽日，只有今天整日放晴。催得朱先生搶忙洗曬床單、毛毯。

張小姐也來到廚房沖咖啡。

朱先生問張小姐：「今天要跟兩個兒子一起過聖誕節？」

張小姐：「小兒子馬克，他今天在星巴克咖啡店還要上班。年輕人有自己的朋友，又忙著上網。」講到自己混血小兒子，亦叫馬克，正與加拿大一位白人女子約會，「她的年紀比馬克還大！」然後發表愛情高論：「小人與女人難養也！」接下去：「女人婚前和男人同居，傻！幹嘛要這樣？男人家裏有一頭乳牛，他幹嘛要跑到外面找奶？我猜，這就是馬克沒有走入婚姻的緣故。」

外出，朱先生走段路，等公車，去參加教堂十一點耶誕崇拜。早晨天空沒有一絲雲彩，全面水藍。早晨空氣中卻風聲灌耳，冷凍，縮頸。令朱先生微驚：「陽光加州，冬天也這麼酷冷？」

教友們近三十位，隨著白髮藍眼牧師唱詩讀經。

第一首，「齊來崇拜」O Come All Ye Faithful,竟然用 Fiji 斐濟語合唱：

「MAI reke e daidai,
Yalo vata kece,
Gu me da Lako kina koro Kota:
Me da Mai raici
Koya sa qai sucu:

Mai vakarokoroko vei Karisto.」

第二、第三首，回到英語詩歌「普世歡騰」以及「What Child Is This」。歌聲傳情：敘述天使歡唱，牧羊人眷顧羊群，帶來香料、黃金和沒藥獻給降生馬槽的萬王之王，救贖，愛。

第四首和第五首又轉換到斐濟聖歌：

「Mo dou yalo veilomani,
Ka me tubu na sautu,
Ka me vakacaucautaki
Ko Jiova na Kalou.」隨著下首：

「Na i vakatawa era tu,
Na sipi moce no,
Sa qai voliti ira ga
Na i serau ni Kalou;
Na agilosi rairai mai,
Ka kaya sara tu:
"Dou kua ni rere, reki ga,
Sa sucu ko Jisu."」

上台恭讀經句約翰福音第一章，從第一節到第五節的年輕弟兄，是一位和年輕英國女子結婚、來自肯亞的 Dickens Olewe。

最後會眾齊聲唱英語讚美詩歌：「Angels We Have Heard on High」。

近正午十二點，牧師完成祝福禱告，宣布：「邀請大家一起來我家吃午餐。我家離教堂不遠，你們知道怎麼去。我太太桃莉正在家裡忙餐飲。希望每位都能光臨。」

牧師家裏擠滿主客雙方約二十位，斐濟人佔半數。

客廳地上鋪著椰子纖維織的草蓆墊，一位斐濟男子席地而坐，他面對一個四角站立的大圓木盆，為儀式中的主盆。牧師解釋，那位深膚色留著些許鬍鬚中年男子將舉行迎賓儀式。不久，斐濟中年男子打開透明塑膠袋包裝 **yagona** 或稱作 **cava** 粉末，將細粉倒進小布袋，邊說：「**cava** 是一種植物根部，地底下的根部可綿長廣佈。現在各位看到粉末，為根部被搗碎而成。」男子然後向前微傾上身，注入瓶裝礦泉水於左側鋁盆，接著將粉袋浸濕水中。雙手在水盆裏揉搓小布袋，盆中清水剎時變成綠色且入味瓊漿。男子然後用半個天然椰子堅硬棕色外殼當作碗，時而單手持碗緩緩攪動飲料讓味道勻散開來。這下子，他把鋁盆內玉液倒入大木盆，這才就緒。男子恭謹地用椰碗在主盆裏舀出美汁，抬頭，決定遞交給誰享用，對方就欣然接下碗，毫爽地一飲入喉之際，周邊主人客人擊掌表示歡迎，且意謂著大夥融合在一起。初嚐，有人覺得略帶薄荷味，有人則認為它絕對挑戰味蕾。右手邊是個大瓷碗，碗內盛裝一般自來水，它只是用來過水一下前一位飲盡的空碗，聊表洗濯之意。輕淺過水一趟，男子再使用這空碗在主木盆內舀些飲料，呈獻給下一位舊雨新知，隨後，周圍又是響起熱烈拍掌數聲，如此周而復始。斐濟同胞：「這種飲料會讓人放鬆神經與身心。最適合交友、團聚或商人談生意。」

下午一點多，終於開始聖誕節午餐。聖誕樹上閃亮光華。眾教友嚐到龍蝦、大蝦、火腿肉、炸雞、蔬果，當然還有熱咖啡、甜點。

朱先生回到楓葉巷，已經下午三點。

王哥穿戴整齊，見到朱先生，輕鬆愉快語調相告：

「麗莎下班約五、六點，會直接來接我去愛美麗家過聖誕節。」並解釋：「麗莎他們CVS藥妝店員工年節休假採輪休制。之前，那些已經回家與家人團聚，過感恩節員工，這回聖誕節到了，理應讓別的員工返家與家人共度聖誕節。」

朱先生回房稍事休息。

王哥把小王送給他的餅乾，分了幾片給可可，並稱：

「還是跟以前一樣。妳是我的妹妹。」

或許過節關係，心情輕鬆。王哥對可可清描淡寫：「我還是喜歡妳給我多一點建議。罵罵我，我就高興。像是過去叫我洗床單、打掃廁所衛生。」

見可可沒有不悅臉色，王哥趁勢：「妳的臉，長得像中國古典紅樓夢小說裏面古代女人的臉」，細眼小嘴。「妳的英文名字叫可可，想起以前在台灣常吃的可口奶滋餅乾。當初，一聽到妳的英文名字，就喜歡。」接著：「我年紀大，不像高伯伯那樣花心，八十幾歲，還找女人。」繼續：

「如果年輕二十歲，我一定會追妳。開玩笑啊！」

可可：「我有這麼漂亮嗎？」

王哥：「妳是賢妻良母型。妳好說話，但是誰惹毛妳，就麻煩了。以前，我向老林說過，對女人，要順著她。她罵你，跑掉就沒事。」」又講：「妳很有耐心教趙太使用電腦。」又往下：「我和妳住在這個大雜院，咱們等於公司裏同事，互相勸勉。我個人坐得正，站得直。所以，我以前會勸妳什麼的。別介意！」

王哥滿足目前狀況。馬上要去愛美麗家吃火雞大餐、見親友。令外，他和可可兩人關係解凍，看起來似乎回到從前自然又愉快的互動。為了珍惜眼前得來不易重修舊好，老人識相地適可而止，見好就收，走回房去，儘量避免給人家死黏可可不放的印象而壞事。沒多久，朱先生跑去王哥房間借鎯頭，想釘牢略帶搖晃木椅。

王哥當朱先生面讚美可可一番。

朱先生不解地問：「老李好像不跟可可講話、互動？」

包打聽王哥回覆：「老李上次跟我提過，那是因為他不願意惹上麻煩。」

朱先生：「什麼麻煩？不懂！」

王哥：「老李說，老林喜歡她。搞不好這裏還有其他男人也喜歡她，那不自找麻煩？」

朱先生：「那為什麼老李又愛跟袁小姐聊天？」

王哥：「因為可可，大家都喜歡她！袁小姐，沒人愛啊！」

朱先生笑了笑。當他準備離開王哥房間時，拋下一句：

「等一下釘好椅子，我就要去燉火雞湯嘍！」

聽到朱先生和趙太講話聲，喜歡湊熱鬧的王哥再度現身廚房，三人齊聚。

趙太想不透：「張小姐蒐集爛瓶子、爛罐子、空紙杯，不丟掉！她房間旁邊只有她在用的小廁所裏面，又堆了一大堆都是她的雜物。所為何來？」

王哥：「張小姐是酒矸郎袜某，收垃圾人家投胎的。」「早上，她在前面院子走來走去，看著她放在大門外面的雜物箱子、茶几。洋人鄰居過來問，車庫大拍賣嗎？」「她上次還說，不要跟她兒子住！她兒子會把她東西丟掉。」

聖誕節當天，朱先生聽到第四位室友，趙太，和第五位，王哥，雙雙不敢苟同張小姐生活中髒亂習性。

王哥又聊到年輕時當憲兵陳年往事，帶些自豪：「被訓練成眼觀四方，耳聽八方。像雷達一樣。」

果然，五點半，麗莎開車來接老爸，接下來，再去接三個青少年孩子，單親媽麗莎的混血兒女們。往年，孩子會回到沒有婚姻關係男人的父母家過年節，因為，男娃女娃畢竟擁有血濃於水親密感，半個墨西哥人。今年，麗莎把他們三個全帶到愛美麗家過聖誕節，因為孩子們那位還算年輕的生父，已於日前離開人世。

雙腳踏進愛美麗的城堡，率先抵達是王哥姪女的全家大小，向王哥打招呼，尤其姪女先喊王哥一聲「舅舅」，然後上前擁抱。她先生香港人不會講中文，只懂英文，跟著喊了「uncle」。王哥繼續往前走。

這時，忙得團團轉小女兒轉身：「爸爸來啦！」

王哥應曰：「來啦！」

洋女婿笑嘻嘻賀節：「Mr.王，Merry Christmas！」

大女兒麗莎和姪女下廚，去幫忙小女兒愛美麗張羅餐食。

妹妹、妹夫，還有他們家兒子、媳婦隨後進屋。這對年輕兒媳也決定下禮拜從洛杉磯搬來舊金山，此舉，最期待者，非王妹莫屬。王哥感受到妹妹興奮心情。

終於等到餐桌上火雞、烤小牛骨、蔬菜、沙拉、墨西哥餅、小餅乾，外加一道韓國客人帶來的韓國餅乾夾海鮮蝦三明治。另備有白葡萄酒和紅葡萄酒。進食間，妹夫詢問王哥，六月摔倒路邊不省人事，住院復健後，目前身體情況恢復得如何？同時表達，真不巧，當時他正在大陸、東南亞忙生意。

七十多歲王妹插話：「你很好啊！現在看起來。」

王哥：「是啊！上次，我還寄了張謝卡給醫院醫生，謝謝他們教我做復健運動。」

比王妹大兩歲的妹夫：「我有糖尿病煩惱。以前，喜歡打麻將，別人連莊，不能走開小便，常憋尿。攝護腺發炎，常想小便。後來攝護腺開刀。」

王哥：「我糖尿病不太嚴重，但要注意身體。攝護腺，半夜，有時候，尿一點在褲頭上，不過，還好，不嚴重。」

飯後，吃完甜點。

王哥和妹夫坐在沙發上。

妹夫輕聲對王哥說：「等一下給你二十塊錢，回去買報紙看。」

王哥：「看報錢，我可以省得出來。」

妹夫：「你無聊可以多看報紙。」

妹妹剛好走近：「你們在講什麼？」

妹夫：「沒有啦！我們在講報紙的事。我說，他摔跤了，在家多看報紙吧！」妹妹走開後，妹夫塞了一佰二十元鈔票現金給王哥。其中一佰元，是多年來聖誕節時，妹夫為王哥必備的禮金。同時還說：「你摔跤，我不在，沒能來看你。」又關心道：「錢夠不夠用？老人年金八佰多塊錢怎麼夠花？房租八百塊錢就付掉了！」

王哥：「夠了。救世軍那兒拿點菜。救世軍屬教會。房東開車載我去拿菜，他也是信教的。信教的，都是好的。」

後來王妹說話：「我在家用紅包塞進一佰塊錢，原本要給你。既然你有了，我就不給了。」

妹夫：「妳這還是給吧！妳那一佰塊錢還是我打麻將贏的錢。哥哥摔跤失血，我們都還沒有給他補一補。」

頓時，手頭好像寬裕些。放進褲袋兩佰二十塊美金，王哥心中盤算：「想買一條牛仔褲。

還有，牙醫診所先去跟愛美麗要兩百塊錢磨牙費。如果要得到，最好！要不到，這多出來的錢得存起來，到時候，可用作還錢給房東，還他代付的帳單。」

今年，愛美麗為每家準備禮物，一個大馬克杯。杯上印有去年聖誕節派對全部親戚彩色合照，哥哥馬克除外。全家人似乎開除掉馬克。王哥憶起，小女兒曾叮嚀：「不要告訴馬克我的住址。」還特別把住家大門原來的鎖換掉，換上號碼電子鎖且附帶嗶嗶聲響警報系統。不防真小偷，對象竟然是馬克那位同性戀男友，她對他可是深惡痛絕！

王哥仔細端詳杯面，印有洋女婿奈德 Ned、愛美麗、小外孫、外孫女一家，麗莎帶著均已進入青少年時期女兒和愛打美式足球的兒子一家，妹妹、妹夫、他們的女兒與香港人女婿、他們的兒子和媳婦及媳婦的媽媽妹妹一家，洋親家公和親家母一家，再加上王哥。看起來相當美滿幸福。文字印上英文第一行：「我們的家二〇一三」第二行：「歡樂在一起」第三行「明亮」最後一行：「聖誕快樂」。

年輕人大家一起玩跳舞遊戲機，玩家兩眼緊盯著電視螢幕模仿同樣舞步，大跳機器舞。要是步伐走調，玩家及旁觀者笑成一堆。王哥的妹妹和她的親家母，加上韓國客人聚在一起談女人經。妹夫因剛從亞洲回美國，生理時差催人產生昏昏欲睡，而王哥也有一些睏意。妹夫自我調侃：「兩個老頭睡覺！」

耳邊傳來嘻嘻哈哈叫鬧音波，王哥被吵醒。王哥再叫醒妹夫。

年度派對曲終人散時刻，主人愛美麗將剩下的四分之一火雞肉打包給姐姐麗莎帶回家。見狀，妹夫直言：

「麗莎自己會燒，妳爸爸不會弄啊！應該送給爸爸！」

王哥適時接話，爭取權益：「感恩節，妳有給我帶東西回家吃。今天，聖誕節，妳不給我吃的東西帶走。明天吃的東西還在冰箱冷凍庫裏，沒解凍，因為今天過來之前，我認為妳跟感恩節那天一樣。」「這樣子，那我明天吃什麼？」

愛美麗才跑回廚房，不久，拿出剩下醃過的半條火腿肉給父親。

返回公社，已晚間十點半。由於先前身在派對被吵得頭昏，王哥當夜竟失眠，直到凌晨三時才睡著。睡前，意識還算清醒時，想到妹夫的好。同時，無意間，再度憶想六月份，被撞昏迷、流血而住院復健期間，親生小女兒愛美麗只來探望一次，唯一那次，是她專送王哥內衣褲來復健醫院，並填寫父親醫療相關資料。親生大女兒麗莎只探視兩次，一次，是出事當天，醫院急診室根據王哥長褲口袋內親屬電話號碼才連絡到她。麗莎面無表情地出現在父親病榻旁；第二次，應朱先生要求，有空時，載沒有車的他去復健醫院看王哥。那次，麗莎將朱先生載到療養院交給父親後，立即駕車離去，直到黃昏，才回頭接走朱先生。甭提兒子馬克了，兩姐妹反對讓大哥知道，她們認為於事無補，尤其痛恨馬克的男情人。至於王妹，雖然出事當下，王哥吩咐麗莎不要通知姑姑，免得讓她憂心。不過，之後，近兩個月住院期間，妹妹也未曾前往探親。反倒是妹夫聖誕夜表達，不巧，當時人不在加州，錯失探視關心的良機，且反覆相問：「錢夠花嗎？」

王哥內心知道，妹夫善意與同情，是有緣由可循。

妹夫的父親生前曾對妹夫說到王哥：「你大舅是個好人！」

妹夫，家中排行老四。

妹夫的父親在大陸曾是教授，來台擔任過總統府資政和財經方面首長。

妹夫家的雙親，老夫婦當年居住台北縣新店中央新村。五個兒子，三個待在美國，一個居住香港擔任大學校長，唯一留在身邊兒子排行老二，擔任大華晚報記者。記者，可想而知，忙碌得沒日沒夜，晚上才上班，很少回家。妹夫的爸爸在政府機關工作，有時晚上得加班開會，家裏只剩下老母親獨居，無人陪伴。很多時候，妹夫的爸爸會打電話給王哥：「晚上是否有空？」

那時，王哥在台灣剛離婚，馬克和愛美麗已去美國探親，留著麗莎待在身邊相伴。風雨無阻，只要接到新店老先生電話，王哥都會即刻跳上摩托車，隨身帶著麗莎騎往新店陪伴老太太。即使颱風降臨，傾盆大雨，王哥穿上雨衣雨鞋，照樣從台北市松山機場旁民權東路住處直奔中央新村，任勞任怨。老夫婦家僱有佣人燒飯，燒完飯，她會回到自己的家。好幾回，穿越重重雨幕趕至。風雨見真情。老太太感動地拿出一百塊錢鈔票，連忙吩咐王哥出門，去買兩個便當給他們父女吃。

王哥善解人意：「吃二十塊錢便當就好了，哪需要五十塊錢一個便當？」

老太太：「下這麼大雨還趕來！你們吃得好一點。」

雨勢要是更大，摩托車停留新店，父女兩人搭公路局巴士到台北車站，再轉台北市公車回家。天好時，再回新店去拿機車。

晴朗天氣，王哥和麗莎去陪老太太，老太太也會跟麗莎玩。此時，王哥被要求好好陪陪老夫婦的大孫女，即老夫婦大兒子的掌上明珠。大孫女原本是空中小姐，遇人不淑，戀愛中被男人玩弄拋棄，深受刺激而發神經病。祖父公務開會不在家，祖母無力單肩照顧，王哥這時就派上用場：「到我孫女房間去聽她抱怨。你就安靜地聽，不要插話，迎合地回答她，應付她。」有次，孫女把一塊好玉送給麗莎，但王哥叫麗莎別收下：「她分不清貴重品。」

基於上述情況，老先生有天曾對兒子，王哥的妹夫，耳提面命，說，王哥，馬上會移民美國：「他去美國，如果有不夠的地方，就幫他。我跟你媽在台灣叫他幫忙，他從來沒有拒絕過。」

至今回憶起來，也蠻有趣。想當年，也因為經常出沒中央新村，王哥在老夫婦家見到有名電視明星或女歌星，因為妹夫的記者二哥曾追求過紅歌星。記者後來娶了一位空中小姐，如今安居洛杉磯。多年以後，王哥和記者二哥亦在灣區聖馬刁市妹夫家再遇。

今年聖誕夜，朦朧睡意漸濃，王哥隱約聽到牆壁那頭林先生在洗澡，內心微疑惑：「怎麼這麼晚才洗澡？」

林先生手拿著洗臉盆躡手躡腳從浴室走回房間，避免吵到其他正在睡覺室友們。站立油鍋旁油炸食物忙了一整天，可想而知聖誕夜，中國餐館生意好到不行，老闆笑呵呵。林先生裸體鑽進被窩，靜下來，冷不防的，幽微地想起台北林口當兵那個聖誕節夜晚：

「營區理髮舖生意興隆。理完髮，我奔回連部參加晚點名，已遲到。明明多名士兵同樣理由晚報到，副連長當著全連官兵面前只叫我出列處罰。林口郊區山上軍營天寒，副連長竟下令脫衣，此刻，我全身僅剩下內褲。然後，被一盆冷水從頭傾澆而下。不但身體冒氣，整個人發抖亂顫。羞辱襲人之際，竟然班長位階雖低卻將我帶進營房內，不但拿毛巾給我裹身，而且提供熱薑湯。安頓好班兵，班長衝向副連長室大聲理論，指控長官帶兵失當！這事件，聯想到另一次，連長傳喚，要我前往連長室。那時，有人警告：「小心提防！大勢不妙！」見面，連長出拳打我，我一閃，但還是被打到心口。打電話回家告訴父親，父親氣得向軍方反映。」

片段往事掠過心頭。那夜，朦朧睡意中，林先生漸漸沉睡而去。

第二天，王哥睡到十點才醒。

無牙老人耐心地將半條火腿肉切成一片片，然後分成一包一包裝袋，這樣可慢慢吃它幾天。切割火腿皮，用刀輕碰，未料刀口仍傷到大姆指，流血。王哥默言：「人是脆弱的！」

另一頭，電鍋內鍋加入洗好的生米、清水、罐頭去汁的四季豆，一起蒸煮。蒸熟。配上少量剛切好的火腿肉片，中餐搞定。

牆上時鐘，黃昏四點半，朱先生留在房間喝小杯紅酒保暖。王哥扣門，來串門子：「喂！再過幾天陽曆新年，找時間我們去吃特價六塊九毛九午餐？」朱先生：「好啊！反正你現在手邊有兩百多塊錢現金，昨天，你妹妹、妹夫給的聖誕禮金。」

無牙王哥瞇起眼、嘴巴透風透風地笑稱：

「喂！我跟你講，我實際上有七佰多塊錢。」

聽到這未曾聽聞秘密，朱先生睜大雙眼：「怎麼會？你從來沒有提起。」

「另外五佰塊錢，是我過去每個月付完房租八佰塊錢後，零存下來的。」

「真的？你要保密，把錢藏好。只不過，將來，千萬不要忘記自己把錢放在哪兒了？」

老人降低講話音量：「我放在房間鐵櫃裏。」跟著再放低音量：「你不要告訴別人！」

同時間，朱先生想到林先生，只是在中國餐廳當油鍋專門油炸肉類海鮮或其他食物，月薪三仟，加上加班費，其實，林先生這種工資只能算普通不過了。相較之下，王哥手頭上七佰、五佰塊錢，實在算不了什麼！

朱先生轉變話題：「今天，聖誕節過後第二天，天空越晴，越冷，好像昨天。」王哥回應，長期觀察，雨天，熱氣蒸發上升，碰到烏雲籠罩天空，反彈返回地面，反而不冷。晴天，少有烏雲遮擋，暖蒸氣直驅上揚，遠離地面，當然冷。朱先生聽完，未知真否？

深夜，無風，冷寒，下弦月。

抬頭遙望聖誕季節加州夜空，星夜，天上星星稀悠，但它們看上去，顆顆樂觀開朗：

「地上人們將紅、藍、綠、黃、紫、螢白，紛紛點亮。
閃亮於萬戶人家的樹上、屋簷邊和庭院內。
瞧！地上星星比咱們天上星辰還擁擠，還熱熱鬧鬧！」

一二五

十二月二十七日，星期六。

近午時分，張小姐在餐桌附近收拾整理東西時，邊低頭說道：

「不會跟我兒子一起住！他會扔我的東西，說，這個不要，那個不用．．．」

晚上九點多，起身想去上洗手間，聽到有人正在使用浴室聲音，於是轉身閃離。背後突然傳來女聲：「是我，朱大哥。」

回頭，見可可剛洗完澡，穿著粉紅色浴袍出來。

兩人走到廚房，輕聲交頭接耳。

可可：「快中午才起床。上了廁所後，回房準備要刷牙的東西。再回廁所，發現王哥把廁所裡的燈給關掉。」十分生氣，她對住在浴室隔壁房間的王哥當面抱怨：「廁所開燈，連帶抽風機會起動，這樣子，讓味道散一散。十個人用這個廁所啊！」

王哥這才回應：「好！好！就開著燈吧！」

可可繼續向朱先生抱怨：「做中飯的時候，王哥一下子出來開冰箱看看，一下子出來掀電鍋。煩人！」又「我女生上廁所，王哥開著他的房門。老頭閒著沒事，豎起耳朵，專注廁所內動靜，實在沒隱私！」

可可藉機提到：「前天，早上八點多，我正在喝咖啡，聽歌。忽然，有人敲我房間門。

開門一看，萬萬想不到是老林。他捧著韓國大水梨，對我說，可可，這個給妳。我敢緊把他推開，立馬關門，連說，我不要！我不要！沒想到，老林自己打開門，把梨放在電子琴上。我無可奈何，只好說，謝啦！」當晚，「我問趙太，早上有咳嗽？她說，有。我猜想，老林聽到咳嗽聲，以為是我咳嗽，所以送梨給我。咳嗽的人是趙太，老林應該送梨給趙太，才對。」「想到，很久以前，兩個人還講話的時候，當著王哥的面，老林送我五十塊錢梅西 Macy 百貨公司的禮券。當時，心想，禮券應該送給王哥，才對。因為王哥那時候常幫老林買東西、叫老林起床當他鬧鐘。老林這樣光給我禮券，對王哥來講，會不好意思。要不然，私下給；要不然，平分。」「現在，兩個人早都不講話了！他認為我咳嗽，送梨給我，表示老林在牆壁另一頭探聽我房間裏的動靜。這樣，讓我覺得太沒隱私了！」

二六

聽王哥說：「天空越晴，氣溫越冷。今天山區結冰了！這種天氣一直要到元旦。」朱先生掐指一算：「連五天都是凍死人的天氣？」十二月二十八日，星期天，陽光谷當時氣溫華氏三十七度，「華氏三十二度是接近冰點嗎？」朱先生問道。

二七

十二月三十日，星期二。

早上，朱先生跟趙太聊天：「老林跟我講，袁小姐發瘋、神經發作的時候，馬上變成一個可怕的人，魔鬼。」

趙太：「前天，瘋婆子敲我們的門。我老公應門。她送幾顆 See's Candy 巧克力，我老公堅持不要。她知道我待在屋裏。」

朱先生：「她送巧克力給老李，我聽到老李說謝謝。袁小姐回說，不客氣！」「王哥告訴我，她也送兩顆巧克力給他。」

趙太：「我老公說，神經婆一出現，整棟房子馬上變得怪怪的！」

下午近三點鐘，颱風，冷颼颼。

提到袁小姐，張小姐：「大家迴避她，敬鬼神，而遠之！」

晚上七點多，寒流過境。

越過280高速公路高架橋，望著橋下往北舊金山、往南聖荷西高速公路，雙向通行車輛熱鬧但安靜地燈火流竄。過橋後，朝向Cupertino Village商業中心。夜風吹落殘枝、枯葉。行走在昏暗狹窄水泥人行道上，腳前瞬間，有東西呈S形態扭動且快速滑過腳前，它再匆匆鑽進草坪和矮樹籬叢裏去。朱先生詫異不已：「是蛇！在這麼冷的天氣裏？」

同時，觸發感受：「對我而言，它就像袁小姐。它在行人不知情狀態下，從側面幽幽掠過時，我停止腳步，愣住，不住聲，不要引起任何注意，讓它快快消失眼前。要是，迎面或在其背後，只要瞄到袁小姐身影或聽到聲音或知道她在附近角落，我驚嚇，立刻迴避，閃避，如見到夜蛇、魔鬼！」

一二八

年底，十二月最後一天。

一早八點半，王哥敲朱先生門，勸曰：「天冷。要穿暖一點的衣服再出門。」又曰：「昨晚，背不痛，但腿痛。吃止痛藥。」「前院的玫瑰花被凍壞了！」

早上十時，朱先生在後院水槽用手洗衣服，林先生跑來聊天：

「以前住在這裏的一位年輕人，龍先生，從東岸打電話給我，新年問候。我問他，現在還是跟之前的女朋友在一起嗎？他說，已分手了！我說，想要介紹我們餐廳一位年輕服務生給他，那個女孩很好！他謝謝我的好意，說，東西兩岸距離太遠了！」

突然，王哥從廚房探頭朝向室外後院的朱先生，戲曰：

「心理醫生，我不是掛急診，我排隊看診。」然後說出：「喂！等一下，你來幫我看樣東西。」

朱先生知道，應該是幫忙看英文信吧！果然不出所料。

之後，王哥雙手推著行動輔助輪車，慢慢地走向大華超市買星島日報、世界日報各一份。看星島，為了球類比賽資訊。明天新年第一天，大學足球賽密蘇里大學碰上明尼蘇達大學。因為沒有體育電視台 **ESPN**，王哥但願其他頻道電視台明早十點能實況轉播球賽。老人旋即想到明早十點鍾，剛好要參加僑委會舉辦元旦升旗典禮，球賽橫豎看不成。心想，就算裝有 **ESPN** 無線電視台，王哥還是會選擇新年升旗。

走進超市熟食部前，默思：「今天陽曆除夕，買盒好一點的便當，打打牙祭。」八塊九毛九加稅，王哥塞進魚丸、魯蛋、滷豆腐果、炒干絲、蒸魚、烤魚滿盒，犒賞自己。帶回當天報紙和愛吃的食物，他滿足輕鬆。

張小姐在廚房，一邊調製一杯即溶熱咖啡，偶而，一邊彎下上半身，雙手支撐在大餐桌上，低頭凝視手機上播放的中國歷史古裝連續劇「隋唐列傳」。三不五時轉個身，回到爐邊，又為自己優閒地烹調菜肉熱湯時，連續劇未中斷，對張小姐而言，它倒成了廣播劇，且樂在其中。

當王哥出現，正要把便當放進冰箱保鮮，隨便找個話題，像是最新報載阿扁保外就醫進展消息，張小姐拉開嗓門打開話匣子：

「國民黨以前殺我們台灣人。現在民進黨上來，國民黨垮了，馬英九應該反省。」「陳水扁應該放出來。大陸貪官貪更多的錢，也不關。在大陸，就算進監牢，享受得要命！」「華航來回機票，他們捐給綠的同鄉會。只有長榮航空還捐機票給藍的。換句話說，國民黨完了！」

王哥：「我現在是美國公民，只關心歐巴馬低收入健康保險。我不管國民黨、民進黨，我只尊重國旗。如果你將來不載我去升旗，我買面小國旗，自己跑到院子裏，來個升旗典禮。」

不久，朱先生來到廚房，張小姐問朱先生：「要不要明天上午參加升旗典禮？我開車載你們去。」由於新鮮感，朱先生想想：「也好！」尤其聽到主辦單位為大家準備點心盒、台灣月曆，還有鑼鼓等表演節目。沒一會兒，趙太也出現在廚房，張小姐對她說：「老王和朱先生都會參加明天早上元旦升旗，妳要不要一起去？我開車。」這下子，屋裏召集了三個人且答應會隨著張小姐去升旗。這可是出乎張小姐意料之外，竟然有人願意跟她去升旗，熱鬧些，心情因而被挑旺，故用一種興奮語氣：「今年，我要穿高跟鞋去參加升旗。舞龍舞獅，才看得到。」

趁機，張小姐問朱先生：「要不要參加今晚台灣同鄉會歲末餐聚？」

「哪個單位辦的？」

「跟明天元旦升旗一樣，僑委會啊！我包了一桌下來，剩下最後一個位子。要不要來？每人繳二十塊錢。划得來！一桌好多菜。在外面館子吃，不止這些錢。當然，僑委會有補助點錢。」還有，「這次跨年餐會，會跟台北一〇一現場連線。還有摸彩，大獎是台灣來回機票噢！」

朱先生婉辭：「天冷。況且別忘了，明早，我還要跟大家去升旗。」

講到這裡，立於一旁的王哥暗地不解，元旦升旗召集人張小姐：「她天天罵國民黨、罵馬英九，但是國民黨在灣區所舉辦的任何活動，她不但從沒缺席過，還熱心出錢、又包桌什麼的。」

確定三位室友明晨要搭便車隨行後，張小姐跑到前院花了近一個鐘頭時間，清理她那塞滿雜物幾乎沒有任何空間的車子。理出頭緒，整理出可坐人的空間後，張小姐才安心地開車出門，準備接其他人共赴當晚年終聚餐。

午時三點半，朱先生使用流理台刷刷洗洗鍋碗。一旁，趙太也洗菜切菜，備用晚餐料理。她靠近朱先生怕被人聽見似的，低語：「上次問王哥社會局的電話號碼，因為我們想申請一點補助。光靠我賺這點錢，哪夠用？他說他沒有。昨天，炒了菜，分他一點，結果，他告訴我，電話號碼找到了。」

二九

新年！一元復始。

巷道兩旁，棵棵高聳楓樹，呈禿然景像，只留橫生枝幹，楓子莢果墜落滿地。陽光谷早晨，華氏四十二度，晴冷。查看手機，氣象預報今日最低溫會降至三十三度。幸好無風刮起。

朱先生經過廚房，意外見到張小姐在爐火邊煮泡麵，心想：

「她昨夜聚餐、新年倒數，在外逗留到凌晨一點才趕回來，怎麼不補睡一下？還起個大早？」心中不禁詫異。

牆上時鍾七點五十。盥洗完，再經廚房，張小姐首先道聲早安後，則曰：「可能昨晚太興奮吧！反而睡不著。躺會兒，乾脆起床，做點東西吃！」

九點零五分，快八十老人王哥問六十來歲的張小姐：

「大姊，聖誕節已經過了好幾天。前院彩色燈泡要拆掉了嗎？」

張小姐：「不要！中國人，我們是老中。農曆新年初五再拆走。」「LED 燈泡很貴，但很省電。」

王哥：「那我把我窗上的燈炮給拆了。」

九點四十，張小姐招呼著王哥、小趙而非老婆趙太、朱先生上她寶藍色馬士達汽車，準備出發。

眾人鑽進車內，「朱先生的天使一早又出去了，她汽車不在。他的魔鬼還沒有出門。朱先生叫可可、袁小姐，一個天使，一個魔鬼。」王哥先發聲。

「天使、魔鬼，是你上次幫我為她們倆個人取的名字。我覺得你取得挺貼切。」朱先生立刻回應，以正視聽，尤其大聲婆張小姐在一旁，因恐張小姐和袁小姐兩人之間互動未停。

「朱先生有個恐怖鄰居。他們家三代都在同一個教會。家中有人診斷出精神病中最嚴重的情況，精神人格分裂症。危險的時候，會殺人。一下子以為她是誰，又一下子以為她是某某人，殺害力最大。她照顧這種病人久了，被感染。病人，是她媽媽。她媽已死了。」張小姐起動汽車時，順口說起。

「她用洗碗機！別人都不會去用荒廢已久的洗碗機，只有她會去用。」坐後座的王哥迎合張小姐。

「她爸是軍人。」張小姐補充。

在場者心知肚明大家講的人是誰。

沿途，張小姐冒出話語：

「每升一次旗，都很珍惜。國旗將來能不能存在？都不知道！」前座，駕駛右側，塞滿東西無法坐人。三位老男人全坐在後座，聽此，沒人出聲表態。「台獨？沒這種概念。」唯一女士張小姐再說：「我喜歡江青。女人跟男人一樣，扛半天邊。」張小姐還說，江青穿長衣長褲。可是，現在冷到不行，她自己卻穿花色長裙！室友們印象中，她很少長褲上身。張小姐昨天特別走趟美容院染髮做頭髮，今天看起來，不但烏亮大捲花，髮型亦有緻。塗上口紅，配件皮衣，又得體又精神。

行駛一段時間，汽車一個轉彎，這時，巷道兩旁，台灣和美國小面國旗掛四處，紅布條高掛：「金山灣區僑界慶祝中華民國一〇四年開國紀念日元旦升旗典禮」。路邊，撐開淺藍色的廣告布條上，青天白日滿地紅旗下兩行：「支持兩岸和平發展 開創安定繁榮新局」。陽光谷華僑文教服務中心準時十點鍾，由 **Palo Alto** 市華人鑼鼓陣首先熱鬧登場。接著中華童子軍和陸軍官校旗隊分別高舉美國國旗、中華民國國旗進場後，現場唱雙方國歌。當群眾中有人跟唱從小就熟悉國歌，朱先生聽到身後有人唱國歌的聲音，回頭看，是張小姐。緊接著國旗歌響起，兩面國旗分別於左右旗桿冉冉齊升，比肩飄揚。隨後，中華童子軍、陸軍官校旗隊、鑼鼓隊退場。眾人移步室內，參與元旦團拜活動。

廳堂裏，青天白日旗和星條旗掛四邊。還有紅燈籠、紅紙春聯上「春」、「福」透喜氣。舞獅表演打頭陣，兩頭獅子嬉戲。之後，籌備委員會主席、駐舊金山台北辦事處主管、華裔眾議院議員及數名副市長市議員，先後亮相。團拜活動開始，相互鞠躬禮後，切蛋糕吃蛋糕。播放過年歌和「中華民國頌」、「梅花」歌曲。離開時，人人一盒點心。至於月曆，擇期補發，因為由台灣運來精美月曆遭罷工之累，全被卡在貨櫃裏。司儀宣布，到場僑胞至現場接待人員處拿貼紙一張，日後，憑此貼紙領取精美台灣月曆。

升完旗，張小姐欲載三個老男人前往永和中國超市買叉燒便當，帶回去吃午餐。停好車，尚未打開車門，張小姐仍坐在駕駛座上時，冒出一句：

「老李，很聰明的人，上海人。」

朱先生回應張小姐：「你後面也有一個上海人。」然後看了坐在身旁祖籍上海人王哥一眼。

張小姐：「他啊，裝聾作啞，大智若愚。」

轉移焦點，機靈如王哥馬上接話：

「台灣彩色月曆，大姐什麼時候開車載我們去聖荷西拿？」

張小姐不以為然：

「你們叫房東幫忙去領吧！他是國民黨聖荷西支部的黨幹部。」

王哥迎合：「好！把貼紙交給我，蒐集好，下次見面，我再交給他。等房東有空的時候，走一趟聖荷西，幫我們領月曆。」

朱先生：「我把我的貼紙給房東，我那份月曆給他。」

張小姐：「拍馬屁。他佰萬富翁才不稀罕！還會怕你們窮房客。怕你們叫他別漲房租。房東只認錢！」

朱先生故意說：「他不是愛錢的人。」

張小姐反駁：「老王如果付不出房租，你看他怎樣對他！」

朱先生笑著打圓場：「王哥拿政府低收入補助款，最沒有付不出房租這種問題。」

回到住處，朱先生坐在餐桌邊吃剛買回來的便當，可可亦忙煮食。

可可告訴朱先生，日前，林先生敲門，硬塞三個蘋果給她。她死命將林先生硬推出去，連說「不要！不要！」，立刻關起房門。林先生不氣餒。這次，不敲門，硬推開門，把水果放在角落，才離去。

可可：「煩他。我已到了更年期。」

朱先生沒對這事接腔，倒是提起：

「王哥說，妳早上八點鐘出去了，車不在。」

可可不悅曰：「他好像在注意我的一舉一動！」

沒幾分鐘，可可也坐在餐桌邊吃熱騰騰煎香腸和乾麵。

這時，王哥來來回回廚房四、五次，不是開冰箱，就是掀電鍋蓋。

今天，每回王哥出現，可可都會向朱先生使個眼色，兩人即停止敏感性談話，只談些屋子內或外面世界不相干人物的話題。為什麼？因為，住久的室友深知王哥會向房東告狀、提供最近房客動靜，以搏取房東信任，展現忠誠。

待剩下兩人時光，朱先生再替王哥緩頰，對可可說：

「王哥跟我講過，都把妳當女兒看待、關心妳，才會望著妳進進出出，什麼的。」

可可再度重申：「我爸爸，他也會關心我，望著晚歸的我。但是，不像老頭那樣，眼神淫蕩！他不正常。」

可可箭頭再指向林先生，說，入夜，下班回來，晚上十點多，還在煮韭黃、韭菜花、炸香腸、燉排骨蘿蔔湯。這些味道重的食物氣味會經由門縫傳進房間內，可可抱怨：「他也要吃，我當然理解，只是時間點、食材選擇的問題。」

晚間九點多，朱先生聽到張小姐打手機，四處邀朋友去房東經營酒店那兒吃小火鍋，消費捧場。朱先生忍不住暗笑：「妳才拍馬屁！」

一三〇

一月二日，星期五。清晨五點四十分鬧鐘催人醒，準備出門搭公車去 **Palo Alto** 城市做義工。六點半，朱先生走在黎明前太陽尚未昇起的巷道，一層冰霜敷在住宅區每輛汽車頂上。雙手雖套上毛線手套，仍凍得痛麻。眼鏡，因戴口罩保暖又要呼吸，鏡片被濛上霧霜而影響視線。難得在北加州南灣地區，一早，竟會與冰點相遇。

寒冷中，巴士漸漸停靠巴士站。當跳上巴士瞬間，左望，東邊，四周灰黯天際襯托下，日出初昇。天邊小圓橘黃彩球，此刻，不但增添暖色顏彩，且意謂著更多光與熱將逐漸釋放給大地。

午后，返回太陽谷。不知藏身何處三、兩鳥兒們輕鳴之際，社區巷道馬路上，車馬稀，卻被青少年和幼童六人佔據。他們身穿輕服大玩美式足球。草樹輕吐芬芳，暖陽放輕腳步，整個城市居民身心頓時舒軟起來，不禁誤認為：「春，怎麼說來就來？」下午，可可十分帶勁兒做起麵糊煎餅。王哥一下子就來廚房一趟，可可長，可可短，藉題搭訕，來來去去。餅煎好，可可狠下心不給王哥吃。她低聲對朱先生說：「否則，沒完沒了，養成習慣，就會天天出來等東西吃。那不就回到可怕的從前？」可可心猶餘悸：「那時候，上班累死人！下班回來，還要做飯給他吃！壓力好大！」

可可意識到王哥不高興，老人走回，把房門關起來。

可可又對朱先生講：「我太了解他！」

這時，趙太也來到廚房。可可把這一段敘述再講給趙太聽，趙太回道：

「別理他。」

可可繼續對身旁兩位室友說：

「王哥以前在台灣待過憲兵部隊。現在，沒事幹，全部心思放在這兒，把人際關係搞得複雜。」

夜深人靜。月光輕灑門牌號碼二〇一六。

十一位過客旅人，客居北加州同一屋簷下。

二〇一六公社，如荒漠一片？還是有時又有如一塊綠洲？還是兩者兼具？抑或以上皆非？

一三

一月三日，星期六，上午。

王哥告訴朱先生：「我的夢想，買愛國獎券中獎，捐給慈善機構像是跟兒童、老人有關。或者幸運能中它個美國樂透獎金，捐出去。」虛構夢境：「一億，捐給台灣紅十字會。或者是捐給台灣，找娛樂公司去召集台視、中視、華視三大樂隊舉行一場演奏會，票房全部捐給慈善機構。」

朱先生問王哥：「還想畫畫嗎？」

「不想畫。左眼只能看到一點光，這隻左眼看電視全看不到，幾乎失明。現在全靠右眼。自己吃、住都成問題。買紙頭作畫，得花錢。以前，一張，五毛錢，後來漲價，要一塊五。」

說到畫紙：

「一張大小尺寸，就是麻將桌尺寸整張的用紙。」

朱先生：「幹嘛畫那麼大張？畫小張一點！A4尺寸，不是比較方便？」

王哥：「大張畫慣了。」接著笑道：「以前，常畫，所以常去買紙張。老闆中國人問我，怎麼打麻將打得這麼厲害？」

朱先生：「哈！他搞不好私底下認為你是開賭場的。」

聽到這，王哥無牙癟嘴笑成一道上弦月。

笑完，王哥坦言：「在這兒，心，靜不下來。吵來吵去，煩死了！」

比較從前，「只有我跟我兒子兩個人住，那時候，他還沒認識義大利同性戀，我們生活簡單。我媽媽住在聖馬刁我妹妹家那裏。那時候，容易靜下心、專心下來，常常畫。」

提到兒子馬克，勾起王哥興嘆曰：

「他真傻！現在，可以偷偷來看我，或是打電話給我，問我過得好不好啊？他不跟同性戀提，同性戀怎麼會知道馬克跟我連絡？」

周末下午，可可晏起。她來到廚房燒開水想給自己沖杯熱咖啡時，見到朱先生把前天吃剩的蝦仁豆腐湯回鍋加熱。湯滾，朱先生加入林先生昨天下班帶回來的一糰油麵。王哥聞聲出來找朱先生講話，笑臉笑語：

「你要請我吃蝦了！」

朱先生深怕王哥養成習慣，以後會常來等東西吃，於是當著可可面，不加思索：「你不是說我太瘦了！要多吃一點？」說完，為了緩和王哥尷尬，錯開話題，微語：「趁袁小姐回來前，趕快煮東西。否則，她回來，我就不想露面忙東忙西。看到她，就心慌，一個欺善怕惡、披著羊皮的魔鬼！」

王哥接話：「要是袁小姐永遠住在這裏，你就永遠不出來做飯？」

這句話莫名地激怒朱先生，當著可可面，怒斥王哥：

「在我面前，少提她。聽了就討厭！」

憶起，有天，朱先生表達對袁小姐變態裝瘋行為極厭惡時，王哥不知有意無意：「她是教會的人耶！」王哥明知朱先生也去教堂，故意這麼說嗎?朱先生在全無提防下，立刻回道：「她是披著羊皮的魔鬼！」當下心中不悅，轉而數落王哥：「你真的就像袁小姐所說的，死老頭一個！講話帶刺。」愈氣：「你訴苦，我都站在你立場，幫你講話，為你打抱不平，不忍心傷到你的感受。沒想到，你對我，就這麼尖酸苛薄。」

非但沒討到東西吃，還討了一頓罵。王哥苦笑兩聲，獨自講了幾句無關緊要話語，然後默然不語走回房。

廚房又回到兩個人時光。可可對朱先生老話一句：

「昨天，我烙餅。餅烙好了，自顧吃。我就是怕分餅以後，沒完沒了。每次吃東西，老頭就會出來等東西吃。」可可譏口：「王哥被你拒絕，知道沒搞頭，回屋裏去，關上門。他剛剛還開著門啊！我知道，他生氣了。」

朱先生：「他不會生氣的！」

可可：「會。這些年住下來，我太瞭解他。」未停：「我不喜歡他的是，像是今天，他又出去買中文報紙。前幾天，都會把看完的報紙拿給我看。今天，他寧可放在門口架上，準備丟棄。他也不再問我，要不要看報紙？因為昨天，我沒分餅給他吃。」

朱先生：「王哥有時很天真，有時候，也很有心機！」

可可點頭，贊同不已。

一三一

星期天，一月四日。

午後，坐在沙發上打個盹兒，醒過來，已近黃昏五點。

不久，朱先生守在爐邊烹煮茄汁蝦仁豆腐湯，嫌暗，隨手開燈。

忽然，趙太挨過身邊來，低聲：「神經婆今天告訴王老頭，屋裏開暖氣，隆隆聲音太大，不要開暖氣了！你說，她是不是神經？」

朱先生一聽，臉色大變，怒氣沖沖：「神經病！變態！不想想別人。」

趙太：「我們冷死了！我寧願開暖氣，有聲音。這總比我要蓋三床棉被取暖好多了！冷得我要常走動，活動筋骨，否則兩腳冰冷。」

她雙眼及右手忙著炒它一鍋苦瓜，並用手從鍋中挾片苦瓜送進嘴裡試嚐：

「太苦了！」

沒起鍋，苦瓜仍在悶煮。等待期間，她瞄了一眼華文報紙世界日報上顯著大標題「文革徵稿」，轉身對朱先生說：

「我要寫文革的話，也是有很多故事可說。」接下來：「我兒子前幾天，從廣州打電話叫我在加州幫他買雙名牌鞋。如果按照他講的尺寸、樣式，要價七十多塊錢美金。我都捨不得買！」接著回到：「文革那年，我十四歲。有年過年，忽然有位皮革商來我家哭哭啼啼，說，皮革被偷。那時候，我母親不堪文革折磨其擾，吃藥自殺。當時，村子裏有人受不了，選擇跳樓。另外，有戶人家，被人在家中查到斧頭，於是被控反革命大帽子。我父親被批鬥，公審大會上，被羞辱。學校老師四處找我，要我去現場親眼看我父親的慘狀。我死不從！我不忍心看親人被批鬥，太殘忍！」如今，觸思記憶中陳年家庭慘劇：「這跟風水有關。我們家那時候租的房子，地下室有兩個人自殺吊死過。印象中，整棟房子陰森森，我都儘量不回家。」

朱先生輕描淡寫：「極端的意識形態，很恐怖！」「歷史，不應該被政客操控。」說完，即未再多語。然而，內心感受到那個曲扭激昂又混亂的年代(一九六六至一九七六)，那些見證歷史人士、受難者和參與者似乎需要公開多次討論文化大革命到底發生什麼事，並確定類似浩劫走進歷史，不再發生。如此，那些因被陷害誤告叛國而入獄、犧牲性命、或自我了結生命，以及身受經濟瓦解所帶來困頓生活的民眾，其心靈方得以獲得救贖之外，國家才會有更好的未來。

一三三

星期二，一月六日。

下午一點鐘光景，氣溫華氏六十一度。

朱先生剛從醫院回來，下麵條時，王哥聞聲，走出房間要找朱先生聊天。這時，朱先生把上次跟朋友去中國餐館吃飯帶回來的剩菜魚香茄子，統統倒進麵鍋中，再熱個幾分鍾。兩人後來同坐在餐桌邊吃飯。

王哥邊吃自己煮的飯，邊說，袁小姐向他抱怨：「誰開暖氣的？」

王哥回答袁小姐：「沒人開。房東設定室溫五十六度，如果氣溫太低，暖氣會自動跳起來加溫。張小姐也說，沒人會去開。」

袁小姐不耐：「好了！好了！算我多事。」

王哥說，之後，兩人不講話好一陣子。

提到袁小姐，王哥繼續說，不久前，袁小姐從外面回來，進屋時，聽到敞開房門的王哥隨著 CD 唱片哼唱「愛妳在心口難開」。

袁小姐探頭：「你在唱歌啊？」

王哥：「對啊！人要自己找快樂。不要自己去找煩惱。」然後：「我喜歡這首歌。我年紀大了，不害羞承認，我是喜歡可可，但不是愛。像有人喜歡歌星王菲，不是愛王菲。我年紀大，把可可當妹妹，喜歡她。因為，她善良溫柔，幫助別人。我也喜歡幫助別人。」

歌曲，讓王哥觸想到林先生總愛哼唱「往事只能回味」。

是時，王哥對朱先生發表高論：

「林先生根本不對。我們都知道他喜歡可可，可可如果聽到他唱這首歌，會認為他在想念過往愛人，不是現在。要追可可，就別唱這首，要唱，《愛妳在心口難開》才對，表達現在他對可可的愛意。呆啊！」旋即，擔憂死對頭林先生改歌後，可可回心轉意，改變目前男女冷漠現狀，故特別交待朱先生：

「喔！你別告訴老林改唱別首歌！」

朱先生笑稱：「到時候，老的，小的，都對可可唱《愛妳在心口難開》這首歌！哈！」

王哥：「三十年前，想找女人，就找了！也不會落到現在這個地步。」

朱先生：「你美女看多了！當時要的話，機會多，她們多美女。」還有「上次說，每屆中國小姐選拔比賽，你都會親臨現場拍照，美女如雲。」另外，「你也當過公路局金馬號司機。金馬小姐可是千挑萬選的吧？」

王哥插嘴：「對啊！那時候，空中小姐第一，要漂亮、氣質好。火車特快列車小姐，第二。第三，就是公路局金馬小姐。」至於「我們駕駛，也要挑！例如技術、品德、儀容啊！」

朱先生：「以前，你也開過計程車，載過不少酒女、舞女。」

王哥：「她們很多長得都很標緻，很嫵媚的！」

再聊一會兒，朱先生吃完飯。

王哥：「你休息午睡，我出去買報紙。對了，幾點叫你起床？」

「三點。」

「我會準時叫你。以前，當憲兵、當金馬號駕駛，都被訓練要準時。所以，只要交待過，我都會準時的。」

晚上九點多，洗澡時，聽到門外張小姐在問：「誰在裏面？」

忍住不悅，朱先生回覆：「我！」

拿著臉盆出來，撞見張小姐領著一對灰髮老夫婦對朱先生說：

「他們來看浴室的大小」又對老夫婦提到：「朱先生是我們的好室友。」朱先生問陌生人：「你們要來住？」兩位老人家微笑，點頭唯諾。他們瞄一眼盈滿霧茫茫蒸氣浴室後，告辭。

抱著臉盆，朱先生見張小姐正在火爐前準備煮熱湯，朱先生問張小姐：

「剛才教會朋友來看房子嗎？」因為，洗澡前，聽到張小姐和別人在樓上講到靈糧堂教會什麼的。

張小姐回答，他們是想租房子，然後低聲：

「我把他（她）趕走了！」

朱先生輕聲問，是林先生嗎？張小姐搖頭。

朱先生不敢置信細聲地追問：「誰？神經婆？」

張小姐點點頭。

驚喜之餘：「真的？」

張小姐細語：「不要告訴任何人，否則她反悔。」
「放心，我不會！我也不會告訴王哥，他藏不住話。」
「也不要告訴可可。」
「不會。」
「我幫袁小姐找的。我先幫她付了支票八佰塊。講好，明天她還錢。」
「什麼時候搬走？」
「那邊房東太太希望她愈早搬去愈好。」
「天大的好消息！瘋婆子要是搬走成功的話，我會給妳一個擁抱！」
頓時發現沐浴乳未放回臉盆，它仍遺留在公共浴室裏，朱先生轉身去拿。這時，聽到王哥叫喚：「欸，等一下來我房間，我有事跟你講。」
「好！等等。馬上去。」並轉降聲調，朱先生近乎唇語：「你把門敞開著。」因為如此，朱先生等一會兒就無需敲王哥門，而驚動到袁小姐。
由於兩人對話地點，恰好位於袁小姐門前。
朱先生似乎還是警覺到，袁小姐在緊閉房間裏，肯定聽得一清二楚。猜測，當袁小姐聽到朱先生講話聲，可能會打開一條門縫。
將臉盆放回房，趕著去王哥處，途中，快走近袁小姐門前，謹慎輕步又微微探頭。驚訝，袁小姐這時的確把房門打開一個明顯寬度的縫，正如朱先生當初所料，因而淺怒且微詞：「變態。」
當再跨一步就是袁小姐房間的正門口，為了拒絕讓神經婆偷看，於是，朱先生快速閃進王哥屋內，迅速帶上門。為了公信起見，它絕不是天方夜談，朱先生叫王哥開個門縫，偷瞧對門袁小姐是否異於往常深閉房門，現在留個門縫？王哥照做，嗯了一聲，點點頭。再次關上門後，朱先生測試：

「你知道我為什麼不理她？躲她？」

王哥：「我知道！因為她罵小趙跟我，你看不慣。還有，後來她偷看你。」朱先生有種如釋重負之感：「答對了！好了！現在，你要跟我講什麼？」

「房東今天非常生氣！在電話上說，老林房租又拖欠啦！房東叫我跟老林講這件事情。我告訴房東，要講，自己去跟他講。老林現在不理我，如果我出面講，他會更恨我。」

聽到前面大門及紗門，進出屋內這兩道門，被人開啟、闔上聲響，朱先生警覺地叫王哥把室內通明日光螢燈關閉，僅留電視螢幕上聲光。

王哥略帶不耐：「唉呀！她不會出門偷看你啦！」

難以苟同，朱先生語帶威脅，邊說，邊走向牆壁上開關，自己去關燈：

「不關，我就回去，不陪你聊天。」

這時，兩人在王哥雅房內臨街、整座牆壁的上半面全是大片透明玻璃窗的無燈空間，隨意聊聊。朱先生仍不放心，忽思：「要是有心人走到巷道去，往屋裏瞧，電視閃閃螢光襯托下，屋內人影輪廓是依稀可見。」

當機立斷，朱先生移動圓櫈至臨窗牆壁邊沿坐下，身首掩埋在牆壁的下半面水泥實體。如此，就算有人從屋外偷窺，要得逞，也難。忽然，擔心到，如果袁小姐偷偷叭著窗沿，僅留兩顆老眼珠往屋內瞧呢？以前，她不是就曾經躲藏在暈黃燈光走廊，偷偷地露出兩眼，凝望沒開燈且正在做飯的朱先生嗎？「要是跟那次一樣，也顧不著了！不然，此時此刻，還能怎麼樣？」

因為，有了這層顧慮，朱先生草草結束聊天。不過，他叫王哥去開個門縫，看看對門袁小姐是否仍反常地留著門縫觀望？對朱先生而言，似乎唯有避開和袁小姐四目交接任何機會，心情才不受影響。來回四、五趟，王哥回報答案都是：「還留著門縫。」

終於，王哥往前細瞧，這次，急語：

「快！快！快！她們關上了。敢快走！明天再聊。」

衝出王哥房門，尚未踏進自己房間，半路，暗中疑慮：「剛才在王哥房間裏聽到有人打開大門的聲響，是不是就是神經婆？為什麼這麼久她才關上自己房門，因為外出一段時間後才回房的緣故？如果是，她出去幹嘛？她叭著窗沿的可能性高嗎？」抱著立即解惑心態，這下子，朱先生過自己房間不入，反而直接走出大門外，逗留戶外，欲查個蛛絲馬跡以饜好奇心。

第一，她的紅車，朱先生記得，回來的時候，它原本被停在王哥窗外的路邊，如今怎麼移到對街丁字路口另一端較遠處？此舉，從未發生過，且不合情理。空曠巷道兩旁，停沒幾輛車，大雜院住處附近空位一大堆。

「哪有人故意把車停得老遠，捨棄方便？」難免推斷：

「依過去經驗，她極有可能在屋內聽到王哥邀我去屋裏聊天，然後，藉故出門移動停車位置為藉口？此舉看似自然動作，其實，她想從戶外偷看室內燈亮處的我？」

第二，從戶外，朱先生嘗試挨著王哥窗沿朝屋內望去，發現，掂著腳，亦難搆到滿意高度往裏瞧。個子稍矮的袁小姐，應該不會輕易看到室內動靜。要不然，她跑到馬路中央，轉望王哥房間，但是暗淡螢光，沒站立人影人頭，應該也沒什麼搞頭吧！

「她欲偷瞄我，徒然無果，最後才又回到自己房間去，關上門？」朱先生猜疑。

次日，朱先生中午從醫院回來弄點午餐，湯麵裡再添加林先生前晚下班帶回來給他嚐的拔絲地瓜。油炸拔絲地瓜、拔絲香蕉等，都是林先生在餐廳油鍋工作項目之一。

可可休息不上班，正忙著下麵條、汆燙生菜拌麻油。

煮飯空檔，可可當著朱先生面，氣憤地大加抱怨林先生。

首先，放在冰箱上燉排骨苦瓜大鍋，講過多少次，吃不完，就放進冰箱內，免得菜味在她室內亂竄。林先生反駁：「鍋人，塞不進！」

此刻，可可怨氣難消地對朱先生說：「笑話，他幹嘛不學別人把東西分裝在盒子裏，再放冰箱？」

說完，可可再轉身走到分割成一隔一隔上下層的木板櫥櫃，彎身拿出屬於林先生的小鍋，掀開鍋蓋：「你看！裏面是煮熟的斑豆湯，悶在櫃裏。神經病！櫃子是放我們乾淨鍋碗瓢盤。」可可更是生氣到口出惡言：「媽那個 B！」馬上：「還有，煮甜豆湯的電鍋也不洗，沾滿甜糖水，引來不少蟲。怪不得微波爐裏面竟然發現有蟲，高溫也有蟲！可惡不可惡？」

這時，王哥早聞聲，出現一旁，加添油醋：

「以前，都是蔡小姐幫他洗鍋。那時候，老林還告訴蔡小姐，別洗！壞了，再買新的。」

朱先生只笑笑。心想，林先生近期白送大蘋果、大梨給可可了。

可可怒曰：「我死都不會理他，跟他講話。他專門跟我作對。」

可可最後把問題電鍋和鍋子全一股腦兒地擱在林先生門口，擺明著表達不滿。可看出，王哥高興林先生被可可罵得狗血淋頭。老人十分滿足，靜靜地離開現場，回房。不過，房門讓它敞開來，這樣，就算不出門、不出聲，亦能知天下事。

可可外出，刻意避開下午三點半會從餐廳騎單車回來休息片刻的林先生。

廚房內，現階段剩下兩人，王哥對朱先生聊起：

「打電話給乾孫女安潔利卡。她說，她現在人在亞利桑納州看她阿姨。」阿姨嫁給墨西哥人，但是他太花，一直在外面找女人，以致於她得了神經病。「她阿姨，也就是安潔利卡的媽媽的妹妹。以前，她媽媽想把她阿姨介紹給我兒子馬克。誰知道馬克是同性戀！那個時候，馬克還看不出來。」

朱先生問：「她阿姨那時候有多大？」

王哥回答：「她阿姨跟馬克，兩人歲數一樣大。」

「今天早上，袁小姐對我說，張小姐好奇怪，昨天帶她去看房子。」王哥接著說。

一聽此言，朱先生豎起耳朵，好奇地想知道進一步發展。

王哥只悠悠道：「我告訴她，這是妳們兩個人的事，我不管。」話題也就這麼中止住。

朱先生：「想睡個午覺。兩點半敲門，叫我？」

王哥：「好！我會敲你門。」

關上房門，朱先生放心地去閉目養神，無需操心使用鬧鐘或計時器。

午間三點左右，徒步經過州際公路 280 高架路橋，橋下川流不息車輛，往北奔舊金山，往南衝聖荷西。踏進 Vallco 購物中心，夾在 AMC 電影院、Sears 百貨公司之間公共休閒桌椅處，朱先生選擇一組光源照明良好桌椅，坐下，看閒書。近七時，朱先生起身，逛到餐飲區的 Subway 三明治店，隨即點了一客六塊錢鮪魚三明治套餐。吃完三明治，抬頭悠閒地喝無糖可樂、嚼餅乾之際，較遠處，出現熟悉女子背影，她是張小姐。遠處張小姐微仰頭，瀏覽鐵板燒店不同菜色和價目。當下，朱先生決定收拾剩餘半片餅乾、半杯飲料離開，來個避不見面，省卻囉嗦。

確實，這已是朱先生第三次在購物中心瞥見張小姐，但沒有一次曾上前打招呼。第一回，她坐在珍珠奶茶店小餐桌邊低頭盯著手機。另外，陽曆新年除夕夜，她在戲院區大聲講手機。不管哪一次，共通點，張小姐總是獨自一人。

張小姐十點一刻駕車返回雲雀巷。

被鎖在門外，她叫聲朱先生。朱先生幫忙開門。

兩人見面，先前，張小姐還心平氣靜細說：

「壞消息。袁小姐不搬了。」

張小姐原想把來攏去脈說分明，然而，語氣聲調越來越激怒高昂。因此，張小姐起頭沒多久，朱先生怕緊鄰隔壁老李聽到，故加以阻止，並小聲提醒：

「老李跟袁小姐不錯。他會聽到。下次再說。」兩人分別回房。

朱先生聽張小姐抱怨大概內容，無非是袁小姐沒有依約和張小姐見面，兩人亦未結伴一起去見新房東，並支還張小姐預付的八百塊錢。袁小姐不出面交待清楚，避不見面，此舉可惹惱張小姐。張小姐面對朱先生，拋下這麼一句：

「被她擺一道。她真有神經問題。我要找她的教會長老，我認識那位長老，去調查她的行為是不是神經病？蒐集證據，把她給弄走。」

洗完澡，朱先生經過廚房，被安坐在飯桌邊吃煎鮭魚、排骨苦瓜湯的林先生輕聲叫住：

「我要跟你講些事情。」

「好！你吃完飯，輕輕敲我門，不需要講話，我就知道了。」

或許緊急且心事重重，沒幾分鍾後，朱先生應門：

「我穿衣服，等一下出去。」

林先生點頭，如釋重負，因為他正有此意，兩人能到外面聊，免得心中不安：「理由是，左右鄰居不是張小姐、就是老李的房間，不方便暢談。」

朱先生穿上暖和衣褲、鞋襪，推開紗門，林先生已在暈黃街燈下踩步等待。朱先生誠如張小姐所言，如心理醫生般，開門見山：「說吧！」

於是兩人沿著社區附近寧靜巷道，邊走邊聊。

林先生非常生氣，房東今天打手機、留字條催討房租並漲價金額一佰塊錢，而且得立即繳。他說，他在電話上反問房東數次：「你要每年漲嗎？」

房東下令曰：「行情價。」

「你現在就急著要錢嗎？我餐廳工作很忙。」

引述完先前有關房租漲價對話，林先生向朱先生發洩了一下牢騷：

「房東這麼要錢，難怪把女兒推出去作公關。她三十好多歲，不小了！嫁不出去。」又「房東讓我很生氣，我想找律師告他。你覺得我該不該告？」

「你不要問我。自己感受，自己決定。你跟專業律師先談，看他怎麼說，自己再斟酌。」

林先生：「現在我們住的房子，違章建築，被分割成好多房間。但是像樣公用的衛生間只有一間，哪夠用？」至於酒店營業有問題的話，一併提告。林先生未停下來：「警察會來照相，拆違建。上次，房東加蓋遮雨棚，被隔壁鄰居報警，被照相。政府機關來信關切，然後拆掉。還記得嗎？」林先生眼珠一轉：「欸！酒店要是被迫取締，這樣是不是反而救了妮可？」

林先生今夜又聯想到搬來這兒住之前，前房東，是二房東。這位二房東當初以政治破害名義移民美國，並娶個越南華僑當老婆，且生一子。兩房一廳住宅，夫婦睡一間，林先生和十歲男孩睡一間。月租三百元。那時，同住屋簷下的夫妻待人非常客氣。後來，他們也在Fremont買棟屬於自己的房子，準備搬走。「你可以搬去Fremont，租我們一個房間。要不然，我們搬走後，你留下來，租這整棟空屋，一個月，一仟兩佰塊。你晚個幾天搬，也無所謂。」當時，二房東丈夫對林先生如此說。

未料，迫使林先生搬出去，急忙找租屋主因，是二房東趁著林先生上班忙著餐廳炒鍋工作之際，把林先生所有家當放置屋外之後，房子上鎖，開車揚長離去。夜晚，林先生回家，驚訝愣住。情非得已，打個電話給前妻，想詢問一下，是否可暫住幾天，好找下個棲身之處？未料，女兒接的電話。她說，會轉告媽媽。然而，等不到前妻任何回音，只好暫時留宿朋友處。林先生感嘆：

「你看，夫妻一場，落到這種地步！有什麼意思！」

回到眼前。至於放置房門口電鍋一事，他下午騎車回來休息時看到，微怒，找王哥問明白！王哥指明，此乃可可所為。他邊洗污垢電鍋，邊默聲嘀咕：「可可為什麼不當面講？非要背後將我的電鍋放在門口？」

朱先生裝傻，保持沈默。

被問到：「我要不要跟可可講，有事當面講？有不滿，當面講。」

深知可可暴怒，曾揚言真想痛罵林先生，責怪他招蟲、招菜味，尤其在夏天。朱先生因此僅清描淡寫：「何必如此？」

稍候，林先生突然恍然大悟：「可可藉這種方式找機會跟我講話嗎？」

「想太多了！不會。相信我。如果她想的話，早講了。」說完，朱先生想，有時候，林先生蠻天真。

近子夜。朱先生走回亮著一盞燈火房間，而林先生跨上單車，摸黑騎車到附近提款機，準備領出一佰塊現金，明天交給房東。

一三四

白天，王哥對可可講：「一月二十三號這天，我過生日，請你們吃蛋糕。妳想吃什麼口味的蛋糕？以妳為主。去年，我請妳吃蛋糕，瑞士捲。」

可可有點不好意思：「隨便啦！」

王哥：「我今年七十九歲了！或許，說不定，明年你們就吃不到了！」

可可：「不會啦！看你很健康。」

王哥：「我看到妳，我就很健康！」

可可笑了起來。

夜裡，房東站在公社大門前，雙手雙眼專注地細數林先生繳交房租現鈔。算完錢，把僑委會贈送台灣水果月曆三份交給王哥。

袁小姐衝出來，跟房東說：「我有事跟你講。張小姐說，朱先生很怕我。」但是，「我也沒對他怎麼樣，他幹嘛要怕我？」

房東：「不會啦！談得來的人，多談。談不來的人，就不講話。好了！算了！大家都住在一起。」

王哥：「對啊！住在一起。」「好了嘛！不講話又怎麼樣？」

袁小姐：「好了，好了！我不講了，我走了！」轉身，走進屋內。

房東笑問王哥：「怎麼搞的？」

王哥：「我也不知道！」「老林不理我，也已經很久了！難道我也要向房東告狀，說，老林幹嘛不理我嗎？」

事後，王哥轉告朱先生這段插曲，朱先生回應：

「莫名其妙！林先生也不理袁小姐，見到她，轉身就走，袁小姐幹嘛不向房東抱怨，說，林先生為什麼不理她？而偏偏提到我？」

這天，一月七日，星期三。

一三五

一月八日，星期四。朱先生下午兩點回來，張小姐藍色車已停在大門外。

張小姐當著朱先生和王哥面，大罵袁小姐：「昨天，她不想租別人的房子，居然，不打電話給新房東，也不去他們那兒取回我代她先繳的八百塊錢支票。那位房東保留租屋權，所以回絕其他人去看屋。補償房東損失，我被扣了一佰二十塊錢。今天，瘋女人竟然跟我說，她不要搬家，她不要跟我講話。氣不氣人？」

朱先生煮熱粥，張小姐正吃著湯麵。

王哥通風報信，他的窗口外，見到袁小姐正在停車，準備要進屋了。

朱先生奔向爐邊，取走一鍋粥，一溜煙，鑽回房間，避開袁小姐。

屋內，隱約感受到袁小姐和張小姐這兩個女人彼此之間，沒有互動。她們曾有的熱絡化為烏有。

一三六

一月九日，星期五。

做完義工，朱先生回來休息。下午三點半，王哥在房間內對來串門子的朱先生說：「看樣子，得準備我們自己買蔬菜了！房東可能不會載我去救世軍拿蔬菜了。」「所以，今天，推車去大華買菜。」

「買了些什麼？」

「豆腐乳、紅燒鰻魚罐頭、山東白菜、大蘿蔔。」「救世軍那兒，大都是拿馬鈴薯根莖類，少葉菜類。也好。」王哥憂慮：「十六號，下個禮拜五，是二十號救世軍長者午餐會登記截止的日子。從昨天開始登記。房東昨天還說，好，叫我今天中午十二點打電話提醒他，下午會載我去救世軍辦公室早點登記。電話打了，他不接。到現在也不回。」王哥猜測：「是不是房東嫌汽油費貴？還是他太太說，這麼累，你幹嘛？」

朱先生：「現在汽油跌價一加侖兩塊五、兩塊六。你有覺得他暗示你油錢，不想載你去？」王哥：「嗯！他當著我的面抱怨，老林交房租現鈔給他，常跑三次才拿到錢，汽油漲價了耶！」

朱先生瞭解到，生活中，王哥關心重大事情之一，就是救世軍救濟食物和房東會不會開車載他去拿那些救濟品？

一三七

一月十一日，星期日。一頭白髮藍眼麥克牧師：「聚會完後，歡迎每人帶一袋從我家樹上摘下來的新鮮檸檬回家。」朱先生捧著紙袋內裝有十顆鮮果搭公車回家。

如春氣溫，午時，NBC電視台在夏威夷實況轉播高爾夫球賽，多國選手較量球技。鯨魚優雅浮游藍海畫面，驚喜地出現在螢光幕上。

稍後，王哥見到朱先生，第一句話就是：

「愛美麗早上十一點鐘，送三百塊錢現金過來給我，繳磨牙費。」

朱先生：「不是兩百嗎？」記得王哥曾經提到半價優待。

王哥：「可能牙齒診所只願優待一佰塊錢吧！」

朱先生：「你要把三佰塊錢現金收好，藏好。掉了，愛美麗會生氣的。」

王哥「她付這筆錢，會不會不高興？下次叫她買東西給我吃的時候，會不會不買給我？因為她想，她已經出了磨牙的錢啊！會不會嫌我煩？」

「不會啦！他們夫妻倆都在高科技公司上班賺錢，他們有錢。」

「早上，愛美麗去中文學校接小孩，順便送錢過來。錢交給我，馬上就說，要走了，沒時間多講。我跟她講，吃的東西月底就吃光了，到時候別忘了載我去買點菜。她說好。」

「聽你這麼說，沒事。」接著確認：「你吃的東西可以撐得到月底？」

「可以。救世軍送的感恩節大火雞，還在吃。救世軍送的聖誕節小火雞，都還沒動呢！」

然後，王哥指著衣櫃裏吊掛三件外套：「這些衣服，是過去，馬克的同性戀和同性戀的乾媽、乾妹妹送我的生日禮物。每人送一件給我。」當時，「馬克男朋友誤認我媽死後，遺產會留給我和馬克，每人各五萬，加起來總共十萬，這不就可以買房子了？所以，巴結我。另外，也叫他乾媽、乾妹妹分別送我外套當生日禮物，態度對我也和善多了。我後來告訴馬克，奶奶只留給我們大家五萬，不是每人五萬。奶奶五萬，還包括姑媽一家人耶！聽我這麼說，馬克那個同性戀，不再送禮，對我的態度又回到從前那樣，很壞。」

朱先生：「這些衣服要穿啊！留著掛在衣架上，不穿，幹嘛？」

「好！要穿。搞不好明年死了，就穿不到了。」

「愛美麗他們會幫你過生日嗎？去年有嗎？」

「去年生日，愛美麗一家四口、麗莎和她的孩子、妹妹和妹夫，我們去一家上海館子吃飯。我點了最愛吃的什錦砂鍋、紅燒鱔魚這兩道菜。其他菜，讓他們自己去點。我小女婿，愛美麗的丈夫，生日是一月十八。我，一月二十三。我生日那天，全家聚餐。」

「今年呢？」

「還會吧！」

經王哥這麼一說，朱先生點了點頭，為他慶幸。

王哥又語：「今年，我會按照去年，買蛋糕慶祝，請大家吃。我跟可可講，今年，以她挑愛吃的口味為主。」

「她怎麼說？」

「她笑著回答，隨便。」

「你對女人，蠻會甜言蜜語！油腔滑調。你這個老頭子，追女人的話，一定輕而易舉。」

「跟女人說話、搭訕，是以前當公路局金馬號司機鍛鍊出來的。」「年輕未婚的時候，老實。隨車小姐，個個可是千挑細選。年紀輕輕，我只專心開車，很少跟她們搭腔。休息時間一到，就休息。」「有天，資深老司機跟我講，真傻！隨車服務員這麼漂亮，像空中小姐一樣，你為什麼不跟她們搭腔？比方說，避開過年過節加班期間，平常，汽車開到終點站高雄火車站，汽車就會開回保養廠。這時候，有兩、三個小時空檔，你約她們出去吃喝喝、走走，交際談談啊！以後，嘴巴要油一點，不要這麼老實嘛！」「自己想想，也是！只要不動歪腦筋，嘴巴講講，可以。」「老司機還教我，跟女生說話，記住兩點：第一，講好話。第二，小姐生了氣，閉嘴。」王哥講得滿臉笑容。

日落西山，老李下班。停好車，兩手拎著買回來的蔬菜和一份中文報紙，兩眼遇上站立紗門內且往外望的王哥。開了門，兩人面對面，老李講上海話：

「報紙借儂先看。阿拉要先洗澡、做完飯，再看。」

王哥道謝：「蝦蝦儂！」

朱先生走出房門，見王哥邊慢走，邊雙手撐開報紙全版翻閱著，問：

「你去買報紙了啊？」

「沒有！是老李借我先看。我今天剛好沒買報紙。我看報紙，只看大標題。你看，我已經看完了，這會兒馬上還給老李。」王哥對朱先生說：「我妹夫本來要花差不多兩百塊錢，幫我訂全年中文報紙世界日報，無聊時候，讓我看看報，解悶。結果，被我妹妹擋下來，她說，他們那邊房客中國人多，萬一報紙被偷，還要叫送報人再送一次，多麻煩！」

「就這樣，沒訂了？」朱先生替王哥惋惜。

「對啊！沒訂了。」

挺晚了！可可回來。朱先生問她，要新鮮檸檬嗎？她點頭稱好。於是，朱先生分了五粒給她。她謝曰：「可榨汁做飲料。炒菜的話，可用來做醋。甚至切半後，置入冰箱除臭。或者切片放在屋裏，發揮自然芳香劑的絕佳效果。」

見到趙太，朱先生詢問對檸檬果子興趣如何？

「不用了！沒心情。雇主今天下午打電話給我說，他們要請另一位管家，明天不用去他們家上班。他們給我兩個星期工資做補償，叫我找別的工作。」

聽完，朱先生心情也跟著低落下來，且安慰：

「我會幫妳留意一下，有機會，會告訴妳。妳一定會找到工作的。」

廣東人趙太沒拿檸檬，就進房去了。

四川人可可又來到廚房區，朱先生向她提起趙太目前被解雇情況。可可婉惜不已：「幾天前，我正想到，改天要教她做包子水餃麵點。這樣子，在雇主家，廚藝廣的話，俐俐落落做出一桌菜來，人家就不會嫌來嫌去。像我，以前在雇主家，手腳快，又菜色常變花樣。我告訴你，是我挑人家，不是人家挑我！」

夜空下，王哥在房內獨居，喃喃：「可可！可可！」

一三八

入夜時分，七點左右，老李忙燒上海菜，百葉結紅燒肉塊。撓了一碗給老鄉王哥：「慢慢吃。分兩、三天吃，不要一下子吃完。」

王哥笑著接下香噴噴一碗肉，回房享受美食。

袁小姐聽到王哥回房腳步聲，認定只剩老李留在廚房，於是，她走出房門，來到廚房找老李說話：「朱先生怕我。我對他沒怎麼樣！張小姐說，朱先生告訴她，我偷看他。又什麼要去報警。」袁小姐繼續：「就像我現在跟你在這裏煮飯，難道，我偷看你？」

老李寬慰袁小姐：「沒這麼嚴重。」說完，挾一塊肉給袁小姐嚐嚐。

袁小姐當場嚐，當場讚美：「好吃！你以後教我怎麼燒啊！」

袁小姐復言：「我怕死張小姐了！她一回來，我儘量躲在房間裏。」

八點半，朱先生從 Vallco 購物中心回來，還沒進門，先見到張小姐汽車停在門口，而微喜：「這下子，袁小姐不會藉故露臉，惹惱人。」

火爐旁，朱先生忙熱湯，一面和張小姐閒話，但輕聲。

張小姐照舊拉著嗓門。朱先生暗讚：「這樣最好！袁小姐知道張小姐回來了，袁小姐怕她，就不會故意跑出來，討人嫌。不正常。」

雖然張小姐在家，但聽到朱先生講話聲，就算十分害怕張小姐的王哥還是忍不住出現眾人眼前，頭帶毛線帽。

張小姐對王哥譏曰：「你現在精力旺盛！自從出院後，你已經恢復到以前的身體狀況，聲音也宏亮了。你不會想娶小老婆了吧？」

王哥：「我現在習慣一個人睡。有人睡在旁邊，還不習慣！不喜歡。」

張小姐暗示：「老美有人睡覺抱充氣娃娃，男人女人都各抱一個睡覺。」

情急之下，王哥急呼曰：

「給老李買一個，他老婆住在紐約，夫妻少見面。」

張小姐四兩撥千金：「老李抽煙。抽煙的男人性慾低。」

王哥見大勢不妙，張小姐又在挖苦人，於是，悄然走開，回房。

朱先生因為想小解，跟隨王哥身後，朝向衛浴間方向。當王哥慢行至袁小姐門前，被朱先生輕喚住。王哥回身，朱先生細語：

「你買個充氣娃娃給女性荷爾蒙分泌失調的袁小姐。」

一聽，王哥眯起雙眼，微笑點頭，並比出個大姆指比讚，輕聲：

「給她買個充氣男人抱抱。」

朱先生猛點頭，啞語喊讚，也比出個大拇指。

朱先生回到廚房時，又剩下兩人。張小姐說：

「整個屋子都是精力充沛的，也是麻煩。」

朱先生笑曰：「應該這麼說，整個屋子都是精力充沛的老男人、老女人，才對。」

一三九

一月十四日，星期三。

近午，從醫院出來，穿越十字路口紅綠燈街道，旋即走進整片安靜住宅區，朝向人民公社。一路上，家家戶戶開放式庭院內，或路邊，眼瞧果樹結實纍纍，令人目不暇給：青檸檬、黃萊姆、葡萄柚、柑橘、香吉士。這種如春怡人天氣，朱先生憶起昨晚張小姐笑咪咪：「這種一月份舒爽感覺，就是年輕談戀愛的時候，形容，你是我冬天的太陽！那種感覺。」

朱先生此刻，邊走邊想：「就算不談戀愛，無分年齡，都會覺得舒坦，人生美好如夢！」經過柑橘樹旁，忍不住停下腳步，無視院中忙東忙西正在攪拌的水泥工及木匠，伸手搆摘碩大柑橘後，嗅聞果香，悠揚遠走。

朱先生才打開大門的紗門，可可和趙太，兩個女人談話聲傳入耳際。

朱先生烹熱南瓜雞湯麵時，聽到趙太已經買好機票，花六百多塊錢回廣州探親兩個月。趙太心中盤算一下，四月份返回加州時，再找工作吧！可可熱心提供免費開車，送趙太去舊金山機場。趙太希望多少付些車資，深怕欠下人情債。可可頻頻好言相勸：「哎呀！遠親不如近鄰。」

吃完麵，朱先生加入談天，三人聊得起勁。

王哥也出現，插入一兩句話，然後小聲地朝朱先生耳際丟下一句：

「等一下你到我房間來。」

不久，踏進王哥房間。「什麼事？」朱先生單刀直入。

「我要找你這個心理醫生談一下，幫忙做個決定。」

「說吧！」

「唉！上次有人來看樓上的房子，我打電話給房東，問他可不可以帶人上樓看房子？」「他說，老王，有人來看房子，就帶他去看啊！」「後來，我又問房東，什麼時候載我去牙醫那裏把三百塊錢磨牙費給繳了？他說，你自己去約時間。我說，我沒車，愛美麗又忙。我約了，沒用啊！」「我講完，等他怎麼回答？結果，他把電話掛了。」「我問你，他上次把我中文有線電視機上盒拿走，說，要幫我修理看看。結果，一直都沒有還給我。你說，我要不要打電話給房東，叫他把小盒子還給我？」

「房東有時情緒不穩。我還真不知道你到底要不要打電話給他，提醒他？這由你自己決定。」同時，朱先生安慰地繼續說：「不會！房東不會忘記把小盒子還你。」

王哥懼曰：「他會的。他最近常常忘記事情，常叫我打電話去提醒他一些事情。中文有線電視今年八月到期，我不會再續約了。」「小盒子事，我看，月初，他過來拿房租支票的時候，再跟他提好了。」「他現在心情不好！自從今年開了卡拉 OK 酒店後，生意興隆不起來。現在都是靠熟人捧場。裝潢的錢都花下去了。還有，酒店是租人家倉庫改建的。夜總會地點太偏僻。像他開這種店，就要開在熱鬧人多的地段，因為人潮就是錢潮嘛！」也看出：「他現在有點騎虎難下。」

「他不是經營汽車旅館很賺錢嗎？又有好幾棟房子收房租。當初，幹嘛去開酒店？」朱先生問。

「這叫做，看人挑擔容易，自己挑，才知道不容易！」王哥回應。

「我有跟你講嗎？張小姐上次告訴我，她把以前開了三個多月的委託行性質的攤位，當機立斷給收了。結束營業後，她說，這才是過生活，過日子！她說，不講別的，光房租三個月，一仟八佰塊錢，只賣了四十塊錢的東西。更別提，顧用店員顧店的人事費用，還有其他雜費。」

朱先生：「這個我知道！」

王哥：「這就是我剛才講的，看人挑擔容易，自己挑，才知道不容易！」

過了一天，中午。未忘早在感恩節之前，王哥曾多次向朱先生提議，找個時間一起去飯館吃個六塊九毛九特價午餐。這會兒，朱先生終於敲定，何不今日？沒幾分鐘時間，中餐館侍者遞交菜單時，王哥抬頭交待：

「帳單分開，兩份帳單。」

接下來，王哥捧起菜單，瞄一下，才不過區區幾秒鍾而已，闔起菜單，放下，來回幾次，終於開口：「眼睛看不到。你幫我看。我吃海鮮。」

朱先生唸著菜單上魚食後，「還有宮保蝦、宮保魷魚、豆鼓蝦。」

王哥先點蝦，改口：「宮保魷魚吧！魷魚比較不好燒，在家不常煮。」

熱茶水先送上來，小碗熱湯隨後送到。聊一會兒，飯菜端來。吃吃喝喝談談，朱先生忽然覺得奇怪問道：「你幹嘛不吃菜，寡吃飯拌菜汁、喝湯？」

無牙王哥癟著嘴笑說：「我都忘了，我沒牙齒，沒辦法吃魷魚，太硬了！很想吃啊！」

朱先生恍然大悟，建議：「帶回去，魷魚切成小粒，煮粥好了。」

「下次，我們再來吃？」王哥興致勃勃地探問。

雖然聽得清楚，但朱先生未置可否。

見狀，王哥自打圓場：「只要你有空，你想來，我們就來吃。」

朱先生：「昨天房東來，幹嘛？」

王哥：「他來我房間拿變壓器。把它拿回去，想要和他上次帶走的第四台有線電視小盒子，兩個試試看，倒底是變壓器壞了？還是機上盒的小盒子壞了？」「他覺得不好意思，因為當初介紹我付費租小盒子看中义節目，說，只要家中聯結上網際網路，就能收視中國大陸新聞、綜藝、戲劇、美食一些節日。」王哥順勢想起：「我妹夫上次要出錢幫我裝小雷達電視，讓我在家多看電視，才不會覺得無聊。後來被我妹妹擋下，說，裝了小雷達，萬一他們那些中國人室友偷接視訊，怎麼辦？經她這麼一說，就沒裝了！」

朱先生終於忍不住感嘆，哎了一聲氣之後：

「我真的覺得你妹夫像你弟弟，你妹妹反而像你的弟媳婦！」

吃完飯，返回人民公社。王哥和朱先生正要穿過 **Wolfe**、**Homestead** 街口紅綠燈，小趙騎單車反方向，正朝往大華買東西去，彼此照面打個招呼。綠燈快亮時，小趙折回，喊住朱先生說：「她兩點鐘開車出去了。」

朱先生當街樂呼：「太好了！神經婆不在，我就可以回去休息。」

過街，走在人行道上。陽光和煦。多日前，幾場紮實暴風雨，催得家家戶戶門前草坪難得鮮綠如氈。這時，王哥又不自覺地提到：「我妹妹從小讀書讀得好，我媽只注重她。北一女直升台大植物病蟲害系。來美國，在威斯康辛大學讀書。我妹夫是聖母大學畢業。我從小讀書，讀不好。」「住在低收入戶 **Palo Alto Garden** 住宅區裡的三房公寓，一住就是十五年。當初，我媽跟我們住。大女兒、小女兒共用一間，我媽一間，我和馬克父子兩人共用一間。我母親搬走，因為我妹妹生完第一胎，患產後憂鬱症。她搬過去，幫忙帶外孫，一直帶到小孩長大。」

「你妹現在還有憂鬱症嗎？」朱先生問。

王哥點頭：「有。」

一四〇

陽光谷。又過了一天，十六日，起個大早，朱先生摸黑搭公車，星期五做義工的日子。七點十來分鐘，藍色公車緩緩停靠終點站，Palo Alto 火車站。

咖啡店內，吃早餐顧客人數還算少。選坐面街大片透明窗邊，從背包裏取出優格、香蕉放在桌面上。起身，跑去點了一杯拿鐵咖啡。這兒咖啡、熱巧克力等熱飲，都是用碗裝的。

喝咖啡，隨意閱讀當地免費每日郵報，第一版，「待在太空一年」粗黑標題吸睛。原來，美國太空總署計劃今年三月將太空人 Scott Kelly 送到國際太空站，將和俄羅斯太空人一起在太空站度過一年。此舉，創下美國太空人單次在太空逗留最長時間記錄，為未來探索火星做準備。

邊喝拿鐵咖啡，邊瞧向落地玻璃窗外 Palo Alto 市區，大學路上往來人車，邊思想，一九八七年至一九九五年之間，四名俄羅斯太空人就已經被送上太空度過一年以上時間：「太空人除了剛開始會興奮地觀賞地球壯觀美景，但是，太空站每九十分鐘繞地球一圈的話，換算下來，那是每天環繞地球十六次。太空人不嫌無聊嗎？」旋即：「他們被賦予任務在身，忙得可有意義。」「地球上的人們，有時也像太空人？孤獨地奔波去尋覓自我價值！」「或許，人只要努力活著，就是一種價值。」朱先生想起多年前，人在舊金山中國城街道上，一家燒臘店鋪前，瞥見一位身著白色廚房工作制服的中老年紀夥計。滄桑老態，但恭謹地聽從老闆工作上指正，點頭且唯諾。油生欽羡之情：「呈現出來那份活下去的心志，個人就有價值，人生就有意義！」

早上十一點十五分開始，年長顧客魚貫進入大廳使用營養午餐。漸漸忙碌起來！忽然皮耶湊過來：「請你幫那位女士倒杯綠茶，好嗎？」聽到男聲，認出是皮耶，朱先生應了一聲好。皮耶又說：「她是我母親。」

朱先生驚喜，停下工作，抬頭：「真的？」心想：「幸好，已給她茶包了。」腳步加快走到銀髮、戴付黑框眼鏡，氣質安詳女士旁，為她倒熱水時：

「皮耶提到不少有關妳的善念！」

「不知道，我配不配得他的讚美？」老母親慈祥謙虛。

朱先生連稱：「當然配得。」

晚間十點半，仍未見林先生騎腳踏車回來。朱先生想睡前吃蘋果，故用廚房流理台水龍頭清洗。當時，瞧見可可正在火爐上滾水，要煮一鍋酒釀蛋花湯。不久，兩人坐在餐桌旁吃宵夜。

可可：「嚐點酒釀？」

朱先生婉謝。

由於面對黑色冰箱，可可無意間瞄到冰箱上大鍋，那是林先生每日用來燉排骨湯。瞬間，那只大鍋再度燃起她怒氣衝天。站起來，跨步走到冰箱前，搆手取下冰箱上的大鍋後，將其放置桌上，掀開鍋蓋：

「你看！可惡的傢伙。鍋底盡是湯渣。他也不放進冰箱。你聞，排骨味。現在還可以忍受，夏天可難聞死了！」氣頭上，難罷休，繼續走到微波爐旁，拿起屬於林先生的小鍋，於朱先生面前，將小鍋擱置餐桌上，又是掀蓋：

「你看！鍋裏斑豆甜湯，沒剩多少。怎麼不像別人一樣，剩下的，就用容器裝好，放進冰箱，順便把鍋子洗一洗。這樣，就不會招味、招蟲。想想，微波爐裏還生小蟲，高溫都殺不死！噁心不？」音調更升高：「媽的，他還想要我跟他說話？我才不跟他說話！」

以前，朱先生都會在可可面前幫林先生講些好話。如今，慣犯證據歷歷在目，朱先生只管閉嘴。

聊天聊到一半，林先生下班騎腳踏車回來，從外推開大門走進屋內。此時，餐桌邊兩人，可可剛好背對著，朱先生則抬頭面對歸人：

「回來啦！」

林先生看了兩人一眼後，未語，回房。

談話告一個段落，可可返回房間，帶上門。朱先生隨後也起身，想洗個熱水澡暖暖身子。這時，林先生出現眼前：

「你們再聊啊！不要因為我，就不聊了。」

「差不多了。」朱先生感覺到林先生好像有點吃醋？故再次清描淡寫：

「聊得差不多了。不會因為你，就不聊了！」且小心地轉移話題：

「今天餐廳工作忙嗎？」

想到一件事，林先生說：「你在這等我一下。」

說完，消失在朱先生眼前。當再出現時，手抱著紙箱。拆開箱子，林先生取出全新麵包機：「這是員工抽獎活動，我抽中的。」

朱先生瀏覽英語使用手冊，讀到這台機器可用來做全麥麵包、白麵包、法國麵包和麵糰等等，一一唸出，順便看一眼食譜。

林先生：「下次，我們來做麵包。你唸食譜步驟，我來做。」說完，再把麵包機裝回紙箱內，收好。接下來：「前天，我把漲房租的一百塊錢現金準備好了，打手機叫房東來拿。沒人接，沒回音。我不管他，房東自己不來拿，我也不會再打電話給他。」「房東要那麼多錢，幹嘛？死也帶不走！我們餐廳老闆說，上次讀到網路上文章，講禪修。大意是，錢不是我的。婚姻不是我的。房子不是我的。只有身體是我的……」

朱先生插話：「沒錯！兒女也不是我的。只有靈魂是我的。」

乍看，林先生醋味緩和下來。朱先生於是跑去洗澡。洗完澡，路過廚房，被林先生喊住，停下腳步。原坐在餐桌旁吃飯的林先生站起來，走近朱先生身邊，低聲：「你可以和可可繼續講話，不要因為我，就不講了。」

朱先生這時心裏明白，林先生仍在吃味，於是打斷他的憂思，並且不客氣地指出：「你是不是像王哥所說的，你愛吃可可的醋？王哥告訴我，他提醒可可，如果你在場，他們雙方就不要講話，免得你吃醋。這是真的嗎？」

林先生連忙否認並道歉。

當面，朱先生略帶生氣語調分析指出：

「如果要避開你，避免你吃可可的醋，我大可不必明知你下班時間，而且隨時會出現的時間，還大喇喇地跟可可聊天。因為我要和可可聊天，大可選個白天下午你上班時段，不是嗎？如果要避嫌，我大可在你進門的時候，馬上起身離開。如果有鬼，我也不會光明磊落地向你打招呼問候，說，你回來啦！」況且，「你要是聰明如王哥，你就應該逮住機會，走過去，跟我應對一下。那時候，我會製造話題，讓不好意思離開的可可，還有一心想和可可破冰的你，雙雙加入共同話題。如此，說不定，你如願能夠和可可重建溝通的橋樑？」結尾：「我一再重複講這些，都嫌累了！你想太多，亂吃醋。」「不跟你計較，我們還是朋友。」

聽朱先生這麼長篇大論，林先生覺得有些尷尬，於是，再道歉。

過了兩天，晚上約十時，林先生敲門問：「方便出去聊一下嗎？」穿衣戴帽，套上襪子好保暖，朱先生才走出大門，一個左彎。遠處，林先生坐在街燈下人行道邊打手機電話。通完電話。

「打給誰？」朱先生問。

「房東。我問他為什麼要漲房租一百塊錢？難道每年都要漲嗎？我住他房子也好幾年了！以前，別的房東那兒，住了三、四年都不會漲。現在的房東剛剛說，行情如此。他跟我要一百塊，我說，明天要去銀行看帳，是不是上次已經付過？他生氣，啪一聲，掛我電話。」

巷道間遊走。林先生聊到工作上跟餐廳老闆緊張關係，但另一方面，他又頻頻婉拒老闆多方眷顧的矛盾。聊了一大圈，林先生再度回到已經算是老問題了：「你可以和可可繼續聊天，不要因為我的出現，就中斷。」

談天談到這樣，朱先生幾乎認定，林先生還在吃哪門子鬼醋啊？此刻，朱先生被惹毛了，真想以後再也不管他的死活！

一四一

周末剛過。星期一，十九日。

早起，朱先生跑廁所時，瞥見可可和林先生都在廚房各忙早餐。

用完廁所，忽見抽水馬桶上留有一捲衛生紙：「想必是可可的。」走出來，稀鬆平常口氣：「可可，妳的草紙留在廁所忘了拿！」

不久，朱先生走出大門，林先生追出來喊住朱先生：「我要搬家了。」陽光下，馬上從口袋掏出手機，將房東傳來簡訊的內容秀給朱先生看：「本月欠繳一佰元房租，二月五日搬走。」

朱先生愣住，僅擠出幾句安慰話語，並約好晚上回來，再聊。然後離去。

舊金山灣區，一九八九年，　個地震，竟震來大群稀客海獅，它們出現在舊金山三十九號碼頭。多年下來，碼頭卻也成為牠們棲息天堂。這天，忽然間，憶念海獅。曾經濱海，親耳聽聽水中動物叫聲。今天，王哥油生提起畫筆念頭，欲描繪海獅俏模樣。但轉眼間，立刻放棄作畫夢想。

如今，時間，像是在進行一場高速星際飛行，奇異流逝，時不我與！

一四二

一月二十日，星期二，早上八點十五分，拿著臉盆要盥洗，同時尿急得很。廁所燈亮而且門是敞開著，是趙太待在裡頭刷牙。這時刻，朱先生猜想：「王哥應該已經起床了，只差沒燒香。因此，沒有燃香味飄流出來。」

朱先生推王哥房門，門被椅子擋住，還是被朱先生推成半開，皺眉：「有人正在用廁所。我來用你的廁所，小便。」

躲在被窩裏睡覺的王哥被吵醒，睜開眼，見朱先生第一句話：「房東，他現在人在洛杉機。明天，房東會載我去弄牙齒。」又解釋：「牙醫診所來電話叫我去弄牙。我回覆，沒車，怎麼去？護士就打電話給房東。」

朱先生：「好啊！希望你快把假牙裝上」邊尿尿邊應付著。

公共衛浴間的木門半掩著，身穿長袖長褲睡衣的王哥已站立門前，對正拿著牙刷準備刷牙的朱先生說：「你先讓我小個便吧！」

朱先生退出王哥雅房內小浴室。

一會兒，兩人再度互換位置。王哥對正在小浴室內刷牙的朱先生笑語：「可可以前送給我暖和鴨絨棉被，還送我棉料床單。我天天睡覺，都會蓋著。不但，天天會想到她，而且，每天睡覺，一定會蓋這床棉被，一直到我走的那天！」講到這件事，王哥從頭笑咪咪到尾，滿懷幸福。

當時室外溫度，華氏四十八度。陰天，微寒。

王哥再說：「星期五，是我七十九歲生日。我女兒會帶我去吃飯。她說，七十九歲，是個大生日，應該慶祝一下。有九個人會去。」

朱先生：「哪些人？」

王哥：「愛美麗和洋女婿，他們兩個子女。麗莎和她兩個兒子、一個女兒。還有我啊！」又說：「他們會點我愛吃的鱔魚、什錦砂鍋。他們曉得。」

到了忙中餐時刻。趙太聊起前房客老谷夫婦：「兩個人賺錢，有錢，但捨得吃。不管是老谷一個人，還是周末老婆過來同住，流理台上，天天都是被他們的鍋碗瓢盆佔滿。」

朱先生難以置信，現在哪有人這麼閒工夫，細心張羅自己餐飲？王哥在一旁證實不假。谷家夫婦做哪些菜呢？朱先生高度感興趣，想知道。

「不是烤鴨，就是紅燒魚。反正，不是燉，就是煎。」聽得朱先生口水欲流，羨慕不已。

同時，非常敬佩老谷人生態度，即尊重每日三餐，不但隆重地去準備，而且歡樂地去享用。

晚間，張小姐煮熱粥。朱先生詢問調查袁小姐一事，目前可有任何進展？

「太忙，沒時間。袁小姐母親生前在教會，曾經當場經精神分裂症發作。袁小姐有精神問題。她以前在台灣讀專科學校，來美國，她父親供讀不錯的舊金山大學。由於資質不夠，唸書辛苦吃力，唸成瘋瘋顛顛。」張小姐又講，袁小姐是啃老族，多年來，以看護近百歲老父親名義，每月可領政府薪水過日。

一四三

過了一天，中午，朱先生燉煮鮭魚頭豆腐湯。

趙太熱心問：「有沒有把魚頭先油煎，再加水煮湯？」

朱先生忘記了，馬上說：「下次一定記牢。你們廣東人煲湯，煲得最好。我跟你們夫婦學了不少。比方說，大火滾個十來分鐘後，再關小火，這個時候，加鍋蓋或者半蓋住，再燉個三十分鐘左右，就是好湯一鍋。」再補說：「這鍋裏的豆腐跟魚頭，就是妳上次騎腳踏車去韓國店幫我買的。多謝啦！」

趙太在爐頭上燉黑豆核桃肉骨湯：「以前頻尿，常跑廁所。後來吃這個中醫食療法，現在少跑廁所。打汁也可以，只是我沒買打汁機，太貴了！好的要一佰多塊！」幾分鐘後，她從微波爐內拿出剛蒸熟的一盤豆沙蔴糬，放置流理台上，然後低下頭並用食指尖去輕按冒氣的熟食。右手掐起一個蔴糬，遞給朱先生。朱先生接下蔴糬，謝曰：「太好了！這是我飯後甜點。」將它放置白色小陶碗內，並用塑膠袋包起來保鮮。

朱先生關心地問：「最近失眠有改善？」

趙太：「沒工作在家，覺得無聊。頭幾天，睡不好！失業，讓人操心。找牧師禱告，回來，晚上睡得好。去大陸探完親，回來以後，再找工作吧！」

朱先生：「暫時不去操心也對。反正再過一陣子，妳就要回廣州看兒子孫子兩個月。如果現在有工作機會叫妳去，妳也沒辦法上工，對不對？」好奇地接著問：「妳兒子為什麼不移民美國？妳拿公民，小趙拿綠卡，父母親為兒孫辦理依親移民，沒問題的。」

趙太：「幫他辦了啊！而且綠卡簽證也批准了。可是我兒子不願意來美國。」

「為什麼？很多人不是想來美國移民嗎？」

「他說，英文不會。他也不喜歡做中國餐館炒鍋、油鍋的工作。沒意思！他現在在廣州電車機構管理一百多個工人。」

「管理階級。他官位蠻大的。」

「倒也沒有。不過，責任大。出事或發生交通事故，我兒子都要出面解決。很頭痛的！」

晚上，林先生下班回來。林先生告訴朱先生，昨天，他向餐廳老闆辭職，老闆發飆罵他：「夠不夠朋友？給你房子住，你不要。車子便宜賣一仟五給你，你不要。廚房裏的大油鍋，老闆我天天親自幫你洗。這種老闆你去哪找？現在，大廚辭職，他要自己開餐廳。餐廳現在人手短缺，你還說不幹了？」老闆氣不過：「我現在都叫你林老闆。你是老闆，我不是老闆了，你還要怎麼樣？」這麼搞下來，林先生也就不便走人了！原先，林先生「規劃辭職、退租，離開加州，到別州中國餐廳打工。這家打三個月工，下一家打三個月工，流浪下去，順道看些朋友什麼的。」

林先生又告訴朱先生，他打電話給房東說：

「你誤會了！漲房租一佰塊錢是會給你的。我可以住，可以不住。如果住下去的話，從下個月開始，我付支票，這樣，付房租的錢就會有記錄，比較清楚。」結果，房東答應房租以支票給付。

林先生可以住下來，朱先生似乎鬆了一口氣。因為，晚上，有林先生在屋內忙進忙出，袁小姐會減少走出房門露面。如此，朱先生大可從容出沒廚房、廁所，避開撞見袁小姐，以免影響情緒。

朱先生匆忙回房間，拿出先前的蔴糬給林先生嚐，因為想到林先生經常會從餐館帶油麵或拔絲地瓜回來給他吃。接下蔴糬，林先生低頭看著糰糰圓圓美食，忽然感性起來：「看到這個，我會流淚。我老婆很會做這種東西，她做得很好吃。」

「吃吧！吃吧！」

「我會一面吃，一面流淚。」林先生說這句話的時候，手中一直握著蔴糬，而且頭也還低著，雙眼深情地望著那糰圓圓綿綿的思念。

一四四

一月二十日，星期二，大寒？真的嗎？日曆搞混了嗎？因為這一天，南灣氣溫宛如春日。中午，王哥飯後，被房東載往聖荷西牙醫診所試戴假牙模型。醫師把蠟質模型塞進嘴巴，套牢。叫王哥咬住，並問：「感覺舒不舒服？合不合適？」

王哥：「舒服，但第一次，戴不習慣。」接著：「這下面模型好像剉到肉。」醫師回覆：「要常戴，才習慣。」於是，醫師再試，且說：「下面裝好。舌頭不要動，咧嘴，咬住。」繼續：「這次是蠟的模型。拿回工廠做。下次，就是真的假牙。」又吩咐：「以後要一直戴。上面的假牙，天天要用膠水黏上去。我們先送你一盒，之後，膠水要自己買。」最後：「假牙模型做好，會通知你來裝。」

將王哥載回家之後，房東把機上盒和變壓器帶來還給王哥：「都沒壞！我要把網路給升級，你就可以看有線中文電視台的節目。」的確，房東立刻在王哥房間內使用手機，打了個電話給有線視訊公司，表明願意加價，網路升級。無奈，升級了也收視不良，王哥終於放棄。房東表示歉意。

王哥：「沒關係！今年夏天到期，小盒子還給他們，不訂了。」

黃昏，樓上三十歲初頭溫蒂回印尼探親兩星期後剛回來，拿著一小罐福建紅茶、一包脆餅給王哥，感謝老人幫忙收下郵件。

快七點，小趙和老李兩個男人忙煮飯並聊天。

王哥沒看到袁小姐如往常走出房門，來到廚房，找老李聊上幾句。於是，心想：「可能是人多，不是老李一個人吧！所以她沒出來找老李講話。」

無牙老人靈機一動，悄悄蹲下，模仿袁小姐，彎下半身，僅露出額頭和雙眼在廚房半牆橫框上，悄悄觀看兩男燒菜。

小趙從爐邊轉身，兩步走到流理台水龍頭時，餘光，

「你嚇死我了！」小趙驚叫。

無牙王哥笑曰：「我學那個人。」

當然，在場者明白，王哥模仿袁小姐偷窺朱先生的模樣。確實會嚇到人。王哥跟進：「對不起，小趙，嚇到你啊！」

晚間十點多，張小姐回來。放下大皮包，手中抱著一些東西，前去敲王哥門。王哥當時正在收看26台無線中文電視台節目。

張小姐：「這瓶酒送你！」

王哥：「妳幹嘛送我酒？」

張小姐：「明天你生日啊！送你一瓶酒，祝你生日快樂！天冷，背痛，喝一點，身體暖和一點，活血。」

「謝啦！我明天請你吃蛋糕。」

「好啊！本來，邀朱先生和小趙和趙太一起到房東酒店去吃小火鍋，為你慶生。他們沒時間去。」

「沒關係！」王哥說。

打從王哥打開房門並掀開巨型美國星條國旗布簾一角，探頭與張小姐對話這段期間，王哥意識到，斜對角，袁小姐打開房門，留道門縫，意圖尋找朱先生背影。當下，王哥覺得好笑，決定明天要告訴朱先生。不久，袁小姐聽得到張小姐跟朱先生在廚房內大聲講話聲音，於是將門再度微開，好讓講話人聲流進屋內。

除了送黑莓 Merlot 酒給王哥當生日禮物，張小姐把生日卡擱置餐桌上，召喚路過室友簽名。

近子夜。朱先生關上電視，想去廁所小便，然後就寢。

才出房門，見張小姐蹲在小走廊上忙著插血紅、潔白、粉嫩三種不同顏色的茶花。借過。朱先生上完廁所，見張小姐把一盆花插好，且將其放置木質餐桌中央。近瞧，乳藍色大托盤，是一個綴飾藍色、白色雪花圖案的圓盤。乳白闊口的瓷杯花器被置於盤中，站姿典雅。這一個酒杯形狀花器內，被置入另一個半透明塑膠罐，罐內，被巧妙地插入三色不同鮮折的茶花、綠葉和花苞。仔細端詳，圓盤平底，有張小姐用心舖陳深綠茶花葉片，約二十片，片片圍繞乳白瓷杯。

往二樓的樓梯扶手邊，朱先生斜對角，也是老李房門正對面，散落著屬於張小姐的兩層白色置物櫃，櫃上落著一個土黃色厚紙板箱。紙箱和置物箱內都塞滿中文書、冊頁、華商年鑑。紙箱上，放置了印有彩色花果橢圓托盤。托盤上，散落五片茶樹綠葉圍著透明玻璃瓶。瓶內，被插入六朵鮮採紅茶花，以及中間一朵粉色茶花、枝枝葉葉外，更點綴幾枝迷你深紫花朵又配上纖細綠葉。

第二天中午，朱先生吃完鍋麵，洗刷鍋碗時，一旁趙太忍不住再度抱怨張小姐：「你看這個女人，東西擺得公共空間到處都是！」她接著埋怨，後院，大塑膠盆裏塞滿待洗碗盤、勺子、調羹；女人內衣亂掛；昨夜美麗插花的餐桌上，現在又多出張小姐留下吃剩一半的兩片吐司、星巴克空紙杯、幾個馬克杯、透明膠帶、鍋蓋、原子筆、免洗乳白塑膠調羹。另一頭，流理台角落雜堆著剪刀、免洗竹筷、維他命空瓶、空玻璃瓶、一打裝的空蛋盒、面霜、珍珠奶茶空的透明塑膠杯、**Ponds** 面霜、勺子和阿華田罐子。

趙太還沒停：「每個冰箱上、公共走道上都有她亂放的東西！」

這是朱先生第二次聽到趙太數落張小姐個人生活習慣，上一次，是聖誕節的時候。

一四五

星期四，一月二十二日。晏起，可可燒水沖咖啡。

王哥聽到熟悉聲音，毫無抵擋力地被吸引住，跨出房門。

當著朱先生面，王哥笑著對可可說：「謝謝妳送我的棉被，很溫暖。」

可可：「要常拿出去曬，睡得更舒服！」說完，進房。

不一會兒工夫，當再出面時，可可遞給王哥：「兩個老婆餅給你。」

中午，依照愛美麗吩咐，王哥一路走向上海飯館，當場預訂明天生日聚餐九個人位子。到了飯館，老人留下來，為自己點了一道午餐特價七塊九毛五家鄉菜「薺菜冬筍炒肉絲」，想好好解饞享受一番。

午飯吃完，前往大華超市買了兩捲檸檬瑞士捲，五塊九毛九一捲。放棄巧克力口味，因為價錢貴一塊錢。慢慢走回家，差不多下午兩點。

滿足地走回來。王哥坐在廚房餐桌邊休息，跟朱先生聊聊：

「我告訴愛美麗，我死後下葬的話，把可可送給我那床鴨絨棉被也幫我一起燒了。我還可以蓋啊！」接下來：

「希望你明年還住在這裡，我們還可以一起吃我的生日蛋糕。」

「會！會！」

「說不定，我不在了。」

「你是說，你可能會搬到低收入老人公寓啊？」

「不是。」王哥彎翹無牙嘴唇，上揚，默然不語，然而雙眼笑盈盈。他舉出右手食指後，悄悄使力按下食指頭，略帶頑童語氣，輕語：「死翹翹！」

朱先生被逗得噴笑，忍不住：「你很調皮。」改變話題，問道：

「你妹夫來不來給你過生日？」

「他們不來，因為晚上開車。妹妹、妹夫晚上眼睛不好。」「上海飯館老闆會希望妹夫來。因為過去九年，年年在這家館子過我的生日。妹夫給的小費多，他們喜歡妹夫能來！」

「現在，我女兒他們都不邀馬克了！因為以前，還邀馬克和義大利同性戀來吃飯的時候，餐桌上，都是同性戀在吹捧自己。害得妹夫、女兒、女婿都沒機會講話，大家不喜歡他。」「不過，同性戀的親戚對我都蠻好的。生日，也會送禮物給我。」

「馬克和他男朋友……」朱先生話未問完，

王哥插話：「不是馬克男朋友。他們已經結婚了。」又聊起往事：「愛美麗說，如果哥哥不跟那個義大利人在一起，她還是會邀哥哥來聚餐。」

朱先生釐清一下：「所以說，愛美麗現在不理哥哥，不是因為哥哥是同性戀，而是討厭他身邊男伴？」

王哥：「愛美麗，在她哥哥唸高中的時候，就知道哥哥是同性戀。她只是討厭現在這個義大利男的。如果，馬克現在離開這個男的，愛美麗還是會邀哥哥來參加家庭聚餐的。」

話鋒一轉，長條瑞士蛋捲成為話題。

王哥：「明天生日，會叫可可切蛋糕給大家。一塊要分給老李吃，因為他常煮上海菜，會分我一點，像是百葉燒肉啊！」

黃昏近六點，袁小姐回來，問一旁王哥：「你們大家為什麼都那麼喜歡可可？」王哥回答：「我永遠不會忘記可可。因為她一搬進來，看到我沒有棉被，馬上把她的鴨絨棉被給我。後來，她朋友不需要一床棉被，她接收下來，帶回來，給我做墊被。她這麼好！她這個人很溫暖。我蓋了這條棉被以後，永遠不會忘記她。」「還有，她不嫌煩，願意幫趙太使用電腦。愛助人。我當然喜歡她。」然後：「妳因為搬進來的時候，面孔板下來。妳又一直挑東挑西，好像妳這個人很了不起。妳要快樂自己找，要跟別人打成一片……」

袁小姐打斷王哥：「好了！好了！不要再講下去了。講下去，就不好聽了。」說完，立刻轉身回房去。

當晚，林先生在餐廳打烊下班前，老闆出面樂邀二十二歲年輕伙計跟林先生，三位男人做伴去聖荷西看跳脫衣舞。林先生說，好，但臨陣脫逃，跨上單車，溜回大雜院。

林先生記得，第一次去看跳脫衣舞，由老闆請客。那一次會去，乃餐廳同事祭出激將法奏效：

「不去，不是男人。」

林先生那夜，也成功地把五十歲做麵條師傅給拖去看脫衣舞。門票二〇元，老闆還塞給每位男員工三十元小費，供大家打賞脫衣女郎之用。

今晚，九點四十分，淋浴中，朱先生隱約聽到林先生口哨聲，接著，又聽到手機播放鄧麗君歌聲。基於平面音效，因此，歌曲聽在耳裏，刺耳沙沙。即使人在浴室洗澡刷牙都能聽到，表示音量開得不會太小。

「可可在家嗎？她挺厭煩聽到林先生吹口哨。夜晚九點多還放音樂？老林為何不用耳機？」朱先生沖澡進行中，內心有點擔憂林先生起來。

淋浴嘩啦嘩啦聲，竟然擋不住狠狠、重重地關門聲傳入耳邊。意味著，如果少了流水聲干擾，那道刻意關門的重擊聲響，將會是多麼震撼？朱先生暗自確信，一定有人發飆以傳達心中極度不滿。

摔門這件事，朱先生憶想，三天前，上午七點四十分左右，想燒開水。忽然聽到流理台水龍頭流水聲，微伸頭，瞄到用水人果然是袁小姐。抽腿，躡手躡腳，退回房間。當下，真想把過去一股腦所累積的氣憤充分地渲洩表達出來。朱先生回憶：「那時候，我自已最終忍不住，不也是使用狠狠摔門，表達對袁小姐的情緒？」朱先生又想起一個多月前，趙太告訴他，黃昏，袁小姐從外面返回，不知何故？她不也是重重地摔門進房？憶起，蔡小姐未搬走前，朱先生待在自己屋內，一次，也聽到蔡小姐曾用力關上隔壁的門。似乎住在公社裏，老男人老女人要是對任何室友不滿，欲充份展現意見方式之一，非摔門莫屬。

那麼這次是哪位大哥大姊發飆？帶著疑惑，朱先生雙手拿著臉盆走出浴室。右彎幾步後，再右轉一步，見下班後的林先生如常地靠近爐頭，燉他的排骨湯。四目交接，朱先生低語，幾近無聲唇語，問了問林先生：「是誰？」

林先生帶著嚴肅表情和雙眼，不言語，僅右手揮向可可房門方向。

朱先生用無聲唇語：「為什麼？」

林先生無辜眼神，無奈地聳聳肩。

朱先生轉身，正準備進房間，林先生悄問：「可以出去談談嗎？」

朱先生小聲：「今天不行，明天可以。明天早上五、六點就得早起，去做義工。我上次有告訴你，星期四晚上要早點睡。否則聊太久，太興奮，會久久睡不著。」林先生諒解，微微點了一下頭。

朱先生：「明天晚上，你下班的時候，再聊。」想讓林先生安心。

再轉身，又被林先生輕聲叫住：「這包從餐廳帶回來的油麵給你。」

朱先生：「自己夠吃？」

把油麵放進冰箱，道謝後，朱先生回房。

一四六

一月二十三日，星期五。

林先生上班去，早上十點多。

可可起床後，來到廚房。王哥隨聲，不久也出現在廚房，並對可可說：「妳幫忙切蛋糕好嗎？切八塊。」

大功告成，一條圓滾滾瑞士蛋捲被切成八片，漂漂亮亮，工工整整。

這時侯，可可開始對王哥抱怨，早上發現微波爐後面都有蟲子：

「老林把一鍋甜豆湯放在那兒，蟲當然會爬來。你和我的電鍋都放在微波爐附近，我看，都吃到蟲了！」「跟他講，都講不聽。」「你看，骨頭湯大鍋子還放在冰箱上。上次，叫他放進冰箱，他也不放。他脾氣倔強得要死。」

王哥：「我祖母說，三歲定八十。」

可可：「我們都知道，住在這裡，只有朱先生聽他的，跟他講話。」「這種講不聽的人，犯過，只會送梨，一直說對不起。不改，要到什麼時候？」「他看到每個人，都說，他如何苦！」

王哥：「我理他，跟他打招呼，他不理我。」沒禮貌，實在有夠氣人：「不給他吃蛋糕。」

可可：「這八塊分給誰？」

王哥：「我算好了！趙家夫婦、你、我、朱先生、老李、袁小姐，還有樓上小Y頭溫蒂。」「另外一條，我的乾外孫女安潔莉卡從亞利桑納州回來，分一半給她。」

黃昏五時，王哥用四角支柱拐杖自己一個人慢步走向上海館子。

麗莎帶著兩個兒子和女兒，四人先到餐廳。麗莎大兒子，高中畢業，現做事，他以前曾在麥當勞打過工。二兒子，正在讀高中，打美式足球校隊，高壯，真像剛過世不久墨西哥父親的身材。麗莎最小的女兒，中墨混血，一頭長黑秀髮，已是國中女生。

餐廳老闆娘見到王哥：「你又來啦！十年了！每年生日都來。」

愛美麗一家四口，包括唸小學二年級女兒和幼稚園的兒子，約六點十五分到現場。

王哥見到洋女婿，馬上用簡單英文開口：

「十八號那天，你過生日。我打電話給你，祝你生日快樂。」

女婿笑臉：「Thank you!」

王哥屬牛，七十九歲。女婿也屬牛，少王哥兩輪，五十五歲。四十一歲愛美麗的小兒子也屬牛。所以，王哥曾經自嘲：

「我們家有三頭牛，老牛、大牛、小牛。」

這時，王哥還附帶一提來自大陸瀋陽姓牛的一家人，四男娃一女娃。他們五位孩子們中國護照上名字依序分別為，牛大牛、牛二牛、牛三牛、牛四妹，和牛小牛。

生日家庭聚餐上，照舊，王哥點了什錦砂鍋、鐵板鱔魚。兒孫輩想吃小籠包、雞炒飯、雞炒麵、糖醋排骨、加上糖醋雞。飯後，壽星切愛美麗帶來巧克力生日蛋糕。剩下半個蛋糕，留給餐廳老闆娘，但被婉謝了。由於小兒子愛吃，愛美麗決定把生日蛋糕帶回家去。王哥打包鱔魚和砂鍋料，帶回人民公社。麗莎打包其餘剩菜，順便叫了一份外帶炒麵，因為兒子喜歡吃。婚姻幸福美滿、家境寬裕的愛美麗買單付帳。老闆娘清帳，家人等待時，王哥對愛美麗說：

「我基本上只吃兩道菜，不要把所有帳都算在我頭上。」

會這麼說，王哥一半開玩笑，一半不覺得自己開玩笑。因為月底快到，愛美麗答應載老爸去買菜，那時，別一直對老父親嘮叨：

「我花了多少錢在你身上啊！」

回到大雜院，心情好，王哥心血來潮翻翻舊相簿，其中幾張舊照片是多年前，歡渡六十八歲生日所拍攝。

這一組照片第一張，豐頰體寬且滿口有牙的王哥和一位從台灣來年紀約二十五、六歲女孩合影。老小坐在山景城卡斯楚街上「雅敘園」中國餐廳內情人座沙發上，王哥正吹著生日蛋糕上兩根五彩數字粗蠟燭，「6和8」。

看著舊照片，自言自語：「生日蛋糕，是女孩送給我慶生的。」蛋糕，是在山景城的卡斯楚街上，離餐廳不遠，一家叫「香港餅家」買的。

那時候，中國餐廳老闆娘是女孩的姨媽。姨媽叫女孩從台灣來美國玩，並在餐廳裏幫忙。那時，背部受傷從工廠退休的王哥會變成餐廳常客，全因為有次，他帶兒子馬克去那兒吃飯。當時，走進餐廳，隨意地與坐鎮前堂的老闆閒聊。對談中，驚喜發現，老闆和王哥以前是基隆水產職業學校同學。

王哥基於孩子們已長大，加上自己待在家裏閒著也是閒著，不如去同學家餐館幫忙當端盤跑堂。從此，王哥常去雅敘園餐廳下場服務食客，並與老同學串串門子，生活變得有重心。萬聖節，王哥還化妝成獨眼海盜站在店門口，熱情地分發糖果以招攬顧客上門。幾乎每天熱心地在飯館裏幫忙招呼客人。然而，當王哥忙完，準備坐下來在店裏吃碗麵時，老闆娘照樣算錢。台灣讀書時期的高職同班同學、餐廳老闆實在看不下去：「我說老婆，老王在店裏幫忙，又接妳外甥女上下班，都不跟我們算汽油錢！」

不待回音，王哥立刻打圓場，替老闆娘解圍：

「反正我願意。我沒事做！閒著也閒著。」

有天，老闆娘提議，擁有綠卡的王哥和女孩假結婚。

老闆娘：「事成，會好好謝你！」

其實，王哥老早就可以申請美國公民，只是想到自己不出國，幹嘛呢？因此，一直保留永久居民綠卡身份。後來申請公民，還是拖到二〇〇〇年才提出。

回到假結婚一事，王哥當時轉頭向女孩表明：

「妳跟我兒子，還差不多。」「至於妳跟我，如果歲數差距少，可以幫忙。但是我們歲數差個四十來歲，人家會說，是假的，移民局不會相信的。移民面談，絕對通不過。就算妳給我一萬、五萬，我也沒辦法幫忙。」重複一句：「妳跟我兒子，還差不多。」

事實上，在這之前，女孩被雅敘園炒鍋廚師纏過。當時，女方支付一萬美金給聲稱擁有公民身份的廚師，辦理假結婚。

等了一段時日，結婚申請毫無進展，引起王哥疑竇：

「這麼久了，沒下文？危險。」

老闆夫婦：「還是伯伯懂得多！」

經暗中調查，查出廚師過去在洛杉磯辦的假公民，他持有公民證是假證件。東窗事發，廚師跑掉了。

老闆回台灣。女孩的媽問：

「那位有個公民身份廚師幫忙我女兒辦綠卡，成功了嗎？」

老闆：「他騙人！」不過，「我同學好，他兒子也很好。不知道會不會成功？他們年輕人走走看，交往看看。」

女孩媽決定來美國一趟，想來看看馬克。不久，來到了加州，她特別約王哥見面，順道邀馬克同行。聚餐時，女孩媽：

「我知道，壞蛋還纏著我女兒，還讓我女兒墮過胎。」

聚餐後，女孩媽事後表示：「馬克，可以啊！」

自從退休閒著沒事，王哥每大接送馬克去 Walgreens 藥房上下班。同時，王哥也開始每天接送充滿活力、陽光女孩去雅敘園上下班。那時，王哥幾乎天天去同學經營的中國餐廳報到。聊天解悶之外，店裏生意忙不過來，就下場幫忙招呼客人。如果老闆娘心情好，也可混頓飯吃。

晚餐時間，有時，王哥和馬克偶會去餐廳吃麵，省得做飯。兒子如果得從下午兩點上班到晚上十點，王哥就自己留在餐廳，直到打烊

男女接送情，一年多快兩年。這時期，王哥沒有太太在身旁，已經快有二十個年頭。王哥住在山景城市區火車鐵軌另一頭，女孩住在鐵軌這一頭，即雅敘園同一邊。其實，女孩走路去餐廳，路程不遠，王哥就是要熱心提供駕車服務。一天，年輕人睡過頭，王哥按汽車喇叭。女孩身穿性感睡衣跑到室外，朝著汽車窗內喊話：「伯伯，等我一下。我睡過頭了！」

女孩「伯伯」這一聲，叫得甜蜜，另王哥難忘，回味。

女孩對王哥無所不談：「我以前在台灣混過小太妹。」

接接送送，彼此似乎有點恩情、感情。

某日，開車送完馬克去上班。其實，那天照理說，是女孩休息日子，但是她卻對王哥在電話上表達：「我不知道阿姨會不會叫我去餐廳幫忙？」

王哥只好開車去接女孩。

女孩走出來，盈盈笑意：「你進來坐坐！」

進屋，獨居住處佈置一切從簡。

女孩透露：「餐廳的廚師常來。」接著，禮貌上問王哥：

「伯伯，要不要吃什麼東西？要什麼東西嗎？」

王哥：「我要妳！」

女孩笑得更濃了，沒有不悅，亦未拒絕。

他忍不住趨前，抱著年輕女人鮮麗肉體：「伯伯快二十年沒抱女人了！」

王哥撫摸女孩胸部、親吻對方。

王哥：「我晚上送妳，早上接妳，每天看妳兩次。妳漂亮，人又甜，伯伯看了妳一年多了！伯伯也控制不了！」

當時，兩人首次獨處一室，女孩、王哥情不自禁地在長沙發椅上，前戲，翻雲覆雨，溫存做愛，前後約半個小時。

事後，王哥對女孩說：「我比妳大太多了！年齡相差四十歲。如果差個十歲、十五歲，不到二十歲，我可以幫妳忙，辦美國身份。」

往後日子裏，王哥常下車，走進女孩公寓內。

日後，王哥和女孩兩人常結伴到街上日本餐廳吃日本料理。

如果，馬克不上班，有空，三人偶會一起同赴日本餐廳吃飯。三人行，前後約三、四次。

一日，席間，馬克喝日本米酒，一下喝加熱的，一下喝冰鎮過的。王哥難免擔憂兒子腸胃會受不了。兒子把他的話當耳邊風。上車，返家途中，馬克果然想吐。父親：「幸虧車上有塑膠袋，讓你有地方可以吐！」並怪兒子：「叫你少喝！你要在她面前逞英雄啊？」

一旁女孩看在眼裏，軟綿笑道：「你不聽你爸爸的話！」

基本上，那次同伴共餐後，愉快的三人行似乎也畫上句點。

溫馨接送情時期，女孩都會把心裏話全盤托出，向王哥細訴，包括：

之前，「廚師有次約我和他一位墨西哥男子朋友，三人一起吃飯。吃到快付帳的時候，廚師先離去。一會兒工夫，只剩卜我和老墨還在吃。後來，老墨把我給灌醉了！他載我去一家汽車旅館，強暴我！」

忘年之交，直到有天，王哥想：「自己年紀和她差這麼多，又不能幫她申請身份，以後，還是和女孩保持距離。」思慮至此，王哥開車接女孩那天，僅待在車內按喇叭催人，就再也沒進入閨房。女孩進入車內，王哥對她說：

「伯伯不來傷害妳們小女孩！」

沒過多久，不知情的老闆跟老闆娘還說：

「妳怎麼叫老王每天送她，接她？妳不擔心他動感情？」

老闆娘：「幸虧他是老實人。否則，老早就完蛋了！」

此後，星期六，馬克休假在家，王哥會出錢，叫馬克帶女孩去日本餐廳吃飯。如果馬克上班，王哥自己會跟女孩到別家日本料理店吃飯，並藉機向女孩講馬克的好話。

聖誕節，王哥送女孩鑽石耳環、送女孩的媽媽一包切片西洋蔘當禮物。王哥暗地用心良苦：「耳環，還特別跑去梅西百貨公司 Macy 買的。」因為，「我當她們可能成為親家！」

女孩媽收下禮並打趣：「怎麼送我人蔘啊？」

王哥：「讓妳打麻將有精神！」

至於耳環，中國餐館員工打趣道：「王老先生，是你送她結婚禮物？」

王哥：「不是，是兒子。」

女孩家庭送王哥襯衫、領帶，並為馬克也準備了一份禮物。

回家，王哥問馬克：「你要不要幫女孩申請綠卡？」

馬克不講話。

老闆、老闆娘、女孩、女孩媽，眼看年輕男女沒進展，沒任何結果。

王哥懷疑兒子是徹底的同性戀嗎？「誰曉得，馬克果然是個十足同性戀者！」王哥遺憾。

女孩媽眼中壞蛋，那位擁有假公民證的餐廳廚師，令她依舊氣憤至今，咬牙切齒：「他現在還在纏我女兒！」

廚師一直想自己開餐廳做老闆，於是重返山景城自立門戶，開家素食館。女孩還前去幫忙當女侍。然而，洋客人點白飯 steam rice，廚師破英文聽成糙米飯 brown rice，生意始終好不起來。結果，素食館關掉，廚師跑到南部洛杉磯，再也不回來灣區！

上天巧安排吧！一位推銷電腦、年將三十歲印尼華僑青年，常來雅敘園吃飯。王哥出面，藉機跟年輕人閒聊幾句，刻意地搓合他跟女孩。他們年輕人最終確實走在一塊兒。

沒多久，王哥搬遷到 El Camino 大馬路上 CVS 藥房對面一間公寓，離開了山景城。他和女孩彼此較少連絡。一段日子過後，女孩來新居看望王哥，說：「我要去 Foothill College 上英語課。」因為印尼青年叫她去社區學院學點英文，充實自己。

女孩大喜曰：「我去印尼，見過他爸爸媽媽。他們很滿意。他媽媽不但滿意，還說我長得漂亮！」

已快年屆八十的今天，事過境遷，安居於人民公社的王哥仍舊清晰記得，六十八歲生日那一年，愛美麗唸 Santa Clara 大學，馬克在 Walgreens 藥房上班，麗莎在 Longs 藥房的化妝品部門上班。Longs 藥房，就是現在的 CVS 藥房。後來，在藥房工作的兒女都待在 CVS 上班了。

至今還沒忘，當年，某日，覺得有異？為何女孩一下子要上廁所去吐，且吃不下飯、又頭昏？王哥關心女孩，問她：「妳是不是懷孕了？」

「不是。是胃不舒服。」

王哥要她去看醫生：「我介紹醫生，妳去檢查一下！」

女孩婉拒，堅持立場：「胃不舒服！」

王哥：「那吃點胃藥吧！」

後來，王哥和馬克出遊黃石公園玩那段期間，女孩跑去墮胎了。

此時此刻，即將八十歲老人翻閱舊照片，當中，最喜歡的一張，當屬那張王哥和女孩合照。照片裏，女孩抱著綠色填塞物大青蛙。大青蛙心口繡上紅色抱枕，枕上並印有 **I Love U** 字樣。王哥默默回憶：「這青蛙，是我在 **Walgreens** 花三十塊錢買給她的。」

人生快八十之際，王哥自認離婚後，交了兩位女朋友：洋人美國的席拉，台灣女孩。相較之下，席拉喜歡做愛。

至於結婚前，「女人！」王哥靜默追溯年輕未婚時，不知怎的，天馬行空再度想到：「那時候，媽媽是冷凍廠經理。爸爸在農業委員會管理外島金門、馬祖製造魚船業務。那時候，有人把旗津一家漁船造船廠老闆的女兒，介紹給我。對方出發點，是看上家庭背景，好拉生意吧！那位旗津女孩。」

「女人！」想起後來加州一位朋友，經營一家中國餐館「四川園」。老闆，他卻有不同回應。王哥回憶：「老闆，不結婚。有錢、有股票、有房子。怕被女人騙走錢！」

不論如何，今天，七十九歲牛日，家人難得相聚在一家上海館子舉行壽宴，王哥過得愉快圓滿。滿足地進入夢鄉。不多時，約十點半，林先生回來較平常晚了些。依昨晚之約，朱先生陪林先生出去散步聊天。夜月，社區巷道寂靜。

「什麼事？」朱先生開門見山。

「也沒什麼！」

林先生要給朱先生工作進度報告似的：「今天餐館人事大變動。」除了做麵條那位五十歲師傅和林先生自己掌油鍋工作沒變動外，首先，大廚辭職，跑去Sacramento幫弟弟所開中餐店效力。大廚空缺無人取代，老闆親自下廚。至於炒鍋，由原先擔任抓碼、二十二歲來自大陸青年走馬上任。雖然大廚離開前有教過，但是，初試啼聲，年輕人還是常問老闆一些菜要怎麼炒？廚房裡忙得團團轉，儘量應付客人點菜之際，老闆嫌年輕人太煩：「不要什麼菜都問我，怎麼炒？」至於新雇抓碼員工，約五十歲老實人。

「今天忙嗎？」朱先生找話問。

「忙！今天椒鹽魚片，魚沒炸熟透，被老闆罵。可能忘了，我把魚片切得大片一點，沒炸夠，沒熟！。老闆怪罪，害他一百二十塊錢和菜席，沒收錢。」說完，林先生仍記掛著：「昨晚，可可摔門，可能嫌我吵嗎？」

朱先生其實知曉可可昨晚因為林先生大聲播放音樂、吹口哨、哼歌、油炸鮭魚的魚腥味亂竄，加上亂放烹煮甜豆小鍋而招蟲，終於怒氣沖天。不過，朱先生僅輕描淡寫：「你下次晚上不要放音樂就好了！」「我洗澡的時候，也聽到你在聽鄧麗君的歌。」

林先生：「那不是鄧麗君唱的。」「昨天，白天，大廚最後一天上班。他工作的時候，一邊聽大陸歌手陳佳，她模仿鄧麗君唱的「絲絲小雨」。好聽。我請大廚幫我錄在手機上，帶回來聽的。」接著懊悔不已：

「昨天晚上，可可對我摔門發脾氣。唉！早知道，那時侯，應該跟老闆他們去聖荷西看脫衣舞。」

林先生默然不語，良久曰：「談談你！你們進展如何？」

「誰？」

「跟可可。」

朱先生：「就像你以前跟蔡小姐，或者我現在和王哥、張小姐、趙太、小趙聊天一樣。這怎麼說？」

「你跟可可談得很好！你們談得來。」

「屋子裏，除了心理變態、批著羊皮的魔鬼，我跟大家都聊得很好。跟你也聊得很好，不是嗎？」說完，朱先生覺得有必要趁著夜深人靜抒發己見，方不辜負月光：

「在我們這個人民公社裏，蠻巧的，住滿十位老阿公、老阿婆，各個年齡起碼五十歲起跳。有趣的是，年紀都不小了，也都經歷過人生中起起伏伏。但是，不論男女，老阿公也好，老阿婆也好，人人似乎骨子裏都還住著一個年輕的靈魂，仍然去幻想一個浪漫黃昏之戀。結果，場場空。」「處於人生這個階段，習慣固定，價值觀確立，很難再結良緣。」接著舉例：「你看，樓上搬走不久那位猛咳嗽婆婆，她的女兒女婿外孫當初開車把她送來住。一次，張小姐邀她參加教會活動，張小姐開車途中，離婚的婆婆坦言，想交男朋友。嚇得張小姐再也沒邀她去教堂追尋屬靈生命，因為她另有所圖。」「王哥，離婚後三十年，孩子早已經長大了。想找個伴，把可可當成移情對象，仍落空。」「神經婆袁小姐也想找伴。白搭。」朱先生繼續：「你念茲在茲的可可，你天天想她。可想而知，我猜，她在外面，以她的條件，肯定有男人對她有好感。但是她仍然獨自生活，不是嗎？」「看看咱們屋子裡，如果尋愛有影子，男的、女的早搬走，不是結婚，就是同居。有嗎？沒有，一個都沒有。都是空。」「在我們這頂屋簷下，老阿公老阿婆們如果想在彼此當中尋找人生新伴侶，不是自找苦吃，就是落得自作多情！可可，不只一次提到，到了她這種年紀，她發現身邊不論認識，還是不認識，老來的男女伴侶，都是年輕時候結的婚。要說等到了人生黃昏階段，男女雙方才終於找到彼此為伴？她說，她可是沒見過，沒聽過。」

不知林先生聽進去否？然而，他幽幽啟齒久放於內心難抹畫面：「王老頭晚上常在前院等可可回來。當她把車停好，老頭會走上前幫她拿東西．．．．．．」

朱先生打斷：「你說現在？」

「不是。是以前他們還沒有不講話的時候。」繼續：「我親眼看見王哥把自己黑色的棉鞋拿到後院，放下，擺在可可粉紅色棉鞋旁……」

朱先生再度打斷：「對！對！可可常常會把托鞋拿到太陽底下曬。她有跟我說過。而且，她也會常拿棉被、枕頭出去曬。結果怎樣？」

「結果，我看見老王蹲下去，把男女兩雙托鞋併排在一起。然後，站起來，盯著兩雙托鞋發呆。」

「只看一下吧！」

「沒有。看蠻久的。」

散步閒聊，兜了一大圈。公社在望，林先生情緒低落，建議再繞一圈。這時，林先生傾吐：「七年前離家，整個人沒有靈魂，整個人落魄一陣子。」

「你後來怎麼振作起來的？」朱先生十分好奇。

那段不堪回首日子，林先生重提，在 **Milpitas** 那個小城有家「阿忠麵線店」打工。初被妻子趕出門那段歲月，林先生匆忙間臨時找到一個棲身處，住在一家人裏面，和房東七歲兒子共一間睡房。這一住，四年過去，三百塊錢房租從沒漲過。同時，麵線店老闆娘得知林先生沒了妻兒，孑然一身近況，於是開始關心他。有天，要送雙鞋，但林先生推謝，因無功不受祿。她權宜之計問了問：「那麼，你身上有多少零錢？」林先生掏出口袋一塊錢紙鈔。她說：「讓你心安，只收你身上的零錢。」

後來老闆娘要幫他介紹女朋友，林先生回應：「我哪有心情！」

另外一位貴人伸出溫暖援手，是現在住在夏威夷的朋友。當他決定攜妻帶子準備搬家到夏威夷，臨走前，這位朋友不但邀林先生同行，並表示會幫助合夥開設中餐店，且承諾要介紹女朋友。

林先生總結：「當初，就是麵線店老闆娘和那位夏威夷朋友的鼓勵，我才站起來，認真做事、生活。」

走了幾步，林先生悠悠訴說，好想找個伴，幫忙創業，才不會受人欺。需要有個女人陪伴，一起過生活。

朱先生：「上次，我不是鼓勵你去大陸找個伴嗎？找年輕一點的。」又言：「不管有沒有結過婚，男人女人年紀大了，不管是一輩子單身，還是喪偶獨居，還是離婚獨居，大都怪怪的。你看我們人民公社這裡就好了。」

林先生：「我想去一趟大陸，找個伴。順便看看他們那裡有什麼機械方面的生意可以做？」

人的腳步聲取代人語，片刻。

邊走，邊低頭，林先生頭也不抬，淡語：「我活得很痛苦！」

朱先生默默地邁著步伐，亦低頭。

林先生再度開口：「我活得牛不如死。」

朱先生本想保持沉默，但還是忍不住：「為什麼？」

林先生：「在台灣，事業家庭，原本好好的，幹嘛要移民美國？落得我現在孤家寡人！」另外，「前幾天，辭職，想搬家到別州去。老闆不准。」

「為什麼？已經在別州找到工作？」

「沒有。」

「有朋友在別州，去看他們？」

「沒有。」

「你有神經病啊？工作有多難找，你可知道？」「剛被解雇的趙太告訴我，在家閒著，很無聊，不曉得要做什麼？他們夫妻都沒收入，房租都快付不出來！英文不好，年紀大，找工作不容易。以現在的條件，能有份工作，真的要高興、知足。」激昂慷慨地嘮叨一陣，語調急轉平緩近乎諒解：「好吧！說說看，當初計劃是什麼樣子？」

林先生勾畫景像：先問旅行社，哪州旅遊業興旺？興旺的話，表示中國餐館多。然後，重要東西寄放在朋友家。上路，搭巴士，一州一州打工下去。基本上，留在每一州打三個月的工，然後轉往下一個州。這樣一面打工，一面玩下去。結果，「我提出辭呈，被老闆打回票。老闆強勢阻撓。」因而夢碎。

聽畢，朱先生不置一詞，反而自忖：「不管怎樣說，他比我有本事！中餐館內工作像是油鍋、炒鍋、抓碼，樣樣都會做。至於浪漫想法這部分，我比他更無藥可救。算了！我哪有資格對別人說三道四？」

轉彎，第二回，公社在望，約一百公尺。悠緩步伐進行間，林先生低語：「今天最懷念的是，初戀。台北永和秀朗路，是我們的定情路。」「當年，一月二十二號接到兵單，被兵役科通知，一月二十五號入伍當兵。為何不像一般役男，有七到十天的等待入伍期？怎麼只有三天？跑到兵役科去問。他們說，因為遞補別人空缺，所以梯次提前。」「第二天，一月二十三號，跑去初戀女友上班的地方等她。」講著講著，林先生抬頭對朱先生說：「就是今天。今天是一月二十三號。」朱先生邊走，邊看著前方，無反應，其實，他在靜待下文如何？林先生再度低頭，邊走，繼續說下去：「見面。初戀女問我，什麼時候入伍當兵？我說，兩天後。她接著問，當幾年兵？我說，陸軍特種兵三年。她聽後，哭了。」「在外島當完兵，回到本島台灣，第一件事情，急忙去找她。別人告訴我，她結婚了。輪到我哭了。」「要結婚，她為什麼不事先告訴我？事後想，她不知道我在哪？沒辦法跟我連絡。我怎能怪她？」

一四七

星期日，一月二十五日。氣溫達華氏七十度好天氣。

這天，牧師再次把自家前院所摘下來黃檸檬裝成一大袋，再分送教友。

下午煮糙米飯，順便使用微波爐熱一下魚香茄子，朱先生懼曰：

「你看，餐廳用這麼多油！油呼呼的！前天，朋友請吃飯，非要我把剩下的茄子帶回來。」

小趙對身旁王哥和朱先生說，以前，他當廚師，茄子會先過油，炸一遍。當準備出菜的時候，會再放進油，炒一會兒。

王哥抱著鴨絨棉被，將它拿到後院衣架上日曬。因為昨天，可可趁著華氏六十九度室外氣溫，大張旗鼓，又是被子，又是枕頭，又是毛毯，統統出籠，曝曬在暖陽高照下。

午休，三點半。林先生從餐廳騎單車歸返，進屋，原想休息半小時也好，然後再騎車回職場打工。見到朱先生，林先生打個手勢，要朱先生出去講話。

王哥見到這一幕，笑臉又湊到朱先生耳際，輕語開起玩笑：「心理醫生，你有急診，快去吧！我是你一般門診，我沒關係的。」出門，林先生問朱先生：

「送給老王的生日卡片上，我的名字被刪掉了嗎？」

「刪了。不是我刪的，是張小姐刪的。」

「我在想，如果沒刪，我就簽名。今天在餐廳工作的時候，想開了。」

「怎麼說？」

「想到我爸爸以前常說，寧可人負我，不願我負人，要有這種氣概。」「上次，三十歲大廚沒有辭職前，向我借五百塊錢。那時候，我跟他講，人格、信用承諾的重要性。他一直沒還我錢。電話裏，講到還錢，他就講別的。感覺他不會還錢。算了！或許，他需要這筆錢吧！看開了。相較之下，生日卡片上簽名的事，也就微不足道！」

聽完解釋，朱先生：「明年簽吧！」

這整件事，緣於今早，朱先生曾向林先生提到，張小姐拿王哥的生日卡片給老李簽名。

老李疑問：「林先生的名字怎麼被原子筆刪掉？」

張小姐：「老王跟老林，他們倆不對盤，彼此不講話。」

老李稍微算了人頭，再度疑問：「怎麼沒有袁小姐的名字？」

張小姐微提音量，理直氣壯：「這張給老王的生日卡片，我買的。我決定給誰簽，就給誰簽。」

一四八

一月二十七日，星期二。

晨起，九點多。梳洗完畢，打開廁所門，見袁小姐露個門縫，朱先生輕手輕腳走回房。幾分鐘後，再次打開房門，聽到另一頭廚房傳來使用水龍頭聲響，朱先生再躡手躡足走出房間，歪頭瞧瞧是袁小姐否？果然是她！朱先生忍不住大力摔門，聲響振耳，來回四次，針對她，發洩累積多時的情緒。

晚間電視新聞畫面是美國東北部籠罩在一片暴風雪中，像是羅德島、麻州、紐約州等。厚雪覆蓋的公路街道，人車寸步難行。尤其當地居民被警告莫外出，待在家裏以保安全。

隔天，一月二十八日，星期三早晨，北加州城市太陽谷卻晴朗，華氏六十四度。十一點半，朱先生想趁著暖日洗曬衣物，於是跑去後院露天大水槽，動手搓洗衣服。不多時，可可也來到後院曬衣服、枕頭。

欲釐清真相，朱先生忍不住向可可供出全部實情：「王哥日前，白天，曾私下轉話給我說，晚上妳當著老林一個人在廚房燉排骨湯、煎魚的時候，故意踹門，很生氣。因為人家要休息睡覺時間，老林卻天天把做菜油煙味，弄得滿屋子都是。老林還不把煮熟東西收進冰箱，所以招來不少蟲子。」另外，「妳還對王哥說，室友們大家都知道，現在只有我朱先生聽老林講話。妳跟王哥講，傳個話給我，叫我不要管妳和老林的事。」王哥最後「對我說，以後不要管妳和老林兩個人的事，也叫我不要理睬老林！」轉述完畢，「妳真的有對王哥這麼說我？」還有，「我管過妳和老林的事嗎？」朱先生直接了當地向可可求證一下。

可可叫屈：「你想，我怎麼可能對王哥說，叫你不要管我們的事，叫你不要理老林？這死老頭又在搬弄是非了。可惡！」

放下手邊工作，可可和朱先生站立暖暖陽光下，聊起來。

可可：「王哥這個人，我常覺得他可憐。可是，可憐之人，必有可惡之處。心機重，挑是非。」「老林，憑良心講，就不會有這樣心機。但是老林會盯著人看。不過，不是那種淫蕩的眼神，而是一種習慣，盯著人看。所以，每次我走出房門前，要是知道他在廚房煮東西、吃飯，我都會整理檢查衣服，有沒有露點什麼的？」「這一點，王哥就不會盯人看。」

可可接下來：「他們倆有共同點，就是把我送的東西給丟掉。因為如此，這兩個男人從我生活中消失。」「老林把我送給他的維他命給扔掉。」「在我和王哥兩個人鬧翻交惡的時候，他竟然把我送給他的落地燈偷偷丟到後院。並且，把我寄放在他房間的屏風，也偷偷丟棄在袁小姐窗外的院子走道。這座屏風還是房東借我的，退租的話，我還得還給房東。當初，一直被悶在骨裏，直到有天，我去院子走道那兒放東西，想儲存一段時間，這才發現老頭子的惡意行為。」

可可：「如果說，他們喜歡我？我覺得每個人都有愛人的權利，這點，我同意。只是老林不尊重自己，不尊重別人。天天燒排骨湯，弄得味道怪難聞，天熱，夏天，更叫人受不了。向他反應幾回了，偏要犯，跟我作對，對著幹。他現在送梨示好，也沒用！」「像趙太、小趙，他們夫婦兩很自重。看到我要煮飯，主動讓出大爐頭，把自己正在煮菜的鍋子移到小爐頭上。所以，這次，趙太難得回廣州看孫子，我堅持要開車送她去機場，省錢，別浪費四十塊錢叫車子。她最近剛被雇主解聘，沒工作。加上小趙，一直沒工作待在家裏。趙太對我說，她沒有東西報答我，我對她說，哎呀，妳八百年難得回去一次，別客氣了。」

每個人都有愛人的權利，可可全然瞭解。可可：「只是王哥讓我有種被監視、失去自由的感覺。」「像幾天前，他過七十九歲生日，我送他兩個老婆餅和一盒芝麻湯圓。湯圓，我想圓圓滿滿，討個吉利。我吃他的生日蛋糕，那是因為，不管怎麼說，他能活到七十九歲也不容易，想沾點福氣。後來，趙太私下告訴我，王哥到處炫耀我對他多好。這下子，害我不敢原本想送他那個紅色《福》字，配上金色鬚鬚的吊掛裝飾品。」

可可回想王哥一些遠近行徑：「最近，我跟他講話了。那種沒自由的感覺又回來了。他聽到我聲音，會三不五時走出來，找我談話，害我連喝個咖啡都不安寧。不敢對他好。」「前幾天，我連蒸個包子，都偷偷告訴趙太，怕王哥知道。」「王哥故意開一道門縫偷聽，甚至，連我和趙太講話，他也偷聽。」「我叫趙太保密，不要告訴王哥，我準備開車送她去機場。否則，他那個大嘴巴到處講。我告訴趙太，送機那天早上，她準備好，來輕敲我的門，就好了，不要出聲。」「以前，我覺得老頭子年紀大了，可憐。過去，我開車載他去兜風，吃館子。慘了！回來以後，隔天，王哥路過廚房，我正在忙做飯。聽到王哥有意無意、自言自語：三十年了！現在終於有人關心照顧我，但是別人還要講閒話。一待東西煮好了，我前去敲門，問他，要不要吃？他沒出來吃。待在房間裏感慨吧！」以前「王哥建議我，停車停到丁字路口角落，避免停在門前高大楓樹巷道邊，遭到鳥糞侵蝕車身表面，清也清不掉。果然有用。從那時候開始，晚上，天天下班回來，王哥會走到丁字路口迎接，有時候，幫忙拿我買回來大包小包的菜。我這個人也大喇喇的，沒想太多。因為，王哥都對我說，他剛好出來散步。直到有天，老谷點破，說，王老頭怎麼天天晚上出門接可可下班回來？由於親耳聽到老谷這麼說，有次，我對王哥說，不要這樣，人家會說閒話。接下來幾天，王哥照舊出來接。那個時候，早上九點半出門，趕去上十點鐘的班。每天早上，他藉故在前院掃地、澆花。從汽車後視鏡，我看到老頭目送我，一直到汽車消失在視線之外。還記得，有天晚上，下班回來，汽車開到丁字路口，正準備要停車。手機響起，我順便接聽手機。忽然，後視鏡顯現，王哥走過來。為了講電話隱私，我拉上汽車車窗，緊閉。我同時瞧見，他接近車身，因為天黑吧，王哥摸摸車尾曾被撞凹的窟窿。然後，他走近車窗，貼著臉往車內瞧，看是不是我？我氣壞了！立刻打開車門，跨出車子，大罵：王哥，你這是幹嘛？他回答說：我散步啊！我回他：這樣很不正常！我說完，掉頭就走。」

可可重提，上次為何會與王哥決裂？主要原因之一在於，可可有天親耳聽到，王哥向準備騎單車去上班的林先生在前院啐言啐語，有關可可吃他的東西。為了聽得更清楚，悄悄溜近大門方向，可可這才確信張小姐曾透露且打抱不平所言：「幹嘛幫他天天煮飯？老頭到處說，妳吃他的東西。妳幹嘛浪費青春耗在死老頭的身上？妳要多約會，多出去逛街玩玩。」

因此，待林先生騎車走了，可可怒火中燒，又想到張小姐提供真相和忠告，乾脆藉機翻臉、斬斷天天為老頭煮飯的壓力與倦怠。否則，「日後一定會心軟，逃不出來了！我太瞭解我自已！」她當時想。

於是當時，可可怒罵且逼問王哥：「是你叫我吃的，不是嗎？」

王哥睜眼說瞎話：「我沒講過妳吃我的東西啊！」

至今，可可仍然難忘那段不堪回首日子，整天疲於上班，和下班後還得下廚燒菜照顧王哥。一天，王哥竟然說，他女兒忙，沒辦法照顧他。可可氣不過，回嗆老先生：「我也很忙啊！」

朱先生轉述林先生揭露，他親眼目睹王哥把自己托鞋和可可托鞋並排，痴望雙人鞋。

可可：「這我相信。趙太上次撞見他趁我上班不在，偷偷聞我的托鞋。」

這卻又勾起可可一段往事。搬來大雜院之前，可可住在當時房東家的樓上。那時候，樓下住著一位越南男子。由於是木屋，因此，女人早上起床動靜，男人瞭若指掌。可可早上睡眼尚未完全睜開，男人拿著空杯上樓，找女人喝茶。看見可可做菜，離婚男子哭窮，聲稱，每月付一千元贍養費養前妻和十一歲女兒：「錢不多！但是上班要帶便當。」可可心軟，常為該男子準備便當飯菜。然而，可可氣在男子卻不願幫忙切菜洗菜。之後，可可僅維持表面上招呼禮貌。男人感受可可內心冷淡，居然偏頭不睬可可的見面打招呼。最氣人，男人食言，未依承諾開車載可可去機場搭飛機。可可依然感覺氣餒至今：「是他主動提出來，說，要開車載我去機場搭飛機的！」

又聊回到昨天早上朱先生摔袁小姐門一事，可可建議：「你應該當面罵袁小姐，表達強烈不滿，對方才會收斂。」她舉例，有次，她人在四川老家搭公車，色狼趁著人擠伸出鹹豬手吃她豆腐。她先是移位退讓，結果色狼不罷休，得寸進尺，逼她當眾叱罵，男子才安份。聽完，朱先生好像領悟：

「男人女人不怕作奸犯科，只怕被人發現。但是受害者、知情旁觀者或大眾，個個只顧鄉愿保持沈默，那麼男人女人什麼也不怕。他們只怕被人在大街上指名道姓，抖出醜聞，公諸於世。」

晚上，朱先生走到 Vallco 購物中心，鑽進童裝專賣店挑了兩歲男童灰色長袖棉衣、三歲男童樣式長袖衣服，和一件三歲男童藍色棉布上用白線繡出不同動物及卡通圖案的睡衣。請店員用紙盒包裝好，並一起放入大提袋裏。回到家，晚上十點多，輕敲可可門，微聲邀她到後院戶外。這時，人影出現，感應器啟動，於是屋簷下燈泡乍亮，照明半個院子。朱先生在月夜燈光下，展示童裝，可可忍不住讚賞朱先生不俗眼光。朱先生請託可可，暫代趙太先收下禮物，明早到了機場，再轉送，唯恐趙家客氣。朱先生先教可可如此說：

「我上次回四川老家探親，朱先生也有為我唸高中的兒子準備了夾克和一件T恤。我高興收下，他比我更高興。朱先生又說，給妳孫子幾件童裝，是上帝感動他而準備的。」

一四九

一月二十九日，星期四。早晨，朱先生忽然間感慨，兩個女人：可可沒有任何宗教信仰，卻像一團溫暖的火，閃爍溫亮，溫情散播周邊的人；袁小姐則有如嚴冰，帶來冷漠、憤世嫉俗、摧毀，尚且是從小踏進真耶穌教會披著羊皮的魔鬼。

早上七點半，朱先生起床上廁所，路經廚房時，見趙太忙做早餐，暫停腳步：「一路順風啦！」

一個多小時後，可可熱心地開車送趙太去機場，小趙坐陪。送完機，將小趙載回公社後，可可再匆促敢忙去上班。

王哥敲門，找朱先生聊天：

「老李昨天晚上說，你們把可可捧得像朵花！」

接著，王哥聊得都是昨天的事：「張小姐又再抱怨她爸爸在二二八期間，被老蔣和國民黨害死。我說，那個時候，也有外省人遇害。我心裏在想，有些事情不能忘記，但是，過去就過去了。不要讓過去遺留下來的仇恨，阻礙社會前進。聽多了，忍不住對她說，叫你在地下的爸爸去找地下的老蔣去理論。」

聽到這裡，一種感慨閃進朱先生腦海，默想：「島嶼上，每個族群，不論原住民、本省人、客家人、外省人、新住民，他們似乎都有自己的委屈！回頭看看咱們大雜院內，每個人不也是有不同的委屈嗎？委屈！深深感受到，人活著，多少都有滿腹委屈！海角天涯，每個角落，無論在家庭裡、社會中、國家內、國際間，委屈，可源自於宗教信仰上、政治理念上、文化上等等互異的價值認同與訴求。瞬間，環顧人生路，千絲萬縷，忍不住油然興歎：這是一個美麗的世界！同時，這也是一個複雜的世界！

王哥接著說：「現在袁小姐黃昏下班回來，比較少出房門找老李聊天。或許，她感覺到室友們已經知道她只和老李聊得多。」又「你昨天下午三點和可可聊完天，你出門後，小趙敢快走出房間，跟可可一起煮菜。以前，老谷和張小姐講我黏可可，現在是小趙黏可可。」

朱先生譏曰：「你吃醋了啊？」同時，記得前幾天，王哥似乎酸溜溜：「小趙晚上，拿平板電腦出來，藉機找可可問東問西的。」

不多時，九點多，林先生起床，出現在廚房。王哥見狀，刻意迴避，留下朱先生，進屋且隨即關上木門。

這時，朱先生寒暄：「餐廳忙嗎？」

林先生：「在這家北京餐廳工作，壓力大。當油鍋，責任大。各種肉要炸得恰到好處、好吃，不容易。」

朱先生：「跟以前在山景城那家餐廳當炒鍋，有什麼不同？那時候，你不是嚷嚷，天天站著炒菜炒不停，好累？」

林先生：「那時候，做炒鍋，屬於體力上的累。現在做油鍋，是精神上的累，而且責任大。現在如果有機會，真想換回炒鍋的工作。」「昨天，老闆罵我不盡責。因為我用杓子撈不到老闆要的那隻滷雞腿。結果，他自己用手撈，一撈就到。你曉得嗎？雞腿煮太熟爛，肉和骨頭有些分開，我撈不到。」

朱先生：「滷雞腿跟你油鍋有什麼關係？」

林先生：「要回鍋炸一下啊！」

朱先生：「滷雞腿還要再炸？中餐館的菜都這麼油？怪不得，你很少在餐廳吃晚餐，寧願回來自己下廚。」

不久，林先生上班去。目前，僅王哥跟朱先生留下。原想待在房間一天打掃並看書報，不幸，王哥敲門，要找人陪伴講話。朱先生有種被黏著，幾乎透不過氣來！當下，體會到可可所謂被王哥黏上「不自由」感受。不願被黏上，毅然決然，亦走出大門，投向戶外自在世界。這下子，王哥獨居。

下午四點，袁小姐回來，和王哥在廚房聊一下天。小趙打手勢叫王哥過去一下，手捧一大盒小馬芬糕，讓王哥選了兩個吃。晚上九點，朱先生和張小姐先後回來，也各拿兩個馬芬糕。屋內，此刻，人人手上兩個糕點，皆大歡喜，獨漏袁小姐。

一五〇

一月三十日，星期五。

早上，王哥打電話給愛美麗：「妳幫我去找醫生，我高血壓藥已經吃完了！妳幫我找到歐巴馬全民健保願意看藍十字保險的醫生沒有？」

正在管教孩子節骨眼上，愛美麗：「你煩死了！我正在管孩子，你自己去找願意看藍十字的醫生。」

「我沒辦法啊！妳不給我配藥，要是我昏倒，他們還是會去找妳。」「老人福利，也是妳帶我去申請的。申請書上代理人、連絡人都是妳的名字。」想一會兒：「唉！好了！我多給妳講，妳會生氣。」這次，王哥不待講完，掛了小女兒電話。約一小時後，愛美麗主動打電話過來：

「爸爸，我們現在常去看的那位醫生，他們看藍十字。下個禮拜三，開車載你去看醫生，拿高血壓的藥。」愛美麗曾一度猜測，父親「常去看病的那間診所，不會接受藍十字保險申請人就醫。但是，一直沒有去求證，直到剛剛才去證實。」

王哥不忘提醒小女兒：「這裡房租支票，二月二號，別忘了送過來。因為二月一號，禮拜天，周末。我已經跟房東講好，延一天。」「妳順便載我去買菜。否則，他們又要說，我偷吃他們的東西。」

一五一

一月底，星期六。下午，朱先生回來時，張小姐說，朋友的兒子計劃要買一塊地。她也想買一塊，準備種上牡丹。大紅、粉紅色和白色三種，讓花兒爭豔，滿眼遍地。「到時候，你要來看啊！」張小姐預先邀請。

「一定。」朱先生回應。

一五二

二月，第一天，星期日，美國超級碗美式足球賽的大日子。

王哥幾天前就盤算好，這天，要先買好兩個便當，好好守著電視機前看精彩球賽。屬於體壇大日子當天，冬季暴風雪橫掃美國中西部。芝加哥地區降下一呎以上積雪。風雪緩緩朝新英格蘭挺進。然而，陽光地區如佛羅里達州、亞利桑納州、內華達州南部、德州南部，還有加州，當地居民，此刻，幸運地逃過暴風雪肆虐。

睡眼朦朧，早晨快九點，朱先生開門要上廁所，才出門，袁小姐意外出現在走道，上二樓的樓梯間走道。她所有晨間活動空間，無需在那兒才對！走道樓梯邊，是袁小姐最不可能現身的區域。

朱先生推算，她如果準備出門，應該自然走出去，而不是轉身，溜回房間。目前，豈不是表明她刻意走過來瞧望。忍耐很久了，終於忍不住，不顧男女室友周末全在房間內睡懶覺。剎那間，重力摔門，大罵：「不要臉！」

見狀，袁小姐迅速逃離現場，來個醜事不關己事錯覺，匆忙縮回房間內。

想到可可幾天前給朱先生建議：「朱大哥，你要當面罵她，否則，她不知道嚴重性。」雖然朱先生早已看穿袁小姐此時在裝蒜，裝無辜。

越來越討厭自己沒勇氣，逃不出鄉愿、默然承受，帶給自身苦不堪言。豁出去，壯膽，堅定腳步走到袁小姐木門前，卯足勁，怒氣喝道：「性騷擾。不要臉！」然後走人。

穿過廚房、走道、樓梯，左轉，行進四步的距離，推開木門，準備走進房間之際，聽到廚房再過去的另一端，傳來袁小姐故意表達驚訝語句：

「什麼聲音這麼大？」

這時，朱先生對袁小姐善用心機、裝無辜、欲推罪，深惡痛絕。決定採取指名道姓，將袁小姐醜態當眾揭發。立即轉身，房也不進了！再度站穩在袁小姐木門前，更加使勁地一字一字粗吼：「袁小姐，妳性騷擾，不要臉！我已經忍受很久了！」「再性騷擾，就報警。」

氣歸氣，教堂還是得去。穿戴後，準備出門。正要跨出大門，偏頭右看，見王哥緩緩前來，後面跟著披髮的袁小姐。轉正頭，走出大門，一路奔向教堂方向。走到 El Camino Real 和 Wolfe 交叉口，見林先生騎腳踏車迎面來找朱先生。林先生剎車後，表達關切，為何不久前發起暴怒情緒？由於說來話長，相約晚上再聊。搭上巴士，不到二十分鐘，安抵教堂，坐下來，參加禮拜儀式。朱先生心中默禱，把被人騷擾一事交給 上帝！

心情受阻，因此，上完教堂，朱先生繼續逗留在外頭吃飯、逛街、看電影，等公車，回到公社也快晚上十點左右。前腳才踏進屋內，下班不久的林先生迎上前來：「走！我們出去聊聊。」

「好！等我先換一下衣服。」

朱先生感激對方善解人意，及時伸出友誼之手。

其實，林先生已知整個過程，藉機只想做一名傾聽者角色，讓朱先生傾吐情緒垃圾，這點，朱先生心知肚明。因此，朱先生稍加簡述令人不悅事件始末。末了，朱先生外帶抱怨王哥一頓，說，王哥常當著朱先生的面，言語上護著袁小姐，枉費平常對王哥付出多少關懷。藉機，林先生加入數落王哥行列：

「以前，可可煮飯給他吃，少說也有半年多的時間。當可可跟老頭交惡，老王天天早上，在我準備騎車上班時候，都會在前院等我，儘說可可壞話。」

「什麼樣壞話？」朱先生問。

林先生：「老頭子告訴我，說，你知道嗎？是誰把你的大骨頭湯鍋照相、寫 **e-mail** 去向房東告狀？是可可。」「老頭天天講來講去，講可可壞話。覺得不耐煩，我後來，隨便敷衍一下，懶得聽老傢伙嘮叨不停。」「你看，這老頭兒，對他好，有什麼用？」

朱先生切換話題：「餐廳今天忙嗎？」

「昨天，老闆請吃飯。」

「為什麼？」

「歐巴馬總統頒獎狀給飯館。老闆拿出用手機拍照留念的獎狀給我看。」

「真的？不錯！」

之後，兩人顧著走路，靜默幾秒鐘。

林先生：「我活著很痛苦！」

朱先生：「說出來讓我聽聽，有沒有道理？」

林先生：「最痛苦的是，心愛的女人，她就住在隔壁，一牆之隔。彼此卻一整年都沒有講話了！」

這下子，兩人顧著走路，靜默下去。

東岸，果然，當天晚上，冬季風暴邊緣已掃進紐約市，開始降雪。暴雪、凍雨雙舞之下，半個美國成了冰封大地。

一五三

二月二日，星期一。早上，可可和朱先生兩人都在後院準備曬衣服時，可可：「現在，我會把門關上喝咖啡，比較少坐在餐桌旁邊喝。因為王哥會不停地找我講話，失去安安靜靜悠閒喝咖啡的享受。」「最近，即使不喝咖啡，也會把門關上，聽音樂、整理房間、東摸摸西摸摸、發呆。因為我發現垂掛布簾後面的門，我的門，若是開著，從廚房外面雖然看不到屋內動靜，只要我在裏頭，王哥就會隔著布簾對我隔空講話。王哥藉故來來去去五、六回找話講，惹人不得清靜一下，很討厭。」

朱先生：「王哥最近好像也纏上我，連我蹲廁所，他都隔著廁所門，問東問西，煩人的很！後來我都不回應。」

可可忽然間找到機會欲解心中惑：「欸，昨天早上你對袁小姐發飆大罵，神經病沒有回罵！依她個性，好像不太可能吧？」

朱先生：「沒有回罵，因為心虛！妳想想，依她脾氣，如果被冤枉，她怎麼可能善罷甘休？怎麼可能靜靜地承受一切？」

「也是！想到我自己。像上次親耳聽到王哥背地裏告訴老林，說我吃他的東西，這太冤枉人、不是事實，所以我立刻跳出來，狠狠地痛罵死老頭一頓。」聊一下後，朱先生外出一趟。

中午，朱先生回來做午餐。拉開大門口紗門聲響、走進屋內腳步聲，以及緊隨著使用鑰匙打開房間門的聲音，朱先生意識到耳尖的王哥統統聽進耳裏。平常可預期，王哥會嘻皮笑臉上前來打招呼、找話講或開玩笑，排遣寂寞。如今，朱先生卻見到老人在走廊上刻意折轉的背影，反方向，走回自己房間，當然還有那熟悉緩緩腳步聲。直覺上：「有事情發生了！王哥此刻遠走，意味著他總在他人關鍵時刻，不會相挺，不會據實佈公，只管冷漠以對，並瞬間，整個人變得超然起來。」這是近一年下來，朱先生對王哥近身觀察。

當低頭看到房間門口躺著一張字條，彎腰將它拾起。王哥字跡留言中，傳達張小姐要朱先生趕快打電話跟她連絡，非常重要大事情，而且特別叮嚀，千萬勿接聽房東打來的電話。最後，附上張小姐手機號碼。看完字條，朱先生心中嘀咕：「王哥罔顧我平常對他噓寒問暖，付出關懷。值此非常時刻，王哥一定略知內幕，竟刻意地未對我有任何接觸，或通風報信什麼的，反而在聽到我已踏進門，回來了，竟如陌路，揚長而去。」心灰意冷，難免怨嘆老人無情。

不動聲色，若無其事。換上托鞋，換穿休閒短褲頭後，跨出房門，踏往紅藍白三色星條國旗垂掛布簾房間。發現木門洞開著。朱先生掀開布簾，瞧見王哥鎮定地坐在藍色沙發旋轉椅上，不苟言笑，異於往常。

朱先生先開口：「早上出門前，你不是叫我看信什麼的嗎？現在回來了，這就幫你看看。」

王哥：「先不用管這些。你打電話給張小姐了沒有？她說，非常重要的事！」繼續：「你和袁小姐的事，不要把我扯進去。」「你們的事，不要把我扯進去。」

朱先生悶想：「連句事實情況、公道話，也不願挺身表態？好！記住，下次，你老頭子有事，我也不表態，來個沉默以對。學你！」

朱先生撥通手機，另一頭，傳來嬰兒哭鬧聲，正在雇主家担任娕姆工作的張小姐接聽電話，語調擔憂地說：「昨天晚上九點鐘，房東傳簡訊，今天早上才看到。他講，你都不接他電話。他說，如果為了瘋女人的事你去報警，你就得搬家。瘋女人還向房東告狀，說，你洗澡不穿衣服，又不關門。另外，因為我以前報過警，警察有來我們住的地方調查、做紀錄。我們這個房子在警察局登記有案。如果，再添加一筆紀錄的話，房東擔心房子以後會被禁止出租。他說，任何人只要報警，就搬家……」

朱先生打斷插話：「我沒有去報警。」

張小姐：「還有惡人先告狀。瘋婆子打電話給房東，把你我兩個人都告了一狀。她說，你不穿衣服開門洗澡……」

朱先生：「什麼？神經病！無中生有。」

張小姐：「我現在蒐集她有精神分裂症遺傳證據，交給房東，叫她搬家。」「喂！現在最重要的事，是你馬上打電話給房東，要親自打給他，去說明。」「房東這個人，今天聽這個人講的話，明天，又聽另一個人的說詞。他顛三倒四。」「快打電話給他！別忘了。」

道了謝，掛上電話，朱先生立刻撥個電話給房東：

「我沒有去報警。住在這裏快一年，有感情了，不會去報警讓你為難。」房東接下來主動提到袁小姐。朱先生於是稍加說明：一開始，氣憤袁小姐欺善怕惡，莫名其妙發飆起來痛罵六十七歲小趙和快八十歲王哥一頓，活像邪惡魔鬼。披著一頭長髮又搖桌又掄椅，活像有精神病的瘋婆子，從此，決定迴避她。後來她竟演變成偷窺，活像性騷擾。

站在朱先生一旁的王哥總算插句話：「我們可以作證。」

朱先生希望電話另一頭的房東能聽得清楚王哥這番見證詞語。

電話另一頭的房東：「舉例來說？」

朱先生：「你有時間？很長的！下次有時間再說吧。」

「這種事要告訴我！我不租房子給神經異常的人。果真如此，會叫她搬家。」房東完全未提袁小姐告狀，說，朱先生洗澡時不穿衣服、敞開浴室門一事，更未對此加以求證對質。

掛上手機電話，朱先生轉身，看著王哥說：

「現在可以幫你看英文信了！」

「不是看信，是幫我看看這包吃的東西是什麼？」

「哦！英文字寫的是燕麥片。」

「即溶的？」

「等一下，我看看。」閱讀使用說明：「不是。盒子上面寫，是快煮麥片。不是用熱水沖泡，你得煮熟來吃，但是快煮兩、三分鍾就好了！」

離開王哥房間後，朱先生走進厨房，隨手拿出大紅豆罐頭，削幾個馬鈴薯，瞎煮一鍋蔬菜湯時，王哥一改先前默然，變得主動熱絡，回到正常狀況。這時，他一直站在朱先生旁邊找話聊。

此際，王哥聊到，不久之前，七十九歲生日宴會上，告訴大女兒麗莎家裏那位唸高二、足球校隊的小兒子，改天讓外公在球場看他打球。「一看，我這位外公可以馬上判斷他是不是可造之材？成材的話，專心打球。到時候，知名大學會提供獎學金之外，將來還可能踢進職業美式足球比賽。那可就名利雙收，光宗耀祖了！」王哥又說，當時，在餐桌上，外孫問：「外公怎麼會看出我是不是可造之材？」王哥回答：「我不但買票進場看球賽，看電視轉播也看多了！」

王哥同時在朱先生耳畔津津樂道起昨天，二月一日，星期日，超級盃比賽緊張過程。老人宣揚新英格蘭愛國者隊戰勝海鷹隊，終結對手衛冕之夢。王哥連聲讚嘆布雷迪（Tom Brady）如何在距終場兩分兩秒的時間內，傳出個人全場的第四個達陣，幫助愛國者處於一度落後10分不利局面下，反而超前比分。王哥高昂語氣：「四分衛布雷迪的關鍵防手也漂亮，難怪賽後被評為本屆比賽最有價值球員。」講到球賽，老人整個人活了過來。

當夜，寧靜夜晚，朱先生獨自一人追溯起自己和袁小姐過往雲煙，往事一幕幕重現，重新整理一次。

去年暮冬，搬進來，常聽男女室友這樣描述袁小姐：

「她大都會在黃昏五點多洗完澡，就再也很少走出房門，把自己關在房間裡面，可能上網吧！」「偶爾走進廚房做菜或燒開水之外，她與外人較少接觸。」「很少看到她跑去後院使用那兒的洗衣機，她也很少把信轉寄到這裡來。每個周末，開車回家看她九十多歲的爸爸，順便幫忙老父親清洗髒衣服跟收取信件。當晚就會返回胡同。她沒工作，但是用照顧年邁父親名義，政府每個月付她工資。」諸如此類。

某次，朱先生親耳聽見袁小姐對小趙說：

「晚上，很少做飯、吃飯，我夠胖了！」

曾幾何時？朱先生意識到，只要他在公共廚房空間和其他室友談天講話音量傳開，就會聽到袁小姐身體重量加在托鞋上踩步踏地聲傳來。她刻意地出現，假裝不是開冰箱看看，就是拿馬克杯使用微波爐來熱一杯水，短暫逗留也好，再走回自己房間。

屢試不爽。頭幾次，室友們認為有點天方夜談。

當他們聽朱先生講：

「不信？等一下你看，我現在跟你講話聲響傳開，她馬上會藉故出來！」

「不會！住在這裏這麼久了，我知道，這個時候，她不會再走出房門。」

猶言在耳，卻見袁小姐適時打開房門，也走進廚房晃了兩下。

次數多了，室友們終於相信。

有天，王哥向朱先生承認：「自從你來我房間舉啞鈴運動健身那段期間，我看到斜對面袁小姐的門，偷偷地露出小縫，她正透過門縫偷看你。那時侯，不知情的你，還邊走，邊大聲講話，說，要來王哥房間做運動嘍！」

某日，晚間六點一刻，朱先生來到廚房準備做晚飯。小趙趁著老婆尚未下班前，已在那兒洗洗切切也忙著張羅吃喝。王哥每天六點前大抵吃完晚飯，這時，亦會出現，只想湊在一塊兒找人聊天，打發無聊。三個男人大聲自在地說笑之際，朱先生忽然間警覺到：「小聲點！袁小姐聽到我聲音，等一下會出來。」身邊兩位老男人先後打包票：「不會！她剛剛才用完廚房走回房間去。放心！她不會出來。」朱先生雖然半信半疑，但選擇姑且相信，因而繼續嘻哈。袁小姐出乎意料之外現身：「你們在聊天啊？」

見狀，朱先生緊張且下意識地轉身迴避，快步拉開紗門，奪門而出，鑽進後院。一、兩分鍾過後，側耳偵測，認定她應已離去，這才返回廚房，抱怨：

「你們不是說，她不會再出來嗎？」

王哥：「誰曉得她又跑出來！」

小趙：「她故意的！她剛用微波爐熱杯水。其實，早幾分鍾前，她才在廚房這兒燒了一大鍋開水。她房間裏還有一個裝熱水的熱水瓶」

秋天，某個星期六，張小姐出門，寶藍色汽車開走了。老李，眾知，他得全日遠赴舊金山地區做裝潢工程，白色工程車也早早駛離。一進大門往二樓樓梯間右側的三間房間，這天，只留下朱先生一個人。

房間門前，鞋架上，放置有一雙球鞋，夾腳拖鞋消失，意味著朱先生沒出門，穿著拖鞋居家過日子。門縫底透出小段暈光，又屋內收音機所流洩出歌曲音樂，外人極易辨識出屋內有人在。

午覺醒來，想去小解。開門，朱先生驚見袁小姐披著一頭長髮站立樓梯口，近距離盯住朱先生木門痴望。男女四眼相望瞬間，他被嚇退，迅速潛回房內，輕掩木門。

當然，難忘十二月九日經典那一幕。黃昏，走廊燈暈黃。故意不開廚房餐廳的燈，全暗，怕被袁小姐偷窺。朱先生在爐頭邊摸黑煮菜。一回頭，餘光似乎感受到詭異，定睛，見半蹲的袁小姐僅留雙眼、額頭和部分散髮躲藏在矮牆後面，盯著朱先生直望，目不轉睛，眨都不眨一下。

自從去年夏天，幾乎所有室友和房東都先後聽過，袁小姐當著他們面抱怨：「為什麼朱先生見到我就躲遠？他都跟你們每個人講話，但是，為什麼只要看到我，就離開？」

一五四

二月三日，星期二。

早上，王哥撥電話給愛美麗：

「明天，星期三，什麼時候載我去看醫生，拿高血壓的藥？妳有空，順便載我去買菜。上次，妳載我去買菜，是去年十一月份，今天已經是二月三號了。這段日子，幸虧有救世軍食物。該補貨了！」

「你怎麼那麼囉嗦！我忙得要死。」

「那你給我講個時間，什麼時候妳不忙？」

「你有沒有錢？」

「有一點，五十塊錢。」

「你去附近大華超市買。」

「大華太貴！五十塊錢，買不到什麼。」

「好了！好了！最快星期六，開車載你去買。」至於「看病，叫麗莎載你去。」旋即掛上電話。

王哥碰了一鼻子的灰，被惹火，氣呼呼連串地自言自語起來：

「好好講！幹嘛口氣那麼糟？那麼兇？我最近沒有一直打電話煩妳啊！」

「本來講好。為何現在不耐煩？」

「這樣，我只好明天去大華買條最便宜的魚。」

「早知如此，就叫乾孫女安潔莉卡載我去拿錢。」氣人之處在於，安潔莉卡還打電話來，說，明天可以過來。但是，想到日前才跟愛美麗約好，明天，父女兩人一起去拿藥、看醫生，而婉拒，並表示擇期再與乾孫女相聚。早知如此，大可答應和安潔莉卡明天碰頭。這樣，不但可使用救世軍發給的聖誕節 Safeway 超市禮券所剩二八元，買些吃的喝的，順道去銀行領錢。你看，現在落得兩頭空！

氣不過，王哥逢人便抱怨，大吐苦水。

來自廣州的小趙聽後，不以為然：

「從小把屎、把尿，弄大。以前，我有個上海人朋友，他們父母來美國，身為女兒，假日，都會帶父母出去吃喝玩樂。還邀父母同住在一起。」

王哥依舊感嘆：「我摔跤住院療養，在醫院裏，越南人、中國人，他們的兒女每星期來探望父母。連老美洋人，也如此。我，兒女沒人來看我。身邊的病患、護士都覺得奇怪，問我，怎麼不見兒女探病？」繼續：「相較房東、我女兒這兩個人，房東反而對我好！房東信教。我覺得，信教的人比較有愛心。愛美麗和我女婿，不信教。」

下午四點半，王哥敲朱先生門。

朱先生應門：「什麼事？」

「我很氣！」

「氣什麼？誰惹你了？」

「不是室友的事，是自己的事。氣我小女兒愛美麗！」

訴完苦，王哥對朱先生透露：

「其實，我有五百塊錢存款，放在房間裡。我沒告訴愛美麗。」

這時，陽光谷氣溫，華氏七十度，好天氣。然而，對無牙老人而言：

「好天氣，壞心情！」

聽王哥這麼一說，冷不防，朱先生突然笑出聲來。

一五五

二月四日，星期三，立春。

早上九時許，袁小姐一位女友進屋幫忙搬家。

室友們猜疑，這位陌生女子：「可能是她家中姐妹？還是朋友？」

朋友？可可對朱先生低語：「袁小姐，她不會有朋友的！」

一早，小趙首先發現位於廚房的大廚櫃，屬於袁小姐那一層板面上所有鍋碗瓢盆全不見了。還有，公共抽屜屬於她那一格裏的東西，也全清走。

王哥早起，見到袁小姐，道聲「早！」

袁小姐沒理睬。

小趙輕語告訴王哥，他的發現。王哥巡視一下廚房，果然，袁小姐烹飪用品全消失得無影無蹤。

未知情的朱先生，攜帶背包，走出大門，離去。

當王哥走回房間途中，走廊上，遇見袁小姐，這時，她開口：

「房東叫我今天搬。」

王哥馬上見到一位體胖女性先來看袁小姐，接著，她幫袁小姐打手機叫車。不久，一輛旅行麵包車出現門口，墨西哥裔男子駕駛走進屋內，開始進進出出幫忙搬家。

搬完大大小小家當，告了一個段落，袁小姐再度開口對王哥說：

「王先生，我搬走了！」

王哥問：「妳的鑰匙要交給我？」

袁小姐持不同意見：「鑰匙，我會親自交給房東。我會跟他連絡。房東押金要先還給我，我再把鑰匙還給他。」

接下來，袁小姐一行人及打好包的行李，隨著墨西哥人所駕駛的麵包車，揚長而去。

王哥立即打電話給房東：

「袁小姐搬走了。她說，跟你見面，拿回押金，才會親手把鑰匙交給你。」房東反應：「我又損失八佰塊錢房租！好啦！朱先生自由了！」

王哥：「這間空下來的房間，物色新房客，找個五十歲男人吧！」

房東：「是男？是女？不知道！」

從今開始，愛美麗想到妙計，即幫老父親叫計程車去醫生那兒拿藥。看病地點在 El Camino 路上，近 CVS 藥房連鎖店附近。計程車收費一趟十元，來回她付二十元給司機。如此，愛美麗免得傷腦筋排時間、開車接送。此舉，麗莎亦省去麻煩。因為，以前，小女兒愛美麗沒辦法送王哥去拿藥時，大女兒麗莎代勞接送。如今，麗莎換工作地點，離王哥較遠，加上，麗莎的兒子開始常要開他媽媽的車出去打工、練足球什麼的。

今日下午，拿完藥回來，約四點。王哥單獨坐在計程車裏，當轉彎進入巷口時，遙見袁小姐駕著自己斑駁退色呈淡粉汽車離去，永不返。當兩車反方向逐漸駛近時，男女四目交接，但瞬間，袁小姐迅速移開目光，然後再木然地直視前方，沒打招呼。

下了計程車，王哥未踏進屋內，反而走向大華超市，想買份中文報紙。

王哥打了一通手機電話給朱先生，欲報佳音：「神經婆搬走了！」不用在外逗留受冷了！結果，朱先生沒帶手機出門。

晚上九點二十分，林先生下班回來，把單車停靠好大門前，走進屋。朱先生剛好走出房間，林先生喊住朱先生，馬上從夾克口袋內拿出一包從餐廳帶回來的榨醬麵，之後，又從另一個口袋拿出油炸雞翅膀遞交給朱先生。

「榨醬麵，是餐廳大廚煮給我，叫我帶回來吃。我想到拿回來給你吃。」

道謝後，朱先生把食物塞進冰箱內。

一五六

二月五日，星期四。

早晨，不論在廚房、後院，室友們見到朱先生，人人臉上笑咪咪七嘴八舌，像似恭賀喜事一件。

可可：「你解放了！」

小趙用廣東國語：「你不用心慌慌了！」

王哥：「你自由了！你好像當兵的時候，班長不在了。」而「我這個雷達，可以拆線了！不過，還是可以給你報導氣象。」這時，朱先生感謝回答：「可以拆線了。對啊！以前，你從窗口看到神經婆開車回來，她正忙著停車在路邊的時候，你就會大聲吆喝提醒我，或者快速跑來敲我門，當面警報我。我就儘量閃躲她，不再出房門。瘋婆子住在這裏，不要說看到她、聽到她聲音，就連她人只是靜靜待在眼不見近處，都會叫我不安。你真是我的雷達。至於氣象報導，也不必麻煩！我可以隨時看手機，查看天氣氣溫。」

不多時，廚房裏，只有可可和朱先生留下來聊天。

可可說，她現在做好飯菜，不但加蓋，而且用面紙覆蓋在器皿上，怕王哥趁人不在，掀蓋，好奇別人做何美味菜餚？還有，現在她甚少拿燒好的菜給王哥嚐。可可解釋：「因為，他會認為妳對他好，對他有興趣。另一方面，他會養成習慣，時間一到，會黏上妳，等食物。」並總結過去經驗：「任何人對他九次好，但是只要一次沒耐心，不好了！他就會背後說你壞話。」

可可又提到：「趙太告訴我，王哥八月一號從醫院回來，她放在公共廚櫃裡的麥片被王哥偷走。他住院兩個月期間，麥片好端端的，沒人會碰。」「以前，樓上住一位陳小姐也發現王哥會偷鹽，或開她的冰箱，用手挾食物吃。」「王哥衛生習慣欠佳。親眼看見他雙手摸垃圾桶後，不洗手，立刻碰食物。」

朱先生：「我知道他依賴一個人的可怕程度，讓人窒息，惹人厭。所以，王哥向我要求所有事情，我一概回絕，溫柔但堅定一一拒絕，沒答應。怕他會把別人當初的善意發展成依賴習慣。」「比方說，他叫我，有空的話，天天陪他在附近巷道、公園散步。叫我幫他按摩。我走路去買菜的時候，順道幫他帶一罐沈重的牛奶回來。叫我晚上，去他房間探問他好不好？要我陪他講講話。」朱先生深不以為然：「開什麼玩笑？我又不是他兒女！他自己兒女都不知道跑哪兒去了？他還幫他兒女們說話，說，他們忙。難道我不忙，閒得發慌，沒事幹嗎？莫名其妙！」

可可：「這就是為什麼我送小趙大華超市小額禮券，因為自然，不會有負擔、後遺症。我不會因爲下次沒時間，或忘了拿禮券，沒給他，而產生內疚。小趙能諒解，他自重。」

一五七

二月六日，星期五。

中文報紙世界日報頭版頭條大標題：「弒母台灣留學生疑失戀精神病復發」緊追一則中標題：「父親慟訴人倫慘劇：獨子從小遺傳母親精神分裂症」。報導稱，兒子獨自來美國洛杉磯求學，遭失戀打擊，行為異常。生母二度從台灣來美關心。陪伴過程，母親精神分裂症受兒子影響而復發。兒子亦病發，他卻將生母虐殺。律師最終希望「把獨子送往精神病患的監獄治療」。

這一天，朱先生早起，做義工。清晨，天陰，刮風一陣。七點四十三分，巴士抵達 Palo Alto 城。坐在大學路上一家咖啡店裏，點了一碗無脂拿鐵咖啡，讀當地早報、吃早餐，直到九點，起身，上工。

收工，下午一點多，巴士站等車，天空飄降毛毛雨。幸虧帶了傘。車停 Wolfe 站，不但雨勢更大，並灌風。朱先生頂著交加風雨，步步邁向大雜院。不久，坐在家中，耳聽落雨敲打遮陽塑膠停車棚，整個下午。同時，剪下世界日報頭條報導，想要晚上拿給張小姐看。

至於王哥，中午十二點三十分，房東開車來接他去救世軍食物發放地點領取救濟蔬菜。車程約十五分鐘後，抵達救世軍現場。因為雨天，救世軍裝運蔬菜貨車等不到下午一點鐘，提前收攤，已開往別處。兩人無奈，空手而回。

回程途中，王哥要買中文報紙，房東載他去大華超市購買。

走近熟食部，房東吩咐王哥：「你挑個便當，我請你。」

王哥先挑了牛肉炒飯，六塊多錢。房東隨後也為自己挑了一個便當後，並付了帳。

房東：「下次什麼時候拿蔬菜？」

王哥：「二月二十號。」

房東：「下次，早點打電話給我，早點去拿。」

王哥在櫃台拿了兩份報紙，星島日報和世界日報，並付錢，共一塊錢。

王哥看星島日報大標題，有關飛機失事新聞。而一旁房東瀏覽世界日報大標題時，被精神分裂患者事件報導而震驚，開口說：

「老王，你看這個神經病！」接下來：「是啊！袁小姐要走，就讓她走！否則，將來出事情。她空下來的房間，我已經登報招租。」沒停住：「張小姐對我說，袁小姐的母親有精神分裂症，會遺傳。袁小姐搬走，也好，省得惹出麻煩。」

到了家門口，房東沒有立刻駛離，而走進房屋內，去信箱拿房客扔進的租金支票。見到小趙，房東問起袁小姐當時租屋在此狀況為何？

小趙：「我太太一番好意拿水果給她吃，她稱謝。因為我們跟她共用一個冰箱，所以，幫她把水果放在冰箱裏。幾天後，她東西沒地方放，敲我們的門，大罵我太太。」「她罵我們兩次。」

之後，房東走進袁小姐空下來的房間，發現角落留著一張設計算是高雅坐椅。回憶，這張屬於房東的椅子，是一個星期前，樓上新房客要搬遷進來時，向房東表明，找人搬走椅子和床架，因為她自己會帶床架和椅子來。所以，那天，房東找王哥，兩人合力把兩樣家俱搬下樓。

「這張椅子，蠻好，蠻漂亮的！老王，你拿進房間留著用吧！」

「好啊！」王哥十分滿意且欣然收下。

未料，關在房間內，但耳尖的袁小姐奪門而出，嚷著：「我要！我要！」

王哥懶得爭，脫口而出：「好吧！妳要，妳拿去。」

如今，這把高雅椅子，袁小姐坐不住幾天，人卻搬走，人、椅永別，世事無常！房東再度慫恿王哥拿走漂亮椅子回房，好好享受。王哥高興地跨進斜對門房間，拿取那把房東一直要送他的坐椅，且笑說：「袁小姐拿這把椅子，沒過幾天，就搬走了。不要我現在拿了這把椅子，沒幾天後，我也搬走了！」

房東被逗得笑道：「不會！你沒有神經病。」

晚上，可可下班回來，告訴朱先生：「好奇怪！袁小姐搬走，我卻夢見趙太從大陸回來，而且袁小姐房間擠滿人，大家參加查經班活動。」

晚歸。進門第一件事，張小姐恰巧也準備將剪下家庭悲劇報導遞給朱先生。兩人站立聊著，張小姐：「剛搬走的那個女人，有次，親口告訴我，她母親患有精神分裂症。有一天，覺得她可憐，帶她去我們教會。教友一看，嚇了一跳，問我，幹嘛帶她來我們教會？因為她們母女倆人把她們的教會弄得天翻地覆。叫我下次不要再帶她來。那時候，我說，不會啊！她還好啊！想不到，她後來行為舉止，真有病。家族遺傳。」又說，以前，幫袁小姐介紹工作，順道教她化妝、穿衣。為了她，張小姐也把公社內一堆跟她無法相處的男生，通通罵了一圈。

這時，朱先生開玩笑重提：

「王哥建議房東，下一位新房客最好找個男的，五十歲。」

張小姐立刻答腔：「跟男、女無關，只要不是神經病。」

一五八

二月七日，星期六。

晨起，窗外雨落。

約十一點，兩位朋友開車來載朱先生去 Fremont 城，同嚐廣東茶樓美味點心。當回到公社，也都快午時三點。見門前停著白色工程車與一輛寶藍色汽車，得知老李和張小姐都在家。

王哥把看完那份中文報紙放在小趙房門腳前，意謂著小趙開門，即可接手拿報紙去看。聽到門前動靜，猜測應該是朱先生回來，老人快速把頭黏粑在套房浴室小窗口，喚著：「欸！你來我房間一下。我有事情要告訴你。」

王哥除了講到，張小姐剛才在小趙面表達：「老王常常在睡覺！」因此，特別吩咐小趙「多留意室內安全，免得剛搬走那個精神分裂瘋女人回來傷人！」王哥在朱先生面前偷偷駁斥張小姐講話不實在：「我有天天睡覺嗎？」王哥接著向朱先生透露：「老李，目前會多待在屋裏，少出門，因為他告訴我，現在接不到工程，沒工作了！不過，你不要問他。」

朱先生：「我不會提的！」

雨停，陽光燦爛。

張小姐跑到後院自購小倉庫那兒忙進忙出，把倉庫內衣物、雜物大紙箱和小盒子，散落室內餐桌上、前院戶外椅子上或後院地上。

張小姐自我解嘲吧！笑意盈盈對朱先生說：

「我這個男人婆、大聲公竟然還有這麼多女人味的衣服，真受不了！」又笑道：「我以前還瞧不起媽媽、姊姊，為了衣裳忙碌。萬萬想不到，現在，自己也是滿堆衣服。」

晚間七點剛過沒多久，老李出來煮飯。朱先生用鍋子加水煮糙米飯。張小姐在餐桌邊用手機看電視劇「少年張三豐」之際，邊走動整理雜物，邊去爐邊煮點吃的，一心三用。這還不夠，她放下手邊雜事，當著現場兩位男人抱怨：

「老王買新鮮的魚回來，放進冰箱。血水滴滴落落，我和可可擦了不少次。現在不管了！」

隔音設備本來就差，加上張小姐音量厚實、高亢，又王哥房門僅半掩，聲聲飄到王哥耳朵。王哥出來，想澄清一下。張小姐一見到王哥，立刻不悅數落：「老王，你鮮魚、鮮肉，買了一個禮拜也不吃，血水滴得冰箱髒死了！我和可可擦了太多遍，累了！現在，不再幫你擦了。」

王哥辯護：「魚，是小趙幫忙在大華買的。如果在韓國超市買新鮮的魚，韓國人都會把魚清洗乾淨，少血水。」

張小姐罵曰：「這跟在哪兒買魚無關！放進冰箱前，你要再清洗整理一次啊！」再略帶威脅：「下次，我告訴房東，房東有潔癖，他一定會罵你的！」

王哥不語，走到朱先生身邊。而朱先生正注視爐頭上湯鍋，避免湯水濮出來。王哥當眾附耳小聲：「張小姐佔用我們的冰箱，還講這種話。」又「等一下，去我房間。」此刻，張小姐在一旁聚精會神觀看手機上播放的中國連續劇。嘴裏沒說出來，朱先生心中嘀咕，王哥實在陷他人於不義！怎可當著張小姐面，托人下水？跑來咬耳朵。還說什麼去王哥他房間？另外，難忘上次，王哥急忙撇清，叫朱先生不要把他老人家扯進袁小姐事件。這次，朱先生也採取迴避態度，不介入老頭子和大姐頭之間矛盾。想到這些，於是朱先生當場婉拒，講給大家聽似的：「這會兒做完飯，馬上要進屋吃飯去，因為肚子挺餓！」

王哥一聽，悄然轉身回房，暫避風頭。

一五九

二月八日，星期日。清晨八點，雨中，忽然揚起小風一陣，朱先生撐傘漫步其中。路邊檸檬樹或社區居民庭園內琵琶樹卜，結果垂墜。兩種不同果樹上果實顏色，卻都呈現鮮綠中略帶淡淡鵝黃。

「北加州已經一個多月沒下雨了吧？上次下雨印象，好像是去年聖誕夜。今年一月比較乾旱。舊金山整整一月份都沒下雨！」心忖，還好，這次下了雨，它從星期五早上就開始落雨，持續到周末。其實，早在禮拜三，兩股暴風雨當時正在夏威夷附近太平洋海域形成。幸運地，它們朝向乾旱已久的加州而來。第一波風雨於次日抵達灣區，當初，僅北灣降雨。

收傘，進屋，張小姐問朱先生：「要出門？」

「剛散步回來。雨天，空氣更新鮮。很舒服！」

當整裝待發，備傘，朱先生再度出門，說：「上教堂了！」

張小姐：「要不要載你去巴士站搭車？我也準備好要出門了。」

朱先生笑答：「不客氣！我喜歡下雨天散步。除非刮風下大雨，那時候，再麻煩妳！」

黃昏，為了觀賞電視 CBS 晚間八時實況轉播葛萊美音樂獎盛典，朱先生搭巴士趕回家。第一件事，打開冰箱，拿出冰鎮水果盒，塑膠盒內裝滿無籽紫葡萄、切塊的草莓、鳳梨、黃甜瓜和綠蜜瓜。正要衝回房間看明星演唱、看頒獎、吃水果解渴之際，可可走出房間，出現在廚房。可可向朱先生抱怨張小姐：「房東要丟掉的破矮櫃，我還來不及叫小趙把它儲藏在窗外那條空地走道，張小姐已經把它拿進屋來，擺在廚房這個公共空間裏。你看，她儘把亂七八糟的雜物放在破櫃裏面和上面，醜死了！」接著打開冰箱怒氣難消：「你看，她把兩盒食物放進我跟王哥合用的冰箱裏！不用自己的冰箱，跑來佔用人家的空間。明天，我把它全扔掉！」還沒結束，可可指著冰箱上面一個大碗公：「你看，她的碗放在我們冰箱上，佔用我們地方，太過份！」

咬牙氣嘟嘟指責完，可可乾脆一不做二不休，立刻伸手把大碗搬移到水槽邊流理台上。

朱先生：「都是你們把她給慣壞了！」「像我，一搬進來，我就和她共用一個冰箱。在冰箱使用問題上，採取楚河漢界態度，分得清清楚楚。從一開始，就不在乎她怎麼看、怎麼說！硬是把她過界的東西通通推回去，塞回去。妳看，現在，我就沒有這種煩惱。你們當初對她太客氣、不好意思開口，結果，妳看，你們終究還是會為了冰箱使用問題上生氣！」

可可：「當初，以為她只不過偶而借放一下，誰曉得，她一直佔用別人冰箱到現在？變得理所當然起來！」

抱怨過後，可可腦筋轉個彎：「想想，張小姐把自己的東西亂放，這房子公共空間看起來又亂又醜，也好！」壓低聲音：「這樣子，空房間最好租不出去。否則，房子太好租出去，死要錢的房東擺俏，準會漲我們房價！」

眼看可可氣消了一點，手中握著水果冰盒的朱先生敢緊鑽進房間，翹著二郎腿看電視、吃鮮果。

一六〇

二月九日，星期一。

加州參議院以全票通過慶祝中國新年決議案。

每年，在加州，數以百萬計的華裔、韓國和越南社區民眾慶祝中國新年。這項決議案顯現加州社區對豐富多元文化和多元種族包容性。

中午，跨進家門，朱先生問候王哥：「吃過飯沒？」

朱先生又言：「剛才走在路上，有陽光，但是頭頂上一塊淺色烏雲，誰曉得，雨點還落在身上。淋了雨，不過，無傷大雅。」

王哥：「喔，陽光雨！」

十二點半，老李開工程車回來，幫王哥帶回一盒三塊錢的冷凍薺菜餛飩。王哥回房拿錢還給老李。過不久，兩個上海人都吃餛飩湯充飢。這時，朱先生確信王哥所言，老李近期接不到裝潢工程，待在房內的時間會多一點。不像以往早出晚歸，星期六周末整天還得加班。上海老鄉留守，好處之一，朱先生心想：「王哥就不好意思常常找我陪他聊天。清靜些！我可以做自己的事，甚至發呆，都好！」

黃昏五點，王哥還是來敲朱先生門。應門，藉此，朱先生放下閱讀筆記，休息一會兒，利用洗菜時間跟王哥講些話。當然，小趙和老李先後走出自己房間，不是洗澡，就是預備晚餐飯菜。

當剩下老李一個人忙燒菜時，王哥再次走出房門，找老鄉用上海話抬槓，排遣無聊。王哥提到愛美麗對他這位老爸爸不聞不問有一段時間了。老李深深不以為然：「從小給她把屎、把尿，撫養長大，不顧父親？」

王哥：「她是美國人。所以當初，她不嫁老中，省得照顧雙方家庭老父親、老母親的習俗。累人！」

老李：「你身體內流著什麼人的血？」

「中國人。」

「她一定也是流中國人的血啊！」

「她認為她是美國人了。」王哥回道。

一六一

二月十日，星期二。

黃昏，朱先生滿足地從 Walmart 買回一個特大圓形透明玻璃瓶容器，想把王哥過去陸陸續續從救世軍領回後，分送給朱先生一包包通心粉統統塞進瓶罐內。不但結省空間，而且視覺效果美觀。36○度全方位不同形狀、不同深淺色千顆萬粒通心粉，煞是好看。

可可洗完澡走出來。

朱先生：「今天這麼早回來？才七點多，不到八點！」

可可沒回應為何早回來一事，卻切題進入更盤據她心中之事，不吐不快：「張小姐，她比咱們大陸農村婦人還窩囊，東西亂堆、亂藏，像垃圾堆。」朱先生雙眼一掃，的確，眼前景像：「妳看，她的一堆女人衣服疊掛在公共餐廳椅背上！」

可可又在餐桌上一堆屬於張小姐諸多雜物中，挑出一顆紫色洋蔥給朱先生看，怒曰：「這是我上次花一塊錢買的。她拿去，據為己有。可能她東西亂得連自己都搞不清楚什麼東西是自己的？什麼東西是別人的？拿去吃，我也認了。她竟然擺爛掉、發霉！」

說完，可可氣得顧不了其他，跨出箭步，拿起洋蔥，再立即狠狠地丟進黑色大垃圾桶。目光再次掃瞄椅背上多件女人衣物，朱先生想起：「有次，林先生告訴我，張小姐身上散發臭味。我猜，原因之一，少洗澡。第二，她當褓姆，要幫嬰孩把屎把尿，加上自己衛生習慣又馬虎，才會身上有味道吧？」

可可對曰：「她不洗澡，她自己也說，這大家都知道。另一個原因，她的衣服都堆放在自己床上，好幾層，好像一座山，垃圾山。不是一件件掛起來的。挑出來穿的衣服，因為已經久久被擠壓在一塊兒，不透氣，當然有霉味。」至於張小姐洗衣服，「她不像一般正常人，衣服太陽曬乾，就收進屋裏，疊好備用。她這個人，洗完衣服，把它們掛在外面風吹雨淋，都不管，三天五天任它去。外面曬衣服用的吊桿，好像變成她的衣櫥！」更甚者，「有時候，看她從冰箱裏拿出來久藏餿掉、長點霉的東西，她不怕，拿到爐上熱熱，就吃了。」不過，「她好像很少生病。看她，六十多歲了，臉上皺紋也沒有！」

這是朱先生聽到可可第二次指責張小姐慘不忍睹的生活習慣，上一次，約兩個月前。暗想：「室友們忍不住背後閒話張小姐的邋遢，將會層出不窮！」

可可又走到水槽，拿起一瓶放在水籠頭邊綠色液體洗碗精，以一種難以想像表情大驚曰：「你知道，有天，張小姐就用這瓶洗碗精來洗頭。我大叫，大姊啊！洗頭用資生堂洗髮精比較好！」

「用洗碗精洗頭，好去髮油！」張小姐竟如此回答可可。

可可關切：「那會傷頭髮啊！資生堂貴些，但起碼不會傷頭髮。」

這讓朱先生聽得瞪大雙眼。他洗完蘋果，轉移話題：

「王哥說，等一下有人來看搬走瘋女人空下來的房間，想租房子。聽說，大學生，男生。」

可可哦了一聲，馬上回應：「好啊！好啊！」

進房吃完蘋果，朱先生再踏進廚房洗水果刀、磁盤時，可可仍在那兒。

可可湊上前來，悄聲：「有人要來看房子。我剛才故意把兩個盤子、菜刀、筷子，統統散落在早已被張小姐弄亂的餐桌上面，讓桌子看起來更亂。這還不打緊，我還把鍋子放在流理台上，看起來亂上加亂。最後，跑到大門那兒，把電燈開關打開，故意讓燈光照到張小姐房間門口前亂堆的雜物。讓那些來看房子的人，印象大壞，嚇跑他們！」

可可另外透露：「上次，我還在院子裏，偷偷告訴一位正好來看房子的人，說，我們這裡啊，住著有十個人呢！一講完，立馬嚇跑那位來看房子的人。就是讓房東租不出去！否則，房東屌得很，又要漲我們房價五十塊錢。」

可可也茅盾地點出：「我常跟朋友提起這兒讓我生氣的人事物。結果，他們搞不懂，既然如此，為何不搬家？還要留在那個人多口雜的貧民窟？」嘆了一口氣，可可接著說：「住久了，大家還是有點感情嘛！」

朱先生：「常理說，如果不認識你們，作為一個陌生人，我進屋，看一下，肯定不會搬進來。當初，一年前，我會搬進來，那是因為我急著要有個地方住。不想再住在親友家，很不自在。另外，這兒的房租確實便宜些。」

可可接話：「我朋友，她一個人租一房一廳公寓。沒人跟她吵，沒人跟她搶洗澡、搶上廁所，但是，她寂寞得發慌！沒人跟她講話。她好想找人講講話。這就是爲什麼她一直叫我去她那兒吃飯、喝茶、聊天。」

一六二

二月十一日，星期三。

下午四點半，朱先生在房間內聽收音機。一隻肥蚊從書桌飛向房間另一頭窗邊，消失。打不到蚊子，心中微怨：「肯定是張小姐囤積一堆垃圾般雜物、不清洗亂堆的器皿、任意隨食物腐爛發霉，這些，都易招蚊蟲！」

黃昏，朱先生和朋友三人一起開車去聖荷西市區，尋找一家加勒比海餐廳「BackAyard」吃晚餐，提前慶祝中國農曆新年。席間，朱先生點了烤鮭魚配烤雞拼盤飯。回程，車上，朱先生問了問當中來自台灣快六十歲一位女性朋友：

「房子賣了嗎？有在尋找新房子？」

「不賣了！我那個 Cupertino 房子，像個小聚寶盆，房價一直漲。捨不得賣了！不過，我現在申請低收入戶公寓，用我姊姊名義申請。」

晚上，近十點鐘，林先生下班回來。置身廚房忙著熬煮排骨湯後，再油煎兩根台灣香腸配油麵。當林先生坐在餐桌邊吃飯，朱先生拿杯熱茶也坐下來，兩人聊天。

林先生：「年輕的時候，在外島當兵。碉堡站衛兵，半夜換班。不見有人來接我的班。」於是，「我去找那位酒後還在呼呼大睡的小兵。兩次都叫不醒的小兵嫌我煩，大力用手推我一把。這可激怒了我，我用步槍前端的刺刀，刺向酒醉的小兵。震驚全師部。經過調查，被軍法審判，關一個月禁閉。我獨自被關在失去自由的牢房裏。」

聽完林先生台灣年少往事，朱先生隨意問句：「想回台灣探親？」

林先生：「沒臉回去！」

手機響起，林先生坐著接聽。不一會兒，他丟下飯菜，走出門，跑到後院戶外去講電話。

一六三

二月十二日，星期四。

早上九點，可可起床後，立即鑽進浴室沖澡。穿好粉紅色長浴袍裹著身子，手拿著臉盆走出浴室。踏進廚房，遇見朱先生，她停下腳步。

可可：「昨天，幫一位上年紀的大姊搬家，開車載她到低收入戶老人公寓。她東西不多，但有些東西還蠻重的。吃完晚飯，搬完家，回來，也快半夜十二點了！腰痠背痛。一進門，就洗澡，希望能消除痠痛。今早起床，覺得有需要，得再衝進浴室，好好再淋浴一下。」接下來：「你現在敢忙去申請，排時間。等個三、五年，也搬進老人公寓。一房一廳，可清爽舒適極了！」

朱先生：「噢！」了一聲。

可可：「小趙夫婦也申請了。現在，看日子，什麼時候排得到？王哥也在等候通知期間。反正，先申請再說。到時候，不搬去，也沒關係。」說完，可可先是無聲地指向餐桌上一碗已熬出乳白湯汁的排骨肉湯，然後，十分氣憤地開口向朱先生抱怨起林先生。

講話中，王哥腳步聲漸近時，可可抱著臉盆轉身回房，怕被王哥纏上，避開老人愛講個不停。王哥見到朱先生，開口第一句話：「遠親不如近鄰。」

王哥說，他現在不主動打電話給小女兒愛美麗，讓她自己打電話過來。她不忙的時候，「先幫我約好醫生。幫我叫計程車，載我去看病。」至於大女兒麗莎，「負責幫我拿藥。」剩下買菜部分，「我自已走路去大華超市買。」

王哥：「決定不打電話給愛美麗，因為她不載我去買菜、看病。」「老李上次用上海話也說，從小把屎把尿，扶養長大。現在對待我這個爸爸這樣子，實在是忘本！」「愛美麗可能她老公找不到工作，錢少吧！」

轉為略帶欣慰神情，王哥繼續：「房東反而常載我去救世軍拿菜。以後，小丫頭安潔莉卡載我去買些菜，麗莎送藥來。」讚美不倦：「還是房東、小丫頭好！」「小丫頭昨天來接我去中國餐館吃飯，她點宮保魷魚，我點宮保蝦仁。我們吃到快下午兩點才吃完。接著，她帶我去銀行領出現金八十塊錢，帳戶餘額只剩二十五塊錢。在銀行，我換了十塊錢兩毛五的銅板，回來投幣，洗衣服用的洗衣機啊！然後，去 Safeway 超市買東西。」

朱先生：「買了什麼？」

王哥：「整隻生雞一包、火腿肉片、牛油。我自己再額外多付兩塊錢，把禮券餘額二十七塊錢都用完了！」

提到錢，王哥向朱先生透露：「原先，五佰塊錢存進我房間裏的鐵箱子，昨天，我又存了一佰五十塊錢，放進箱子裏。以後，慢慢拿出來用。」

不料，王哥又回頭談到愛美麗這位小女兒：「她上次對我說，煩死了！你一天到晚來找我！我不管你了！」「我曾經告訴愛美麗，摔跤後兩個月，除了定期繳房租，每個月零頭錢沒動。每個月存五十塊錢，我現在存了三佰塊錢，可以自己付磨牙費。」「她可能十一月份的時候，幫我買東西，已經付了太多錢！」不管怎樣，「我再跟愛美麗講一遍，提醒她，妳現在不管我，我變成冰冷屍體，還是妳來管我！倒在馬路上，還是要妳來管我！妳忙的時候，可以好好講，比方說，最近很忙，人很煩。我就會等妳心情好點，再買菜給我吃，也可以啊！現在，我不打電話給妳。妳兩個禮拜或一個月主動打電話給我，看看我有沒有收到重要的信件，需要妳翻譯、處理？這樣好吧？」

這時，王哥聯想到兒子馬克：「以前，我跟馬克說，你跟同性戀跑走的話，我死後，你拿根香來拜我，就好了。如果你比我先走了，我拿三根香來拜你。」回憶：「那時候，我們住在 Garden 低收入戶公寓。一早，我叫馬克搶先跑到公眾洗衣房去洗衣服。馬克說，煩死了！我回答，你怎麼找個同性戀，又養一條狗？養狗，等於養一個孩子。如果，你找個太太，她可以幫我洗衣服，我就不會煩你了！養狗？你餵牠加有維他命的狗食物。貴！剪狗毛，替狗打針，沒完沒了。最後，狗不會報答你，只會舔舔你的臉。如果養個小孩，他們長大會養你。」

王哥繼續對朱先生傾吐：「我以前跟孩子說，爸爸之前工作，時有時無。剛來美國，大家都很苦！我英文不好，找工作很困難。爸爸讀書少，工作沒有姑姑、姑丈的好。」「我妹夫對愛美麗說，妳投錯胎！我妹大安慰她說，認命吧！妳爸，錢賺不多，但是，不吃喝嫖賭。」王哥深不以為然，對曰：「但是有些人，就算是又吃又喝又嫖又賭，兒女還是很孝順！」長篇故事，滔滔不絕，王哥和朱先生未加留意老李何時已現身一旁了？

老李看不慣：「這些人，活著幹嘛？現在，像愛美麗這樣，當初，這個女兒剛生出來，就弄死，就好！把屎尿。不是一卜子長大！」

抱怨完兒女，王哥回房有事得去辦，因為再過一個禮拜，是農曆新年。張小姐幾天前特別口頭交待王哥，把僑委會贈送紅底金字的春聯貼出來。由於王哥套房長排透明玻璃窗戶，是唯一面對街頭巷尾，所以，王哥把春聯貼在自己屋內窗上，戶外路過人車都會看到：

「羊年行大運」

「平安迎新春」

以及單張「春」、「福」，還有四個字寫在一塊兒、擠在一起的吉祥話「招財進寶」。

下午三點半，林先生騎腳踏車回來。七十二度的好天氣。

朱先生剛吃完一片小紅莓蛋糕。好吃，於是分給王哥、小趙各一片蛋糕。他們也都說好吃。朱先生問林先生，也要嚐一片？

「剛才在餐廳吃過東西。」

「中餐工作忙嗎？」

「跟老闆吵架！」

「爲什麼？」

「因為有位顧客反應，糖雞、糖豬的醬汁不夠熱。以前，大廚還在，沒辭職的時候，從沒發生過這種情況。」林先生繼續：「現在，把烹調滾熱的醬汁倒進不銹鋼容器裏，醬汁涼得快。後來就算你再加入滾熱醬汁，中和後，變成溫溫的，這是口感欠佳的原因。」但是，「醬汁如果放在瓷器裏面，比較能保溫。陶器也能保溫。」又提到：「老闆對我說，我們要研究研究問題在哪裏？」且想到：「有人勸我自立門戶開餐廳，幹嘛替人賣命？替人賺錢？」

朱先生：「自立門戶的話，趕快趁著自己還有體力。不過，它有它的風險。這得要自己去衡量。」

林先生：「油鍋工作，吸入大量油煙。身體會過敏，起疹子，一粒粒。上次去中藥舖調製了五份藥，清肺顧肝。一包十塊錢，共五十塊錢。」

「對身體有幫助？」

「比較好點。誰知道？心理作用吧！」

「戴上口罩。否則吸入太多油煙，對身體不好！」

「忙起來，要急促呼吸。戴口罩，不方便。管它的！死了最好！反正活著也痛苦！」

想起小紅莓糕點，跑去冰箱。邊切甜點，邊慫恿林先生一定要嚐，因為嚐過的人，都說美味無比！不吃，後悔！

「好吃嗎？」朱先生問。

林先生邊嚼，邊點頭讚美：「好吃！」

晚上，朱先生散步回來，見到下班回到公社的可可。

可可：「昨天晚上，洗完澡，走出浴室，忘了房間鑰匙還留在廁所洗臉台上。老林準備要洗澡，發現我忘了帶走鑰匙。他好心物歸原主，對我說，可可，晚上好！這是妳的鑰匙。」

「我伸手，不客氣，從他手中搶回鑰匙。」「你想想看，每天晚上，人家要睡覺了，他煎臭魚、燉排骨蘿蔔湯。早上，把整鍋排骨湯放在我房門前的餐桌上，讓我聞。儘做這些壞事。他想做一件好事，我就會感謝？門兒都沒有！鑰匙，他不幫我拿，我也會回去拿的。」

聽完，朱先生恍悟：「為什麼林先生今天下午說，活著，也痛苦。這句話背後真相之一，現形了！」

一六四

二月十三日，星期五，情人節前一天。

朱先生早上九點準時走進 **Palo Alto** 城老人中心，捲起衣袖，開始義工手邊工作。應景。朱先生幫助經理將捆捆紅、粉、白色塑膠布一一攤開。分別用剪刀剪裁成適當長度，舖在長桌上。顏色交錯佈置，這桌白，隔壁桌紅，另一桌粉。當中，六個圓桌塑膠桌布其長寬及顏色均已固定，故只需舖上桌，省卻剪裁。眼見經理打開小瓦斯桶開關，用口鼓吹紅、白、粉三色不同汽球，然後掛在或勾在牆角。

每張長、圓桌上，放有透明玻璃花瓶新鮮插花。

現場三、兩義工忙著舖上一百多個座位的大紅顏色用餐墊紙。用餐墊紙上，左側紛紛擺設大紅紙餐巾，餐巾上則安放叉子。右側，則為刀、匙。右上角，放置咖啡杯。

今午，供應長者營養午餐菜單為鮭魚餐、冰淇淋點心、咖啡茶水。同時，現場請來音樂團體撥奏義大利曼陀林。

忙完午餐服務，輪到義工們也快樂地坐下來吃午餐。朱先生告訴經理，二月十六日星期天，至三月六日星期五，要回台灣過農曆新年。

房東快中午十二時，開車前來雲雀巷接王哥去聖荷西裝假牙，牙醫診所位於獅子城購物中心。

等待順序叫號。

看錶，預估還有時間逛附近的購物中心，兩人於是步行逛過去。由於農曆新年將至，眾多越南攤位販賣新鮮桃花和菊花、越南春捲跟粽子、小孩玩具等。其中，立即吸引王哥目光，當屬塑膠鳥籠。

裝置電池鳥籠，打開開關，人只要一拍手，鳥叫聲不斷傳出，叫聲跟真的一樣。人工做的鳥，看起來也像真鳥。它是一種越南彩鳥，黑頭、黑羽、黃肚橘胸、尾巴黃黑兩色。問價？十塊錢。二話不說，王哥當場付款，挑選一隻據為己有，心中盤算著：「白天，屋子裏，大家都跑光了。無聊的時候，可以拍拍手，聽聽鳥叫，也不錯！」

返回診所就診。下午兩點，大夫使用少量膠水塗在上排假牙上後，用手將一排假牙按入王哥口腔上端。下排牙齒免用膠水，因為不會掉落，僅咬緊，即可。終於裝好假牙。

立於一旁的房東同感興奮，慫恿王哥立刻測試新牙，咬咬看，且表示等一下要請王哥去吃越南雞肉麵。到了麵館，王哥試著用新裝上的假牙吃麵，結果非常不習慣，實在無法下嚥，所以將食物外帶，回家再吃。

至於帶上假牙講話這部分，雖然不露風，好多了，但是發音反而變得不清楚，好像大舌頭，更難以習慣。

回程，房東握著汽車方向盤對王哥說：「信佛，叫你做好事，當然很好。以後，我帶你去教堂，聽福音。有耶穌，有信仰。教堂裏，人多，弟兄姊妹都會幫你忙。」

一時之間，好像沒其他好聊，當然，八卦八卦也無妨。

房東：「袁小姐上次說，朱先生為什麼看了我就躲？我又沒幹嘛！」於是大膽推測：「我看，袁小姐喜歡上朱先生。」

王哥：「朱先生比較年輕吧！袁小姐就罵我、小趙和老林，死老頭子。」「可能是！朱先生有次當著我跟袁小姐的面，對準備去醫院照大腸鏡的袁小姐說，如果沒人陪，朱先生和我可以陪她去醫院。」「朱先生後來有解釋給我聽，那時候釋出善意的時候，還沒有發現袁小姐變態，還沒有見識到袁小姐發起瘋來亂罵小趙和我一通，還沒有發生她對朱先生性騷擾。朱先生還解釋，他對屋內男男女女室友都會如此對待啊！大家都出門在外，蠻辛苦的。互相幫助！」

房東：「因為朱先生說要陪她去照大腸鏡，袁小姐暗戀上他。」

王哥：「朱先生曾經也要陪我去看牙齒，那天，你開車來，是你說，有你去就可以了，他不需要去。你還記得吧？」

默默地傻笑數秒，王哥兀自：「練身體、舉啞鈴那段期間，朱先生大聲在走廊上說，王哥，我要來做運動了！我注意到，袁小姐開始打開小門縫，偷看朱先生打從她門前經過。」

一六五

二月十四日，星期六，情人節：

「嗯！這一天，充滿鮮花、可口巧克力、美酒。還有，空氣中瀰漫著濃情愛意！不是嗎？」

早上九點半，愛美麗打電話給父親：

「爸爸，我今天載你去買菜。因為下個星期一到星期五，我們全家要去太浩湖 **Lake Tahoe** 渡假。」

「不用了。我買了雞，放在冰箱裏。」

十點十分。此際，林先生坐在餐桌旁吃土司、斑豆湯早餐，可可站立爐頭前燒菜，朱先生則煮麥片粥。王哥耳聞人聲，不甘寂寞，緩步走出房來湊熱鬧。另一頭，張小姐擡頭看了一眼，然後，當眾朝著剪了頭髮、氣色略帶紅潤王哥粗聲粗氣地，譏曰：「死老頭，你弄假牙，年輕二十歲，要找女人啊？」

王哥笑道：「要找？三十年、二十年前就找了！我一個人睡，習慣了。所以，我不是死老頭。」

朱先生默想：「找罵啊？明知張小姐在，你王哥還跑出來晃？簡直找罵。不過，話說回來，出不出現，張小姐人前人後都罵王哥。」

張小姐罵曰：「死老王，不要死在這裏，害房東房子租不出去！朋友高伯伯死後，他們家房間就租不出去。」

王哥沒撤退避風頭，仍留在原地，轉移話題，講到袁小姐：

「魔鬼搬走了。走進空房間一看，發現窗子邊，她還住在這兒的時候，竟然用透明塑膠帶黏封住。她真奇怪。」

張小姐當眾回憶道，有天，她當面對袁小姐說：

「教會裏有很多老小姐，她們貸款都付清了，住大房子。妳怎麼搞的？還住在這胡同裏？妳是美國大學畢業，又學會計，應該可以很好找工作的！」

這下子，勾連另一件袁小姐令張小姐氣惱之事：「有天，我開車載她去靠近 Cupertino 圖書館附近一棟二樓洋房。樓下是客廳、廚房、起居室，不住人的。樓上有三個房間出租，其中有一間是套房。套房房租每個月一二〇〇，其他兩間各八佰塊錢。當時，其中一間住的男房客在 Wells Fargo 銀行上班，女朋友天天來幫他煮飯。另一間，女房客準備要搬走，袁小姐即可遷入，要是決定月底搬進去的話，時間充裕。當場，袁小姐也同意並表示，那個住屋環境不錯，高檔，室友少，很滿意。袁小姐還說，哪像現在住的地方，這麼多人，又有一堆臭男人！我問她，那要不要租？她說，她沒帶錢。我說，那我先幫妳開張支票。她說，謝謝！麻煩妳了！明天早上十點，我回來換支票，拿回妳的支票，帶我自已的支票來給新房東。」「第二天，晚上八點，我在戲院準備看八點十五分的電影。趁空檔，我打電話問女房東支票的事。女房東說，袁小姐都沒有過來啊！妳的支票也不見了，不知去哪兒了？」「又過一天，我問袁小姐，為什麼沒有去換支票？她說，她不搬！她又講，妳跟女房東處得不錯，妳去租一二〇〇那間套房。我一聽，馬上問她，妳不去住，當時，為什麼不講清楚？妳可以說，不要！或者說，要考慮。當場妳可是同意，而且滿意啊！」事到如今，張小姐想到袁小姐學會計，應該知道如何處理：「那麼我先前開出去那張支票怎麼辦？」想不到袁小姐回答：「止付啊！去銀行付錢止付。」然後袁小姐口氣揚昇：「我再也不要跟妳講話了！」張小姐繼續：「後來，我再跟女房東去解釋袁小姐的狀況。女房東的父親，以前是林彪部屬，閱人無數！」女房東對張小姐說：「我現在男女房客看起來都很好！妳說，她是老小姐，但是很清純。我看她啊，很醜。整個人看起來，邋邋遢遢，怪不得男人不要！我不要租她。她不守信用，一直都沒來拿支票。」

六十多歲張小姐當著眾室友面前委屈吐露：

「我以前都幫袁小姐，這位五十多歲老小姐。為了她，罵了我們屋子裏一堆臭男生。教她化妝、穿衣、染髮。有一次，叫她來我開的委託行攤位，給她買便當吃，勸她，還介紹工作給她。」

朱先生插話：「我聽到，袁小姐逢人就說，張小姐要我搬走，我偏不搬！」王哥接話：「她是有這麼講。」

接下來，王哥岔開話題，提起房東日前載他出門時，買個鳥籠回來。這下子，張小姐好奇，籠內鳥羽是真的嗎？材質像標本？王哥一時講不準，乾脆走回房間拿取鳥籠出來，以滿足張小姐心中疑問。

「哦！塑膠鳥、塑膠籠，全是塑膠做的。否則哪值十塊錢而已？」張小姐接下鳥籠，瞧上幾眼，恍然大悟。

王哥：「想起住在 **Palo Alto Garden** 的時候，我有一隻假狗。把開關一打開，會叫。如果有推銷員來敲門，我會放聲嚇人。」

王哥拿著鳥籠回房，邊走邊思：「剛才張小姐講，找女人！」邊想到，現在的房東曾經對王哥說：「你如果嘴巴甜、會講話的話，三十年前，就會有第二個老婆來照顧你了。那樣子，你現在不至於孤苦伶仃住在這兒！」邊回想老母親生前所言：「幸虧你不像你舅舅找女人！你太笨，太老實。不會甜言蜜語。」

這不得不提舅舅，母親的哥哥。

舅舅從小出身於上海富裕家庭，和大多數上海人一樣，會吃會玩。

大陸撤退時，舅舅隻身來台灣，舅母未跟隨同行，在於娘家位於浙江嘉定鄉下，得留在大陸且獨自扶養兩個兒子。至於他們另一個女兒，也就是王哥的大表姐，則被帶到台灣，由王媽這位姑姑領養。當初在大陸，舅舅和舅母結婚，乃舅公舅婆以舊式父母私相授受、湊和這段年輕人姻緣，毫無自由戀愛基礎。

來台之後，舅舅先在基隆一家舞廳當經理。因工作緣故，認識一堆漂亮舞女。舅舅不甘寂寞找女人、酒家女。

其中有位舞女與前來舞廳男客人發生關係，生下小女娃。舞女這位生母自身難保，更無能力扶養新生命，故舅舅把女嬰接來家中扶養。這時，剛從上海來到台灣的舅母沒反對，因為小孩不是老公在外風流野種。

國共內戰，夫妻分離。歷經艱難，家庭終於團圓，共享夫妻兒女天倫。未料，夫妻反而離異，乃舅舅不但外面有位酒家女兩相好，且陸續生下兒子和一對雙胞胎女兒。

當初舞女留下可憐小女孩小養女，加上一直寄養在王家那位大表姐，都漸漸長大。

印象中，舅舅投資不少生意，但沒一件賺錢，每每失敗收場。每回，王爸王媽幫忙善後。例如，王爸，身為台灣水產界大頭目之一，曾介紹舅舅去蘇澳水產學校當人事主任。事成主因，在於校長是父親以前的學生。本性難移！王媽原本盤算，舅舅從高雄大城市被放逐到偏鄉靠海、少紅燈酒綠誘惑的蘇澳，應可安份、安定下來。無奈，事與願違。舅舅人在蘇澳，仍找酒家女，把錢敗光。這還不打緊，更盜用學校公款，東窗事發，王爸貼錢了事。舅舅辭去工作，轉而做起煤球生意，王母也有一點投資下去，結果還是失敗。

大表姐唸高雄女中時，愛交男朋友、貪玩，荒廢學業。高中畢業，未繼續升大學。王媽介紹王爸的一位學生，廣西人，給大表姐認識。那位學生，當上中國航運公司總工程師，專門負責商船建好後登船檢驗的驗船師。男女交往順利，兩位年輕人步上禮堂，結婚生子，幸福美滿。

舅舅這時候沒錢，跑去跟女兒要錢，大表姐不願給。當時王哥已就讀強恕中學，每個月一次，被舅舅和母親兩人派去大表姐家。王哥騎腳踏車從永康街對面的臨沂街住家，騎五分鍾單車到金華街拿錢。每次，都挨大表姐罵：

「為何不省一點？還要玩女人！要錢？叫他自己來拿。」

第二天，再去要錢，王哥才拿到錢，塞進口袋，帶回去給舅舅。回到家，向母親抱怨：「每次叫我來回跑兩趟才拿到錢，又被罵！」母親為了自己親哥哥，總是安慰兒子：「一個月一次嘛！」

大表姐跟先生後來舉家赴日本分公司上班、居住，從此，王媽開始接手援助舅舅。例如，拿米袋送到基隆舅舅家。親戚口中認定，舅舅，「都是玩女人，用光錢財。」

過去，舅舅曾一度出於好心，有意將唸蘇澳水產職業高中的養女許配給王哥。那時，王哥剛從日本回台灣後，在高雄工作。王哥無意，倒不是男女相差十五歲，而是兩人南北相隔太遠。王家老奶奶更加反對，理由是舞女生的，天曉得，是不是舅舅自己的種？因為舅舅花名在外、風流成性，老奶奶老祖母又聲稱：「表親，血親太近，將來生出來的孩子，不大好。」

說到老奶奶，她去逝後，葬在六張犁，極樂殯儀館墓地。如今，台灣對王哥而言，唯一親人，就是這塊墳地。

今天情人節，王哥悶在大雜院，心思仍憶及當年緣盡的枕邊人，就是兒女們親生母親。她祖籍是大陸潮洲人，抗戰時逃往越南的華僑家庭。愛美麗的母親所生出三個孩子裏，王哥此刻不得不承認，唯獨愛美麗不但長相，連個性都像她媽。

往事已逝！回憶片刻後，無牙王哥倒想出門買份中文報紙。

推著四輪手扶行動輔助器外出，王哥走向大華中國超市。

熟識店員向王哥打招呼，並讚美：

「裝上假牙，好看了！不像以前，嘴唇扁下去。現在變年輕些！」

王哥：「以前，醜，可以吃東西。現在，好看點，不能吃東西。」

店員：「現在聽你講話，像大舌頭，像紗布塞在嘴巴裏講話。不像你沒有牙齒的時候，講話反而清楚。」

回到家，王哥竟也擔憂：「裝了假牙，話講不清楚就算了！但是，今天早上，張小姐不是叫我參加二月二十八號，在聖荷西狀元樓飯店所舉行的國民黨新春團拜聚餐活動？」「每人得繳三十塊錢是小事，只是到時候，裝假牙不能吃，怎麼辦？」況且，「房東擔任國民黨重要幹部，他準會去。」加上張小姐大聲婆嚷嚷：「國民黨去年選舉大敗！輸了面子，總要顧顧裡子，大家聚聚吃頓飯！」慫恿下，王哥心意更加堅定，橫豎都會參加活動表達支持。

一聽，朱先生試著寬慰王哥：「到時候，說不定，你已經習慣帶假牙，可以吃東西了！還是去吧！」

王哥眼睛一亮，想到妙計：

「有了！那天，我不帶假牙，不就跟以前一樣，可以吃東西了！」

朱先生：「那付假牙還是帶在身邊。碰到硬的東西要吃，你再帶上。否則，就不帶上，好好享受吃吃喝喝。」

王哥雙眼再度亮起，滿意地笑開懷。

王哥輕鬆一點後，講起：「現在睡得好！晚上，不會聽到哐哐關門吵雜聲，因為袁小姐搬走了。以前，老林故意大聲開關廁所門，就是要吵到正對門的袁小姐。現在，沒這個需要了！」朱先生聽後，不表意見。

夜晚十一點半回來，大門深鎖，張小姐大為不悅！她沿牆去敲林先生窗戶，叫林先生開門，因為她認為林先生是最後回來的人。

一六六

愛美麗一家四口，於二月十五日，星期天，飛到夏威夷渡中國新年假期，要到二十二日星期天才會返回灣區。

這天早上，六十多歲張小姐怨氣難消，雖四下無人，仍舊在廚房區拉高嗓門獨自抱怨：「昨天，情人節，你沒有情人，我還有情人要約會咧！晚上十一點半關門？幹嘛？不識大體！」

朱先生從教堂回來，已是下午兩點許。才關上房門想午休，隱約聽到走廊上那熟悉的緩緩腳步聲，漸近。果然，敲門聲入耳。呆在房間內不動聲色數秒鐘，略顯不耐。結果，還是收拾起無奈情緒，隱藏妥當後，才再應門。

王哥見到朱先生開門，立刻問話：

「今天，你覺得我講話的聲音，清不清楚？」

朱先生詫異：「比昨天清楚。你已經習慣裝上假牙了嗎？怎麼一天的時間，變化這麼多？」

王哥：「今天，我沒戴假牙，太麻煩！又效果有限。」

朱先生：「沒戴假牙，講話聲音反而清楚。真滑稽！」

一六七

二月十八日，中國農曆年除夕夜，大雜院內室友們各過各的，清漠幾許。較有過年氛圍，要數舊金山中國城。那兒有應景火紅鞭炮、舞龍七彩龍頭、九人鑼鼓陣、拉二胡、名茶、蘭花、開運觀音竹，角落處處洋溢喜慶。

次日，大年初一，王哥向室友們恭賀新禧後，並向房東電話上拜年：

「你發財，我健康。恭喜老闆，錢賺得多多！」

電話的另一頭：「你是唯一向我拜年的人！」房東頓時窩心。

過年這天，人民公社內一切清清淡淡地溜逝！

大年初二，房東路過公社，停留，準備將房客投幣使用洗衣機，多日所累積下來的銅板收集起來帶回家，並當場塞了一張二十塊錢紙鈔紅包給王哥。

愛美麗渡假回來，掛個電話給王哥賀新年：「爸爸，我回來了！恭喜啦！」

一六八

朱先生不在美國過年。

話說，他買好機票於二月十六日，星期日，收拾行李，準備搭飛機回台北，好與台灣家人團聚過農曆新年。朋友阿林於晚間九點五分，已開車來楓葉巷接朱先生去舊金山機場。當朱先生托著行李出門前，張小姐剛好回來，兩人在屋內走廊上碰面，張小姐祝福：「祝你玩得愉快！」

朱先生致謝後，推開紗門。阿林站立紗門口，幫忙接住行李，並將一只笨重行李塞進汽車後車廂。汽車緩緩在巷道間滾動前進，尚未駛上大馬路前，阿林手握著方向盤問道：

「你們那邊住了一位男人，他喜歡穿女裝啊？」

朱先生笑曰：「她是女人，不是男人！張小姐離婚兩次，有兩個兒子，一個快三十歲，一個四十歲，兩個兒子都還沒結婚。」

阿林難以置信：「真的？她講話聲音好粗、沙啞！從背後看去，再聽講話聲，還以爲是愛穿女裝的男人！」

朱先生依然笑著：「不怪你！我剛搬來，待在房裏，聽到外面講話聲音，心想，奇怪？怎麼有個剛發育男生在講話？是誰？好奇，開門出去一看，原來是張小姐。」

阿林接著問：「那麼剛才那位老先生是誰？他講話兇兇的！其實我開車早到，不想催你，我停車在路邊，然後，站出來，等你。那老頭子粑著紗窗，很兇的問我，你找誰？東問西問。」

朱先生回答：「他是王哥。他房間靠路邊，人車來往，他都好奇。他整天沒什麼事做！」不過，略不悅，心中微抱怨：「不是告訴過你，有人來接我搭機嗎？有人在這個時候出現，當然就是來找我。語言、態度要和善些啊！是我的朋友，怎麼不給面子？你老頭子女兒、乾孫女來，我都對她們和顏悅色，招呼著，給你面子。好！老頭子，給我記住。」

當夜，雲雀巷裡，林先生夢見自己匆忙騎腳踏車要送花給可可。

夢醒，第二天，難得休假在家，無需回餐廳打工。林先生精神抖擻地騎單車奔向洋人超市買花，立刻被五朵含苞紅色鬱金香吸引住。毫不猶豫地揀選那盆唯一紅通通、看起來喜氣洋洋的盆栽，心中頓時泛上一絲莫名溫柔：「這是我生平第一次送花給人。以前，連我老婆，我都沒送過花給她！」還有「那盆紅花，像是暝暝之中為我準備好，為我加油！紅色，嗯，快過年了，顏色很應景！」買完花，一不做二不休，林先生再跳上單車跑去買了一磅裝 See's Candy 巧克力禮盒。

夜幕低垂，四下無人，林先生鼓起勇氣敲可可房門，喊聲：「可可！」

可可不知是誰？但應了一聲。她還來不及起身，從房間這一頭走到另一頭去開門，林先生已自行扭開房門把手，恭謹地說：「這盆花送妳！」

「哎呀！不要！不要！」可可沒擺出好臉色跟感激之情，急忙推出。

不顧一切，林先生還是挺進一步，硬把鬱金香安置在可可房間內的小木桌上，才離開。

不久，再度敲門，不待可可做出任何回應，這回，林先生仍逕自開門，雙手捧著禮物：「這盒巧克力送妳。」

可可又忙將男人和禮物往外推：「不要！不要！」再次將門帶上。

這下子，林先生省略敲門及等待回音，獨自再扭開可可房門，還是把巧克力放置在同一張木桌上。

迅速思索：「快過農曆年了！這下子看來，回絕不了。」瞬間，可可心軟下來，「因為顧及他的面子。」她這才勉為其難擠出「謝謝！」兩字。

次日，可可在廚房碰到小趙，互打聲招呼後，兩人於是各自忙餐食。

可可忍不住透露，林先生昨晚強行送她鬱金香和巧克力。

聽者馬上回應：「情人節禮物。」

這下子，可可才意識到浪漫情人節剛過。她變得渾身不舒服起來：

「老林幹嘛不送別人鮮花、巧克力？光送給我一個人？」

又過了一天，晨起，可可決定把鬱金香盆栽從屋內遷移至後院地上。同時，心一橫，默然嘀咕：「死也不肯和老林講話。不給機會，避開他。因為他是海派的人，每天會叫妳陪他喝茶、喝酒。天天這樣下來，誰受得了？而且，那樣子，別人會怎麼想？張小姐到時候，不曉得會講一些什麼話？」況且，「更年期了！誰會去弄得好像在談情說愛？」

沒多久，如往常，林先生趁上班前鑽進後院水槽，手洗衣服。可想而知，見到表達自己愛慕心意的鬱金香，卻被可可棄置戶外地上，內心很不是滋味。

可可主觀意識到，移花之後，林先生又故意把菜鍋、菜盤，還有未喝掉那半碗湯不加蓋，統統留置餐桌上來氣她。她下定決心，厭惡林先生到底，沒得好談：「這男人太沒品了！為了我把花放在室外，報復我，開始跟我作對起來。他明知我討厭聞菜飯味，偏偏不加蓋。他怎麼不像別人一樣，把吃不完的剩菜貯存在冰箱裏？」

尤其，那碗湯，她認出是小趙熬煮送給林先生喝的，因為，小趙也送一碗給她嚐鮮。避免冤枉他人，第二天，可可當面不但問小趙，是否是他送給林先生喝的湯？同時抱怨心中怒氣給小趙聽。小趙撇清：「我送那碗湯給老林的時候，特別加上蓋子。」

這下子，可可伙大更有理。

對於林先生和可可雙方關係，王哥總是對人說：

「老林，他又老、脾氣又壞！賴蛤蟆想吃天鵝肉！」

至於王哥自己目前如何看待可可呢？日前，天冷，房東開車載王哥去救世軍拿罐頭食物。駕車途中，房東表達關切，詢問王哥：「晚上睡覺冷不冷？要不要毛毯？我去旅館拿毛毯給你？」眾知房東開了一家汽車旅館，聽說生意興隆，因此，旅館經常汰換毛毯。

王哥回答：「不要！可可給了我一條鴨絨被，蓋得很暖和。下面還有厚墊被。」繼續：「可可很好！很會幫助別人。她幫室友解決電腦問題。可可很和善，又長得漂亮！」「希望可可找到好一點的男朋友，因為她是賢妻良母型。她人好！」「但你惹毛她，她可是很兇的！」

「我要是年輕個二十歲，我也會追她。」

房東接腔：「老王，我是警察大學刑事科，你當過憲兵。憲兵和警察，都善於觀察人的行為。」

王哥：「任何人娶到可可，會很幸運。她應該找個年輕的，有錢、有房。這樣，她媽媽、兒子從大陸四川來美國，也有地方住。」

房東：「可可還沒有搬來的時候，你和林先生處得很好！那時候，你們兩個人一起去大華超市買東西。林先生想追她……」尚未講完，王哥切入：「可可找個學問好一點的男人吧！」

一六九

大年初十，二月二十八日，王哥繳三十塊錢給張小姐，因爲她前些日子已包了一桌「中國國民黨分部新春聯歡聚餐」，由她負責攬客及收款。

當日上午十點鐘，張小姐開車載王哥出發，途中接一位老太太，三人連袂出席盛宴。到達狀元樓現場，他們那桌，三人缺席，僅有六人露臉。

目睹出席人數，王哥為張小姐暗自擔憂：「沒來三位的錢，她要自掏腰包墊錢，自行吸收？這樣子，不少錢吧！」

幸好，後來三位義工補位，然而，他們有付錢給張小姐嗎？對於這一點，王哥一直都沒有問張小姐。環顧宴會場地，屈指一算，席開十桌。

十一點，慶祝羊年，精彩鑼鼓表演熱鬧登場。

接下來，司儀介紹北加州灣區議員、舊金山會長、台灣僑選立法委員、各組組長、義工後，馬上接著介紹：「我們這裡還有一位最熱心的來賓，第五桌，張小姐。她最熱心贊助，但是，她不是黨員。」

同桌的王哥：「大姐，介紹妳了！快站起來！」

起先，張小姐笑坐著，略帶不好意思。經王哥一再慫恿之下，張小姐這才從坐椅上站了起來，招手。大家拍拍手，張小姐笑得靦腆起來。

接下來，一位台灣僑選立法委員笑咪咪地逐桌敬酒，來到第五桌。未料，同桌六十幾歲的老楊起立，當眾批評那位國民黨僑選立委：「你們都不做事！你們這些人都是在幹什麼？國民黨去年縣市長選舉所以會大敗！」

立法委員十分尷尬：「好了！好！我會改進。」又說：「有好的意見，告訴我。我們多連絡。」

這時，第一桌到第四桌，坐著都是要人或名人，停下碗筷，他們全朝著老楊方向看去。王哥打圓場：「好了，好了！上菜了！敢快吃菜吧！別講了。菜都涼了。」老楊這才坐下來。

為享美食，王哥那天沒帶上假牙。雞鴨魚肉，十幾道酒席菜，收尾甜點是馬拉鬆糕。其中，王哥最愛清蒸南瓜盅，內塞蝦仁及青椒等蔬果。

幸運抽獎結果，王哥手氣欠佳，空手而返。幸好，一位曾在台灣警察學校當教授的分部會長，派發兩塊錢紅包袋給每位來賓，而炒熱氣氛。

飯後，唱歌跳舞娛樂節目助興。

下午三點左右離席，搭車回家，抵達人民公社約四點鐘。

到家門口，放下王哥，張小姐旋即開車離去，參加另一場聚餐。

王哥未進家門，轉身，緩緩走向中國超市，想去買份中文報紙。有吃有喝後，老人步伐緩慢，但心中滿足指數飆至最高點。

一七〇

三月四日，星期三。

晚間，王哥坐在自己房間內椅子上，觀看無線中文電視臺八點鐘播放的連續劇「紅高粱」。看著看著，昏昏入睡。不知不覺中，兩腳伸出去，身體慢慢往下滑，然後整個人滑摔在地板上，不省人事。

約十點，整個人逐漸甦醒過來，急欲小解。朦朧中，詫異：

「怎麼爬不起來？」發現：「不在床上，人睡在地上，沒有換睡衣。」

腰後和腰圍兩側都痛得要命，撐不起身，尿了一褲子。

呼喚求助，無人相應！

最終，忍痛從地上爬起。

換穿乾淨內褲及睡褲，吞下兩顆止痛藥丸，然後緩慢朝往床舖，倒頭睡去！第二天早晨，三月五日，九點多，轉醒，透過門縫，叫喚對門小趙，對門鄰居才把王哥從床上拉起。

小趙問：「打電話給你女兒？」

「不要。她上班忙。」

小趙走到廚房準備早餐，遇見可可。知情後，可可勸告小趙：

「你當然要打電話給他女兒！如果發生事情，她會怪你不通知家屬。」

言之有理，但手邊沒有家屬電話號碼，僅有房東知道，所以小趙撥個電話給房東。當房東連絡上王哥表達關心時，王哥卻要求：

「你買便當給我吃。」

聰明房東一個電話打給愛美麗，並交待送便當給她父親吃。

果然，下午兩點，愛美麗開車帶來滷肉飯便當。

再過一天，三月六日，下午兩點，愛美麗拎來料理好的通心粉和蛤蜊濃湯給父親。

亦為人父的小趙不悅嘀咕：「只送便當來，一下子就走了！這種女兒？」

當晚，朱先生外出兩星期後返回。

剛進門，張小姐微笑：

「你回來了！好久不見。我今天差一點想打手機給你，問你還好吧？」

待在屋裏，聽到朱先生講話聲，王哥自語：

「沒人給我貼藥膏，現在，朱先生回來，總算有人幫我貼藥膏了！」

一七一

三月六日，加州晚間六點四十分，是朱先生搭機從台北飛抵舊金山灣區的時候。一進大門，再走到自己房間門前，準備用鑰匙開門，低頭見一張紙條，筆跡為王哥拿黑色粗筆寫著：

第一行：「歡迎」

第二行：「朱老歸來」

最後一行：「朱老大粉絲團」

回到大雜院，夜晚，時候不早了，沒有即刻去找王哥串門子。臨睡前，躺在床上，平靜地回味著：從二月十六日清晨飛回台北過農曆春節，太平洋兩端來去一趟。約三個星期留在台北與親人溫馨團聚之外，難忘回憶，卻是與朋友藍藍把酒言歡的那一夜。飛回加州前一晚，男女喝酒地點位於台北市大安區。

那夜，兩人相偕搭捷運且於科技大樓站下車後，已經晚間九點多！走在復興南路二段，尋覓酒吧。看了三家，最後挑了門牌 353 號「Le Fumoir」這家。

坐下來，第一杯，兩人都點了龍舌蘭酒加檸檬。第二杯，雞尾酒依舊，但分別點了甜酒加鳳梨、甜酒加草莓。

「昨天，和學生喝烈酒俄國伏特卡，伏特卡加咖啡、伏特卡加柳橙汁，一直喝到今天早上三點鐘。」藍藍接著說，如果夏天飲酒：「就喝甜酒加鳳梨，比較夠味。」

研究所任教的藍藍：「我告訴學生，上課，不准滑手機。再不聽，以後上課前，我在教室門口準備好一個籃子。手機先丟進籃子裡，再進教室。」

朱先生僅落得靜聽藍藍的大千世界。

酒吧，不但供應酒、咖啡，還有雪茄。

隔壁大桌，台北年輕男女圍繞一圈，高談闊論、喝酒、吸雪茄煙。

雪茄味道瀰漫散開。

朱先生享受嗅聞雪茄味，而藍藍藉著煙霧，不自禁淡淡憶往，獨白：

「求真，工作上，或許可以。」

「人際關係層面上，包容，最重要。互相尊重，欣賞彼此優點。」

「用愛心說誠實話？」藍藍這次使用疑問句。

「真誠、真心，非分分秒秒都需如此！而且，非分秒都要精準地表達自己情緒、感覺。」

「說出對方在想什麼，或者，說出對方的秘密，對方會受傷。」

上述「這些感懷，應用在兩性關係上、交朋友上，皆準。」

「人人都該求真嗎？除非，對方將自己放在危險中，而渾然不知。」藍藍自問自答。

「就算必需說真話，技巧也重要。」

「從小，自認聰明。為了表現自己很聰明，立即說出，口沒遮攔。那是因為，不是大智若愚。」

今夜，藍藍又自然而然地向朱先生輕吐她和小黎那段過往，一位比她小十多歲學音樂的小男人。他後來成為藍藍第二任丈夫，不過，最終仍以離婚收場的丈夫。話說那位小男人：

「我們交往、結婚初期，小黎都還在大學部主修作曲，一直沒畢業已經很多年。」「作曲中，真，最重要。講求純粹、精準、求真。但是，人，複雜；事，複雜。」

「小黎的生存法則，是對人表現出滿腔熱情。容易交到朋友，身邊都是新朋友，他永遠沒有舊朋友。一個地方，待不久。常換地方，常交新朋友。」

「他家人，總跟在後頭收爛攤子。」重複：「他不斷換城市，不斷換朋友！」藍藍那雙幽微眼神看著朱先生，且用十分平靜柔和語氣，輕語那段事過境遷、卻讓她刻骨銘心姊弟情緣？孽緣？

「自我，有很多面向。跟他在一起之前，從未想到自我的〝那〞一面，黑暗自我。」

「自我黑暗面被他撩起後，讓我巨大地感受到什麼是恐懼。我當時感覺像是死去！死後，如今重生！生活中，其他大大小小事情，我現在看來，都是小事了！」

「有天晚上搭捷運回家。走出捷運站，獨自走在巷子裏，想哭！靜靜想：我這樣不就變成他了嗎？當下，想殺他的念頭，自此消失了！」

「他是 Damage，傷害。」

「他的求生機制，很簡單，全是別人的錯。責任，全推給別人。所以，周圍的人都倒霉。」

「我當初，看到他的優點。後來，看到他的缺點。兩者落差，很驚人，因為太極端。因為他，我了解到，恐懼為何物！以及恐懼帶給人的情緒波瀾。讓我見識到自己最黑暗的一面，也是被他挑起、挖掘出來的。」

「我曾經如此驕傲，現在，變得柔軟到趴在地上。」

「那段婚姻生活，我跟他有種默契。他發伙，我就拿著包包離開家。」

「他常給我難題，同時，旁觀，看我如何破繭而出？」

「回想起來，和他生活在一起的那段日子，身段放得非常柔順，我才能夠渡過重重難關。」

「他第一次在汽車裏打我。事後，他說理由，為什麼我被痛扁？他必需自我辯護，找理由。」

「他討厭自己，自我否定！比方說，改名。像是會跟別人說，自己是台北人，隱藏宜蘭人真實身分。」

「我講事實，他會生氣。」

「他沒有安全感，但控制慾很強。」

「我們在一起，太吵了！」

「那時候，我從台北飛往美國西雅圖跟他見面之前，會先找牧師禱告，再上路。」

今夜，朱先生隻身回到加州，夜深人靜，還是想到人在台北的藍藍。

一七二

三月七日，星期六。早上，在廚房，張小姐面對林先生直接明講：

「不要追了！可可已經有男朋友了！」

一七三

三月十一日，星期三。早上十點多，可可打開房門，來到廚房區，一副悠閒狀。顯然這一天休假，在家休息日子。朱先生原先計劃要出門辦事、外出逛逛。正在使用洗碗槽，背後傳來可可道聲早安，朱先生轉身回應。瞬間，朱先生決定留下來，心想：「留下來和可可聊天吧！依直覺及過去經驗，可可會自在地與我聊它一整天，也不為過。」

果然，朱先生坐在餐桌旁喝著熱茶，看著可可邊煮滾開水、邊沖咖啡，同時，兩人一邊天南地北聊著。可可回房拿出一包蛋捲和兩包爆米花糖，勸朱先生進食，朱先生礙於盛情難卻，只拿了一包爆米花糖。喝著熱騰騰的咖啡，配上蛋捲，可可連聲讚美台灣蛋捲酥香。

王哥這時一腳步一腳步聲響漸近，可可輕聲：

「聽到我的聲音，他現在又藉口走出來晃一下。」以及，

「前幾天，好心叫他多曬太陽，對身體好。昨天早上，看我快要穿戴整齊準備上班，老頭敢緊走出大門，坐在前院低矮花牆上假裝曬太陽。」其實，「他要看我開車出門。」見了面，「我對他說，曬太陽？不錯啊！」說完，敢忙走到對街丁字路口去開車，不迴轉，而是直接往前開。這樣，「就不會經過他眼前，被他盯著看。」

朱先生：「前天晚上，星期一。老林整天休假，不用上班。吃完飯，休息一下後，我想出門散步。老林說，他也想跟我一起散步運動。後來，老林說，王哥很現實。當妳跟王哥每天晚上一起做飯吃飯的時候，王哥就不理他了！對他視而不見。一旦，妳和王哥鬧翻的時候，王哥改變態度，開始主動跟他打招呼。而且，天天趁他牽單車準備上班，王哥已在大門口等候，講妳是非。」

可可：「這老頭，是這樣的人！以前，樓上那位年輕女孩溫妮剛搬進來，把他當爺爺，幾次開車載他去大華超市買菜。當時，我還和老林、王哥三個人還常聚在一起喝酒、喝茶。年輕女孩剛來人生地不熟，自然會常和老頭在一起多認識附近環境，那時候，老頭子也不理我了！有次，我和老林在餐桌喝酒，天真的老林還對我說，叫老王下樓來一起喝。我使個眼色，叫老林別管閒事，隨他去！」

朱先生：「我覺得，一開始，王哥蠻可憐的！處處體諒他，為他打抱不平，幫忙出主意。相處久了，發現他好壞不分，是非不明，有時挺無情！當你愈照顧他，關係與他愈親密，他

反而不會在關鍵時刻拔刀相助，或說句公道話。奇怪哩！關鍵時刻，他反而異常冷靜，反過來，數落你的不是。要是你對待他儘量保持距離，偶施小惠，他反而護著你，幫你講話。」

這時，可可忽然間想到一件事情，音調突升：

「房東要賣酒店，撐不下去了！」

朱先生睜大眼：「真的？妳怎麼知道？」

「今天世界日報廣告欄上，登出袁小姐空下來那間房間已經一個月了，還在招租。另外，在餐館出讓專欄，也看到酒店出讓廣告。」

「妳怎麼知道，這兩個廣告都是房東刊登的？」

「電話號碼啊！兩個號碼都一樣。」

「妳去拿來給我看看。」為了證實起見，朱先生央求著。

不久，報紙上電話號碼果真是房東的。朱先生捧讀兩則內容：

第一則：

「獨立進出雅房，近大華 99 超市及 De Anza.境優包家俱上網水電，限單身，即可遷入。月租八〇〇」

第二則：

「大中餐售。KTV 中餐，地點好，設備新，租期長，場地大，車位多，有營業烈酒證照，售六十萬。」

可可跟朱先生兩人，各自忙著下麵條。吃完中餐，已是下午一點半。回房休息一會兒，朱先生再來到廚房刷洗鍋盤，一旁的可可悠哉地洗菜、切菜，兩人繼續聊天。

可可得意地回房拿出上次在 Macy 百貨公司撿到特價品，原價一四〇元冬被，今僅付四〇元。她當場示範用手觸摸質料柔軟舒適紅色厚毯被，眉飛色舞嚷嚷：「這張毛毯，是我喜歡的紅色，質感佳，又便宜，值得！」陶醉之際，可可瞥見林先生悄然從外頭走進屋，準備午休一下，馬上再去中餐館上班。這時，可可對正在低頭清洗餐具但不時地擡頭聊天的朱先生擠擠眼，降低音量：「老林回來了！」朱先生偏頭望一眼牆上掛鐘，三點二十分左右，回應：「這個時候，是他回來午休的時間。」洗完碗，朱先生返回房間，閒聊就此打住。

四點鍾，林先生騎腳踏車去餐廳上班。

算準林先生已不在家，可可才再走出自己房門，來到廚房，忙碌洗切芹菜、葫蘿蔔入鍋，燉蔬菜高湯。約五點半，朱先生走路去附近超市買了葫蘿蔔、雞腿、牛奶回來。這時，兩人又同時出現在廚房，各忙晚餐。

可可抱怨：「只要聽到從王哥房間裏傳出來唉聲嘆氣、自言自語，就煩！他不會找事做做嗎？比方說，把髒衣服洗洗、收理房間或門前散散步？老頭只會豎起耳朵，敞開房門，聽別人在講什麼？眼盯著人看。」

入夜，十一點三〇分左右，電視機開著，手又不停地滑著平板電腦銀幕閱讀電子郵件、閱瀵中文電子報。屋內，原本寂靜，陡然，傳出女子尖銳怒罵聲音。朱先生起先默認：「樓上那兩個女人在吵架嗎？」上次，樓上曾經發生過類似叫罵，才搬來沒幾天的新房客，因為晚上十一點多才忙著搬家，吵到第二天早晨得上班的溫蒂，雙方不滿彼此態度，爆發口角。次日，新房客立即搬走。

朱先生默思：「難不成，這次，溫蒂又和另一位新搬來女房客起衝突？」

此夜，女子吼罵聲再起。

好奇，關了電視，起身，走到門邊，身藏門後，側耳貼門，偷聽門外動靜。此刻，朱先生清楚地聽到女子更飆髒話：

「多管閒事！操你媽個B！」緊接著，一聲重重摔門巨響傳入耳際。

朱先生四兩撥千金：「啊！是可可對老林發伙！但是，為什麼？」當下，朱先生和張小姐都留在自己房間裡，沒作聲。

朱先生念到，林先生曾在「我痛罵袁小姐的時候，跑來我的房間關切，並善意提出，是否要出門，到外頭走走，宣洩一下情緒？」想到這兒，朱先生深覺自己有義務禮上往來一番。於是，走出門，想見見林先生，探問一下。

未料，當朱先生走進廚房區，卻先撞見可可。剛罵完人，可可顯然怒氣未消，她默聲地手指後院方向。男女兩人前後走進戶外暗夜，圖個方便講話。

可可氣憤語氣指出，林先生讓她有種被人監視的不適與恐懼感。可可還原現場：睡前，肚子餓。她在爐頭上燒水，想煮宵夜。先進房間等水燒開，為了要避開和林先生碰面。誰知道？林先生敲門：「可可，水開了！」

聽到林先生聲音，下意識，她趕緊把門鎖上，怕林先生像前兩次送梨子、送蘋果一樣，會逕自扭開女方房門。「他難道不會想到，我在屋內可能衣裝不整嗎？有時候，還得整衣後，才開門嗎？」可可繼續對朱先生還原現場：待在自己房間，靜待片刻，「猜想死鬼回房了，我才再到廚房去，繼續準備宵夜。這時候，我發現爐火被他關小了。這下子，我的怒火馬上飆上來！」氣憤未消：「被死鬼監視恐怖感，被死鬼長期色咪咪地死盯著。死鬼不尊重我。還有，硬把菜飯擱在桌面不收好，累積多少不滿！」怒火終至爆發開來，無法收拾。

一七四

第二天，星期四。每天晏起的可可，出門上班前，又和朱先生在廚房碰頭，又是咬牙切齒：「昨晚，老林又把一鍋斑豆湯放在桌上，沒蓋蓋子。你看到沒有？氣死我了！」

朱先生昨晚入睡前曾去開自己冰箱時，確實看到那鍋豆湯被放置桌上，但怕林先生會陷於更加不堪情境，竟回答可可：「沒有！」

可可接著：「他媽的！他故意跟我作對，是不是？」繼續：「不怕當你的面說。我吐口水在他的湯鍋裏。」講著講著，又咬牙切齒、目露凶光，而且忽然間伸手握拳：「下次，再這樣？我就伸手進他鍋裏，把豆子捏個稀巴爛。再這樣？把他鍋裏東西統統倒掉。還不聽？他媽的！我把整鍋摔到他門口。」

不知為何？主觀上，朱先生微感對林先生不敬並略感不安，如果他讓可可一直這樣無休無止地痛罵林先生下去的話。因此，趁著可可數落告一段落，儘量無痕，輕聲滑出幾句：「吃過早餐沒？平常上班，中餐、晚餐，怎麼張羅？」還算差強人意地錯開話題，滑進另一個令朱先生稍感無慮心境。

晚上，朱先生想到次日清晨得起個大早，得去做義工，故未約林先生星空下夜談，提供他一個吐露心聲機會。恐怕聊得慷慨激昂，以致興奮而無法入眠，影響第二天精神。

然而，暗自決定：「明晚再邀他談談。」

一七五

三月十三日，星期五，鬧鐘五點三十分準時吵醒朱先生。日出時間七點半，可想見，這時窗外烏黑。

「上帝派我們來到這個世界，是讓我們來旅行的。旅行完了，祂就接我們回去。」白天，另一位義工對朱先生如此說。

當晚，林先生和朱先生散步到社區綠色公園內，坐在小型少年棒球場觀賞台的階梯上談天。這下子，林先生娓娓陳述他被可可爆罵前後，以及自己心境：「我送她巧克力、鬱金香盆景，基於對她一直以來的歉意。這就好像去年中秋節，我送蔡小姐兩個鳳梨月餅、兩個綠豆椪一樣，要送給蔡小姐跟她的房東。」「蔡小姐說，她那位男房東對她不錯，會下廚煮菜給她吃。可能暗示，他們男女雙方互有好感吧！我這麼做，無非想表達對蔡小姐一種歉意。過去，蔡小姐對我不錯，我卻沒有相對地回應！」

至於前天，星期三，所爆發的深夜事件，林先生還原他的現場：

晚上下班後，跟餐廳同事喝酒同樂片刻，直到十點半才回來。林先生洗完澡，去廚房切蘋果。切到一半，見爐頭上一鍋開水滾了，主動善意地關小火。因為，記憶中，張小姐和前室友一位中醫師這兩個人，半斤八兩，都曾睡前忘記關火，差點釀出火災。認出是可可的鍋子，故林先生前去敲門：

「可可，妳的水開了！」提醒可可後，林先生回房將蘋果吃完。

當再出房門，林先生走進浴室內準備刷牙。擠出牙膏在牙刷上，沒刷幾下，聽到從廚房傳來巨大摔鍋聲響。林先生好奇地手持牙刷走向廚房。驚見，可可把林先生的一包油麵摔在地上，且朝林先生獅吼：

「不要管閒事！你不要碰我的東西！」

吼完，可可轉身回房，重重摔上門。林先生無趣地轉身，重回浴室，繼續刷牙。這時，聽到可可咆哮：「操你媽個 **B**！」

林先生回房，擺好牙刷。

接下來，他準備走出室外，想打電話給餐廳老闆，說，老闆娘已開車送他回到大雜院，報個平安。當走向大門途中，見可可仍在廚房，林先生開口：

「可可，請妳不要生氣！我沒有碰妳的東西。」

走到戶外，打完手機電話，再進屋時，可可還留在廚房。

不過，林先生默然地走進自己房間，準備上床睡覺。

一七六

星期六周末，近午時，廚房熱鬧起來，大家不是煮飯就是沖咖啡。王哥緩慢沉重踏步聲漸近，當出現在大眾眼前，立刻朝向朱先生不急不徐地說：「喂！你到我房間幫我貼撒隆巴斯。」朱先生擡頭望向王哥，微微笑，輕聲唯諾。朱先生瞭解王哥腰痛、背痛尚未復原，需要貼藥療傷。

一旁的張小姐轉身，向王哥厲聲喝道：

「你不要把我們都當成你的兒孫那樣來伺候你！你自己有兒有女，讓他們來孝順你！」連續：「老王這個人，任何人對他好一點，他就會纏上你。他黏人黏到一個地步，很快把人對他的耐心給耗光！」

一聽，嚇得王哥尷尬地緩緩走回房間，不發一語。

朱先生內心佩服張小姐所下的評論：「真是一針見血！」

沒作聲，朱先生默認張小姐所言屬實。另一方面，讓王哥聽聽旁人觀感，未嘗不可。然而，心想：「多日相處及觀察，看來，王哥是改不了的。」

回想，王哥過去曾先後幾次當面要求朱先生：像是幫忙按摩，每晚進房探視是否安好？天天陪他散個小步，常陪他走去中國超市買菜等等。朱先生每回都找個理由搪塞過去。如果真做起來，那麼：

「我豈不太虛偽？會內疚！因為，自己父母生前，我都沒有這般盡心。我現在倒情願把時間用在社會上真正弱勢的老人身上，參與社區慈善活動，才不會內疚。地下父母有知，也會欣慰吧！」

朱先生再思：「王哥是個不會不好意思的老人。只要你起個頭，他會任取任求，沒有節制。習慣後，如果你因故中斷，他可會埋怨，會開始講你壞話。」又「過去，對他這麼好，他每每卻在我的關鍵時刻，突然變得冷淡、無情起來。」偶爾，朱先生愈想愈覺得很不值。

一七七

三月十四日，星期六。

室友們發現，張小姐用透明膠帶將一張小紙條黏在王哥和可可兩人共同使用白色冰箱門上：

「1.本星期六，是誰把我兩顆大白煮雞蛋吃掉或拿走？請來找我？

2.是誰把我整盆要開花的螃蟹蘭摘下很多，去種另一盆？」

三天後，星期二，聖徒紀念日聖人節，**St. Patrick's Day**，恰巧可可休假。

早晨，可可花了一個多小時在王哥和小趙兩位老人面前大發牢騷：冰箱不是張小姐的，張小姐卻長久以來把自己食物塞進別人冰箱裡，佔用他人空間。今天竟喧賓奪主、本末倒置，變本加厲起來，寫紙條懷疑起「我們偷吃她的煮蛋！」實在叫人忍無可忍。

可可原打算邀王哥，兩位冰箱主人們，口頭上請求張小姐不要再將食物寄放在他們冰箱裏。想了一會兒，可可：「咱們也寫紙條好了！文明一點，免得口頭講，反而惹她暴怒。既然她寫紙條，我們也用同樣方式，比較好！」

「說寫就寫！」說完，可可即差派王哥回房準備紙筆。

眾目睽睽之下，可可粑在大餐桌上揮筆：

「大姐：

不好意思，我和王哥把妳的東西放回妳自己的冰箱裏。

為了避免拿錯東西，避免發生誤會。謝謝合作。」

末了，不但簽上自己名字，同時拉著王哥也簽名。

可可又想：「咱們寫好的字條，要是附上張小姐幾天前寫的字條，兩張字條，用迴紋針夾在一起。這樣，我們的回應就更站得住腳。」匆忙間，這部分亦被可可即刻給辦妥了！

正要起身，可可即曰：「不要貼在張小姐的冰箱上，像她貼在我們的冰箱上一樣。因為，幾年住下來，我知道，她挺要面子。」說畢，可可走向張小姐房間，蹲下身，硬是將兩紙文件塞進窄小門縫裏，這才大功告成。十分滿意地起身，轉回廚房，當著王哥、小趙、朱先生面前：「等一下，我要出去了！」

王哥一聽，擔憂地輕聲回應：

「今天晚上張小姐回來，一定會敲我門，把我罵一頓。」

一七八

三月中旬早晨，加州天氣好到有如置身天堂，可可讚嘆不已後，慫恿朱先生：「出去走走！別儘是待在屋裏，跑到大太陽底下，多曬曬。加州空氣新鮮！好好享受這麼棒的禮物！」轉而感嘆：「這次回大陸，好多朋友不老，但死於癌症，因為空氣污染嚴重、食品安全問題頻傳。兩地相較之下，加州的空氣和太陽，用錢都買不到！」

一七九

三月十六日，星期一。王哥說，現在帶上假牙，比較習慣點，講話似乎清楚些。但是，吃東西的時候，還是選擇不帶它，因為吃東西不方便，不舒適。

王哥對朱先生表示：「我現在終於恍然大悟，當年，我爸爸為什麼配了一付假牙，但他始終不肯戴的原因了！」

一八〇

自從袁小姐搬離後，廁所浴室正對面的房間，一直空在那兒。雖然房東前前後後陪同男男女女來看房子，不過，它仍舊閒置著。

總括而言，私底下，不論男女室友，大夥傾向於「最好是個男的搬進來住，年輕、中年人，都好，因為好說話，好溝通。要是女的搬進來住，總擔心她是另一個袁小姐或張小姐，神經再加上不講理。」好笑部分，連袁小姐之前，都當眾表達當房東物色房客時，最好挑男的。他們似乎全忘了，房東只看錢，哪顧得了房客的性別或人格特質？

朱先生聽了不少王哥描述前來看屋行行色色過客，當中，「高跟鞋」較為深刻。

王哥：「喂！今天有個女的來看房子。」

朱先生：「真的？她是什麼樣子？老的？年輕的？」

「年輕的。二十多歲，頂多三十歲出頭吧！」

「學生模樣？在工作？」

「不像學生。因為，她穿上一雙很高的高跟鞋。鞋的樣式，很時髦！」

傳聞開來，屋內每個人都會覺得摩登年輕女孩如她，「一定不會搬來住！絕對看不上眼我們這個貧民窟！住在這裡的，不是老，就是瘋。」

沒幾天工夫，大家早已淡忘掉什麼高跟鞋的。因為，不可能。

三月十八日，星期三。

消息靈通人士王哥：「喂！房東說，他女兒妮可的朋友要來住幾天。」

看起來就是那位三十出頭高跟鞋女子，準備要搬進袁小姐空出的房間。

搬進屋，第一天晚上。屋內屬於早睡人士如趙家夫婦和王哥，九點多即將預備上床之際，卻是新居民女子穿著一雙亮眼高跟鞋，踩著清脆鞋聲，高調出門。此刻，一位開跑車男子在對門鄰居門前恭候女子。

適逢張小姐剛回歸，停好車，下車，走到後車廂拿東西。抱著大包小包欲進屋，迎面而來陌生風姿多采女人，張小姐微驚，追問：

「妳住在這裏嗎？還是妳來找朋友？」

女子僅點了點頭，繼續往前走。

「妳什麼時候搬進來的？我們怎麼不知道？」

「我是住在這裏啊！」說完，直接鑽進男子的跑車。

走進屋裏，張小姐見可可正在煮雜糧粥，略問有關高跟鞋，可可對曰：

「那種鞋跟高度的鞋，很難穿。平常生活中，沒人會穿這種鞋。會穿，大都為了賺錢、作秀，晚上看起來閃閃亮，好像金縷鞋！」「聽說，她在別家酒店上班。我看，她其實在房東經營的夜總會酒店上班。」「她告訴我，從洛杉磯來的，住兩、三個禮拜。」「依我看，她待不久！房東酒店生意不好，小費不會多，撐不下去的。」

知情者皆知曉，房東經營的夜總會晚間六時至九時，乃提供簡單晚餐。九點以後夜晚時光，則以喝酒為主，配上台灣小炒為下酒菜。所以，可可所言若屬實，那麼高跟鞋這個時候出門上班的性質，應屬酒吧部門工作。

凌晨兩點多，屋裏，王哥微稀聽到踩高跟鞋聲劃破原先寧靜。連另一頭房間內晚睡的可可，更清晰耳聞高跟鞋叩叩聲響，忍不住：

「怎不是躡手躡腳，避免擾人？這是應有的禮貌啊！」

高跟鞋住下來第三天，房東載王哥去救世軍領蔬菜時，順便到舊貨店買個小冰箱要給高跟鞋使用。兩位男人於下午一點返家。由於高跟鞋會睡到三點才起床，房東不打攪她睡眠情況下，不但把冰箱放在高跟鞋的房門口，也把一張毛毯放在冰箱上。離開前，叮嚀王哥：「不要跟她講，我姓什麼。」

第四天、第五天，高跟鞋回洛杉磯找朋友玩，順理成章，房門鑰匙被她帶走。人在南加州，她打手機告訴房東，還是想搬到後院小木屋獨居比較方便，並託請房東，找人先幫忙把她東西搬到小屋。如此，返回北加州時，可直接住進迷你木屋。

房東特地趕來大雜院一趟，試了幾把手邊鑰匙，就是打不開高跟鞋房門，恍悟：「沒有她房間的備用鑰匙。」於是，召喚木工前來換新鎖，然後離去。

睡夢中，被敲打聲震醒的可可，皺眉頭：「是誰在敲敲打打？好吵！」

不久，房東打來電話，吩咐王哥和木工老張兩人，聯手幫忙把高跟鞋留在房間內衣物搬到後院獨立小木屋。衣物當中，王哥看到兩雙走起路來會叩嘍叩嘍地搖曳生姿四寸高跟鞋：一雙銀色漆皮，連鞋跟亦是全銀色；一雙中間咖啡色，兩側及鞋跟均黑色。

桌上，堆滿散落指甲油、化妝品。

體格粗壯木工老張：「這麼多瓶瓶罐罐噴香水！」

王哥老人家將掛在衣櫥裏肉色的背心、性感背心、三角褲、奶罩，統統大手一抓移到小木屋那兒衣櫥裏。邊猜：「可能是做酒吧女 Bar Girl。」

其他簡單家當，全被王哥掃進救世軍厚紙箱，即印有：「The Salvation Army」棕色紙箱內。這些紙箱，原是王哥從救世軍領取救濟食物的裝箱，一個箱子，是感恩節時領回來的，當時，塞滿罐頭、義大利麵、白米、通心粉和火雞生肉；另一個是聖誕節時領回，塞進多種食物及小隻火雞生肉。

當王哥欲帶走躺地的敞開大行李箱時，蹲下來，欲闔上，再拉緊拉鍊之際，發現箱子內有皮鞋、多件性感衣服。

有天，午間五時許，王哥坐在前院花圃邊枕木上曬太陽。房東女兒妮可開車將高跟鞋載回。

「伯伯，好久不見！」妮可笑容可掬。

「是啊！妳忙啊！妳做老闆娘啦！」王哥笑道。

「沒有啦！」

「她要搬到後院的房間裏，木工已把上、下舖的木頭床都做好了！她的行李，我們也幫忙搬好了！」

「謝謝伯伯！」

「事實上，她住後院也比較好！我們早上起來講話，不會吵醒她。她晚上回來，也不會吵到我們。她是應該住在小房子裏。」

「對啊！伯伯，辛苦你了！謝謝。」

對話告一段落，妮可駕車離開。

自此，可可深怕高跟鞋凌晨回來後，還會跑進廚房煮東西，吵到大家。因此，睡前，可可都會確定前後兩道門都上鎖，故意把夜歸人鎖在大雜院外，只能乖乖待在後院小木屋裏頭。

此後，王哥常有機緣碰到高跟鞋，雙方操著上海話鄉音交談。一天，她聊起，居住洛杉磯，這次，來北加州灣區玩兩、三個禮拜。朋友，都在洛杉磯，在那兒，彼此見面都會用上海話溝通交流。

王哥注意到女子常換指甲油，今天塗藍色，明天塗紫色。

另一天，高跟鞋剛起床不久，穿件睡袍從小木屋拿包垃圾走進大雜院的廚房，準備丟垃圾。王哥見女子胸前睡衣上圖畫有大南瓜，讚美：

「妳的南瓜很漂亮！」

「謝謝！」

某日，王哥遇上高跟鞋又來廚房，但這次是來煮綠豆湯。心中納悶：「怎麼沒在自己的小木屋裡煮綠豆湯？」但口裡也不好說什麼。打招呼的同時，發覺年輕女人臉上冒出好幾顆青春痘。王哥這時暗忖：「常化濃妝、戴捲翹假睫毛、晝夜顛倒、睡眠不足、吃不好惹的禍吧！」「沒煮過飯，只見她燒開水、煮綠豆湯而已！怎麼行？」

相處下來，王哥摸清她生活步調：「不是上班，就是睡覺。還有，常愛曬被子。」

一八

三月十九日，星期四。晚間九點，張小姐敲王哥門。劈頭就問：

「朱先生是不是要搬家了？」

「沒有啊！」

「我和他共用的冰箱裏面，屬於他那一半的東西怎麼統統空下來？」

「我不曉得。我猜，他把東西搬到小趙冰箱那邊去了吧！自從瘋婆子袁小姐搬出去以後，那部份冰箱空間一直空著。」

張小姐聽了聽，就沒再講下去，離遠。

王哥當然知道朱先生換冰箱原由。記得那天下午，他和朱先生、小趙，三位老頭都現身廚房，瞎忙閒話一陣。忽然間，小趙問朱先生，要不要把冰箱裏東西搬到他冰箱另一半空間？起先，怕麻煩，朱先生婉謝對方好意。經不過王哥在一旁三番兩次勸進，朱先生盤想後，居然也動心：

「也好！跟張小姐一起使用冰箱，嫌她不常洗澡，髒，生活習慣不好，加上東西腐爛酸臭掉，視而不見，懶於處理丟掉。害我都不敢買冰淇淋或涼食放進冰箱冷藏、冷凍。」說做就做。朱先生花點時間，終將所有冷藏食物搬遷到小趙冰箱裏去。大功告成後，頗有撥雲見日之感。

那時刻，王哥藉機轉述房東對張小姐的評論給小趙、朱先生聽：「轉告張小姐，如果亂放東西在人家冰箱裡，那就別怪別人吃妳的東西。」題外：「房東還說，到底張小姐是房東？還是我是房東？母子租一個房間，她抗議。兩個人共租一個房間，她也反對！她再趕走我客人的話，她也給我搬家！」

王哥轉頭對朱先生說：：「講到冰箱，房東今天拿來一個小冰箱給高跟鞋。房東說，高跟鞋的姐姐有時候會來住，所以，給高跟鞋另一床毯子。」

老李接不到工地案子，待業家中已數日。

朱先生：「老李工程車沒停在路邊，上工了？」

王哥：「老郃把一半工地裝潢工作分給老李。老李，一早，坐他車子出去。」講到老郃，王哥繼續：「他把一大罐韓國泡菜，分給大家。」「這位新房客還不錯！他對我說，只要他在家，我要去哪裡，他載我去！」「這位台灣來的中年房客，好說話。老郃原先跟房東租下後院的小房子。高跟鞋改變主意，想搬進小房子，生活上方便些。房東出面，要老郃和高跟鞋互調房間。老郃二話不說，成全房東。」

朱先生：「他人是不錯！」「他要送人的泡菜，好像只有我拿一些，其他人，好像都不吃？」

王哥：「大罐子泡菜，冰箱塞不進去，佔地方。後來，我把整罐丟進門外垃圾桶裏。我也不吃。」

一八二

三月二十日，星期五。

房東今天來，載王哥去救世軍拿蔬菜。

之後，開車回家，下了車，兩人進屋。

房東親自把暖氣拔掉，邊對王哥說，電費一個月七百塊錢，水費倒是沒多少錢！馬上耳提面命：「老王，注意要隨時關電燈。」

王哥應聲遵命：「你是我的連長。服從命令。」房東滿意地離去。

由於高跟鞋當初還是決定要搬到後院那棟違建小木屋，因此，房東昨天才為她準備的小冰箱就不需要了。因為小木屋內，擺妥冰箱設備，所以，房東邊開車，邊打手機電話交待王哥，把小冰箱搬到王哥套房暫時借放。事後，房東一想，乾脆給王哥拿去使用。可是王哥發現迷你冰箱容積有限，故婉謝。

幾天後，既然房東來了，王哥：「冰箱，你什麼時候拿走？」

「下個星期五，我們去拿罐頭的時候再拿走。」說完，注意到王哥房間內看起來清爽不少。例如單人床移至靠窗牆壁，雜物清理過，空間益顯寬敞。見狀，房東驚訝且為王哥高興。

王哥笑咪咪：

「可可對我說，房間整理一下，否則，東西太多，容易摔跤！」

「哇！好啊！現在有人關心你、關照你了！」

「我三十年來沒人關心我，現在有人關心我了！」

「對啊！上次天冷，問你要不要從汽車旅館那兒拿條棉被給你？你說，可可之前已經給你一床鴨絨棉被，不需要。你還說，她是賢妻良母型的女人。」

房東突起便意，急需借用套房廁所。

踏進洗手間，房東忍不住脫口出而出：「你的廁所比以前乾淨多了！」

王哥笑曰：「可可教我洗廁所。她叫我要常清洗。」

入夜了！看似隨性打發掉的一天，平淡無奇。然而，春天悄然登場，大地正式告別冬季，始於今日下午三點四十五分。去年，春天初臨，雖然也是始於同一天，但是時辰上，則提前到上午九點五十七分。

春來了！花粉症襲捲加州，尤其，每當王哥走向屋前楓樹巷道，甚至更遠處，橡樹接連樺樹四週，植物開花，釋出花粉到空氣中，王哥就忍不住打噴嚏、流鼻水。280和680兩條公路邊，野草授粉隨風飛舞季節，王哥印象深刻。有年，實在受不了過敏，跑去看醫生。他對王哥解釋：

「潮濕的冬天過後，要是緊接著是溫暖乾燥的春天，花粉會特別嚴重！」再進言：「離開加州，症狀會減輕不少！因為加州花草太多。」

離開加州，「要往哪裡去呢？」老人心想。

一八三

三月二十五日，星期三。

天亮沒多久，房東雇用的木工張師傅前來敲王哥房門。

當時，糊里糊塗夢中，被吵醒。王哥從睡意朦朧中起床，應門。

張師傅說明，他是來拆鎖換鎖，因為高跟鞋清晨四時回家，發現房門鑰匙遺失。如今，只好換裝新鎖。

看似醒過來，無牙王哥實則依舊沈醉在方才夢境。

春夢裏，王哥用省下來的五百塊錢，跑去買一枚鑽戒、一束鮮花，然後向可可當面求婚：「我記得，妳叫我不要買平板電腦，因為沒有任何親人在遠處需要連絡，不如，省下來，給自己買營養東西吃吃。」夢中，無牙王哥怯懦地繼續開口：「我把省下來五百塊錢，寧願買鑽戒給妳。妳來照顧我，嫁給我吧！」夢中，老人對可可轉述房東感言：「房東說，我三十年來沒人照顧。但是，現在孩子大了！我可以找個女人。房東又說，可可人好，心好，讓她來照顧你。」

夢中，可可不願意。

雖然被吵醒，沈醉片刻之同時，不解，為何做了這麼一個夢？王哥緩緩走向廚房。

此時，被電鑽聲吵醒的可可身穿淡粉睡袍打開房門，踏入廚房，見到王哥，馬上疑問：「誰啊？」

王哥：「木工老張來換鎖。」

情況搞清楚，可可回房繼續沉沉睡去。

王哥看了眼牆上壁鐘：「才早上八點！」

一八四

三月二十八日，星期六。

晏起。可可忙煮咖啡，弄早餐。

王哥一如往常，故意來回冰箱五次，拿出東西，再將東西放回冰箱。

可可深刻感受到被一位不正常老頭子打攪，氣到快發狂。忍無可忍，第五次，這次，可可特別注意、偷瞄了一眼老傢伙到底從冰箱拿進拿出什麼東西？發現，竟然是一包用保鮮膜包好的生魚。

可可自言：「他燒魚，在廚房燒啊！拿到房間進進出出，幹什麼？分明是故意的！」接下來賭氣：「好！再給我故意來冰箱拿魚一次，看我把魚給你放到上層冷凍櫃不可！」

一八五

三月二十九日，星期天，**Palm Sunday**，聖棕樹節，也就是復活節前的星期日，基督進入耶路撒冷紀念日。早上，朱先生上教堂。

太陽下山，約七點半。

近黃昏六點二十分，天還亮著，朱先生跑到後院寬深的水槽那兒，一邊搓洗衣服，一邊隨意敷衍王哥來纏人找話說。

朱先生：「最近跟老李聊得怎麼樣？你們兩個講上海話。他還好吧？」言語中故意暗示，如果悶得發慌，可另請高明對談，好讓朱先生紓解一下被王哥纏到已無太多私人空間，所帶來無形壓力。

王哥悠悠應曰：「上次，他在廚房燒菜，我出來找他講講話。老李，嗯！嗯！回應我兩聲，菜炒一半，回房間去，留下我一個人。以後，他煮飯，我也不再出來了！」

不知節制，王哥亂黏人。朱先生這時想起已搬遷的神經婆袁小姐。心想，把目前兩個令他不同程度厭煩者送做堆，豈不是妙計？於是，輕描淡寫：

「要是你想念瘋婆子袁小姐，那就叫老李開車載你去看她。你們兩個人見面聊聊。」

王哥語帶無助：「不知道她人在哪裏？」又：「我不會去問老李。他喜歡自己一個人。」

「我大部分時間，也喜歡自一個人啊！」朱先生平靜語氣接話。

朱先生再度回想張小姐對王哥這個人評論，所言不假：「只要對他好一點，他就馬上黏人。然後，很快就把人對他的耐心，消磨殆盡。」

任由王哥一旁嘮叨，朱先生靜靜地洗衣、沖水。嘩啦嘩啦流水聲，依稀聽到王哥獨語：「高跟鞋搬走了！回洛杉磯去。今天早上，她托著行李，一部車子來接她。」又「早上九點，買報紙回來，轉進巷子，遠遠看到她拎著行李箱從大門出來。她把行李箱放進汽車後車廂，再鑽進前座。」車子倒轉，這時候，車頭朝向迎面而來的王哥。汽車緩慢行駛中，「高跟鞋透過車窗向我招招手。我也揮揮手，算是相互道別吧！」

一八六

三月三十日，星期一。

想到昨晚十點半，林先生敲門，邀請喝韓國燒酒。朱先生當時回答，已經盥洗完畢、刷完牙了！因此建議，第二天再共飲燒酒！

前一晚，興頭上的林先生：「喝完酒，再刷一次啊！」

朱先生：「不了。」旋即又接話：

「難得。這樣吧，今晚我不喝，但是陪你喝。」

昨晚，可謂皆大歡喜。

依約，今晚九點多，林先生從餐廳下班後，回到家，先鑽進浴室洗澡。整個人清爽起來，再走近爐頭乾煎肥厚鮭魚及油炒一盤微辣小魚乾配豆乾絲，外加兩瓶韓國燒酒。朱先生看完ABC電視台播出明星跳舞競技節目，約十點鐘，跑去洗澡。今晚，刻意不刷牙，待喝完酒、入寢前，才刷。

拿出一包朋友從台灣帶來「蔥油餅乾夾牛軋糖」三明治，準備把來自家鄉小點心送給林先生。

怎麼，今夜，天微涼如秋？朱先生暗地微驚。

林先生分食一些剛起鍋熱呼呼麵條給朱先生，接下來，馬不停蹄，跑到水槽沖洗兩個小碗充當盛酒器。

吃喝談天過程中，林先生提到，只要見到王哥，立即走避：

「因為，他是我見過最卑鄙的人！」「我和可可現在處於糟糕的情況，起因，都是這老頭！」「他現在得到報應。兒女不管他。獨子是同性戀，絕子絕孫。我起碼有兒有女，都大學畢業，而且兒女都已婚嫁，各為我添孫子。」「我相信我太太照顧我的兒女、孫子們，會照顧得非常好。我很感謝她！」

朱先生：「你怎麼知道？最近有人傳話給你，說，他們現在過得很好？」

林先生：「沒有！但是我的直覺告訴我。我感受得到。」

朱先生猜測：「我相信他們還住在灣區。」

兩人舉起燒酒小碗，輕碰，林先生勸酒：

「喝酒！喝酒！」「喝點酒，我的話就說得多一點。別介意。」

朱先生連忙表示：「不會！不會！」

喝口酒，林先生回憶道，他和他太太當年男未婚女未嫁時，約會。有天，邀女孩回家給雙親瞧。父親當面反對，用台語嫌女方是客家人，而加以冷落。女孩在男友家受辱，一氣，奪門離開。當下，男子覺得此女子頗具個性，更加心儀，氣得不惜與老父嗆聲：「是我要結婚？還是你要結婚？你不是一直催我結婚？說，弟弟都已結婚了！我今天第一次把女朋友帶回來給你看，交女朋友，要結婚，你倒反對。如果你反對我們結婚，這一世，我終身不娶！」講完，小伙子衝出門外，追上女友，表達更深愛意。

「我老婆當時願意嫁給我，我想，那是因為她看到我不顧一切追求她，讓她感動。認為我是一個有骨氣、有擔當的男人！」「你知道嗎？那時候，同時，也有幾位男人在追她。連結婚前兩天，還有個男人想跟她約會。」「婚後，不上班有空的時候，她就會帶我爸爸媽媽去買衣服、買東西。」「尤其，婆媳關係很好！」

話題再轉到王哥，林先生細數：

「他很無情，不感恩。以前，你還沒有搬來的時候，我們這裡大家都不理他。老頭子身體健康狀況不佳，他要用手推車行走。是我可憐他耶！只有我陪他慢慢走到大華超市買東西，來回起碼一個多小時。」「那時候，幾乎天天從餐廳帶東西回來給他吃。他不但從來不說一個謝字，還嫌這不好吃，那不好吃！」「對他這麼好，有什麼用？現在儘在背後說我壞話。」

朱先生：「上星期二？星期三？記不清。那天，下午兩點吧？我正在煮中飯。王哥聽到我的聲音，走出來，彼此打完招呼。第一句話，他微擡右手，指向房間走廊，說，那個人，追蔡小姐，蔡小姐不願意。追可可，可可也不……」推斷，老人意指林先生。常常重複背後講林先生壞話，朱先生極度反感，頓生浪費生命之感。朱先生果決地打斷，且語帶不耐：「不要講老林了！你講過很多次了！我不聽。」這才阻止王哥嘮叨、一再重複道人長短。

一八七

三月最後一天，星期二。

加州大學戴維斯分校研究發現，中國大陸火力發電廠和工廠的燃煤陰霾，竟越過太平洋、跨北加州海岸區域，最終在 **San Joaquin Valley** 山谷造成了臭氣污染。這些來自遠方的空氣，逼使加州中谷地區空氣遭到污染。

清晨五點，尿意濃，起床。

朦朧中，瞇眼驚見房門口一隻蟑螂爬行。朱先生瞪大雙眼，死勁踩斃它。看了一眼隔壁鄰居張小姐門前，被直立電扇、兩瓶殺蟲劑、塞滿的大大小小雜物紙箱和手提帶堆積，亂象叢生。房間每個角落空間，就連狹窄床鋪上亦全是層層堆疊而上的衣物雜物。心中嘀咕：「居住環境品質如此劣質，當然容易積塵、發霉、招蟲。」

朱先生下午一點多回來，忙做中飯。

不多時，可可開車從機場接趙太從廣州返回加州。臨去舊金山國際機場前，可可邀小趙一起隨車去接機，不但他們夫妻早點團圓之外，老公也可幫忙搬行李。一進屋，小趙緊隨太太身後拿著兩箱行李站立，原本看似老派保守、走在前頭的趙太竟然主動微舉雙手，示意要來個洋式擁抱兩個月未見的朱先生。見狀，朱先生一個箭步上前，禮貌伸出雙臂擁抱趙太表達歡迎回歸，口語：

「上次，可可從大陸渡長假回來，我和她也相見擁抱！」朱先生臨時補上這句，希望老派的小趙對西洋禮儀能理解才好。

可可停好車，返屋。

朱先生喚可可來看地上被踩死那隻蟑螂遺骸，感嘆：

「有人生活習慣到這個地步？招蟲啊！」

可可：「她還是你們那兒台大畢業！」

朱先生有感而發：「張小姐跟王哥的共同點，生活習慣和個人衛生方面，髒、臭。另外，男女兩個老人都愛黏人，講個不停。」

可可：「尤其張小姐愛講別人閒事。我們又不認識那些陌生人，實在難有共鳴。」

之後，朱先生烹煮義大利麵，可可同時在一旁熬煮十穀粥。

朱先生對可可透露：「上星期，王哥跟我講，以前，你們兩個人一起吃飯，他買排骨、肉類，叫妳燒。吃的時候，他只吃一點肉，吃不多，其他都給妳吃。他一個人吃油呼呼湯汁。這是真的嗎？」「王哥說，這就是為什麼他現在血壓高、血脂肪高的原因。」

可可：「他為什麼不講，我也有買菜的部分？」「今早，去接趙太，不想讓王哥知道。叫小趙先到巷子前面一點去等我。誰曉得，老頭故意出來到前院澆花。那個時間點，他完全不像往常，都會走路去買中文報紙。他不但澆花，還站在院子前東張西望。我跟小趙有種被偵探的感覺，真不舒服。結果，他還是知道我去接機！他有告訴你？」

朱先生：「有！」

可可：「我現在討厭他到了極點！」

朱先生：「我最近也是，儘量和他少碰面。因為，他不但無病呻吟，而且他總不厭煩的背後講林先生跟張小姐的閒話，重複到令人厭煩。偶爾也會提到小趙，這不是，那不對。」「想到以前，我向他抱怨袁小姐裝瘋、欺善但怕惡。才起頭，他不願聽，馬上毫不客氣說，好了！好了！如果，我繼續下去，老頭子就會冠上房東名義，房東說要怎樣，怎樣。內容，其實全是他自己編的話。所以，現在，我也如法炮製，他一抱怨屋子裏面的人，我馬上堵死他的嘴，不讓他講下去。」兩秒鐘之間，朱先生似乎整理出頭緒：「他是自私的老頭子，任誰都黏，完全不管別人是不是除了工作之外，也需要休息、安靜啊！他說他兒女工作忙，沒時間，我們就不忙？他為什麼不像小趙那樣，小趙雖然年紀也不小，但是人家自愛啊！同時，小趙常會為別人著想。哪像死老頭？真的覺得，年輕人被他黏上，簡直浪漫青春。非年輕人被他黏上，就浪費生命。」

下午六點半，張小姐剛回來不久，又準備外出。

離去前，回頭對朱先生交待：

「我房間燈開著，門也沒關，留點縫。不用進去關燈。」

朱先生立刻澄清：「我從來不做這種事！」

張小姐：「老王是小人，向房東告狀，說我不關燈。一盞省電燈泡的電費能有多少錢？也是小人一個的房東竟然叫老王趁我不在，偷偷進到我房間把燈關了。」「欸欸！這是美國耶！私闖住處，可是非法行為。」

說完，張小姐開車離去。

朱先生加入可可和小趙，做晚餐。

可可皺眉頭：「張小姐還是把東西塞進我們冰箱裏。你看，擺在我們冰箱裡的東西都爛了，她也不扔。」

朱先生：「妳不是已經寫張字條塞進她房間裏了嗎？」

可可無奈：「沒用！」

朱先生：「上次，她告訴王哥，拿去送給她兒子吃的東西，都會放在你們冰箱裏，因為妳和王哥共用的冰箱比她自己的冰箱乾淨。」

可可搖了搖頭，嘆口氣！

晚上十點半，林先生起勁地在炒辣味豆腐乾絲小魚乾，並下麵條。

朱先生窩在室內看電視。

林先生敲門。朱先生應門：「等一下，來了！」

林先生：「剛才本來想跟你講，但是張小姐也在旁邊煮東西，不方便。」

朱先生默指旁邊鄰居張小姐房門，暗示張小姐在屋裏，當心，隔牆有耳。

林先生：「現在她在洗澡。我這才敲你門，找你講話。」

深怕講話聲音吵到另一邊鄰居老李，朱先生還是建議走到廚房空間。

林先生：「今天早上十點多，你離開沒多久，我也出門上班，那時候，可可還在洗澡。騎車騎到一半，忘了帶工作服，趕回來拿。走進來，看見老王站在浴室門外，專心聽女人沖澡聲音。變態老頭子！」

朱先生先半信半疑：「真的？他有膽子，居然不怕被人看到？」旋即，似乎理解到：「喔！可可洗澡的時候，你上班、我出去、老郚一早搬走、老李和張小姐上班去，僅留小趙。但是小趙很少走出房門，除非有事要做，否則都待在房間。」「你上次跟我說，你發現王哥會監視你進出。你出去，他當然知道。至於小趙，王哥幾年住下來也早已摸透，就算被瞧見，小趙也不會張揚。所以，王哥才敢明目張膽吧！」

一八八

四月第一天，愚人節，星期三。

黃昏，六點，天空還亮得很。

可可今天沒上班，整天待在屋裏。朱先生做義工回來，選擇從側邊木門進入後院，再從紗窗落地後門進屋，好避開王哥耳目，求個清靜。

見到煮粥的可可，朱先生輕聲：「先進房間換一下衣服，等一下再聊。」可可默契十足微微點頭。

不一會兒，怕被敞開房門的王哥偷聽到，雙方打手勢示意，移步到後院。

朱先生：「最好不是真的。如果是，妳要提防些。」然後，低語轉述林先生於昨天早上意外撞見老人隔著廁所木門，偷聽女人淋浴。

當事人可可：「貼耳在門上？」模擬類似動作。

「不知道！我沒問，老林沒講。」

可可：「洗澡嘩啦嘩啦的水聲很大，他聽不到有人進來吧！」再強調：「王哥沒聽見老林進門時候，開門關門聲音、走路的聲音？難道不怕被別人看到？心虛，急忙走開？」

「不知道。」接著推測：「要不，或許他太專注，所以注意力無法顧及到其他聲音上。」

趙太來到廚房，煮了一道燒茄子，這時，可可暫時消失一陣子。

朱先生納悶，人去哪兒了？

當趙太捧著一盤熱茄子回房，準備夫妻享用。可可再度出現，不悅地說：

「剛才，跑到後院，愈想愈生氣。你以前就告訴我，有天，你從外頭回來，見到老頭站在浴室門外站著，當時，我正在洗澡。」

「我記不得！有嗎？」

「確定。你忘啦？」

「記不清了！」

「老頭子這麼做，已經很久了！只是在昨天，被人發現。」

朱先生：「啊！這點，我倒沒想過。」

可可：「邋遢老頭子，氣死我了！要是一位年輕帥哥，那還好。可是，是個又髒又臭快八十歲老頭兒！」

朱先生一聽，忍不住大聲笑道：「沒錯！年輕帥哥的話，另當別論。」

可可原本氣呼呼、殺氣騰騰，轉眼，也笑開了！

一八九

趙太從廣州回到加州第三天，四月二日，星期四。她一早見到朱先生：

「神經婆不住在這裏，真好！」

「沒錯！那個精神分裂女人就不會欺負你們和王哥了。」

下午，走回來，朱先生的手要推開大門時，竟然發現上鎖了，進不了屋。以往，大白天，前面大門少鎖起來。朱先生似乎心理有數，是誰鎖門，然而不動聲色。繞到後院落地透明玻璃大門，後門鎖住，但這是常態。正欲繞回前門，心中且正在想，「只好從褲袋掏出鑰匙打開前門」之際，小趙聽到聲音，並且從廚房內往外看到後院朱先生身影，於是，上前打開玻璃門。

朱先生笑問：「這個門是誰鎖的？」

「我！」

「前門呢？」

「是老王。」

朱先生近日刻意少與王哥互動，故私下認定，這準是老人做出報復小動作。老頭子就不敢對張小姐這般，因為他害怕張小姐兇罵模樣。

三點左右，朱先生吃完鮭魚青豆粥，洗碗。

王哥聞聲走出來笑咪咪：「朱老大，我的心理醫生回來了！」「愛美麗說她要帶我去買菜。從過年到現在，她還沒帶我去買菜。今天，她把我的房租支票送過來，順便從他們蘋果公司自己餐廳買了兩個便當給我。魚便當吃完了，還有一盒義大利麵留在冰箱準備當晚餐。」然後突兀冒出一句：

「好死不如賴活！」

王哥緊接下來：「今早，向可可說聲早。可可不高興！」

腦海浮現昨天可可在後院咬牙切齒模樣，但朱先生不懷好意，故意張大雙眼明知故問：「為什麼？」

王哥：「昨晚，老林下班回來，乒乓碰碰，很大聲在煮飯。今天早上，他又吹口哨。」

「哦！」

「現在這個時候，可以跟你講講話。」

「老李，你也可以找他講講話。」朱先生意有所指。

「他晚回來。」

「昨天，他六點多就回來了。」

王哥稍轉話題：「我現在有六百塊錢。」

朱先生：「前些日子，你不是說買了一個鍋子、還和乾孫女去吃特價中餐，加上買吃的用的，你應該還剩五百才對啊！怎麼變六百？」

「政府每個月給的支票，付完房租的餘款，累積起來的啊！」

王哥接著講些近日新聞時事，朱先生沒阻止，但也沒太大回應，心思放在燉雞湯上，暗地思量，是否還要再加點水？王哥忽然間從餐椅起身，顯然無法再忍耐，語帶不滿但輕聲：「你不想講話，我就進去了。」

朱先生頭也不回，平靜地：「我正在注意煮雞湯。你要休息啦？」

「我要關門，休息去了！」

王哥走沒幾步，朱先生回句：「我也要馬上休息去了，雞湯慢火燉吧！」

幾分鐘後，朱先生再回廚房，將燉鍋的火再關小一點時，王哥不長記性，又出現眼前，主動開口：「加州要限水了！」

確實，始於月初，限水適用於未來九個月。

內華達山脈，一向是加州夏季用水主要水源地。這些年，加州北部山脈、中部及南部山脈處於積雪欠深，致使旱情嚴重。

今夜，睡前，朱先生憶起王哥的個人畫作。回想，今天早上八點起床，王哥見朱先生門縫微開及流洩暈黃燈光，前來敲門。當時，內心還在想，大早，王哥還真煩人哪！不過，還是禮貌上應門。

王哥站立門前，開口：

「我要把畫全部都給你。」「房東如果要我搬家的話，這些畫都給你！」

朱先生疑問，何故？

「昨天，我在房間，門開著，聽到張小姐跟可可講，什麼替誰找到住的地方？房東什麼的。我想房東要我搬家。畫，都送給你！如果不搬，就借放在我那兒。」以及，「我打電話給愛美麗，她說，不要聽張小姐的話，就算房東要我搬，他會在三十天前通知我。」

朱先生：「房東不會叫你搬家。想太多了！」

「你怎麼知道？」

「聽我的話，準沒錯。」說完，朱先生輕緩恭謹地帶上門。這一切應對及動作，可說是顧及基本禮貌，另一方面，懶得和王哥閒話拉雜下去，浪費時間和精力。不值得！另外朱先生告訴可可，如今會以一種冷靜、略帶冷漠態度來對待王哥，全拜八十歲老人「把我調教出來的！」

其實，昨日，可可有告訴朱先生有關王哥方才提到搬家什麼的。事情全貌是，張小姐告訴可可，目前熱心地替房東物色房客，幫房東將後院違建小木屋租出去。同時，可可困惑地對朱先生說：「房東幾次要張小姐搬走，她還管房東閒事幹什麼？」又「當初，王哥搬進來，就是她介紹的。王哥那時候還得用輪椅走路，是一個行動不便、生活自理都有問題的老人。硬把他塞進大雜院，不是造成住在這裏其他人不便跟負擔嗎？」「房東也莫名其妙！當初就不該讓王哥這樣的房客搬進來，也不該讓經神有問題的袁小姐搬進來。房東那個死要錢的！才不管這麼多。」

可可再次表達，嫌王哥煩人，且愛斷章取義，托人下水，讓周遭人際關係因而複雜纏繞。

一九〇

四月三日，星期五，西洋復活節前的星期五，耶穌受難節，**Good Friday**。全美國放假，故朱先生無需做義工。

下午三點剛過，老李開著他那部白色工程車回來。他放下背包，寬衣後，鑽進浴室淋浴。三點四十分，人已在廚房料理「竹筍鹹肉湯鍋」。

不甘寂寞的王哥聞聲，慢步來到廚房。此時，僅兩個人在場。

王哥沒話找話：「這是新鮮竹筍？還是乾筍？」

老李：「冷凍竹筍，算是新鮮竹筍，冷凍的。永和超市買的。」

「裏頭放什麼其他料？聞起來蠻香的！」

「鹹肉和新鮮五花肉片，一起慢慢燉。」

「我妹夫說，我兒女都比我有錢。現在，身邊零錢就自己買東吃吧！」

「兒女孝不孝順你？」

「女兒孝順。我以前蒐集世界各地紀念戴安納王妃的郵票，將來會給愛美麗的女兒，也就是我的外孫女。我兒子跟他同性戀，已經拿走我一些珍藏。」

「女兒孝順，就給她。」再問：「兒子孝順你嗎？」

「不孝順。他跟同性戀在一起後，父子不來往。」

「不孝，還給他？」接著追問：「父子斷了關係？」

「斷了！」王哥不帶絲毫情緒。

「管他什麼戀的？孝子，總是要做啊！」老李繼續：「養子不教，父之過！這是你的過。」

「他的血液，還有他媽媽的血液。」王哥機靈地推卸部份責任。

一九一

四月四日，星期六。早起。

捲簾，訝異，映入玻璃窗，呈ㄇ字型衣架上，有一排晾曬的女性衣物及一條女性三角褲。張小姐還在前門發動汽車引擎，蓄勢待發。當她回屋拿袋子時，朱先生逮住機會：「我把妳曬衣服架移動一下。因為，從我屋內往窗外看，三角褲竟然是我的窗景。」她驚訝：「不可能！我一直特別小心。我掛在外面的衣物，檢查過，都在我窗前，沒跑到你的窗前。如果真如此，我改進。」

兩人跑到後院，一看，張小姐：「這些衣服不是我的！」再近身瞧：「是趙太的！你看，尺寸是小號的，怎可能是我的衣服？」

朱先生向張小姐道歉，並道謝她如此諒解。

張小姐開車遠去。

下床後，粉紅色浴袍裹身，可可手拎著盥洗盆，躡手躡腳地一路走到浴室想沖澡。此番用心：「這樣謹慎，為了讓王哥享受性幻想的歪念無法得逞！」

黃昏，張羅晚餐時間。

王哥在自己房間用電爐煮菜，吃飽，再出房門去廚房找朱先生說話。

這時，趙太也從房間走出來忙吃喝。

趙太：「回大陸兩個月，這次回來，發現牛奶和雞蛋都漲價了，好貴！」

朱先生：「現在，錢變得越來越薄！」

王哥適時接話：「房東房租也要漲價了！」

聽來刺耳，朱先生暗想，王哥下次跟房東見面，八成會向房東邀功，他是如何適切地在室友間散播這一則讓房東眉開眼笑的議題。老人這種一付事不關己態度，朱先生明瞭：「那是因為王哥深知，房東多次表示，不會漲他房租，叫王哥安心住著，直到老人公寓核准下來，搬遷那天。」

可能朱先生沒有豐富肢體語言回應王哥的喋喋不休，自知無趣，王哥黯然進屋去。

漲房租？王哥有次告訴朱先生，他透露給房東，小趙夫婦花了好幾百塊錢美金買了蘋果平板電腦。房東立即反應：「那要漲他們房租。」不過，這部份，朱先生始終沒有轉述說給身旁趙太聽。「如果她聽了，不知做何感想？一定氣壞了！」

趙太聊到張小姐使用冰箱醜態：

「太貪心！還要佔用別人冰箱的有限空間。」

朱先生再提：「剛搬來，跟她使用同一個冰箱。張小姐好幾次，硬把東西塞到另一半我使用的空間。我每次，決不妥協，把她東西硬是給塞過去，她那半邊去。才不管那麼多！先小人，後君子。好幾回下來，她就不再動我冰箱空間的腦筋。」

令朱先生訝異，毫無徵兆，王哥突然現身，完全沒聽到以往那熟悉沉重托鞋舉步行進聲，這次，老人放輕手腳。王哥突然現身，笑咪咪插句：「塞過去！」看在眼裏、聽在耳裏，朱先生微驚與防衛之心油然而生：第一，老頭子何時放輕腳步，暗地豎起耳朵探聽室友間談話？難道，日後，好向房東報告屋內男女動靜？第二，王哥對張小姐一直心懷怨恨，但表面上絕不與她發生任何衝突，僅會無止境背後重複散播張小姐的不是，加上蒐集大夥對她不滿情緒，再向房東細述過程，打小報告。

基於避免被王哥利用，朱先生馬上臉部表情一垮，冷眼直視王哥片刻，翻轉詞意：「我說塞過去，是塞過去我那邊。」

王哥依舊微笑重述：「塞過去！」

朱先生不厭其煩，再度逼視王哥，清楚說明：

「我說，我把東西塞到我冰箱的那一邊！」同時默想：「絕不讓你借刀殺人，不許自己被你傳話、被利用！」

聰明如王哥者，感應到朱先生一臉正經與不悅，十分知趣，默然不語，退回房間，關上門。

一九二

四月五日，復活節。

上教堂，做完禮拜，近午，牧師照例邀請現場教友們移步至家中，共進便餐。朱先生帶了一盒趙太從廣州攜回送給他的土產「杏仁芝麻餅」赴約。

午間，王哥跑出去曬太陽，安坐在前院花圃邊長長枕木上。鄰居倆位讀小學低年級女娃，走到王哥身邊用英語：「爺爺！我們在我家門前賣自己製作的復活節裝飾彩蛋。你要過來看看嗎？」

王哥點頭答應，起身走過去瞧瞧。

「你要買一個嗎？」

「多少錢？」

「一塊錢。」

剛巧，口袋裏有一張二十元鈔票。

算數欠靈光，小朋友十分快樂地跑回屋裏求助爸媽找零。

手中彩蛋，滿是天真女娃手繪拙樸彩色字句：「I❤U, Friend」王哥笑咪咪自言自語：「我這個假爺爺，別人家小孩反而叫得親熱、暖烘烘。」

下午約五點，朱先生返回陽光谷。五分鐘後，可可也歸來。彼此打完招呼，朱先生回房聽收音機看書，直到半小時後，計時器響起。

朱先生煮電鍋飯、油炒芥蘭菜及水煮幾顆水餃，忙的不亦樂乎！

可可：「剛才房東來這裡收取信箱裏的房租支票。」

那一會兒，房東見到大白天走廊燈竟亮著。房東聽到可可正在後院搓洗內衣褲聲，尋聲而去，問到：「那盞亮的燈，是妳開的？」

「不是！」其實，可可開的燈，沒錯，但她俐落地否認，死不認帳。

房東：「沒事！我只是問一下。」

房東離去。可可當下猜測：「房東問，燈是誰打開的？一定是王哥默默用手暗示我房間的方向。」

可可告知朱先生：「王哥，不要看他快八十歲老人，其實，報復心很強。他看我這幾天躲著他，就會告我的狀。」另外，「房東越這樣，我就越一不做二不休！」可可睹氣立即轉回房間，立馬將室內三盞燈全打開！而且，「房東雖然已經把屋裡暖氣中央系統關閉，我還偏要每天晚上啟動個人小暖氣機。」

朱先生沒講什麼，想笑！因為他自己近日入睡時，也會使用小暖氣機。畢竟，北加州春夜，春寒料峭！

一九三

四月六日，星期一。

夕陽漸西下。朱先生和小趙忙洗菜、做飯。然而，王哥關門獨自觀賞年度 NCAA 美國大學籃球決賽，杜克大學迎戰威斯康辛大學，爭冠軍盃。廚房牆壁上掛鍾指向六點半。

六點三十五分，朱先生上廁所小解。聽到隔壁屋內王哥大聲拍手數聲，並喊：「Good!」不一會兒，聽到王哥長嘆「哎！」一聲。

回到廚房。朱先生和小趙兩人都聽到王哥關在自己房間拍手、大叫，以及讚吼：「噢吼！」

小趙譏曰：「神經病啊！」「看現場，他會更激動！」

最後，杜克大學奪冠，隊史第五次奪得 NCAA 冠軍。王哥讚賞該隊始終沒有氣餒，迎敵奮戰。

一九四

四月七日，星期二。

春雨，悄然於凌晨四點左右，開始紛落北加州陽光谷。

趙太因為時差關係，清醒著，清晰地聽到小雨蒞臨大地腳步聲。

朱先生於睡夢中，也實際聽到春雨翩翩而來！八點鐘，起床。轉開百葉窗，天空依舊雨水紛降。

戶外，原來乾涸已久蜿蜒溪道如沙河，瞬間，添增整片薄膜似水域、銀白水泡和難得潺潺聲。

一九五

四月八日，星期三。

入夜，似秋涼。

晚間近九點，聽到張小姐回來腳步聲。朱先生這時看完中國宮廷古裝連續劇，跑去洗碗。公共空間，只有他們兩位。

張小姐：「我冰箱裏醬油醃雞肉，是你的？」

頭也不抬，回答：「不是！」

「是可可的？趙太的？」

「不知道！」朱先生依舊低頭洗碗。

張小姐不發一語前往後院察看。人在後院中，一個轉頭，看到可可房間落地玻璃窗內亮黃燈光點著。

再走回屋裏，自言自語：「從四川回來，她工作天數少了！」張小姐推估，如果上班，可可這時候怎麼可能在家？那起碼得十點鐘左右才能看到她身影。

朱先生維持靜默洗碗狀態，同時，聽到張小姐走到趙太房門前，拉高嗓門：「小趙太太，我冰箱裏雞肉是妳放的嗎？醬油醃的，聞起來，很香。我猜是妳的。因為，妳燒菜手藝很好！」

趙太留點門縫，探頭回覆：「沒錯。」

張小姐：「妳要拿走，放到你們自己的冰箱。房東女兒來，會把它丟到外面。我用的冰箱另一半，要留給將來的新房客用！」交待完畢，轉身，面對王哥房門敲了兩下，啟動她那獨樹一格混厚聲帶，喊著：「王哥！王哥！」

此刻，朱先生正關上浴室門準備洗澡。尚未扭開蓮蓬頭，清楚聽到門外張小姐隔空問聲王哥：「你近來吃飯情況還好吧？你好像瘦了！」

問候語句方落，行動稍緩王哥開門，掀起美國星條旗布簾，四眼相對。

張小姐：「你要多吃一點！」講完，轉身離去。

留下王哥獨自依門，喃喃自語：

「妳講那些要我搬家的話，讓我睡不著，吃不下啊！」

一九六

四月九日，星期四。

一早，掛鐘指向八點三十分。這時，張小姐已開車去雇主家當褓姆，如往常。朱先生卻未料可可不但早起，而且站立在平底鍋前油炸切片饅頭。趙太也走了出來，立馬把昨晚張小姐敲門一事相告：

「我故意把醃雞肉放在張小姐冰箱空出的另一半空間，看她做何感想？」

可可打抱不平：「新房客沒來，讓人放一下，幫助別人，難道也不肯？她只會把食物放進別人的冰箱裏，別人就不行把東西放在她冰箱裏！」

朱先生笑語：「雙重標準！」

可可：「昨晚，一時忘了把洗菜用的空塑膠盆收走，留在水槽右邊的枱面上。她一回來，立馬把我的東西移到水槽左邊去。右邊，她已默認是她的地盤，別人不可以把東西亂擺在那兒，侵犯她的地盤。她卻常跑到別人地盤，喧賓奪主，隨心所欲。」

當著面，趙太好奇地走到張小姐那台白色大冰箱前，打開一瞧：

「你看！昨天晚上我拿走雞肉留下來的空間，已被她塞進大鍋。」

這下子，兩個女人針對張小姐無理又自私行事風格，莫可奈何！僅能背地裏大加數落一番！

王哥早上無事，解開一捆久存彩筆繪畫作品，都是自己昔日創作。抽出三張，貼在一進門迎面牆壁上。不久，房東帶人來看房子。之後，房東看到壁畫，讚許：「以前，你畫了很多很好看的畫，現在貼出來，自己欣賞，很好啊！」又建議：「現在，也可以去畫畫！」

王哥：「紙頭貴啊！還有，張小姐鬧著，說我偷吃她雞蛋，搞得我精神不好！沒心情畫畫。」

房東：「你不要理她。只要有一點事，她就小題大作。你理她，你就會跟她一樣，神經病！」

王哥：「畫畫要專心。下筆，花時間琢磨。畫畫，要畫好多次以後，靈感、手感才正確。」總結目前作畫心境：「自從馬克的同性戀來了，我就下不了筆！同性戀搬進來，吵死了！」

下午，王哥關上門，對門的小趙夫婦房間也閉著，只有他們三個人待在屋內，因為，不論樓上樓下其他男男女女全已出門去。

這時候，一位看上去大約四十來歲、開著跑車陌生禿頭男前來看房子。房東遲到，男子等了一會兒。最終，在房東帶領下，男子巡屋一圈。男子離去。待在屋內三位老人家對男子印象深刻：「英語流利！八成在美國出生。」同時，直覺上：「他不會來我們這裏住下。」

做完正事，房東順道走進王哥房間探視。

王哥：「乾脆把機上盒帶走！」反正收看第四台華人有線電視節目常常不順利，視訊情況欠佳。

房東：「你等到八月，一年簽約期剛好滿！」

王哥：「萬一等不到八月，張小姐要我搬家，現在留著機上盒也沒用！」

房東：「誰說你要搬家？她是房東？還是我是房東？你下次告訴她，房東要我永遠住在這裏。」

「有老闆這句話，我就安心了！可以好好吃飯、睡覺了！」接著，不疾不徐善解人意：「你為了讓我收看有線中文電視，在我們這屋子裏，你特地申請電腦網路租用機，從六十幾塊錢升級到一百多塊錢。反正現在我也不看中文有線電視節目了，你就把電腦網路租費降級，回到原來的付款，只付六十幾塊錢。」

下午，四點十三分，華氏六十八度。朱先生轉彎，走進楓葉巷道，老遠就看到老李白色小貨車。朱先生暗想：「他昨晚沒回來睡覺。」

拉開紗門，直接走進屋內，然後拿出鑰匙開好房門，尚未進屋，先彎下腰脱鞋。脱鞋中，隔壁鄰居老李剛好從廚房正要走回自己房間，卻見朱先生擋在房門口。

「抱歉！在你門口脫鞋。」朱先生抬頭歉意。

「沒事！反正這裡是公共旅館嘛！」

「天氣好，像天堂！」由於辭窮，朱先生僅隨口敷衍，打破僵局。

做晚餐時間，老李出去抽抽煙，然後和王哥在前院聊著。趙太在廚房對朱先生低語：「王老頭，很現實！」因為，前天，已搬離的蔡小姐特地開車載趙太去山景城，應徵幫傭工作並面談。然而，雇主嫌她六十多歲，年紀大了些。

「我的工作，現在，不好找！」趙太微嘆。

黃昏，趙太被蔡小姐載回大雜院時，見到王哥適巧在戶外曬太陽。蔡小姐口頭邀王哥，一起出去吃越南麵。

第二天起，郵差出現，王哥收到寄給前房客蔡小姐的信件，馬上親自打電話，叫她來拿信。

趙太：「以前，老頭都會把蔡小姐的信件丟給我們，叫我們打電話給她，叫她來拿。」「老頭，只要給他吃，他就狗奴才。現實的很！」

一九七

四月十日，星期五。

蘋果公司自二〇一〇年 **iPad** 平板電腦以來首次推出另一項創新高科技產品，蘋果手錶 **Apple Watch**，選擇今日在網路發售。相較於去年九月 **iPhone 6** 手機發售首日粉絲大排長龍，如今蘋果零售店外可謂冷清多了。

人在北加州南灣，朱先生無法抽身前往蘋果店觀賞與試戴不僅可用於交流、並具備個人健康監控和健身跟蹤功能，同時，它還是一款個性化的時尚手錶。星期五，出門做義工之故，黎明前，清早五點多起床、摸黑趕公車。

下午五點多，王哥敲門：「你來我房間，我給你看一樣東西。」朱先生立即接話：「噢，對了，我要給你吃一樣東西。五穀大餅乾。」過沒多久，朱先生拿著餅乾前往王哥房間，並欲瞧究竟什麼東西好看來著？原來，王哥把昔日三張畫作貼在牆壁上。

王哥：「房東看到，叫我待在屋裏繼續畫啊！」

一九八

四月十一日，星期六，宜人天氣。

朱先生八點未到，就興致勃勃起床，由於想到散步運動之外，中午欲去館子吃碗紅燒牛肉麵。簡單安排，生活頓覺美好！

十點四十分，紗門外前院，張小姐的車子開走了，人不在屋裏。然而，張小姐房門半掩，房間裏燈還亮著，電視仍開著。

可可正將踏出前門，準備上班，朱先生忍不住輕喚可可，慫恿她走近，瞧一眼張小姐那間不適合人類居住空間。

雖說張小姐人不在家，可可還是躡手躡腳挨近張小姐房門口，巡視眼前景像，然後瞪大雙眼，輕語，重複老話：

「大床上，還有房間內每個角落都被衣物堆得一層接著一層，疊得高，跟山一樣高大。簡直是垃圾山！連鄉下農婦都不如。」

朱先生猜不透：「怎麼睡覺？」

可可搖搖頭，還是那句：

「大床邊緣窄小空間，看來她只能弓著半身才睡得下！」

幾分鐘後，可可開車遠去。

朱先生推開紗門，突然從大門外的右邊牆面小紗窗口，傳來王哥講話聲：

「我在等你。」

朱先生抬頭尋聲右看，王哥露個頭，整個頭貼在套房內浴室中的小方格紗窗上。朱先生詢問：「有事？」

「我要你來看一樣東西！」

「你釘在牆上的畫，不是看過了嗎？」

「還有。」

沒問還有什麼？回了一句：「回來再看吧！」

十一時，張小姐回來把房間內電視、電燈關閉，再帶上門，又開車離去。

中午，老李回來，準備做中飯吃，但前後兩個大門都被王哥鎖住。

用鑰匙打開前門後，老李見到王哥緩緩走出自己房間，上前迎接歸人。

王哥道歉：「對不起啊！我把前後門都關了，因為張小姐房門從不鎖上。她東西掉了，會怪人。」

老李疑惑莫名：「她不鎖門，掉東西，關你什麼事？」

王哥無奈道出：「她有這麼講理，就好了！」

黃昏，又一名女子來看房子。

這時，小趙、趙太也識趣地匆匆走回房，閉門躲避。

趙太隱約聽到門外對話。聽到陌生人巡視住家廚房餐廳時，「怎麼會有四個雙門冰箱？這麼多冰箱！」女子驚問房東：「這棟房子裏，有幾個人住？」

當房東熱心介紹浴室時，女子警覺地問：「這間浴室，有幾個人用？」

至於房東說詞，留在屋內關係，趙太聽不清楚。

顯然房間出租失敗，房東無名遷怒，前去敲趙家門，不悅地對打掃衛生小趙指示：「垃圾桶內的塑膠垃圾袋，一個禮拜只能用一個。」

小趙立即兩難起來。因為，可可曾抱怨，人那麼多，兩天用一個袋子，容易臭氣沖天，容易招蟲！

一九九

四月十三日，星期一，涼颼襲身，朱先生戴頂灰色絨帽，穿戴上黑手套走在晴空之下。

早上，愛美麗打手機給王哥，因為她沒忘記今天老人家要去看醫生。

王哥：「什麼時候車子來接我？好準備一下。」

現在，愛美麗都叫計程車來接父親看診、以及看診後送父親返家。

「十點鍾。」還有，「爸爸！我今天有空，可以載你去買菜。」

「女兒啊！上次，妳載我去買菜，那是去年感恩節前的事。算起來，妳就再也沒有載我去買菜，都有半年了！」

先去診所面見認識多年的家庭醫生。秤體重，142 磅，減輕 3 磅。醫師：「如果再減重下去，就不好，要全身檢查了。儘量維持在 145 磅。」

拿了不少藥，包括高血壓、膽固醇、痛風、花粉過敏症跟便秘。

至於放屁、打嗝、肚子咕嚕叫及不大便，年輕醫生：「大便不順，你一定受別人的氣。被罵，氣往肚裏吞。你是憂鬱症患者，別人罵，你忍氣、憋氣，所以便秘。」

王哥：「對！別人把東西偷偷放進我冰箱裏，又說我偷吃她的東西！沒有的事！我只管忍氣吞聲。」接下來安慰口吻：「你真瞭解我！」

「我是醫生啊！」

心想：「張小姐屬發洩型憂鬱症，光會罵別人，別人氣死，她自己倒是沒事。」領好一直想要拿的藥，王哥愉快地離開診所。

中午，愛美麗和父親在獅子城大肆採購。除了愛美麗挑些點心準備帶回家，王哥則採買了粗、細乾麵各五磅裝一盒，還有鱸魚、吳郭魚、孔目魚各兩條，小雞腿一包，鹹鴨蛋一盒，豬絞肉三磅以及十五磅日本錦米一大袋。共花了愛美麗一百多塊錢。辦完事，開車路上，王哥對愛美麗說：

「沒事，不忙的話，常打電話給我，問我好不好？聽我訴訴苦，否則怨氣沒地方出！不要等乾孫女 **Angelica** 來，才有機會訴苦。屋子裏室友發現，乾孫女來，我好高興！」

愛美麗顧著方向盤，無語。

這次，車子停下來，愛美麗難得下車，幫忙搬米袋和幾包食物進屋，往餐桌上一擺。王哥再次介紹愛美麗給朱先生。

眼看王哥有條理地將魚、豬、雞各種生鮮肉類分裝進一小袋一小袋，塞滿冰箱上層冷凍櫃，這時，老人一臉流露出有東西吃而滿足神情。朱先生忽然覺得：「老人有他的天真！」隨後難得自省：「我不也常惹得身邊人惱怒，不自知！」微嘆，換個角度思索：「世上任何可惡之人，必有可憐、天真之處。」

下午三點半，颳冷風，風聲作響。

王哥敲門，喚朱先生出去吹吹風、透透氣。站立前院，仰頭環視寬闊巷道兩邊高大楓樹，此時，枯幹早已被嫩綠楓葉爬得滿樹枝。

穿休閒短褲的朱先生：「好冷！」

王哥穿了一條牛仔長褲搭配一件格紋長袖襯衫：「不冷！風和日麗！」滿臉笑意：「明天，乾孫女來，帶我去剪頭髮。」當然，爺孫兩人還會去館子吃飯，王哥照舊付帳。

五點四十五分，風一度大到吹響後院矮木門。

廚房裏，王哥哈哈笑聲，加上不忘對小趙開玩笑，笑語笑聲不間斷。

時針尚未走到八點，張小姐意外地早歸。

逮住機會，朱先生直截了當但心平氣和提醒張小姐：她泡水在一般中餐館使用的大型醬油塑膠桶內衣物已數日，仍未有清洗動靜。所以，「請妳把衣物拿開。我要用大桶洗衣服了！」情非得已，朱先生不得不開口下逐客令。深知，如果不聞不問，張小姐可會佔著別人茅坑不拉屎幾星期，也不足為怪。

「那個桶子，我還認為是老林的！」張小姐解釋著。

「不是。我的。對不起！」

「對不起的人，應該是我！佔用你的桶子。」說完，立馬走向夜幕下的後院。二話不說，賣力地將沉重水桶從地上抬起，然後擱進深寬水槽，再從桶內拿出髒地毯，倒掉污水，物歸原主。

朱先生：「我還認為你泡的是衣服！」「謝謝張小姐啦！」

張小姐：「抱歉啊！」

「沒事。」說著，朱先生自己再注入清水，洗桶。

當夜，氣溫驟降，冷夜。

為了取暖，張小姐煮熱湯，暖暖胃。餘光，見朱先生從後院欲返回房間途中時，張小姐忽然間以感性口吻：「真有緣！我們住在同一屋簷下好幾年了。原本互不相識，今天卻住在一起。」

心想：「幾年？我這次搬來住才一年兩個月，哪來的幾年？」眼前，基於感激張小姐十分明理，禮讓水桶，物歸原主，朱先生順勢說出：「是啊！七年多前，搬來住三個月，那時候，妳已經住在這裡。這次，搬來住，妳變得開朗起來。不像過去，憂鬱自閉。」

張小姐：「對啊！那時候，病得厲害。我一直感謝剛過世不久的高伯伯，是他鼓勵我聖經上所說，喜樂是良藥！」

二〇〇

四月十四日，星期二。

加州聖馬刁縣，海岸線上，位於 **Pacifica**，臨 **Mori Point** 海灘，一頭 **48** 英呎抹香鯨被人發現遭擱淺。多日後的今日，鯨魚已被相關單位妥善埋葬。

今天，可可休工，窩在家，心情輕鬆自在，然而，僅維持三分鍾光景。

「怎麼搞的？冰箱流出生魚的血水，滴滴涾涾！」當她打開那台和王哥共用白色冰箱時，驚惶發現，原來切成數段的魚塊被散裝在幾個小袋裏，然後再統統塞進一個大塑膠袋內。

當王哥來到廚房，可可提高音量尖叫埋怨：「為什麼一次不拿一小包要煮的魚出來，而是整大包，拿進拿出？來回開關冰箱！」

王哥反駁：「我才剛剛過來拿魚！」

「你還辯？我天天做菜的人，還會不知道是怎麼回事嗎？做錯事，下回改進就好了，幹嘛還編理由？」

王哥平靜語氣，重複先前說詞。如此，惹得可可懶得再與老人糾纏下去，不耐語調：「好了！好了！不要再講下去。」

王哥悻悻地走回房間，憋著被罵悶氣，愈想：「這得找個出口，發洩一下情緒！」於是，他緩緩再走出房間，朝向朱先生房間，敲門。

其實，當朱先生感覺到女子尖銳責罵聲時，想必有事情發生，故關掉收音機，貼耳於木門上，聽到大概情況。不過，聽到有人敲門聲，朱先生若無其事開門。王哥喃喃獨自起頭敘述，方才被罵一幕時，說不到三句，朱先生斷然喊停：「我在看報。謝謝！」語畢，輕闔木門。

二〇一

四月十五日，星期三。

下午四點多，朱先生從外面回來，大門鎖起來了。他不解：「這個時候門還上鎖？午睡時間都過了！平常不都開著嗎？」從褲袋掏出鑰匙，邊開門，邊心裏嘀咕：「準是老頭故意鎖起來！」待推開大門，入內左側，無牙王哥憋著嘴、靜默無聲地站立走廊上。朱先生左瞧，見到王哥，閉口且面無表情直視老人兩秒鐘。四目相對，王哥頓時綻放一糰笑臉，表現紳士風範哈腰鞠躬擠出一句：「朱老大回來啦！」

一聽，朱先生轉身，也深深彎腰行禮回道：「王老大好！」然後若無其事般輕問：「門怎麼鎖了？」

「午睡醒來，四點鍾，發現整棟房子裏只有我一個人！就跑去把前後兩個門給鎖起來。張小姐的房門不關，她東西掉了，會怪人的！」

乍聽，似乎有理，故朱先生卸下心中埋怨，平心靜氣告訴自己：「況且，這對自己房間安全也是一道保障！應該慶幸才對。」

「你報稅了沒？今天，報稅截止日期。」王哥繼續：「以前，這一天，郵局都加班。他們推出大桶子到路邊。汽車經過，車內駕駛遞件，郵局人員會收下報稅資料封袋後，幫忙丟進桶子裏頭。」「以前，馬克接到國稅局稅單，都會早早報稅。因為，他申報扶養我，政府會退稅，早報早退。所以，很快時間內，馬克會對我說，爸爸，退稅款寄來了。」

朱先生轉身，走到門前，掏出另一把鑰匙要開自己房間木門。

王哥尾隨，且在朱先生背後喃喃：「今天，都沒有和人講話！你這位心理醫生回來了，可以跟我講講話吧？你好久沒有陪我講話了！」「今天整個早上，關在房間裏沒出來。」「張小姐跟可可說，我故意找藉口出來。」

一時心軟，但又怕才進門就被王哥纏到底，於是說出：

「你先回房間去。我要先去後院收一收曬在外頭的衣服、回房摺衣服，加上，我要換上便衣，十分鍾左右吧！弄好了，我去找你。」

王哥在房裏跟朱先生閒話一會兒。

五點鍾不到，可可回來。朱先生向可可提了一下，不久前用鑰匙開門，差點誤會王哥，故意關上門。可可持相異觀點：「他精的要死！什麼時候，誰進誰出？他都知道。」「都下午四點多了！我認為他是故意的。他很會編理由，死不認賬。」

朱先生：「只要他講出個所以然來，我就姑且相信。」

二〇二

四月十七日，星期五。一早，天氣為華氏八十度，風和日麗，恰如人間天堂。王哥卻七點半起床小便後，索性不再鑽回被窩，睡不著，自語：

「一夜失眠，沒睡好！煩惱，因為怕會被人趕走，得搬家！」

這些日子以來，都為這事煩心。

如常，燒香禮佛，默唸：「求菩薩，叫房東不要趕我搬家。」

況且，女兒愛美麗喜歡父親住在這裏，因為不但離大華超市、醫院近，還有蘋果科技公司總部是愛美麗上班地方，亦在一條街近距離範圍內。

追究煩惱起因，乃一個周末早晨，張小姐害怕老人偷聽，故小心詢問，好確保沒被偷聽：「你有沒有聽到我們講話什麼的？」

「沒有！」王哥回覆。

其實，王哥偷聽到張小姐和林先生講話內容。

張小姐告訴林先生：「我把老王住的地方找好了。」

林先生問：「他不搬怎麼辦？」

「不搬？把他東西搬到外面。然後，就是他家的事！」「老王搬走留下來的套房，可租給上班族。」

王哥默然地皺眉並憂心忡忡：「偷聽到張小姐常跟人講，一直要叫我搬家，為我找好了房子。」

不到八點鍾，對門趙太也起床，穿好衣。另一頭，張小姐匆忙出門趕著上班當褓姆去，但大門留個縫未關緊。操著一口山東腔夫婦私自闖進，左看右看，瞄了一眼敞開門的澡堂衛生間後，又擅自撩起趙家夫婦的布門簾。毫不知情下，趙太吃驚不已，驚慌失措。山東太太理直氣壯拉大嗓門：「房東跟我們講，澡堂對面房間出租。我們來看房子。」搞清狀況，趙太喚王哥：「喂！有人來看房子。」

王哥走出房門，詢問陌生人：「找誰？」

鄉下人模樣山東太太兇巴巴：「看房間。」

王哥：「看房間？妳應該敲門。」

「房東叫我們直接進來看。」

王哥：「喂！妳看現在幾點鐘？我們很多人都還在睡。」追問：「妳有沒有跟房東約好？妳要看房子，請到外面等，等房東來。」

大聲女人重述：「房東說，可以直接進屋子裏來。」

王哥打手機給房東，想求證，但沒人接聽。

王哥：「房東還在睡覺。如果妳一定要看，妳等一下，我幫妳開房間門，給妳看。」巡視一下浴室正對面、袁小姐搬走後留下來空房間，婦人問：

「房租多少錢？這屋子裏共住幾個人？共幾個房間？」

王哥：「妳自己去問房東。妳要租不租？是妳的事。我們只是房客。」

這時，山東先生邊拉著太太離開，邊說：「好了！好了！出去講。大清早就來看房子，確實說不過去。」

那對夫婦走出門，馬上加入一直在外頭等待、陪同山東夫婦前來看房子的兩位友人。四人站立大門口停車棚商量半天。當他們決定打手機給房東，不巧，亦未能連絡上。八點鐘，一行看屋人離去。

早上十點半，王哥再打電話提醒房東前往救世軍拿蔬菜，仍舊無法接通。

十一點剛過，房東醒來，立即撥通王哥手機：

「我忘了拿菜的事。等一下過去。」

王哥：「我會走到大馬路上公車站那邊等你。」

車子十二點四十五分來接王哥。奔馳途中，紅燈連連，十二點五十八分抵達救世軍。貨車的後門被工作人員拉開，拿出兩個香瓜、兩把芹菜給王哥，再拿相同蔬果給房東。

回到家，王哥提醒本月二十一日救世軍長者午餐會，但不知有空位否？房東二話不說，即時撥個電話查明，得到「還有空位」答案。由於需本人親自攜帶身分證至辦公室報名，房東再度開著賓士轎車去了一趟救世軍。到達目的地，隨意將車橫停在三塊停車方格上，房東坐在車內講電話。這時，王哥先下車，走至辦公室辦理登記。不久，救世軍現場，有剛運來 Safeway 超市捐贈即將過期餅派。房東跟王哥幸運地各領到一個蘋果派，以及綜合水果派含葡萄、草莓、奇異果、櫻桃、桑葚。皆大歡喜。

再度返家途中，車上，王哥提到自己擔心張小姐一直要他搬家。

房東不以為然地連聲：「到底她是房東，還是我是房東？」「你住多久就住多久！我不會趕你搬家。哪有房客趕房客？」「你不相信我？」「我不漲你房價，八佰塊錢。」聽到房東如此保證，王哥吃下定心丸，安下心來，接著，提起早上一對夫婦門都不敲，直接闖進來，趙太前來叩門轉告。

「哎呀！那對夫婦，我答應租給他們了！你們把我的財路給擋掉了。」
「你沒通知我們，我們不知道啊！」
房東沒接腔。
「你應該打電話給我，我才知道。」王哥自述。
「他們幾點鐘來？」
「七點四十五分。」
「這麼早？！」繼續：「袁小姐搬掉，損失兩個月、每月八佰塊錢房租。你們今天又把我財路擋掉！」且略帶悔意：「袁小姐那時候打電話給我，當時我心情不好，回她一句，妳不滿意，就搬。沒想到，她真的馬上搬走了。」
王哥：「好啦！對不起！我把你財路擋到了。」
房東：「過去就算了！」
汽車還在返家路上，手機響。有人幫朋友詢問大雜院要出租房子的位置。由於房東將音量設定調高，所以王哥清楚地聽到電話兩端雙方對話：
房東：「我告訴你地址，現在過來看。」
陌生男子：「我朋友現在上班。等一下，我打電話給他。我們再約。他下班後，他自己再走一趟，過去看看。」
晚上八點多，王哥正在觀賞 DVD「三國演義」時，感受到戶外有汽車動靜，起身。透過自己房間內、面向巷道的紗窗，見到一位看上去中年人光頭男，駕著黑色休旅車前來，並在屋外等了半小時，房東才趕到。
這時，可可也開車回來了。

光頭男子和一位同樣身材粗獷友人進屋。兩位男子看完房間，坐下來和房東簽租約，並聊了一會兒，像是在哪兒高就啊？直到九點。房東心情大好，領著光頭敲王哥房門，吩咐王哥將 Wi-Fi 密碼拿給光頭抄寫。一切搞定。

房東這才介紹王哥給光頭。

王哥溫和語氣：

「小事，通知我。大事，自己跟房東連絡。如果要換燈泡，跟我拿。」

房東接話：

「這是我的老管家，頭腦清楚，耳朵靈光。你上班，他會在家看門。」

光頭：「很好啊！」說完，立刻轉身去汽車內把家當搬進房間內。

這時，房東對王哥說：「好！老王，你進去忙。」

王哥照辦，關上門，繼續觀賞「三國演義」劇情發展之際，自覺：「房東叫我進屋，是怕新房客誤會，我在監視人。」

回到自宅，房東即時打電話給人民公社內的王哥：

「謝謝你，把大清早那對夫婦擋掉。現在，要是有人還來看房子的話，就說，房子已經租出去了。」

王哥：「晚安！房間終於租出去了！你可以好好休息了。」

「晚安！」房東回覆。

二〇三

四月十九日，星期天。

主日崇拜，牧師一家人出城渡假去。

今天登上講壇證道為來自斐濟的弟兄，摩西。負責現場音樂合奏和帶領會眾唱詩歌，恰巧亦是來自斐濟一位弟兄，**Bou**。大抵使用英語講道，英語唱詩。唯唱到「無人像耶穌」詩歌時，會眾不僅唱英語，還隨著螢幕上打出的字幕，唱出其他四種不同語言合唱：南太平洋斐濟語、南非祖魯語、南太平洋東加語、及東非、剛果的共同語言斯華希里語。

晚上十點左右，林先生在廚房裏忙著燒菜吃晚飯，準備犒賞自己。這時，光頭也來燒開水。同一屋簷下，兩位男房客首次碰面，閒話家常。

林先生：「我做油鍋工作，上班的中餐廳地點，騎腳踏車十分鍾不到，**Laurence** 那兒，不遠。」

身材魁武的光頭：「我在奧克蘭一家搬家公司工作，當搬運工人。」

講到待遇工資，林先生：「每個月三千多塊錢。」

光頭：「一天，工資兩百。但很累！」

林先生：「沒做餐館前，我也做過搬運工人。這工作，不是光靠力氣大，靠技巧，否則，容易受傷，撐不下去的！」

光頭點頭稱是。

二〇四

四月二十一日，星期二。

近午，王哥準備好出門要和房東見面，一起驅車前往救世軍吃免費長者午餐。王哥前腳跨出之際，待在廚房兩個女人，一位是整星期放假的張小姐和當日休工的可可，左右人人為言：「老頭又要去向房東告狀了！」

張小姐：「我偶而會施點小惠給老頭子，怕他會扣下我重要信件。」

兩個男人抵達救世軍約十二點二十分。照理，算遲到。然而，今日供餐時間難得延遲，兩位男士幸運地趕上眾人拿碗挾取生菜沙拉隊伍，每人盤中滿是烤肉、馬鈴薯泥、馬鈴薯炒四季豆，再配上熱咖啡或紅茶以及飲料。

今天因為要參加中午聚餐，王哥特別戴上假牙。

用餐間，下排假牙掉落。

王哥對坐在一旁房東說：「上排假牙牢固。但下排假牙就……」

房東：「低收入健保醫療，馬馬虎虎！上面很用心去量、去做模型，下面，沒用心做。下次，去找醫生修、磨。」

「省得你載我去修，不要再麻煩你！不戴假牙，也可以過得去！要不然，只戴上面假牙也可以。沒什麼！怪不得，我爸爸做了假牙，也不戴。原來不舒服，不方便。我現在才明白。」

一點十五分左右，午餐供應結束，隨後，每月慶生吃蛋糕的節目登場，還送出生日禮物。臨走，救世軍再送人人兩包泡麵。

汽車進行中，王哥跟房東提及：

「前幾天，中文報紙刊登華僑文教中心遷到新址剪綵消息。」

「你怎麼不跟我講？」

「我星期天看報才知道。剪綵，是星期六的事。」

「喂！我們現在去看一看。我也想去看看。」

閃神，錯過高速公路上特定出口，他們得再繞一圈，回轉。終於，下午三點多，Milpitas

市政府斜對面街道進去，停車在一棟龐大白色建築物前。眼前，旗桿上青天白日旗和星條旗，齊飄。「金山灣區華僑文教服務中心」在望。

踏進白樓，一樓有寬敞圖書館跟氣派大禮堂，二樓則為辦公廳。兩人還在一樓小廳參觀抗戰照片展覽。一張張日本人投降、何應欽將軍、麥克阿瑟將軍等黑白照片。

最後，大廳前，迴廊牆壁上有棵大樹美麗圖像。近距離細瞧，木頭樹幹釘在牆壁上，薄細木片製成的尖尖葉片，每片大小葉子上寫著不同人名。

王哥好奇地問了一位女性接待人員：「這是什麼？」

「捐款人名字。」

想留名的房東即時表達：「啊！我也要捐款。」

王哥慫恿：「你也可以捐款。我想捐，但沒錢。」

房東更積極投入，追問小姐如何捐款？接待員小姐打電話連絡到二樓辦公室的辦事員，並抄下電話號碼，再遞給房東。

四點多，王哥下車，道謝，返回屋內。

深夜，近子夜，朱先生想小解。半途中，穿越廚房，正欲左轉到走廊，朝向廁所途中，意外聽到女子豪放哭聲和「啊！啊！」哀號聲。

默想：「從未發生過！這是女人的聲音，光頭嫂的聲音。」

「聽來，光頭夫妻倆在爭論什麼事嗎？都這麼晚了！他們不擔心吵到左右鄰舍？都半夜十二點多了啊！」想到這兒，朱先生說不出任何理由，當下，停住腳步，不左轉進廁所，折返，回房間。躡手躡腳行走，怕吵到室友們，同時，修正臆測，導向：「會不會是夫妻倆做愛聲？此時此刻，應該是嗎？如果是，人多環繞，也不顧忌些？」雖無法確定，但無興趣探人隱私。晚睡的可可，人在房間裏亦聽到女子喊哭聲不斷。好奇之下，她推門而出，躡手躡腳朝向聲源所在。伸耳聽它一二，她馬上體認出：「夫妻親熱恩愛。人倫，沒什麼。他們年輕，也應該。只是，在人多地方，有必須這樣毫無遮攔？這房子要是他們夫婦倆自己住，也就算了！」

至於僅隔一道木板牆，隔音欠佳，緊鄰的小趙夫婦當然聽得清楚明白。此乃人之常情，裝作若無其事，什麼都沒聽見。夜夜裸睡，且一直想找女人陪伴的一牆之隔鄰居林先生，這夜，被臨場演出的小夜曲，搞得混身百感交集，又心神蕩漾。

二〇五

四月二十二日，星期三。

早晨八點不到，隔壁光頭夫婦講話大聲，林先生被吵醒。當他再睡個回籠覺時，九點半鬧鐘也吵不醒，一直睡下去。

朱先生上完洗手間，張羅早餐之際，瞥見林先生房門前地上，一雙托鞋還擺在那兒，表示人尚未出來盥洗：「都快九點四十五分，還賴床？上班可要遲到了！」故敲門三次。

第三次敲門聲，林先生才應聲開門，睡眼惺忪探頭，並道謝。

林先生匆匆趕去上班，這天，可可休息在家。

當朱先生隨後也將出門時，可可向朱先生透露，實在受不了光頭夫婦，他們在任何時間講話都大聲、走路步伐腳重、使用廚房動作粗莽大剌剌，「粗理粗氣！安徽鄉下人！」為了表達抗議，趁夫婦剛才在門前停車坪啟動汽車離開時，「當他們的面，我重重摔前面的紗門！」結果，紗門底框掉落。四川辣妹賭氣：「管他的！王哥會修。」她馬上比較起不同室友，指光頭他們「粗聲粗氣惹人嫌，一派安徽鄉下人的自然表現」；然而，「上海阿拉老李，心眼壞，故意摔東西、動作粗魯，故意來氣我！」

下午約三點五十分，朱先生從外頭回來，轉進楓葉巷道，反方向遠處，見正在踩單車的林先生。兩人打了招呼，林先生剎車，雙方站立路旁交談片刻。

「平常，你不是下午回來休息，從三點半到四點，然後再去上班？現在還差十分鐘才四點，今天幹嘛那麼早就回餐廳上班？」

林先生說不出個所以然，同時，也沒急著離去意念。

朱先生彷彿看出林先生好像有心事，想說些什麼？然而，還是催促林先生上班要緊。

進門後不久，藏不住事情的王哥，告訴朱先生，紗門壞了，都是林先生每次不關緊它，風一吹，紗門隨風來回擺盪，給弄壞了！

朱先生心想，王哥對林先生成見太深，什麼壞事，都怪罪他。

晚間八點半，雇主第一次開車來接趙太去上班，一份全時間住家煮飯打掃的工作。上工前，趙太零星告訴朱先生：「每星期六晚上，雇主開車送我回來，第二天，星期天晚上，再載我回去。」「他們家裏有孩子正在讀高中。」「我這個年紀，能找到工作，有人要，還算好的了。上回，見工面談，對方嫌我六十幾歲，太老了！怕我體力吃不消。他們現在雇的，大都四十來歲。我現在儘量做，能做多久，就做多久嘍！」

洗完澡，朱先生從浴室出來，經過廚房，被坐在餐桌邊吃晚飯的林先生輕聲喚住：「來喝酒！」

「不喝了！但是等一下我會出來，陪你喝。」這時，掛鐘指向十一點。

當朱先生坐在餐桌旁作陪，林先生指著桌上那瓶二〇〇八年加州拿帕山谷所出產紅酒

「Sterling Vineyards，Cabernet Sauvignon」：「我剛剛買回來的。」

朱先生：「多少錢？」

「二十五塊錢。不過，還是三十塊錢的酒比較好喝！」

朱先生：「我喝，都喝七、八塊錢的。便宜，但蠻好喝。」又說：「怎麼樣？今天餐廳工作忙嗎？」

「上午不忙，下午忙。」「每天出去工作，然後回來這裡，兩邊跑，像頭牛。」「天天吃飽、洗澡、睡覺、上班、下班，多無聊！」

朱先生沒接話，林先生講下去：「好孤單！」

朱先生還是沒答腔。這種氛圍，讓人感覺，唯有留給獨白。因為，對話，實在是無從介入。

「今天工作的時候，一位年輕女同事問我心裡有什麼事情嗎？我告訴她，心很痛！」

忍不住，朱先生想表達關心，還是開口試問：「誰傷你？」

不答。放下酒碗，整個頭靠向椅背，雙手抱胸前，雙眼低視呆望桌面，停頓幾秒鐘之長，靜默無語。林先生主動再度開口：「很少人知道！沒經歷過的人，不知道。」重複上一句：「很少人知道！沒經歷過的人，不知道。」然後：「一生當中，痛過三次。痛到一點力氣也沒有！倒下去。」哀聲嘆氣後，抬頭問朱先生一句：「你最近有沒有計劃去什麼地方玩？」

「你指最近？還是未來？」

「都有。」

朱先生想了一下，微微搖頭，對曰：「沒有。」

「今天下午兩點鐘，餐廳的客人比較少。我走到做麵食的師傅身邊，找他聊一聊。」

朱先生好奇地問：「就是五十歲左右那位？他是哪裏人？」

「哈爾濱人。有個獨子。師傅天天喝白酒。」

「聊得怎樣？」

「他對我說，我們退休後，一起去玩。每人準備兩萬塊錢美金，玩遍大陸、台灣兩岸。去大陸，他擔任導遊。去台灣，我擔任導遊。我說，好！他還提議，打勾勾。我們就打勾勾，保證承諾。」馬上淡語：「那時候，忽然間，想起一些事。」欲言又止。林先生起身，手拿起那碗紅酒，走到微波爐那兒去溫酒。邊等酒，邊獨自嘆了口氣。

回到餐桌邊，坐下來。喝口酒，用筷子挾了一口油煎鮭魚送入嘴。吃喝後，憶起往事：「我以前在 Milpitas 當地一家叫《阿宗麵線》打工，老闆娘問我，你一個人？我說，沒有，我被趕出來的。她說，你不用騙我。」

朱先生聽得依舊難解林先生為何事而愁？為何人而心痛？不過未加以切問細節，僅安靜於一旁。

林先生噴出長長鼻氣，然後，再度雙手交叉胸前，整個頭和背部又靠著椅背，又嘆氣一聲。再喝口酒。酒熱臉紅，吐氣一聲。心事重重，獨自發愣。再用筷子挾了一點鮭魚，不疾不徐地送入口，喝口酒，接著吐氣，長長幽幽，才說出下一句：

「不知道什麼時候走？」

朱先生微擡頭，些許納悶。

林先生餘光看到那份疑惑，於是進一步解釋道：「不知道活多久？」

朱先生沒答腔，僅安靜地想起眼前林先生曾說過：

「我從小被父親虐待。」「我最怕被人趕出去。」

第二天，星期四，四月二十三日。

黃昏，天色未暗，張小姐突然出現於廚房。正走向廚房的王哥一見，立刻恭謹地開口：「大姊回來啦！」

張小姐面無表情，頭撇向白色冰箱，冷冰冰問道：

「上層冷凍庫，你開過沒？」

王哥站住，沒回音。張小姐再次冷問同樣問題：「上層，你開過沒？」張小姐意識到朱先生好奇的眼神朝著她望，她才稍微說明原故，緩和一點咄咄逼人氣勢，但言表依舊冷峻，再度疑問：「沒關上？」

這時，王哥擠出一句：「沒有。」

現場氣氛，朱先生感受到張小姐本想大罵王哥，但節制自己，未口出惡言，因為朱先生在場。另一方面，不解，冰箱是王哥在用，張小姐何需小題大作？旋想：「啊！是不是，張小姐想藉機罵王哥，以報復老頭子常在背後向房東打她小報告？」同時，見識到年近八十歲王哥確實害怕六十多歲的張小姐。

入夜近十一點，林先生做好飯菜往餐桌上一擱，看上去，剛起鍋油煎大片鮭魚排、整碗帶殼的粉紅鮮蝦炒綠色韭菜花，用心料理出這兩碟美食。半瓶紅酒也擺出來。朱先生去洗澡途中，林先生問朱先生，要不要喝酒？朱先生搖頭，笑笑走過，邊想：「跡象顯示，目前，林先生心情應該回復了。好事！」

二〇六

四月二十四日，星期五。

凌晨三點，朱先生朦朧睡意中，聽到窗外雨聲。

這天是上班日。光頭起床時，清晨六點還不到。由於長期抽煙，他在浴室裏清痰、吐痰、咳痰，聲聲如洪鍾雷鳴。六點多，轉移至廚房燒早餐時，光頭不忘唱歌。吃好早點，裝好午餐便當，拎著便當，鑽進車內，上路，準備上工。老李原本七點起床，因為擾人歌聲、使用廚房碰撞聲及水龍頭嘩啦啦和炒菜聲，清夢因而被干擾。別提一般約七點多起身的張小姐，亦早早地被不同擾人聲響催促，漸漸清醒過來。

早晨還不到九點，往常，對要上班室友如可可、林先生兩位而言，應是仍在睡眠狀態，男女兩人直到九點半才會伸伸懶腰，展開新的一天。此刻，光頭嫂，夫唱婦隨，照樣如入無人之境，在浴室、廚房拉開嗓門唱起歌來。吵醒可可和林先生，兩人被迫早起。

正午，王哥走到住宅區外的大馬路上巴士站，等房東開車來載他去救世軍拿罐頭食品。坐上車，王哥善解人意地對房東示好：

「那天，吃東西，假牙掉了！有人叫我再去牙醫那邊修理。一趟、一趟的跑，又要你跑！我可以用上排假牙，或者不用假牙，也可以。省得你跑。」「啊！我想算了！沒關係。」

房東無語。

王哥：「五月一號，去救世軍拿蔬菜。你高不高興拿？不高興拿，就不去。要去，就要早點去。」

房東：「五月一號，你早上九點叫我！」

王哥：「叫你？你都不接電話，都是答錄機留言。我曉得，你很累！」

房東不語。過一會兒，想起：「木工老張今天早上有去量大門的尺寸嗎？他要量過，我們今天才能決定要買多大的門。」

王哥回報：「老張一大早七點十五分就來量大門的尺寸了！他也把舊紗門整個拆掉了！」

房東難免好奇：「紗門當初怎麼會壞？」

王哥：「昨天不是打電話告訴你，說，門壞了！能修，儘量修。這次，紗門的下面都壞，都爛，沒辦法修理。紗網破得都跑出來。」更仔細說明：「有人沒關好門。風吹，一開一關，來回重力地碰撞木頭上，次數多，搞壞了！需要換個新門。」進一步建議：「差不了多少錢，為了一勞永逸，換個新鐵門，堅固點。因為，紗門，比較容易壞。」

拿完罐頭，兩人去Home Depot店家，不但選購一個鐵門，還配了好幾付開鐵門的鑰匙和澆花的水管。經過鮮花區，王哥則曰：「有人建議，走進我們前院的左邊，都是土，沒花。這種草花便宜，我來買。五塊錢、四塊錢，沒多少錢！」房東：「你沒錢！你不要買，我來買。」王哥：「以後，我還是要買。把走進來的路，弄得好看一點。」

選購兩盆鮮花盆栽，一紅一紫。

房東載王哥出去買鐵門、配鑰匙以及買花回來後，開車走了。這時，王哥立刻拿大圓鍬走到前院土地上，去挖洞，澆水。接著先把整株鮮花抽出花盆，再將整棵植物置入土洞裏，埋好土。

王哥想：「人家來看房子，有花，也好看一點。」

其實，買鐵門背後另一個原因，乃可可氣光頭夫婦故意把碗盤、砧板、菜刀用完後不洗，全擱在流理台上。因此，在夫妻檔前腳才出大門、打開汽車引擎之際，可可後腳馬上故意把大門口紗門用力踹開以洩恨，就是要夫婦倆聽到。不堪一擊，紗門框架掉落。這下子，沒得紗門用。事故來攏去脈，王哥都知道，但不知何故？沒告訴房東真相。

當晚上十一點，光頭夫婦開車回來。朱先生打招呼，嗨了一聲，但兩人不笑，頭也不抬，默默走回房。夫妻檔仍對可可早上重力摔紗門不友善之舉，氣憤難消。

明天是周末，張小姐輕鬆在房間看電視自娛。不過，今晚，近子夜時分，人靜悄無聲息，她忙著用繁體字寫了一張字條，貼在廚房內光頭夫婦使用的木製廚櫃上：「早班用廚房、還是晚上十點半晚班，用廚房的室友們：拜託手腳輕巧一些，免得打攪還在睡覺的室友。拜託……室友敬上」

二〇七

四月二十五日，星期六。

早上九點四十分，王哥走出大門到前院去看花，走動走動，順道活動筋骨一下。再進屋時，張小姐冷冷對他說：「你過來，冰箱上層冷凍庫沒關好！」

王哥：「我沒來拿過東西啊！」

張小姐近瞧：「啊！原來是可可包水餃，把砧板當作盤子，整盤水餃平放在冷凍庫裏。你告訴可可，這樣塞進冰箱，空間不夠，關不緊。」

「妳自己跟她講。」

當時，可可還在淋浴中。走出浴室要回房間時，經過張小姐身邊，張小姐攔住可可，講到冰箱沒關緊一事。

由於救世軍發放麵包好幾條，太多了，吃不完，因此王哥要給張小姐一條，張小姐也接受。王哥於是打開冰箱，拿出一整條土司麵包放在餐桌上，同時問道：「剛開冰箱的時候，看到一包肉和兩個製冰盒放在我那一層。是妳的嗎？」張小姐回應：「不是，可能是可可的。」

聽後，王哥沒講任何話，然後走回房間。

留點門縫。王哥聽到可可尖叫，向張小姐抱怨著：

「一天到晚開冰箱拿東西，跑進跑出！」

王哥聽到可可在廚房大聲哇哇叫，又聽到對門小趙開門聲，急忙探頭相告：「她在發脾氣，我們不要過去。」

後來，張小姐跑去叫了兩聲「王哥！」

王哥把門全開。張小姐：

「這個豆沙麵包給你。」接著低調：

「噓！她在講你，說，早上，你在她眼前跑進跑出的。」

王哥略感不服氣：「救世軍給的起士、牛油，是我早上要吃的。吃完早餐，我不把剩下的放進冰箱啊？」

張小姐不語。過一會兒，問王哥：

「你為何不叫房東給你個小冰箱，放在自己房間裏用？」

王哥：「以前他有說過，要給我一個小冰箱用。但太小，裝不了多少東西，只能裝幾瓶礦泉水。」急曰：「不信？妳可以去問小趙。事實上，我每天早上等可可出門，才去到廚房洗碗什麼的。」「有一次，可可對我說，她在煮菜，我都在這裏跑來跑去，拿東拿西。」說完，王哥反問張小姐：「我去冰箱那兒去拿東西，都不行嗎？」

張小姐：「好了！不要講了！可可早上被光頭夫婦大聲開門、關門、唱歌吵到，她把脾氣發在你頭上。」「住那麼多人！會吵到別人。怪不得光頭夫婦吵到可可。房東再租給這麼多人，我也要搬家了！」說完，離去。

王哥偷想：「張小姐能搬家，走人，最好！」

王哥走到前院花圃施肥、加肥料。

張小姐也來到前院。

見到張小姐，王哥再解釋：「我去冰箱，放牛油啊！」

張小姐岔題：「這個大門的新鐵門很好看。」

王哥得意：「還有花園裏剛種下去的花，是我跟房東去買的。」

張小姐：「房東要把房子弄漂亮一點，好租出去。」

王哥：「對啊！我想出來的。」

張小姐去後院。這時，王哥欲轉移陣地，亦跑去後院準備施肥。

邊走邊自言自語：「我早上吃塗牛油的麵包，用完牛油，放回冰箱。難道這個廚房我不能進去嗎？」然後再喃喃自語，沒人聽得懂老人在說些什麼了？這時，人已在後院的張小姐忍不住罵曰：

「老王，你不要自言自語！跟你住在一起的人，聽到你自言自語，會把你當神經病，叫警察。警察會把你送進瘋人院。」

王哥不再喃喃自語。繞到前院，經由大門返回房間。邊走邊低頭想：

「張小姐一個人在自己房間或在餐廳看手機電視，有時候，也一個人看得哈哈笑！那她也是神經病？那我也可以去報警，把她送到神經病院？」

後來，愛美麗打電話說：

「爸爸，我要過來幫你看信，哪些對你重要？哪些不重要？」

王哥：「妳現在不要來！那個囉嗦婆在！」

沒過多久，王哥拿著信件走出屋外，立於大門口，靜待愛美麗的車子從巷頭出現。

幸虧，張小姐已開車出門。愛美麗到達時，並未和囉嗦婆碰面。

下午四點半，趙太回來。

一進門，趙太喊了聲：「朱大哥！」

朱先生笑問：「工作還好吧？」

趙太：「做不來。辭掉了。太累！」描繪工作內容：「每天早上六點半，準備早餐給雇主家兩個讀高中兒子做早餐。天天洗衣服、燙衣服。光是燙，就腰痠背痛。一天工資才八十塊錢。做家事一直做到晚上九點半。不要說連大門沒出過，連前院都沒去過。雇主夫婦，四十來歲，上海人。房子在 Saratoga，三千呎毫宅。我吃飯，都吃他們剩下的菜。他們挑菜，再拿給我吃。我不可以在餐桌上用餐，要拿回傭人房去吃。幫傭工作，要燒三餐菜、洗衣、打掃，沒休息過。晚上只睡熟一、兩個小時，因為精神壓力太大。他們雇幫傭，太精明，如果按小時算工錢，他們划不來。」「我這三天做下來，臨走，他們給了我兩百塊錢。」

聽後，點點頭表達諒解其中辛勞，朱先生問：「妳這次是不是覺得，回到這兒，還是踏實些？雖窮，但是精神輕鬆？」

「是啊！我要走，他們要留我，對我說，工作量不大啊？。開玩笑，這麼多事要做。累人！我做不來。這家雇主以前雇的人，都做不長。」

聊完，趙太自在地洗、切青花椰菜，然後，再用少量沙拉油清炒。菜香漸漸散漫開來。

二〇八

四月二十七日，星期一。

健康保險公司派了一位會說中文女員工打電話來關心王哥，詢問身體如何？看哪位醫生？

「吃些什麼藥？」

「高血壓、痛風、膽固醇的藥。」王哥回道。

「多少天去看醫生？」

「藥吃完的時候。一個月一次。」

「現在，有沒有住醫院？」

「沒有。」

「你現在有什麼病？什麼地方不舒服？」

「去年六月被撞、摔倒以後，天冷或下雨天，全身會痛，尤其腰部、胸部上半身。」

「醫生叫你吃什麼藥？」

「止痛藥。」

「眼睛好不好？」

「一隻眼睛掉。上次，要去換駕照，因為眼睛視力模糊不清，被拒絕。」

「現在身體如何？」

「摔倒後，可差遠了！以前，走路很快，晚睡也沒問題。現在，九點多就得睡了。」

「心臟有沒有毛病？」

「沒有。五年前，醫生叫我吃黃色的阿斯匹靈。天天一顆，保護心臟。」

「你還有什麼病？」

「我們老人突然發病起來，誰知道啊？」王哥據實相告。

對方毫無預警地突然把電話掛上，沒有職場上禮貌性道謝與道別。

王哥撥電話給愛美麗，有關方才藍十字那邊有人打電話來。

「我知道。」小女兒簡單回覆一句。

二〇九

四月二十九日，星期三。晚間八點多。

林先生把手機放在餐桌上，歌曲從手機內傳送出來。邊聽歌，邊享受一個人獨佔廚房做飯且哼著歌。這時,可可待在自己房間。可可在房間內清楚聽到老掉牙台灣歌曲一首接一首，莫名厭煩起來，怒火已中燒。同時，剛搬來的大塊頭光頭吳先生安坐後院的戶外野餐桌邊，低頭玩手機上麻將遊戲。

朱先生理解，目前每周星期二跟星期三，可可休息兩天。但不理解林先生何以這麼早就煮晚飯?平常，不是九點半才會從餐廳下班回來?沒加以過問，正觀賞八點至九點中文古裝歷史連續劇「衛子夫」，講的是一位漢朝賢德女子如何從歌姬變成皇后。

耳際忽然傳來狠狠踹門聲，接著一連串女子拉高聲調尖銳罵聲。

「一定可可在發飆。對象八成又是老林？」暗想。

女子確實是可可，被罵對象的確為林先生。

女繼續不停：「不要臉！操你媽！」「不要臉的東西！」

男：「現在才八點半，我難道不能做飯？」

「做飯可以，不要唱歌。」

「不可以唱歌輕鬆一下？」

「輕鬆，回你房間去！」

「我在房間聽到，妳還不是有聽歌！」

「我在房內聽，可沒拿出來聽。這是公共地方，八點多，吵到大家。」

男似乎被激怒，這時，開始吼聲重申：「我不能煮飯嗎？」

女依舊維持高亢怒氣：「可以。但是，不行唱歌。天熱。吵死人！」

待在房間角落偷聽的朱先生忍不住找出手機，想查出到底有多熱？是否真如可可所言？「陽光谷，華氏六十六度」朱先生這下子內心默認：「這樣氣溫，還算好吧！不算熱。」

男：「妳神經病！」

女：「你才神經病！」

男強調：「大神經病！」

女：「你才神經病！送花、送巧克力。不要臉。」

男：「妳收下，才神經病！」

轉身，再次重力摔門，回房。想一下，愈嘔。可可再打開房門走出來，朝男子吼罵：「不要臉！給你臉，不要臉！」

男：「妳故意找麻煩。我不跟妳吵。」然後，指向鍋中食物：

「妳要丟，妳丟。」

女：「你自己丟。」

「妳丟啊！」

「你自己丟。」

再聽男女零星幾句吵罵，廚房才漸漸安靜下來。

九點，看完連續劇後，朱先生跑去散步。一個半小時回來，朱先生見張小姐剛開車回來，引擎還發動著，來不及熄火似的，站立，十分專注地與新房客吳氏光頭夫婦交頭接耳。擦身而過，進屋途中，朱先生聽到張小姐對安徽省來的夫妻說了一句：「冰凍三尺，非一日之寒。」

二〇

第二天，四月最後一天，星期四。

下午四點三十八分，朱先生走向廁所，聽到王哥在自己房間內，邊看 DVD 好萊塢老電影「環遊世界八十天」時，邊自問：

「人活在世界上，不知道為什麼？」老人又邊自嘆：

「一下麻煩這個人，一下麻煩那個人。」

黃昏六點多，天空亮光十足。朱先生忙煮晚飯，王哥聞聲出來，找他講話。無牙老人：「二十多年下來，唯一留下來的東西，就是幾張畫。帶不走。上次，我告訴愛美麗，我死後，畫，都送給你。」接下來：

「一天，好快就過去！」再輕語：「我又少了一天。」

夜間十點四十三分，朱先生穿著休閒短褲走向戶外散步去。當時，氣溫華氏 72 度，舒適宜人。

二一

五月四日，星期一。黃昏六點，朱先生跑去後院收納太陽曬乾的衣服，進屋。王哥來到廚房，從電鍋中取出熱騰騰白米飯，並對朱先生妙喻：

「我住在這裏，好像以前住在醫院裏一樣。」接著：「那時候，住院的時候，下午五點，醫生護士下班回家。我就會從病房走出去，到處走走。現在，住在這裡，相反的，五點鐘以後，我就把自己關在房間，不出來。」「醫院和這裏人民公社，基本上，一樣，被關在房裏。只是時間，相互顛倒。」又笑言：「房東告訴我，我沒欠房租，又沒破壞東西，可以一直住下去，一直到我不想住為止。我說，到我死掉啊？房東說，他願我活到兩百歲！我說，我豈不成了人瑞？」

二二二

五月五日，星期二。

加州聖馬刁縣，海岸線，位於 **Pacifica**，臨 **Sharp Park** 海灘，一頭 **42** 英呎雌性座頭鯨被人發現遭擱淺。幾天後，被當地相關單位給妥善埋葬。

不用上班的可可對朱先生重中：「不喜歡自己一個人獨居一房一廳的公寓裏，雖然沒人跟你搶著用廁所廚房。反而，住在住滿一屋子室友中間，彼此為了不同事情、不同理由，反目吵架，卻有一種家的感覺。」

二二三

五月六日，星期三，立夏。

午時近兩點鐘，朱先生返回大雜院，沒走前門進屋，卻繞到後院，走後門進屋。一方面，想瞧瞧晨間用手搓洗的衣服和兩張毛毯是否曬乾？另一方面，不想讓王哥聽到他回來蛛絲動靜，怕引來王哥敲門、纏著人找話說。當直接從屋後落地透明玻璃窗門進人廚房區，可可正在餐桌邊吃著一盤熱騰冒煙水餃。

朱先生用微波爐加熱昨日剩下半杯咖啡，又從冰箱拿出糕點，加入可可，兩人坐在桌邊，邊吃邊聊，敦親睦鄰。

四川重慶姑娘可可坦承，最近，看到台灣郎林先生，無名火立刻上升。加上老李，上海阿拉，他老是跟她作對似的，在廚房煮菜，總有意地大聲碰撞東西。至於剛搬來不到兩個禮拜的安徽光頭夫婦，更別提了。光頭七早八早起來做早飯，開關廚櫃，不是輕開輕放，而是拉開後，鬆手「碰！」關上。這突然間傳來震耳噪音驚醒可可，直擾人心，難安。還有，光頭嫂早上竟在浴室內原本大夥刷牙洗臉用的洗手檯，十分帶勁兒洗起男女內褲。可可：「噁心吧！她為什麼不走進浴缸搓洗也好？或者，走到後院的洗衣槽那兒去洗？」

可可又說，心情糟糕透頂，因為「今天早上，老林、老李、光頭嫂全都沒出門。我快發瘋了！」早知如此，「我應該答應去德州達拉斯看我朋友，順便在那兒渡假一星期。暫時離開這兒！」

可可接著說，達拉斯那位朋友，幾年前和一位六十九歲窮老美假結婚。她朋友其實一直以來跟本不愛那位洋人，只圖個移民身份，兩人住在一起，住久了，總是有感情。

朱先生猜測：「感情？妳是說，日久生情，她現在愛上那位老美了？」

可可：「不是愛情，是同情。因為洋人對我朋友很好，好到她同情他，關心他！」「有天，窮洋人為了裝燈泡，從梯子上摔下，摔成腦死。現在，她陪他。」「從假結婚，他們後來變成朋友。」

可可無奈：「至於我，當初，嫁來美國，是愛情，不是假結婚。但是身邊男方親友都認定我是為了身份，不是為了愛情。怎麼証明，他們就是不相信我。我也累了！乾脆選擇離開。」接著感嘆自身情境：「當初，真結婚。想不到，彼此現在反而變成仇人！」

二一四

五月七日，星期四。

老李中午開工程車回來，王哥和趙家夫婦在屋內。不多時，四人齊聚廚房。老李第一句話：「今天好安靜！」

晚上近十點，林先生下班回來。當朱先生正拿著盥洗臉盆朝向浴室走去，見到林先生，馬上開口徵詢：「我先洗澡，好嗎？」林先生回答：「好！」林先生於是開始忙做菜，先用菜油辣鍋，再加入蔥蒜爆香。人在浴室裏，一股熱油薑蒜蔥爆香氣味滑進緊閉浴室裏。朱先生聞到濃烈油煙味襲鼻，下意識裏，認知這不是令人愉快嗅覺，而且吸多了，有礙健康之顧慮。這時候，第一次，感同身受，理解到房間挨著廚房的可可並未跨大其辭。夜深人靜時分，林先生幾乎天天烹調食物，油煙、熱炒韮菜花或韮黃、油煎魚腥或香腸味等濃膩嗆鼻怪味，確實會瀰漫四處，飄流鑽進可可房裏。記得可可不止一次抱怨：「尤其晚上就寢時間，人的嗅覺變得更敏銳！聽覺也是一樣。這時候，一點味道，一點聲音，都叫人特別敏感。」「老林煮東西，也要考慮別人！要煮，他煮些味道不是很濃嗆的食物啊！那些味道重的食物，不是不可以煮，但要挑時間煮啊！比方說，大白天的早上、中午，要不然，晚上七、八點，都可以啊！而不是在別人累了一天，正準備休息睡覺的時候，他還在那邊油煎有的沒的、燉煮排骨蘿蔔湯！」

洗完澡，走出浴室，經過廚房，見林先生正忙著燒菜。欲開門走進自己房間之際，聽到右手邊室友張小姐，透著半掩木門不耐地提高嗓門：

「開抽油煙機吧！因為就算前面大門、後面大門同時都打開，油煙還是出不去。」

進房間，放下盥洗臉盆，朱先生心想：「這不是我第一次親耳聽到張小姐對老林這麼提醒過！」「老林怎麼記不得了？又給忘了？」朱先生記起可可常不解：「老林這個人，怎麼老不長記性？」

朱先生忽然間回憶，有次，林先生曾聊起，小時候，天天被父親打，「照三餐打，每天挨打好幾回。」當初，難以瞭解，何以如此？如今，脈絡浮現，就是「不長記性，才受了不少冤枉苦！」那麼，今天呢？都已經當公公、爺爺之輩，難道還是沒長記性，猶如可可所言？

朱先生回到房間裏，隱約聽到抽油煙機開始啟動轟轟聲響。

「沒事了！」朱先生心想，他扭開收音機聽 KOIT 電台播放的音樂。

張小姐走出房間，朝向廚房方向走去。她想開冰箱，而林先生坐在餐桌邊用餐，坐椅正好擋住張小姐的冰箱。這時，張小姐口出抱怨，林先生為何不坐到其他方位椅子上？造成她要拿冰箱裏東西非常不方便，順便再嘮叨林先生炒菜弄得油煙嗆鼻。

對林先生而言，不願再忍，破口回嗆：

「為什麼每天都是妳的話？別人就不會。」「妳看，餐桌上被妳亂放東西，亂七八糟。」並命令語句：「花，妳拿走。佔地方。」

張小姐：「我哪有每天在家？我現在都很晚才回來，很少在家。」同時為可可出氣，「她也受不了你天天炒菜味道。」「我忍了幾年，對你很客氣，都不怎麼講你。給你臉，你不要臉！」

房門外男女吵架聲傳入眾室友的耳朵。

朱先生關掉收音機，靜悄悄探聽門外動靜。

林先生吼問：「我不可以煮飯、吃飯嗎？要不然，現在打電話給房東，叫他過來評理！」

張小姐氣憤怒吼回去：「要打電話？你自己打」

「妳打。」

接下來，雙方炮火猛烈難收，一發不可收拾，互不相讓。

當林先生冒完一句話：「神經病！我不跟妳吵！」然後走進房去，重重甩上門。

張小姐嚥不下去這口氣，追到林先生門前，繼續咆哮：

「不要臉！耍流氓啊？只會欺負女人。」「人家可可，她明明不喜歡你，你還偏偏送花、巧克力。不要臉！你都快把她逼瘋了！」「以前，你沒工作，我幫你找工作。找到工作，沒幾天，早上遲到，我還開車載你去上班，免得被老闆炒魷魚。住在這裏，誰會這麼做？只有我耶！」

不知是講不過對方？還是男不跟女鬥？林先生雖然氣不過，但僅待自己房間內。悶不吭聲，此際，怒吼漫罵聲，變為張小姐獨角戲。

一段時間後，住處終於靜默下來。

誰曉得，剛搬來的房客吳先生，聽完男女對罵，忍不住現身廚房一探究竟？此舉，再次燎起張小姐怒火，口述林先生種種不是和她所承受的委屈，連珠炮一陣。光頭吳先生聽不到三分鍾，退回房間。張小姐再唱獨角戲，渲洩個夠，方休。

關起門來，光頭默想：「搬來沒幾天，就兩次大吵！」

二一五

第二天，凌晨六點十分，朱先生跨出大門，準備搭公車當義工去。路上，橘黃色晨曦尚未露臉，漸漸地，柔白光線像先遣部隊似的輕灑半邊天，仰望天際，一半白，一半灰。

右彎，繼續行走在另一條巷道間。

這時，直視，忽見三、兩隻腰身壯碩海鷗不疾不徐地拍翅，從頭上飛過，粗枝大葉聒叫幾聲。

「這兒離海不算太遠。北邊為舊金山海灣。遇見海鳥，何足為奇？只是，這麼大清早的！」邊走邊默想。

基於好奇，舉頭望向海鷗飛處。

微驚：「左側一間民宅屋頂上擠滿二十餘隻海鳥。鳥兒似乎越聚越多。」又難解：「為何左右鄰舍屋頂上，光溜溜，沒有任何海鷗盤旋與逗留，僅愛光臨這一家？」

想起四月中旬，坐在沙發上還翻不到一頁書，人就打盹午眠起來。

驚醒於王哥叫喚聲傳至耳畔：「朱老大，快點出來！快點！」

王哥指向紗門外一株扶桑樹：「有沒有看到一隻蜂鳥？」

終於在大門前紅花綠葉間，朱先生鎖定到那隻輕翅不停快速閃動、嬌小蜂鳥。牠無聲又優雅地升升降降起舞著。

眼前，顧不得對五月海鷗疑惑，朱先生匆匆繼續趕路，往前行。

不久，太陽昇華，這時大雜院內，室友們一個一個地甦醒過來。

記得，小趙不久前曾問：「為什麼你見到可可就怕？」王哥應曰：「因為，她跟張小姐學，一件小事，就哇哇叫的！其實，她在燒菜，我去冰箱那兒拿東西，有啥關係？她說，她在煮東西，我都要出來，幹嘛啊？我回答她說，我怎麼知道妳在煮東西！不過，我讓她，不會跟她吵。」

今晨醒過來的王哥回想，昨夜睡夢中，夢見過世已數載的媽媽。夢中，近八十歲王哥跟媽媽講：「以前，我們活在那裏的時候，妳都說妹妹好！妹妹讀北一女，讀書好，升台大，有面子。妳都帶她出去，讓妳出鋒頭。妳看不起我。妳的兒子不好。」「現在，我們死了。只有我要葬在百齡園妳骨灰旁邊，陪伴妳。」「妹妹不會來陪妳。她有家庭，她姓了別人的姓。她一定跟她先生葬在一起。」

晨間八點多，夢醒時分，王哥看了一眼日曆：「五月八日，星期五。」

坐起床，默然自問：

「我是不是快死了？剛才，夢境裏竟然夢到死去多年的媽媽‧‧‧‧‧‧」

獨自一人不慌不忙地在雅房內穿衣服、盥洗之同時，邊默想：

「之前，還常夢到可可。夢裏，她燒菜給我吃，我們好像一對夫妻，好像一個家庭。但是，最近，可可常罵我後，比較少夢到她了。」「如果，可可一直對我好，死的時候，想把英國戴安娜王妃全球紀念郵票送給她。她可以把郵票賣掉，賣不少錢吧！因為可可照顧我。兒女們都有錢。」「現在，這些紀念郵票只能送給外孫女，愛美麗的女兒。」「銀幣，送給乾孫女安潔莉卡了！」

王哥想到同一屋簷下，仍在另一頭房間內呼呼大睡的可可，追憶：

「兩年多前，可可剛搬來，她搬小件行李從後門進進出出。我叫她用前門。那天，我跟可可還有當時還在Michelle中國餐廳當炒鍋的老林，三個人站著聊天。老林講房東的不是，又提到房東對房客在廚房燒菜的一些限制。聽完，可可對我說，如果她有房子，她會租給我，她讓我燒菜燒個痛快。」「那時候，蔡小姐和老林很好。從餐廳下班回來，老林會帶東西給蔡小姐吃，也分給我一點。」「那時候，早晚，老谷和老林總坐在大餐桌邊聊女人。一天，老谷說，可可漂亮！老林說，他自己想追她。」「那時，張小姐討厭蔡小姐，所以放話，老林喜歡可可，來氣蔡小姐。」

老年王哥今天一大早，想起這段過往覺得有趣。

沒多久，王哥在套房浴室衛生間小窗口，朝著正要走出門的老李打招呼：

「你出去啦？」

老李：「幸虧今天有人找我去做工！」

王哥：「今天，會安靜的啦！」

老李：「想不到，昨天晚上這麼吵！」

中午，光頭吳先生告訴王哥，光頭嫂吳太太在聖荷西租到房子，在大雜院這兒，現在僅剩他一個人住了。所以，要求房東減房租一佰塊錢，可付七佰五十塊錢。光頭提到，搬來前，住在 **Fremont**，房租五佰，包水電。王哥未問，為何搬家？吳先生確告訴王哥，搬到這裏才沒多久，就碰到室友們兩次大吵架。

晚上十點，王哥窗外，光頭開車接回光頭嫂，男女對談片刻。

二一六

五月九日，星期六。

薄暮，八點零五分左右，開始漸漸日落。

九點四十分，朱先生在廚房洗碗時，先清晰地聽到高跟鞋從後院小木屋走出來，扣！扣！扣！鞋跟著地聲。接著聽到，前院，前來接人的保鑣關上車門聲響。朱先生心知肚明：「高跟鞋女郎去房東開的酒店，上班去了！」

室友們皆曉，狹窄小木屋內，原本放置單人床，如今被房東請木工換成上下舖。它已變身為酒店小姐員工宿舍。

華燈初上。

二一七

五月十日，星期天，母親節。

七早八早，七點鐘左右，光頭夫婦起床、洗澡、唱歌如昨。不論先生還是太太都邊洗澡邊唱歌，而且手腳重，做起事來叮叮咚咚大鳴大放，如入無人之地。浴室旁，就是緊鄰王哥房間。因此，王哥被早早吵醒。至於小趙夫婦房間與吳姓夫婦房間，左右緊隔著一面牆。吳家住處正對面是浴室。換言之，小趙一家不但也是一早被人吵醒，昨天晚上也被隔壁夫婦大聲講話聲響干擾到。住在廚房餐廳邊緣的可可，更是被光頭夫妻忙做早飯吵到，無法再入睡，伙大不已，咬牙切齒。

早上十點多，加州陽光明媚，想出去曬太陽。王哥想了想，乾脆去大華買份中文報紙。出門前，看到可可，王哥問：

「妳兒子有沒有上網祝妳母親節快樂？」

可可：「有。昨天晚上就上網給我了。」

王哥：「好啊！妳這個媽媽辛苦了！」

王哥手推著四輪助行器悠悠哉哉地走在陽光下，朝向中國超市。

女店員：「王老先生，你好久沒來了！」

王哥：「早上，天氣陰涼，腰痛。不過，現在太陽出來了，母親節，我出來買報紙。」

見每個收帳櫃臺上有一桶桶新鮮康乃馨，開玩笑：

「你們賣花？一枝多少錢？」

「不是啦！是送給你們顧客的。你要拿？自己拿。」

男經理不知何時出現，插話：「你要拿幾枝，自己拿。」然後：「你今天來買報紙啊？」

王哥：「不買的話，好像不過癮！」取走報紙，付錢時，透露：「我們那房子裏住著有大陸房客，她們都是媽媽。但是，她們兒子都在大陸，頂多上網說，母親節快樂！我代替她們的孩子拿朵花，送給她們。」

男經理：「你那麼好心！那你拿吧！」

王哥拿了六枝康乃馨。之後，順便去熟食部買個大飯糰，因為吃得飽。店員一見到王哥，戲稱一句：「飯糰大王來啦！」

走進家門，近午時十二點。

張小姐問：「你手上拿那麼多花？」

王哥：「我拿那麼多花，是為了孩子在大陸上的人。替孩子送花給媽媽。妳要不要一朵？妳挑一朵嘛！大姊，母親節快樂！」

張小姐笑曰：「王大哥，你什麼事情都想得到我。」

王哥：「我都想到了。」

張小姐挑了一朵紅色康乃馨。

看到小趙，王哥：「送你太太一朵。」

小趙：「不要！不要！」

王哥：「我代替大華送給你們。」

小趙這才收下屬於母親節的鮮花。

尚未走進房間，聽到身後傳來可可現身的聲音，王哥立即轉身，再走回廚房，面對可可笑容滿掬：「我拿這麼多花，送妳一朵。妳選一朵吧！母親節快樂！我替妳孩子送妳一朵花。」

可可挑了一朵粉紅色含苞康乃馨，道聲謝。

進房間後，王哥打開 DVD 觀賞已經看了無數遍好萊塢彩色金獎名片「環遊世界八十天」。看得正起勁，張小姐敲門：

「王哥，你還是會想到我們。這瓶可樂給你喝。」

王哥收下飲料，道聲謝。

張小姐第二次敲門時，王哥正在吃飯糰。

張小姐手中拿著一盒巧克力：「王哥，你挑三顆巧克力，我請你。」

「謝謝啦！」

「不要謝。」

王哥：「康乃馨，我只是借花獻佛！」

「人，只要有這個心！」說完，張小姐轉身離去。

閒聊，當張小姐知道趙太目前沒工作賦閑在家，熱心地找出一則報紙徵人廣告給趙太參考後，離去。

低頭默唸：「徵照顧一歲半嬰兒褓姆」。再瞧一眼日期，大呼不可思議！因為，此則徵人廣告是兩年前三月刊登，即表示「小嬰孩現在都已四歲了！」趙太搖頭，默默把張小姐遞交給她的廣告隨手丟進垃圾桶。

雖然近黃昏五點半，天空依舊亮麗。三十歲出頭印尼華僑、住在樓上溫蒂開車回來。王哥問她：

「妳有上網給在印尼的母親賀節嗎？」

「有。」

「我送妳一朵花。」

「你送我一朵花，幹嘛？」

「妳將來也要做母親。」

聽著，溫蒂忍不住笑了。

晚間，可可待在自己房間悄悄打電話給房東，嘴甜喊了聲：「大哥！」後，開始告狀：「如果私下能解決、貼紙條有用，就不會打電話給你了！」然後控訴林先生每天夜深，大家要休息，他還煎魚、燉排骨湯、喝酒，令人氣憤。房東聽完，回應一句：「這要搬家。」馬上，可可再向房東告狀，有關新室友吳家夫婦惱人行逕：「大早，在廚房粗手粗腳呯呯碰碰！張小姐貼出一張告示，說，手腳請輕巧，以免打擾別人睡覺的紙條，也沒用！」接著，可可使出殺手鐧，直擊房東弱點，錢！她洩露：

「昨天晚上，星期六，他太太有回來這裏住。」這則消息價值在於，光頭昨天才打電話告訴房東，他太太因工作關係已在外地租房，夫妻不會同住大雜院內。雙方因此商議，房租減一佰塊錢，八五〇變七五〇。交易成交！

「真的？」房東訝異。

「不信？問王哥。」可可深知房東信任王哥。

果真，沒多久，可可聽見房間門大開的光頭吳先生一連串講電話聲傳開：

告狀似乎奏點效。

「有！我太太昨天晚上有來住。」以及「這是我大意。下次，我會注意！」「她昨晚是回來拿東西。她在聖荷西租好了房子。」

至於林先生，可可了解到房東早對老林經常延遲繳房租，已經十分不滿，已數度下達逐客令。

一箭雙鵰。今夜，可可如釋重負，輕鬆不少！

二二八

五月十一日，星期一。

這天，林先生休假，不用去中國餐廳做油鍋工作。

他知道，可可目前每逢星期二、星期三，兩天休假，會待在家裡休息。今天，可可不會在屋裏。張小姐、老李、趙太、光頭也上班去。朱先生上午出門做義工，下午才會回來。至於留守的兩位老先生，王哥和小趙，除非有要事或煮飯時間，大都各自閉門。林先生算準星期一上午，這個時候，偷人入室，再安全不過。

林先生偷渡一位女子回來。開啟大門聲響，未料，引起難得延遲出門上班、且正在廚房忙午餐便當可可的好奇。可可看到女子背影，是位年輕身材影像。然後，可可在廚房內仍舊聽到林先生將陌生女子引進自己房間內，隨後輕輕地帶上門的細微動作。

二二九

五月十二日，星期二。乾孫女安潔莉卡休假，但她渾然記不清和王爺爺中餐有約。王哥等無人影，電話打去問問。

「啊！爺爺，我在洗衣服，忘了！抱歉！我馬上過去你那兒。」

直到下午兩點，安潔莉卡終於出現。

爺孫倆，王哥原想請吃中國菜，由於時間太遲，中餐營業時間已過，餐廳午休。王哥只好請吃肯德基炸雞五元特價餐，老人提醒小丫頭：

「下次，早點來，我們就可以吃中國菜。」

同時，王哥對安潔莉卡坦言：「我們這裡的人說，妳一來，我就很高興。」

王哥心知，默認：「這就是親情！金髮碧眼安潔莉卡是我從小帶大的。」至於「親生小女兒愛美麗和我，反而沒這麼親！因為她從小，是她媽媽和我媽媽帶大的。那時候，我遠在高雄上班，遠在聖荷西上班。」

吃完炸雞餐，老少倆先去銀行，再去買菜。

汽車進行間，十分自豪開車技術且從未吃過罰單的王哥問：

「妳有吃過罰單嗎？」

安潔莉卡：「沒有。」

「很好！」

「你是位好老師。」

王哥欣慰地笑了笑，且點了點頭。老人自認開過計程車、駕駛過台灣公路局金馬號巴士以謀生，開車技術自不在話下。安潔莉卡，從小，王哥開車載她出去，小丫頭坐在一旁，身教示範。老爺爺又對安潔莉卡坦白：「我只敢坐妳開的車。我不敢坐兒子馬克他那位同性戀開的車，橫衝直撞！」還有，「以前，我開車載妳。現在，我老了，只剩下一隻眼，換成妳開車載我！」

一二〇

五月十四日，星期四，以及第二天，星期五。不論是星期四上午，還是星期五下午，吳太太光頭嫂不但留在房間裏播放鄧麗君的歌曲，還一度跑到大門口院子裏開口唱鄧氏歌曲「甜蜜蜜」。聽到歌聲，王哥鑽出房間，也來到前面院子，對吳太太笑曰：

「妳喜歡唱鄧麗君的歌？妳唱得不錯啊！」「我也有鄧麗君的唱片，還有她早期在台灣舉辦演唱會的錄影帶。演唱會，由田文仲主持的。」

二三二

五月十六日，星期六。

王哥：「小趙，我去大華買報紙。」

吳太太：「等一下，我跟你去。」說完，趕緊化妝一下。

去大華途中，從人行道跨到大馬路上，吳太太扶王哥一 把，且叮嚀：「小心！」此舉，王哥甚感窩心，認為她對老人還算尊敬。

王哥：「我們這裏是美國式人民公社。」

如此詮釋，讓吳太太笑出聲來。

王哥接下來：「我住在這裏，因為離我女兒辦公室近。買菜、看醫生都近。」王哥又聊到，老大兒子馬克，屬狗，四十六歲。大女兒麗莎，屬老鼠，四十四歲。小女兒愛美麗，屬虎，四十二歲。護照上，自己屬兔，七十七歲，「實際年齡，七十九。快八十嘍！」

吳太太說，他們夫婦以前住在 Fremont 城，月租五百。她今年四十歲，先生比她大十歲。但沒提到小孩。

王哥說，母親節那天，送康乃馨給公社內媽媽們。

「妳不在。所以沒送妳。」

吳太太：「沒關係！」「王老先生，你是好人！」

到了超市，吳太太跑去買臉盆，王哥則買份報紙。兩人順道東瞧西逛，來到熟食燒鴨部。王哥朝向正揮刀剁鴨肉的師傅揮手，打聲招呼：「嗨！」

師父：「她是你女朋友？」

同樣問題，兩人前往櫃台結帳時，收銀員小姐：

「她是你女朋友？她好漂亮！」

王哥急忙澄清：「不是！她是鄰居的太太。」

回程路上，吳太太問：「店員他們跟你很熟？」

王哥：「老顧客了。來這兒買東西都快兩年半！」

準備走過紅綠燈行人專用道時，吳太太扶王哥一把。

吳太太：「聖荷西的房子已退租。現在，在這裏住一住。我買了機票，要回中國。」「早先，我告訴先生，怎會找到這個地方！人多，衝突也多！」驟然，好奇地問王哥：「我來了那麼久，都看到你把門給關上。」

王哥：「可可在。我到廚房去，她會哇哇叫。等她走，上班或出門，我才開門出去。秀才遇到兵，有理說不清。我住在這裏，為什麼不能去廚房？算了！好男不與女鬥。我老了！鬥了，晚上睡不著覺，幹嘛？」

夜晚，王哥房間臨巷道窗外，吳家夫婦在樹下商量事情兩個半小時。光頭穿著套頭長袖棉衣坐在花壇矮木柵上，光頭嫂則走來走去，雙方大聲對話、鬥嘴，聲聲傳入王哥房間，吵得人無法入睡。雖然聽到講話聲不斷，但王哥聽不清楚內容。男女最後走進屋內，先後鑽進浴室洗澡，男女前後又都引頸唱歌，這更使王哥無法安眠。受到干擾的王哥只好被迫一直觀看 DVD 韓劇，時鐘指向十一點半。

快子夜十二時，朱先生看完 PBS 公共電視連接播放好萊塢兩部影片：「金玉盟 An Affair to Remember」和「畢業生 The Graduate」，拿著盥洗盆朝向浴室去洗澡。浴室門關閉，但無聲。朱先生敲敲門，無人應。打開門，一看，沒人使用。這肯定是浴室對門吳家所為。過去一年多，沒發生過。朱先生微皺眉頭：「上次，不是告訴過光頭？廁所用畢，敞開門，方便其他人急著上大號、小號、洗澡什麼的。」朱先生敲光頭的門，起先，沒回應。再敲幾下，傳出屋內光頭問了聲，何人？何事？

朱先生：「你們下次用完廁所，把門開著。剛才浴室門關著，我認為你們在裏邊。」「好了！沒事了。」

王哥聽到聲音，開門探頭，對朱先生提供方便：

「你要上廁所？到我房間用。」

「沒事。我是要洗澡。剛才門一直關著，我還以為裏頭有人。」站立走廊回答王哥，故意微提聲調，好讓光頭夫婦聽到。

「光頭夫婦怎麼講不聽？奇怪！」朱先生深鎖眉頭，不以為然。

二三

五月十七日，星期日。

早上九點多起床後，王哥彎腰拿起房間內小垃圾桶，準備走向戶外大型環保桶那兒倒垃圾。被張小姐喊住：

「老王，紅豆餅給你吃。」

不能開冰箱的滋味！看他好不好拿？」

我也坐在他的冰箱門口。讓他嚐嚐人家要拿冰箱裏的東西，他竟然坐在人家冰箱門口，害人

偶然，林先生也走到廚房弄早餐。見狀，張小姐趁機對王哥故意大聲地示威曰：「王哥，

「謝啦！」

王哥聽後，想笑：

「張小姐真像個小孩一樣！你不給我糖吃，我也不給你糖吃！」

林先生靜默從微波爐拿出熱好食物後，回房去。

王哥倒完垃圾，也鑽進房間，門半敞著。忽然間，聽到兩個女人互不相讓對罵。傳來可

可飆罵光頭嫂吳太太：

「他媽的！跟你們講了幾遍，你們都不聽。」

可可激動地數落吳家夫妻開起或關上廚櫃聲響太重、在浴室洗手檯洗男女沾尿的內褲、

講話走路聲音太重，在在擾人心扉。

吳太太轉身找張小姐仲裁，亦提高音量：「妳在，我講給妳聽。」「我們知道會吵到

她……」尚未講完，可可：「我跟妳先生講過了。」

吳太太：「我先生可能太用力一點啊！」

可可：「他故意的！」

洗內衣褲部分，吳太太：「我臉盆也買了。不在浴室洗衣服，以後拿到後院水槽去洗。」

張小姐扮和事佬：「大家住在一起，不要吵架。可可已被老林氣死了！被他每天煎魚味

道薰得受不了。」「好了，小事！妳跟妳先生下次關廚櫃的時候，輕一點！」

王哥也加入勸架：「可可也為了老林天天炒菜給煩到！」

吳太太：「我先生也在找房子。」意指，他們要搬家。

可可聽吳太太在人前講話漂亮，人後作為卻是另一回事，以致怒火難消，繼續罵。吳太太回房。王哥走出大門，來到前院透透氣。

可可十點多，開車上班去。

老李在家，燒開水時，不甘寂寞老人王哥前來一旁，好製造任何講話機會。兩個男人隨意交談。此刻，打從搬進來第一天就和可可不對盤的老李，趁機消遣一番：「她這種女人，連〝他媽的〞難聽的話，都說出口！」

正午，光頭嫂吳太太進入浴室，面對鏡子化妝之際，小趙拿著托把要進浴室托地，打掃衛生。

吳太太禮讓：「你先擦地，我等一下化妝。」

小趙：「妳已經很漂亮了！不用化妝。」說完，離去，把空間讓給女人。聽到有人對話，王哥開門，出現浴室門前。當著吳太太面前，老人伸出右食指輕按嘴唇中央，並小聲發出「噓----」後，說：

「好了！好了！今天吵架，不要跟妳先生講。否則，他回來，再吵，我們大家又睡不著覺了！」「妳讓可可，她吃辣椒。」

吳太太：「我先生也吃辣椒，脾氣也不好。」「我們開始找房子了。」

王哥：「唉！現在大家忍耐一下嘛！妳跟妳先生動作輕一點。」繼續：「我們這裏，像部隊一樣。妳先生沒當過兵，沒聽過。我們台灣男人當兵，都曉得老兵欺負新兵這句話。像我剛搬來，張小姐常找我麻煩。」

吳太太安慰地笑而不語，同一時間，傳來戶外汽車喇叭鳴聲，大驚曰：「啊！我朋友來接我出去吃飯。」

王哥慈祥話：「出去快樂一下吧！不要再想了！」

吃完中飯，朋友開輛賓士汽車送吳太太回來時，王哥正在前院曬太陽。

黃昏，光頭開著黑亮休旅車回來。想必老婆先前打過手機向老公訴苦，所以光頭一停好車，下車，立即向人在前院閒晃的王哥抱怨。王哥不急不徐地開口：「好了！好了！太太給你煮了好吃的菜，給你補一補。你有太太，我還沒有太太。我生氣的話，還沒人煮東西給我吃呢！」

二三三

五月十八日，星期一。

今晨，光頭在廚房煮早餐，手腳明顯放輕些，不那麼吵！

王哥去冰箱拿麵包時，可可向他抱怨，難忘之前吳姓夫妻動作如何粗魯，擾人睡眠和清淨。王哥順著話，怨聲：「我更慘！他們洗澡，兩個人都愛唱歌。先生又愛抽煙，去浴室咳痰的聲音也很大。關廁所門，〝砰！〞大聲。他們的汽車，早晚都是用遙控器來開車門、關車門，每次〝叭！叭！〞響兩聲。有時候，忘了東西，再跑回車內拿，又是叭叭兩聲。」

黃昏，朱先生煮飯。王哥繞著身邊找話講，朱先生有一搭沒一搭地敷衍。

小趙打掃衛生，一看垃圾塞滿，需要換新一只大的垃圾塑膠袋，於是向王哥索取。

王哥一改先前平和語調，加重語氣拒絕後，說明理由：

「房東說，一個禮拜只准用一個垃圾袋。」

小趙輕聲解釋，樓下租戶有十個人，垃圾一下就滿出，一個袋子，哪夠用？朱先生看不下去，挺身而出：

「我上次聽到可可告訴小趙，要常換新垃圾袋，否則，腐臭的味道會散開來，又容易生蟲。而且，垃圾桶離她房間近。」祭出可可，朱先生心知，王哥喜歡可可。

誰知道，王哥雖然因為朱先生祭出可可，語調明顯改為清緩、低聲，但語出驚人：「如果不滿意，就像房東對袁小姐說的，住得不滿意，可以搬家。」

提到五十六歲的袁小姐，霎時，朱先生無名火冒起。加上臆測，王哥是否一語雙關，那句話也講給朱先生聽，故朱先生大聲回嗆：

「你叫可可搬家啊！」

王哥亦變臉揚聲：「我沒講，要她搬家！」

「有！你剛才自己講的。我只是順著你的話講。」

雙方互不相讓，你來我往，全繞著叫可可搬出去與否，這個話題上打轉。

王哥臉紅脖子粗拋出一句：「你護著可可！」又說：「我不跟你吵了！」說完，氣乎乎走向戶外，不滿地喃喃自語。

朱先生忍住，不動聲色，站在爐頭前顧著那鍋還在燉燒的地瓜雞湯。不過，私底下，靜觀王哥動靜。

沒幾秒鐘，王哥又自言自語地從前院走進屋裏，朝向自己房間去。又沒幾秒鐘光景，王哥這時右手拿著一大捆全新塑膠垃圾袋再走進廚房，問小趙：「你說要三個袋子，你抽出來，拿去用吧！這捆，留在我身邊，房東不知道。」

見情形，朱先生笑著對王哥，故意再問：「房東不知道？」

「不知道！」

朱先生：「你不要告訴他。就好像你存有私房錢五、六百塊錢，沒有告訴愛美麗一樣。急用的！」

王哥抽出三個袋子給小趙時，朱先生向小趙使個眼色。

朱先生卸下心防，對王哥說：「你說變臉就變臉，你演川劇啊？」以打破僵局。小趙離去。廚房內，只剩下王哥、朱先生二人。

一直以房東大管家自樂的王哥向朱先生炫耀曰：

「房東說，我會幫他省錢！」

朱先生當下更明白些，為什麼房東把屋內所有事情交給王哥管，像是燈泡、垃圾袋等等，那是因為，王哥對房東而言，不但可透過老人家探曉房客現狀、藉他巧手修修補補、而且透過他，來檢查其他室友浪費水電情況，並幫忙代為關燈、關水等事。另一方面，朱先生也想通了，這就是為何房東每個月數回，不辭辛勞地大老遠從家裡開車來，為了載王哥去救世軍拿菜、吃午餐的原因。

二二四

五月十九日，星期二。

北加州聖馬刁縣，海岸線上，半月灣，一頭灰鯨於晨間八點三十分左右，被人發現遭擱淺在 Francis 海灘且身亡。

房東中午十二點多，開車載王哥去救世軍吃「長者午餐會」，遲到。人家已經吃完生菜沙拉，餐盤也被工作人員收走了。遲到兩人先交出號碼牌給門口服務生，再找位子坐下。熱咖啡、麵餅夾青豆肉末醬汁，匆忙飽餐一頓。

用膳完畢，於入口處領取救世軍分送的兩盆黃花盆景後，走向停車場。

王哥站在汽車旁等候房東來開啟車門、發動引擎好上路。

當房東出現停車場時，剛好一位中國老先生也準備開車回家。

那位老先生笑著對王哥羨慕語氣：

「你好有福氣！你兒子開車來陪你吃老人餐。」

「不是！他是我朋友。喂，我快八十，他也快六十八了！」

「哇！他這麼年輕！看起來六十歲還不到。長得好年輕！」

房東聽了，笑呵呵。

王哥隨後對房東戲曰：「人家看到你，好年輕！要幫你介紹女朋友。」馬上補上一句：「喂，講笑話啊！」

原本要載王哥去車行見識一下美國電動車，**Tesla**。不巧，車行這一天公休。周末，商人反而不休息，期待逛街人潮上門。

兩人只好折返雲雀巷，順道將兩株黃花種在前院。

二三五

五月二十日，星期三。

林先生休假一天。下午，他向小趙借槌子。原來，他要用長螺絲釘，準備把印有玫瑰花七彩圖案舊床單釘牢在房間木門上端，充當門簾。

由於床單太大，折半使用。因此，兩根長釘被釘在頭頂的橫木上左右兩端，為四摺布面。床單垂下底部，為兩摺布面。如此摺疊釘法，寬大床單才擺得上木門充當門簾。

一切妥當，站立一旁協助的小趙，脫口而出：「好像新娘房！」

三點十分，光頭嫂一個人在廚房四顧而呼曰：

「我做了煎餅，大家來吃吧！」

安靜一會兒，無反應。她再度拉高嗓門：

「我做了煎餅，大家來吃吧！」

聞香，王哥搖擺步伐晃出來，瞧個究竟：「謝啦！我去拿盤子，拿碗。」

小趙也拿了一塊餅去嚐。

五點半，天陰無雨。可可靜悄無語地把朱先生拉到後院，四下無人，才皺眉頭開尊口：

「不知道該怎麼說！」默然不應，良久曰：「光頭嫂把月經私物放在浴室垃圾桶。血，滴滴答答！」

黃昏，老李下班回來，驚見林先生房門前垂掛玫瑰花門簾：「遮羞布啊？」

一二六

五月二十一日，星期四。

早晨，一頭灰鯨巨大屍體被托往加州外海。

早上九點多，王哥和小趙各自待在房間內，林先生剛起床，朱先生正要出門，光頭坐在外頭花壇邊，光頭嫂敞著自己房門，這些人都聽到浴室重重摔門巨響兩聲，傳達憤怒。是誰？大夥似乎猜得出。

沒錯，原來，當可可看到光頭嫂把沾血的月經棉布丟進垃圾桶，搞得血跡斑斑，看得叫人吃驚。可可氣到使勁關起門，砰！巨響。小完便，故意再將木門全開，然後使勁地手推門把，狠狠撞向牆壁，製造另一聲巨響。

十點多，光頭夫婦一起出門，開車遠離。

小趙用托把抹了廚房的地，接著前往浴室準備再托地時，可可奔至抽水馬桶旁，指著小垃圾桶，大聲吆喝位於廁所隔壁的鄰居：

「王哥！你也過來看！」

兩位老男人靜聽可可大聲斥責：

「小趙，你看！你男人，不好意思。」

王哥開口，指稱光頭嫂「她的確應該用不透明塑膠袋，或者是報紙，把月經處理物包起來，再放進垃圾桶。」

罵完，可可上班去。

晚間九點四十七分，王哥接到房東打來的手機：「老林在不在？」

王哥：「還沒回來！」

房東火氣好大，口氣不好聽：「找他找不到！他回來，叫他打電話給我。」受人之託，王哥等到十點一刻鐘，才聽到大門外林先生上鎖單車的聲音，以及他進屋後打開房間門聲響。「總算把林先生盼回來！」老人心想。

走廊上喊住林先生，王哥出聲：

「喂！林先生，老闆找你。他叫你打電話給他。」

林先生：「哦！我會打給他。」

辦完房東交待事項，王哥什麼也不想，什麼也不問，轉頭回房，這才安心地準備睡覺去！

二三七

五月二十二日，星期五。

黃昏，趙太在前院勤做甩手運動。王哥推門，也跨進前院，癟著嘴，喃喃對趙太自白：「老李現在也嫌我煩他！」「我剛才出來到冰箱那裏拿東西，老李說我，怎麼一直出來拿東西？煩人！」受委屈般語氣：「我為什麼不能去冰箱拿東西？」

二三八

五月二十三日，星期六。

早上，可可和張小姐湊巧在同一時間為自己泡一杯熱騰騰咖啡。

可可：「死老頭，竟然告訴光頭夫婦，說，房東要他們留住下來，別搬走。老頭勸他們要忍耐。」

才提到王哥，王哥悄然出現眼前。這讓可可略帶難為情，因為背後說人壞話，那個人都聽到了。另一方面，暗想：「老頭子現在都輕手輕腳，這樣才能偷聽別人說話。他不像以往大步走路，人沒到，沉重腳步聲先到！」

張小姐不顧王哥現身，大嗓門回應光頭夫婦被房東慰留一事，有感而發：

雖是話題中心，祖籍上海人王哥裝做沒事，神態自若跟身旁兩位女人隨意講些其他閒事，好像與自己無關。

「那我們算什麼？」

根據多年交往經驗，身為四川人，可可觀察到上海人和東北人，真不一樣。「東北人，不論男女，好的時候，為你兩肋插刀，再所不惜！不好的時候，立馬變仇人。」「上海人，對你不好不壞，但是彼此關係，一直維持下去。」就拿老李來講吧，打從搬來，冷漠對待可可，而可可也沒給他好臉色。雙方，小動作不斷，但是，不會明目張膽撕破臉。

二三九

五月二十四日，星期日。

黃昏，朱先生和老李各據廚房一角忙著晚飯。老李用粘板切西洋芹。

王哥聽到朱先生講話聲，拿份當天報紙出來，逕自像唱單簧似地敘述世界時事消息。而這份報，是不久前老李買回來且看完的。王哥一邊說，一邊手持那份日報走到大餐桌旁，坐下。

老李：「你怎麼出來了？」

王哥：「出來透透氣，運動一下。」

老李：「你先出去運動。再看報紙。」

王哥沒對這個建議回應。馬上起身，刻意轉變話題，巧妙轉移焦點：「乾絲炒芹菜。不錯！我要跟你學。」王哥用上海話贊美老李所煮的道地家鄉菜。

老李：「你不是上海人！」「你這麼老，不用學做這道菜了！」

大致上保持沈默，朱先生讓他們講上海話的人去對話。

講到食物時，老李繼續對王哥譏曰：

「你那麼老，又不動，吃不了多少。不用吃太多。」

王哥不疾不徐地軟綿反駁：

「我每天去買報紙，就是運動啊！大夫告訴我，要多吃，還要營養夠。」

朱先生終於提問王哥，用過晚飯否？吃了啥東西？

王哥回答，吃過了。用電鍋蒸紹興白菜、肉末等。

老李：「你吃的比我好。你有錢。」

王哥：「你才有錢！我每個月政府補助八佰多塊錢，房租八佰，只剩下一點。你錢才多！」

老李：「我哪有錢？你看，我吃芹菜炒干絲而已。」

朱先生切入，再問王哥：「你小女兒不是這一、兩天要載你去買菜？」

老李：「對啊！對啊！你還有女兒幫你買菜。」

王哥瞪大眼睛看著朱先生，急忙否認：

「哪有？她沒有說要載我去買菜。」

朱先生：「有啦！你上次不是跟我說，她二十五號，明天，長周末，要開車載你去買菜？」

王哥：「你搞錯了！她是說，要幫我買 DVD！」

朱先生：「她明天要來嘍？」

王哥：「兩個禮拜前，看新聞，蘋果的股票漲價。她在蘋果上班，員工應該持有幾張股票。電話上，我叫她在陣亡將士紀念日當天，大減價，給我買這買那，她都不講話。我就說，如果你不買 DVD 播放機給我，我叫乾孫女安潔莉卡載我去買。把妹夫給我一佰塊錢聖誕節禮金，用掉。」

老李將炒好的干絲芹菜盛在圓盤上，然後，捧回房裏吃。

此刻，朱先生感受到老李已經受不了王哥黏人又煩人。不像以前，老李做完菜，偶而會吩咐王哥回房，拿出碗盤，裝些熟食去嚐嚐。

朱先生默想：「蜜月期已過！」

二三〇

五月二十五日，星期一，美國聯邦假期「陣亡將士紀念日」，國殤日長周末。一早九點，趙太被雇主接走，開始幫傭的工作。雇主每星期六晚上送趙太回胡同，星期日晚上再來接人。「這位雇主，就是上次我做了兩天，辭退我，雇了比我年輕的。後來，那位年輕的也辭職，不幹了。」一經說明，原來是那家「不准趙太上桌吃飯，吃飯得回到傭人房用餐。天天還要洗衣、燙衣！」

沒多久，王哥出現，不用上班的張小姐看到餐桌，嘮叨日前：「我拜託老林移開座椅，好讓我拿冰箱裏面的東西，他竟然翻臉。」然後問王哥：「房東受不了我和老林為了餐桌擋住冰箱，不方便，吵來吵去。昨天，他不是送來一個小方桌，當下，就把大桌搬到後院去。怎麼大桌又換回來了？」

王哥：「老林把小桌搬到後院，搬回大桌。」

張小姐：「大木桌這麼重，他不可能搬得動！誰一起幫忙搬的？」

「小趙。小趙幫他搬的。」

張小姐自語：「到後院看看，小桌放在哪裏？」

王哥跟隨，兩人一起瞧了瞧戶外現況。

張小姐：「這張小桌子不錯嗎！大小合適，像個麻將桌。不大，不佔空間。就不會吵了！」

王哥笑稱：「四個人，可以湊一桌麻將，打打麻將。」

兩人進屋後，張小姐繼續留在廚房清理攤在大木桌上的雜物，而王哥回房去。不一會兒，小趙來到廚房。張小姐想確認，但以平靜口氣問他，何人又將笨重大餐桌搬回屋內？

小趙：「我不知道。我什麼都不知道。」

張小姐：「老王說，你幫老林搬進來的。」「木頭餐桌又大，又重，一個人搬不動。」

小趙平靜地否認。避免淌進渾水，他悄然離去。

真相，只有目前不在現場當事人林先生才知道。笨重大餐桌，確實是林先生一個人搬出去的。日前，當他跟光頭閒聊，得知光頭是搬家公司搬運工時，林先生略感親切，因為從前他也曾做過搬家公司搬運工。兩男同意，這份工作講求技巧，光有蠻力，是做不來的！

小趙離去後不久，光頭夫婦也出來張羅早餐。

張小姐向新房客告林先生的狀，語調越來越氣：「自私！我看，最好把大餐桌搬走！空間空下來！免得看到他臭臉、臭嘴、死德性。他滾到房間去吃飯。」「一天到晚，坐在這兒喝酒、吃飯、煎臭魚。」「不尊重別人，別人怎麼會尊重他？」

可可正在一旁下麵條，接話：「罵得好！」

光頭夫妻回房了。

張小姐停不下來對可可埋怨林先生諸般不是，興頭上，順道怪罪小趙幫忙林先生搬東西，拉開嗓門：

「剛才問小趙，他還不承認，推說，什麼都不知情。現在，連他一起罵！」幾分鐘後，小趙拉王哥出來對質，證明自己，確實沒有扯入林先生搬桌事件，而是王哥隨意指認，錯怪人了。小趙為了捍衛清白，不惜打破好好先生形象，拉高聲調，極力否認加諸於身上不實指控。

王哥自認理虧，但不認錯、不道歉，僅打圓場發言，改稱：

「我和小趙都在睡覺。」來淡化尷尬局面。

小趙顯然被惹毛，理直氣壯地當著張小姐的面說分明，證明自己無辜，極力擺脫旁人加諸於身莫需有的誣衊。

王哥：「好啦！你不要再講了！」

張小姐對這件由王哥誤導所產生的意外插曲，只想快速熄火。因為，此時此刻主要目標是林先生，避免節外生枝，張小姐立即對小趙重複兩次，歉曰：「好了！我抱歉！」才平熄一場風波。

林先生騎腳踏車去西點麵包店買完早餐回來了。

才踏進門，張小姐罵得更火爆。

提到院中小桌子，張小姐似乎藉題咆哮：

「你拿到外面，也就算了，但是，為什麼不加蓋？刮風下雨，怎麼辦？不尊重別人財產！我對你財產也這樣，看你如何？自私！缺德！」

林先生挨罵一陣後，氣憤難消地回嘴：

「妳放屁！」「我不跟你吵。」「都是瘋子！」再加上一句：「房東一直要趕妳走！」說完，生氣地回到自己房間。

說也奇怪，張小姐聽到方才最後那句話，停頓片刻。當她再開口指責林先生時，明顯地，火力放緩些。

快十點半，林先生打開房間門，走向前院，跨上單車，直接去餐廳上班。早餐也免了：「因為心情差！」

平常，午間三點半，林先生會騎單車回來，進房休息半個鐘頭後，才再奔回餐廳繼續工作。今天，他反常，未歸。

午間四點二十分，王哥出來洗米，煮電鍋飯。按下煮飯電鍋開關，啟動後，走到前院透氣。沒幾分鐘，又進屋，對朱先生驚傳曰：

「蜂鳥在前面那棵樹上築巢！」

朱先生不敢置信！接著，恍悟：

「怪不得，最近常常看到蜂鳥在我們這兒，飛呀飛的！但是從來沒想到牠們會在我們的門口築巢！」

難得整天沒出門的張小姐跟王哥提到：

「你的鳥，就沒有再飛回來了？」

可能意識到身旁兩位男士一時之間，好像尚未進入狀況，故朝向王哥說明：「趙太說，你住院前，凌晨三、四點，小鳥天天在窗外吱吱喳喳叫。你住院後，小鳥飛走了。現在，你出院回來了，你的鳥，沒回來？」

等不及，朱先生插句：「你現在帶我去看鳥巢。」

王哥：「好！走！我帶你去看。」此刻，王哥沒有理會張小姐的提問。

果然，枝幹上，袖珍鳥巢如半個雞蛋大小。朱先生踮腳瞧，發現有毛絨東西在呼吸：「啊！有剛孵出來的小鳥。」

新生幼鳥昂首，尖尖鳥嘴朝天且伸出鳥巢之外，仰天仰得理直氣壯。

王哥：「老李發現蜂鳥築的巢，後來，吳先生發現鳥巢裏面有鳥蛋。現在蛋已經孵化出小鳥來！」

朱先生呼喚張小姐出來欣賞。

三人被眼前景像燃起疼惜之情，均表達千萬別打擾可愛鄰居。

王哥：「以前，沒有蜂鳥飛來過。鳥來，也是最近一個月發生的事！可能母鳥懷孕要築巢，看上我們這裡葉子多，擋住，人不容易發現到。而且，看上我們前面院子裡有花吧！」

天氣太冷、太熱，都會威脅到新生蜂鳥脆弱生命。野外，母鳥會擔心黃蜂叮死幼鳥之外，而空中樫鳥、鷹，以及秧雞、美國小型袋鼠都會啄食蜂鳥的小毛娃。這次，對母鳥而言，似乎大雜院門口樹枝上，不失為育嬰室首選。

這夜是多麼的幽靜，沒有星星。

十一點多，夜空，連月亮也隱逝。

烏雲蔽天。

二三二

五月二十六日，星期二。

早上，王哥把房門大開。天陰，因此打消出門購買報紙念頭。播放鄧麗君台北演唱會 **DVD**，悠揚歌聲重現，王哥陶醉其中。

十點左右，光頭嫂拎著臉盆前往後院又深又寬白色水槽那兒，用手搓洗男女內衣和兩件襯衫。洗完，把衣物晾在曬衣架上，返屋。

「妳沒出去？」王哥看見斜對門出入女房客。

光頭嫂應對：「下午，要去學開汽車。」

自稱四十歲女子走回房間一會兒後，再出現王哥眼前。手中拿著 **iPad** 平板電腦，笑容可掬：「我借你廁所裡面的小窗口，來拍院子裏的小鳥。」

王哥：「好啊！隨便。我的小套房，誰喜歡進來，就進來。只要不嫌我這個老頭子。不嫌我房間髒亂。」

光頭嫂穿過王哥置有睡床的單人房間，一個左轉，轉進王哥私人小衛浴間。站立，兩眼望向衛浴間小窗口外，盯著枝葉深處蜂鳥巢窩。同時，雙耳聽到王哥另一頭 DVD 所播放鄧麗君生前年輕時演唱歌聲。

王哥體貼地探問：「妳要出來看鄧麗君演唱會嗎？看看，然後，再進去等鳥。」然而，光頭嫂未有任何回響。

母鳥聽到大雜院男女房客走進或走出大門腳步聲、講話聲、鐵門關閉聲，都會被驚嚇到，飛走。

光頭嫂：「怎麼鳥沒來？」

聽到房間手機聲響，是朋友打來電話，她奔回自己房間去接聽。講完電話，再回到王哥浴室小間痴痴等候母鳥餵小鳥溫馨畫面。無果，於是暫時離開，走進廚房燒點菜果腹，算作午餐。稍後，再去等鳥。大半個下午，沒啥動靜。她再跑去廚房燒菜，準備給即將下班回家的先生吃。煮好飯菜，再去等鳥，依舊拍不到任何鏡頭。

久未等到母鳥餵幼鳥珍貴鏡頭，光頭嫂無奈：「我跟我先生講過，我這會兒要去學開車。等一下，我先生如果早回來，幫我把鑰匙交給他。房門鑰匙寄放在你這兒。」

留下鑰匙，女人走了。

一三三一

五月二十七日，星期三。

光頭今兒個不上班。夫婦倆於早上九點多結伴出遊。

臨行前，光頭嫂穿著長靴叩叩地清脆聲響，迴盪在走廊、廚房，尤其吵到仍在睡眠中可可。午間五時，男女回來。王哥這時，已經吃完晚飯。

一進屋，沒多久，光頭倒床，小眠一會兒。光頭嫂則拿著平板電腦 **iPad** 到戶外前院停車棚下，靜待母鳥歸巢。這回，捨棄王哥浴室小窗口那個位置角度，乃考量到鳥巢會被窗口綠葉略微擋住，以致拍攝畫面效果未盡理想。

耐心地期盼、等待，天色逐漸轉灰白，然而能見度仍甚佳，七點多。

老李下工，返回人民公社。洗完澡，來到室外抽根煙後，返屋煮飯吃。

母蜂鳥終於飛回鳥巢！

距鳥巢一步之遙，近距離，光頭嫂興奮但安靜地連續拍攝大蜂鳥餵食新生幼鳥，這無比珍貴鏡頭。瞧，大鳥用尖尖細長鳥嘴，將食物送進幼鳥張大口的鳥嘴。攝影一直到太陽西沉，仍未鬆手。

王哥看電視節目告一段落，休息，跨進前院。

王哥對光頭嫂打個招呼：「妳還在拍啊？」

天黑，她才滿足地關機。

王哥：「還沒有生蛋的時候，公鳥母鳥來來回回，忙著從外面銜東西飛回到這棵樹上，做窩。」

光頭嫂好奇：「你怎麼知道公鳥和母鳥？說不定，是同一隻鳥？」

王哥：「母鳥小一點。公鳥大一點。」

女子半信半疑，但寧願相信。

王哥繼續：「有次，公鳥飛回來，看了一眼築好的鳥窩，就飛走了！以後，就再也沒有見到牠。」「老李發現鳥窩裏有蛋。」「下蛋、孵小鳥、生活照顧，這些全是母鳥的事。好像人！」「現在，母鳥飛來飛去，忙著找食物回來，餵小鳥。」「小鳥，毛都有了！嘴巴細細尖尖的。」

二三三

五月二十八日，星期四。

一過八點鐘，夕陽漸沉。

朱先生吃完晚飯。洗碗時，王哥來到水槽邊找他談天。

老人沒頭沒腦冒出幾句：「可可現在睡不好，又工作忙，比以前老了！」「睡不好，因為最近煩惱光頭夫婦跟老林，嫌他們吵、半夜煎臭魚的怪味。」「她以前剛搬來的時候，很漂亮！」

朱先生不予置評，免得被老頭剪裁，再四處傳話。朱先生一直避免被老頭利用。光聽。

洗完碗，朱先生外出透氣散步。

即使日落，餘暉，大地照樣清晰。

同時，舉頭，三分之二盈盈月亮高掛天空。

遼闊民宅社區，左轉，右彎，來到孔雀巷，漫步長巷中，直到遇見迎面一條橫路，Lorne巷，才左轉，繼續散步。不知不覺，夜幕輕鋪大地！來到T字路口，即左邊岔出Redwing紅翼鶇巷道，朱先生沒有左轉，繼續留在Lorne巷中，悠閒往前漫步下去。從此界線，雖然依舊鮮有人車往來，然而，空中一隻大烏鴉突然聒躁狂鳴起來。牠採近距離方式繞圈於朱先生四周、又盤旋頭頂上後，飛向朱先生右側更遠更高天際，遙遠距離。猛回頭，這次，牠採俯衝之姿，奔返朱先生左邊近處大聲呱叫，繞行以朱先生為軸心一圈後，再閉口無聲地衝上右側天空至高處。轉身，遠在天邊同一隻大黑鳥第二次採用狂叫俯衝架勢，邊狂鳴，邊繞著行進中的朱先生一圈哇哇叫不停後，再無鳴地衝上右側雲霄。

起初，不以為意！因為行人心想，夜鳥這種捉弄人把戲也好，雕蟲小技也罷，頂多三、兩次。由於夜鳥一再威嚇夜行人，逼人變得瞻前顧後起來，還得不時地抬頭觀察空中猛禽動靜：

「沒錯！地面上，巷道裏，我是唯一流動目標。顯然，狂鳥衝著我而來。」於是，朱先生難得的豪氣被激起：「吾非沒事找事之徒，更非等閒之輩。既然，麻煩找上了門，事到臨頭，我等豈是怕事之徒？那麼，我就奉陪到底！」

從此，朱先生不但開始計算這隻莫名其妙、無可理喻的烏鴉，到底要來回裝腔作勢幾回？張狂到幾時？而且，每當鳥叫飛近時，行人立刻抬頭，邊走路，邊望天逼視狂鳥，朱先生的頭部、眼光同步隨著烏鴉飛翔路徑 360 度移動，監控、對恃，直至祂暫時靜默飛離，方告一段落。

縱走長長 Lorne 巷道，介於橫向的紅翼鶇巷及橫向的燕子巷之間，來回一趟，那隻昏鴉不厭其煩地盤旋朱先生頭頂恐嚇動作，總計二十二次之多。其間，實不相瞞，來自空中威脅次數一多，令人想起希區考克電影「鳥」部份情節，而毛骨悚然，油生對瘋鳥的鄙視。未料，祂引來另一隻同類大鳥，亦有樣學樣，裝腔作勢嚇唬人。

「新加入的第二隻烏鴉，是路過的同伴？還是被招引來的異性，為了取悅對方而加入整人行列？」

仰望遠處新面孔烏鴉，牠起先呱呱吼叫數聲，飛近朱先生，但似乎不以朱先生為目標做俯衝之姿，姿態較溫和，然後飛離。直至朱先生走到紅翼鶇巷口時，看似暫且待在電線桿頂部觀望的陌生鳥，卻突然呱叫俯衝、全力朝向朱先生。沒有盤旋朱先生頭頂上，當人鳥挨進時，飛鳥急速折返，消失夜空。

「不信邪！」「我偏要再走一趟方才那人鳥之間熱鬧非凡的來時路。大鳥不嫌累嗎？」然後，「哼！」了一聲。

朱先生重踏那段挑戰味十足的巷道，同時還內心不解？原先那隻烏鴉到底憤怒什麼來著？誰惹了牠？有理說不清的傢伙！憤怒鳥，又是那隻，仍倔強地不減火力與毅力，故技重施。這次，當朱先生舉頭，360 度慢慢轉身，視線緊盯瘋鳥一舉一動，且心算來回次數：「一，二，三，四，五，六，七，八，九，十」時，碰巧，有戶民宅男主人從車庫裏推出環保塑膠垃圾桶，移至家門路邊，等待第二天星期五市政府環保車來收垃圾。這時，由於第三者從民宅冒出，憤怒鳥方停止欺負朱先生。

一三四

五月二十九日，星期五。

不到六點，整座城市仍在沉睡中，朱先生已經被鬧鐘催醒，忙著出門，準備要去做義工。早上七點半，光頭趕去上班。

近九點，陡然，有人刻意使勁開關廁所門數次。木門張張闔闔，重擊著牆壁、門沿聲「摒！摒！摒！」飆揚震耳！

憤怒摔門聲響，比以往任何一次都大聲得多，林先生因而被吵醒。第一反應，起身並前往廚房查清楚。林先生看到可可，忘著可可幾秒鐘後，靜默地走回房。

過了幾分鐘，林先生拿出一卷衛生紙走進浴室。卻見地面上，平常用來裝馬桶刷的塑膠凹形容器被摔得碎片滿地。見狀，林先生立刻認定「這是可可做的事！」一面上廁所，一面想：「不處理，以後可能會發生更大的事！」

王哥走出房間門觀察，猜測，這八成是可可氣憤抗議作為。出現廚房，王哥故意疑問：

「誰啊？老闆說，屋內東西弄壞，要自己賠。」

光頭嫂也走出房門，來到廚房。

林先生上完廁所，手中拿著　捲衛生紙亦走出浴室，來到廚房。

光頭嫂返回房間。

廚房，這時，只剩下王哥和林先生兩位，兩男子原本彼此互不相干、相互迴避已相當多時。節骨眼上，首次，兩人並未閃躲對方，同處一室。

王哥問：「誰關門這麼重？」

林先生默默暗指可可房門方向。

王哥和林先生各自走回房間。不過，王哥留個門縫，好偵測山雨欲來最新情況以及隨時發展。

老李尚未攜帶工具出門上班，當然聽到濃濃煙火味，心忖：

「瘋婆子又幹嘛了？」

不久，老李上工去了。

經由門縫，王哥聽到林先生敲他斜對門的房門，光頭嫂應聲開門。

林先生：「我有話要跟妳說。我們在外面講。」接著說：「我們住在一起，大家互相忍讓點。」

光頭嫂：「要講，請你進來講！」

林先生走進房，光頭嫂關上門。

林先生：「不管是上早班、上晚班，大家儘量輕一點！大家爲了生活。」

光頭嫂不解：「你是什麼意思？」

「我來，是好意，不是壞意。」

女子不悅：「你是什麼意思？」

林先生大意說，光頭一大早要趕去搬家公司忙搬運工作，而林先生自己在中國餐廳忙油鍋工作晚歸。其他室友，有早有晚，忙生活。動作儘量輕一點，不要吵到別人等等。

「今天你敲門，談一下，是不是心情好一點？是不是發洩後，很輕鬆？」光頭嫂問。

林先生：「好了一大半。」

光頭嫂：「有話，大家講開。幹嘛還寫字條？」

林先生：「寫的人，怕吵到你們，所以用寫的。那個人是好意。大家互相尊重。」告一段落，林先生告辭，準備出門。同時，默思：「房子裏很多矛盾、衝突。其實，最可惡，是房東。想想看，幾乎十個人共用一個廁所、用一個廚房。房東只想要賺錢，把一棟房子出租給這麼多人！讓房客之間互相殘殺、互相解決。」

王哥房門半掩，有意無意偷聽室友之間對話。

前半段，光頭嫂和林先生寒喧、雙雙進屋、關門交談、然後開門，這一段，藏不住話的王哥傳話到朱先生耳中，倒成為另一版本：王哥版本：「老林刻意壓低聲量，促使我聽不清楚男女對話內容。但知道，老林想進光頭嫂房間，悄悄貢獻一點內幕、心得。不過，我聽見光頭嫂對老林說：我們在門口講。我是女人。有事情，等我先生回來，你跟他講。老林不放棄，仍然跟眼前女人說些悄悄話。光頭嫂這時改變心意，讓老林進屋裡去，關起門來談話。我斜對門的門被關上的時候，我暗地擔憂：老林可不要被光頭誤會了！約五分鍾後，光頭嫂開門，瞄到我房間留著門縫，所以敢緊說：我們有話，在門口講。」

至於後半段，光頭嫂打開房門，林先生走出光頭嫂房間，男女站立門口，以如常音量、公開形式交談一般性話題。一聽到走廊上男女自然正常講話聲，王哥把門全打開，並單手掀起美國星條旗布簾之際，林先生和光頭嫂不約而同抬頭，兩人都看了王哥一眼後，再回到彼此待續對話。

這時，林先生對光頭嫂說：「我忍耐很久！有苦說不出。」「店裏，上班的地方，年輕師傅欺負我。這裡，也有人欺負我。忍受兩年了。」「我有苦，說不出來！沒有人可解悶。」「我買車的話，會自己一個人開車去海邊，大哭一場，大叫一場！」

光頭嫂：「有什麼事，講出來，就好！」忽然間，光頭嫂想起一件事，問林先生：「你太太呢？」接著光頭嫂立即解釋著：「我這樣問你，因為我覺得住在這裡的人都單身一個人住，才壞脾氣。像我先生上班受氣，回來，我安慰他，就沒事了！」

林先生：「太太跟我分開了！」

「為了什麼？」

「為了女人。」

光頭嫂立刻笑道：「因為這樣，你太太離開你？」

站立自己房門口，王哥插話：「一個人，心要正，站得穩，太太就不會離開你。」「看到漂亮女人，就喜歡。太太吃醋，就會離開。」

光頭嫂：「當然要離開！女人不喜歡男人外面有。你活該！」

林先生不語，一抹苦笑，轉身，走向廚房，坐在冰箱前餐桌旁吃早點，準備上班。

光頭嫂回房。王哥無趣地也回到自己房間，未關門。王哥像似靜待冥冥中一場暴風雨。它如期登場，不負老人所望。不一會兒，光頭嫂從房間內拿出一盤生的花生米走向廚房，要炒熟它。

王哥在屋內，偷聽到林先生主動跟光頭嫂講話。這時，她不太搭理，只顧著炒花生。

忽然間，王哥聽到可可大罵光頭嫂：

「妳一早炒菜，吵得要命！現在，還要炒花生？妳在搞什麼鬼？妳在找我麻煩？」

暴怒聲，引得王哥好奇並走出房門，走進廚房是非區。

光頭嫂：「誰在找麻煩？我先生要吃早飯才有力氣。」「我先生剛搬進來，妳就寫紙條。」

可可：「那紙條是張小姐寫的、貼的。不是我貼的。」「妳一天到晚，皮鞋走來走去，吵死人了！我要睡一下覺，都不行！」

這時，林先生還坐在冰箱前，開口：

「好了！大家把心裏不舒服的，說出來！」

可可見王哥站立一旁看熱鬧似的，猜測王哥肯定會向房東告狀，不安好心眼，於是斥退：「進屋去！」

光頭嫂藉力使力，立即挺身仗義直言：「妳幹嘛對他老人家這樣講話？」

可可：「妹子啊！妳剛來，沒住久！」然後爆料：「他上次走路帶妳去大華買臉盆。還有你們早上起來，大聲做飯、洗澡、唱歌，害他睡不著覺，這些都是他告訴我的啊！我住的房間，離你們遠，聽不到你們那邊。他住的，離你們才近。要不然，我怎麼知道這些？他說一套，做一套。住久了，就知道！」

光頭嫂：「妳怎麼可以這樣說他？」

可可：「他，人前講一套，人後又搓是非！」

坐在餐桌旁的林先生脫口而出：「可可講得對！」

可可不理睬林先生，無視他的存在。

進屋不多時，可可再出來。光頭嫂依舊炒她的花生。

就此，兩個女人，一位來自四川，一位來自安徽，妳來我往，互不相讓。由於戰火猛烈，往往一方尚未講完，另一人就開罵，王哥聽不清爭吵內容。

女人戰爭告一段落，可可再回房。光頭嫂也返身欲回房。門前，她見到走廊上站立的王哥。王哥和光頭嫂耳語，兩人不知講了什麼？光頭嫂尚未進房間，卻一個轉彎，走回廚房，面對正在餐桌邊吃早餐的林先生說：

「你喜歡那個女人，你護著她，我沒話說！以後，不跟你講話。」

林先生想勸光頭嫂一些話，或許辭不達意，反而招致女方反唇相譏。

光頭嫂繼續：「張小姐告訴我，你要追她，人家不喜歡你！」「你後來晚上炸魚、做菜，拉桌椅大聲，為了要報復她。」「我老公說，如果我跟你講話，她會不高興。你看！所以，我不敢跟你講話。你看！目前，我沒跟你講話，她都已經找我麻煩了！」林先生不以為然：「妳在講什麼話！」

此刻，林先生內心深處再次憤憤不平，矛頭再度指向房東，激動地表示：「其實，最可惡的，是房東。」「他愛錢心竅！在極度有限的資源下，還硬塞一大堆人住進來，讓我們互相殘殺，自己去解決衝突。他只管昧著良心收錢。」言畢，離席。

另一方面，王哥擔心他們當事者如果有人找張小姐對質，最後，倒霉的還是老頭兒自己，於是勸光頭嫂：「好了！進去吧！吵也沒用。要是老林找張小姐當面質問，到了晚上，張小姐要是說沒有，她又會賴到我頭上，說，是我說的。」再言：「我現在不管他們的事。」

光頭嫂挺身：「剛才講那些話的時候，他們三個人都在場。不會賴給你。我可以做證。」「你是好人！怎麼大家都怪到你頭上？」說完，回房，化了一下妝，準備出門去練習開車。

王哥安慰光頭嫂：「妳出去樂一樂！出去買買東西！」牆上時鐘，再過幾分鐘就十點。

小趙：「妳今天打扮這麼漂亮！」

光頭嫂：「馬上去練車。因為六月九號，我要考駕照。十號，回大陸。」

王哥：「妳練車，還打扮這麼漂亮？」

光頭嫂：「啊！我先跟朋友買東西去，然後，朋友載我去練車。」說完，踩著長統馬靴揚長而去。

快十點半，林先生跨上腳踏車，趕著上班去。背後，王哥以調侃語調對小趙說：

「老林說，他忍了兩年。張小姐也說，她忍受老林，也兩年了！」

王哥走進廚房，見到可可。可可向他抱怨，大吐苦水。

王哥好言相勸：「要忍耐。大家互相退讓一步吧！」

可可想到一件事，不悅地數落老人：

「你剛才講錯話！什麼心要正？你是說，我心不正嘍？」

王哥無從解釋起，因為太複雜。他方才講的是林先生，怎會是可可？省卻愈描愈黑，選擇無言，掉頭離去。

可可在王哥背後說了一聲：「你老了。所以，我不跟你爭！」

約十一點半，可可也外出，開車上班去。

光頭嫂練車一、兩個小時後，中午回來。忙著下廚煮海帶燒肉，吃午餐。王哥則待在房間裏看電視。

下午，光頭嫂：「我這次回大陸，從舊金山飛上海。然後，當天晚上，從上海搭高速鐵路，第二天早上六點抵達老家安徽。看看兒子。」

王哥好奇：「妳兒子幾歲了？」

「二十七。」

王哥：「好了！高高興興買東西，帶回家送人吧！」

晚上，張小姐打手機詢問王哥：「怎麼打電話給房東，沒人接？」

王哥：「他去洛杉磯了。」

張小姐：「可可告訴我，她被光頭嫂跟老林天天弄得不安寧、逼瘋，快得精神分裂症了！」

王哥開口：「大家住在一起，就忍耐吧！」「不然，妳告訴可可，受不了？可以到外面找單人住的公寓。」「我勸光頭嫂，妳勸可可。她們兩個人都忍耐，忍耐吧！」掛上電話，王哥走到外頭透氣，老李剛好在前院抽煙。

老李告訴王哥：「再這樣吵下去，我要搬家了！」

二三五

五月三十日，星期六。

周末，張小姐起床後，為自己沖杯熱咖啡。

在沒有任何人授意下，張小姐自己跑去找光頭嫂，婉轉勸說：「可可，一個女人在美國單獨生活、奮鬥也很辛苦，體諒她一些。」

朱先生九點不到，朋友來接他去加州一號公路邊 Moss Landing 小漁港附近，嚐 Phil's Fish Market 餐廳美味海鮮。

「因為這兒海鮮，現捕現煮。」朋友解釋著。

中餐後，四位大人和一位四歲可愛混血兒轉移陣地，駛向 Capitola 海濱。朱先生坐在沙灘上，鹹濕海水撲鼻，浸身日光浴，吹海風，閉目靜聽海浪濤聲，邊想：

「滾滾浪花聲波，一陣接一陣，盈耳，卻不嫌吵，反而內心寧靜下來！不像喧嘩人聲。」

返程途中，家庭休旅車停靠 Capitola 小城一家名為 Gayle's 糕餅咖啡店，喝杯熱拿鐵咖啡。

歸來，下午三點四十六分，朱先生聽到張小姐臨出門前交待王哥：

「晚上鎖鐵門，只鎖下面，上面不要鎖。兩個都鎖的話，回來的時候，搞了半天還進不了門。還有，木門開著，不要關上。屋內的燈也打開，否則，一進門，黑漆漆的。」

王哥討好語氣回應：「睡覺前，我幫妳燈開好了！是他們要關！」

朱先生當下想起，有天，房東黃昏來，看到屋內廚房一盞燈亮著，而室外天光亮度勉強可應付室內需要，於是不悅地對王哥抱怨：

「浪費電！你要幫忙多注意關燈。」待房東欲啟動汽車離去，王哥急忙走出門，攔住房東，說：「我和小趙都關燈。燈，是張小姐開的！」

晚間八點一過，趙太做了整個星期幫傭的工作後，雇主開車將她送回大雜院渡周末。這是她第一個周末。小趙熬煮一鍋雞湯、燒一道青菜，算是歡迎久別六天的老婆歸來。趙太難免會向室友們敘述新工作環境與內容：

「雇主的家，離我們這兒，只有一．三英哩，不到兩英哩。雖然不遠，但是他們要求幫傭得住在家裏。」「太太，中國北方人，四十歲，嫁洋人。他們老大，男孩，五歲。老二，女孩，三歲。最小的，六個月大小嬰孩。」「當初，見工，應徵的時候，雇主問，會不會換尿布？我硬說，會！其實，我早忘了。」「這份工作，原來是位年輕女的得到。因爲她做沒幾天，不幹了！他們才回頭把我找回去做，輪到我。」「我住在傭人房裏，大概有二十幾坪，我自己一個人住。」此話一出，羨煞室友們。「三歲、五歲，都上私立學校。早上叫醒他們，得花半個小時才搞定。賴床厲害。」「三歲女兒比五歲兒子還難帶。」還有，「住在他們家，晚上睡覺，不會失眠！不像我上一個雇主家，上海人，他們相信風水，在傭人房間裏放了老虎、獅子各一個，用來鎮邪的。那些棉絮充塞動物的大小尺寸，竟然有小孩身高那麼大！看了，就叫人不舒服。磁場不對！我都睡不好。」趙太甘苦談的同時，室友們可感受到這份工作，無論如何，帶給她內心紮實，生活變得有意義。不像她日前沒工作，加上丈夫因年紀跟身體狀況而無法重回職場，夫妻倆賦閒在家那段日子。廣東夫婦不但愁著沒收入，還驚著怎麼又要繳房租了？更慘的是，在家晃來晃去，乏味且無聊至極。

「我很為妳感到高興。」朱先生為趙太慶幸。

沒有清冷夜風，沒有星星月亮的晚上九點多，朱先生在住家附近寧靜巷道散步。室外天氣溫度怡人，散步到天天經過的 Dunford Way 馬路上。路邊右側圍籬內，大片菜園農莊中央幾盞燈火明亮，一座克難木製舞台上，著古裝眾演員們正在公演著莎士比亞戲劇「暴風雨」。男女演員飆戲對白聲，藉由麥克風遠傳一場「由於愛情花朵，如何神奇地將原先復仇心志，轉換成寬恕」戲劇人生。朱先生好奇地從路邊鐵絲網圍籬空隙，踮起腳尖，數算田中被隔離起來的小劇場，到底有多少觀眾？十多位進場觀眾而已。路邊停車，沒幾輛。

今晚，意外發現，暮春初夏之際，五月三十日至六月二十七日，陽光谷住家附近，竟然存有一座宛如歐洲中古世紀迷你小劇場，公演莎翁劇本。

難免擔憂票房：「大人，十五元。小孩，五元。」劇團如何維持下去？

難免擔憂演員面對寥寥無幾觀眾時，表演熱情何以為繼？

難免擔憂觀眾，其入戲心情如何維持澎湃不墜，完全不受現場觀眾席上空位太多影響？

回家路上，想到方才菜田裏劇團、演員、觀眾時，對他們油生敬佩。

忘不了籬笆上貼出來的小張宣傳卡片：

Festival Theatre Ensemble Presents
Shakespeare@Full Circle Farm
In Sunnyvale

一三六

五月三十一日，星期天。

週日下午閒著無聊，王哥觀賞 **DVD** 所播放懷念國語歌曲音樂帶。看到男歌星演唱「鹿港小鎮」這首歌曲之外，鹿港風景亦入鏡。小城，無端勾起另一段感情波動。

海事學校畢業，實習地點為彰化縣鹿港鎮的蛤蠣養殖廠、罐頭工廠。海水退潮時分，王哥曾穿雨鞋走入原本為海域、但瞬息間變成沙灘之上，尋蛤蠣。

年輕歲月，人在鹿港，遇到她，一位冰果室小姐。

她在當地自家開設的冰果店裏幫客人剉冰。

水果冰、紅豆冰、綠豆冰、牛奶冰，王哥常點著來吃。

兩人做起朋友。王哥想進一步發展男女關係，然而，王家父母要他去日本學習冷凍。聽從父母之言，前往日本學習冷凍技術。幾年後，從日本返回台灣，王哥托人去打聽冰果室小姐消息。

「她嫁人了！」回報給王哥的音訊。

邁入老齡，今日，聽著歌，看著螢幕上鹿港風景畫面，老人竟在想：

「當初，要是跟冰果室小姐能交往下去，甚至結婚，那麼，我就不會跟愛美麗的媽媽結婚、離婚了！那麼，今天，我會變成什麼樣子？應該不會是孤孤單單一個人吧！」

「有趣！自己以前在台北的住址，現在老了，完全記不住。反倒是冰菓室小姐在鹿港的住家地址，記得清清楚楚。」

「鹿港鎮，草中里，草中巷50號」

連她的名字，還記得：

「王清子」，那時候，別人都「阿清！阿清！叫喚她。」

這天下午，獨處無牙老人頓時嘴角揚起，眼睛跟著瞇瀼起來！

一三七

六月，第一天，亦是一個星期的開始。

早上九點五分，朱先生步行於陽光谷城市車輛繁忙馬路上。當路過短短 Calabazas Creek 水泥橋中央，左側，橋下小溪河床上，有一段為平坦水泥地。細薄如紙片水域上，除了青苔，竟還瞧見六隻綠頭鴨陪伴十四隻幼鴨，全都不停地低頭用鴨嘴插入淺水覓食。停下腳步，無視身旁來往行車，朱先生佇立橋中欄干處，居高處低頭往下看，鴨仔活潑生動表情。蜿蜒小溪中，有小段人工水泥底部之外，一眼望去，幾乎乾涸溪川河床上，滿是亂石或礫石沙土，偶而被野生草叢點綴其中。

當天下午，另一座城市，山景城，路過居民發現十隻黃毛小丫頭掉進排水溝渠，急忙報警。動物保護人員趕至現場，掀開下水道鐵蓋，鑽進下水道，手捧幼鴨，一一遞交給馬路上面待命救援的社區服務警官。警官再將一隻隻黃毛丫頭裝進籠罩裏。母鴨焦急地在一旁踩方步，且觀望被拯救出來新生寶寶。唯一沒有掉進下水道深溝那隻幸運幼鴨仔，則一直緊隨母鴨身邊，亦步亦趨。全部救起來後，幼兒群鴨和母鴨被野放至溪邊樹叢間，一家大小幸運地被帶離人車繁忙大馬路。

二三八

六月二日，星期二。

洗完澡，晚上十點二十分，進房間坐在舒適沙發椅上，二郎腿放在另一張木椅上，看電視。

聽到敲門聲，朱先生起身應門。

林先生：「要不要等下出去談一下？」

滿月，又大又圓又黃澄澄。

顯然，林先生神情與心境均處於低潮：「昨天，我打電話給蔡小姐，約她出來談談，因為我心情不好！但是，她不出來。」

朱先生：「你不是以前一直說，她是你最好的朋友？」

林先生：「她現在不是了！」

朱先生：「她以前還住在這裏的時候，你是她的棋子。現在，她走了，落幕了！她用不到你這只棋子了！」

林先生：「如果我買輛車，我會開到大海邊，對著大海，好好大哭一場！」這個想法縈繞心頭頗久。他講述：

「今天上班，我告訴廚房抓碼，就是那位湖北來的年輕女孩，我有這麼一個長久以來的心願。」想到女孩有車，於是開口：「妳下次開車載我去海邊。」女孩：「好啊！這裏離海最近的地方，也要開車四十分鐘。」林先生：「到了海邊，妳停車，把車窗關上，待在車裏，不要出來，不要看到我的醜態。我一個人走進大海，大聲痛哭一場，再回岸。」

女孩：「你不會跳海吧？」講完，笑彎腰。

「怎麼可能？我怕冷。加州這邊的海水，冰冷的。不可能選擇那樣死去。」男子笑呵呵地回答她。

就算夜晚重述這一段給朱先生聽時，林先生依然笑呵呵！

二三九

六月六日，星期六。

王哥待在房間裏。

廚房內，張小姐一早對可可以一種嫌棄語調：

「老王對房東，讒媚至極！」

張小姐從冰箱拿出一包冷凍台灣義美肉粽，分給可可和朱先生，每人一枚。不久，張小姐出門前，王哥房間內也多了一個肉粽。張小姐不得不認清：

「閻王好見，老鬼難纏！」

下午三點四十一分，天氣好到不行。

王哥：「日子過得好快！一天，一下子又過去了。真快！」

張小姐回答：「吃穿不用愁，表示日子好過。要珍惜啊！」「如果，愁吃愁穿，愁房租，日子就不好過。那時候，苦熬半天，還等不到天黑。」「老了，你好命！有個孝順外國人乾孫女安潔莉卡，她每個月，帶你去銀行領點零用錢。」「每個月，可領九佰多塊錢養老金花花。」

王哥：「沒九百多，八百多而已。」

張小姐驚訝：「這麼少？政府現在真的沒那麼多錢了！」接著：「不過，夠用！省點花，也夠用了！」

晚上近八時，趙太從顧主家回來渡周末一天。一進門，朱先生偶然在廚房區。趙太劈頭就問：「隔壁，搬走了沒有？」

「還沒有！」朱先生知道，趙太意指光頭夫婦。

二四〇

六月七日，星期天，黃昏時刻，天際還亮著光明。

王哥來找朱先生到前院講講話，殺時間。

朱先生發現，樹枝間鳥巢塌陷，幼鳥飛了。

王哥另外聊到，早上光頭嫂出門要和朋友練車的時候，他特別提醒她，考駕照時，要對主考官客氣有禮，並以自己經驗建議光頭嫂：

「告訴主考官，妳英文不好。語言能力關係，需要左轉、右彎的時候，請他打個手勢。」隨後，又善解人意：「好好練車！考到駕照，買部車，找份工作，上班去。妳跟妳先生，兩個人上班賺錢，租個公寓，自己住。」

朱先生想再確認，光頭夫婦是不是確定會搬走？

王哥改稱：「不一定！」「不管他們。」又語：「他們住在廁所對面，不習慣。洗澡聲音啊！人進人出上廁所的聲音！」

朱先生急智，套用老人自己常說的話：「你不是說，房東講，誰住不慣？就搬家！到外面去租公寓，自己住啊！」

王哥明顯袒護對方：「他們習慣了！」

二四一

六月八日，星期一。

早上九時未到，朱先生訝異可可已經起床了：「今天怎麼起得這麼早？」

可可眉頭微皺：

「光頭嫂重力關門的聲音，還有被她在廚房做早餐的聲音給吵醒了！」

下午，小趙向王哥求援：「光頭夫婦碗不洗，放在流理台上。他們做完飯，也是一團糟。你告訴他們要改進。」

王哥推辭：「我不管！房東說，我只管燈泡。沒了燈泡，找我拿。」

小趙：「你在袒護他們！大家對他們都有意見。」「你只會講別人，卻不講他們。」小趙不耐煩王哥推拖，無奈地，怨曰：「好了！好了！不講了。」

黃昏六點半，幹活一天的老李開著白色工程車回來。

王哥和朱先生看到老李滿臉沾滿白色粉末，忍不住笑問：

「怎麼搞的，滿臉白？」

身穿工作服、手提工具箱的老李也笑著回答：「漆油漆。」

先進房間，換衣後，老李照舊，手中拿著盥洗臉盆走向浴室，淋浴潔身一番，並順便在浴缸裡搓洗內衣褲。

王哥和朱先生已摸清狀況，星期一到星期六，老李如果不是一早出門卻閒在屋裏，就表示承包工程沒著落。換句話說，裝修公司沒有拿下工地，簽不了約。室友們寧願老李不常在家，跑到工地去，哈下腰來刮牆、打磨、刷油漆什麼的，這樣好賺錢供養居住在東岸紐約的家庭、付房租和生活費。

晚上，張小姐回來不久，和可可在廚房講話時，林先生也下班回來。兩個女人講著講著，張小姐聲量提高。朱先生好奇，她這回在講誰？於是將電視遙控器按下「靜音」鈕。這下，稍微聽得清楚張小姐所言：「……好可憐！大家都欺負你！四十歲了！還可憐？……冰箱，……煙蒂亂丟！李先生抽煙，但是都會丟在煙灰缸裏或容器裏……好可憐！大家欺負你。丟人現眼！……」

朱先生待在自己房間內暗想：「目前，屋裡抽菸人口，除了老李，就是光頭了。就抽菸這點來說，罵的顯然是光頭。」另外，「四十歲。講的不就是光頭嫂嗎？」

二四二

六月九日，星期二。

晚上，光頭開車回來，但是，光頭嫂就再也沒回來過了！

二四三

六月十日，星期三。

室友們掐指一算，今日應是光頭嫂回大陸安徽，探親及看看已經二十歲兒子的日子，人民公社應可安寧一段時間。

早上，開車離去前，光頭把光頭嫂日前才買不久的新單車放置於汽車後座，載走。不見光頭嫂，據悉她昨晚投宿她哥哥家。

晚上，開車回來。光頭：「我打電話，房東都不回。」

王哥：「他出差，可能回台灣。」老人心中猜測，房東以國民黨小組長身份返台投票，下星期總統候選人黨內初選。

光頭：「我跟他商量搬走的事。這兩天，就想搬走。」「我脾氣也不好！在大陸，可大聲罵人，我早就揍人。我太太說，在美國要坐牢，划不來。」

王哥想到一件事：「你太太今天駕照考得怎麼樣？通過了沒有？」

「沒過。扣分扣得多。都是小地方被扣分。」

回房，王哥忽然暗想：「我要告訴房東，光頭搬走的話，空下的房間，乾脆不要出租算了！不要賺這個錢。」「這房間好像不吉利。以前，很多人來看，都租不出去。後來，袁小姐來租，結果她還不是搬走了。空下來，不少人來看，沒人想租，一直到光頭吳先生決定和太太一起搬來住。結果，一個月的時間，還是不歡而散。問題不斷，不吉利。」重新憶起當年舊事：「更早，住著一位年輕人小張。因為蔡小姐養蛇，張小姐和蔡小姐爭吵起來。小張祖護蔡小姐，這下子，演變成張小姐和小張爆發嚴重口角。張小姐報警，說，小張意圖打人。警察前來調查。警察說，只要打人，立刻帶走。幸好，口頭警告，結案。之後，小張不也是搬走了。」「所以，廁所正對面的房間，風水不好！不吉利！乾脆告訴房東，那間別出租了！少賺一點吧！」

二四四

六月十一日，星期四。

中午做飯時間，王哥和小趙開玩笑地互相稱讚對方紅色衣服。王哥身著一件橘紅色無袖夾克，小趙則穿上紅色短袖休閒有領上衣。

王哥：「這件橘紅色衣服，是朱先生送的。」

朱先生譏曰：「小趙，你不敢穿，因爲上面繡有〝中華民國〞字樣。」

小趙：「我也有一件繡有〝中國人民解放軍〞短袖T恤軍服。」

在好奇起鬨下，小趙回房換上軍服，然後，出現在兩位室友面前。

的確，衣服右臂繡有中共國旗以及解放軍字樣。

「你平常拿出來穿啊！幹嘛留著不穿？」王哥不解。

「我睡覺的時候，穿的。」

「你不穿出來，送給我穿。」王哥激將著，且說：「我有一件印有美國國旗、USA字樣的T恤。」解釋：「這件是我考過美國公民那天，朋友送給我的。」才說完，轉身，又說：「我進去房間，拿出來給你們看。」

下午四點五十三分，光頭坐著搬家公司大卡車來，準備搬家。

小趙：「怎麼？要搬家了？」
光頭：「住這裏，像住監獄。」
王哥：「我們一直認為你太太月底從大陸回美國，你們才搬。怎麼今天就搬？」
光頭：「受不了了！我快變成神經病了！」「我太太還沒走。她現在住在她哥哥家。我們商量，今天搬走的家俱放在親戚那兒。我跟我老婆住在她哥哥家。過幾天，我們一起回大陸。」
王哥：「有緣千里來相會！你跟我們這裡無緣！」
光頭：「留下來，我脾氣不好。這兒不比大陸，要是動手，可要坐牢。」
王哥：「美國這裡，只能動口，不能動手。否則，抓到警察局問話，嚴重，送監牢。」「我們老了！好男不與女鬥！讓她一點吧！」王哥又提家中小孩為例：「我大女兒、小女兒讀初中的時候，有天，兩人搶衣服。我出面用兩手分開她們，說，不要吵！搶什麼？再去買一件！當我撐開雙手拉架的時候，小女兒看在眼裏，她閃開。我勸架的手碰到大女兒，害她撞到牆。後來，大女兒打電話報警，說我打她。警察先和大女兒在樓下問話，然後上樓，找我問話，也找兒子、小女兒做證。他們兩個都向警察說，我爸沒打她，我爸勸架分開兩個人的時候，碰到她，她自己撞到牆。」
搬走房間裏的家俱，清光冰箱裏食物，光頭拿張寫給房東的字條、鑰匙遞給王哥：「幫我拿給房東。」又言：「我會回來看你。」
王哥：「鑰匙，我代房東收下。字條，我借你釘書機，你自己釘好。這樣，沒人會讀字條裏面的內容，只有房東會知道。我會直接交給他。」
五點十五分，大卡車載著光頭和所有家當，駛離大雜院。

眼看著搬家公司大卡車將光頭帶離人民公社，然後消失在巷尾。王哥走進屋內，對朱先生說起：「光頭嫂比較聽房東的話。像是之前，房東告訴她，在室內不要穿靴子，踩在地上聲音太吵。她就不再穿靴子！可可故意關廁所門聲音大聲，為了要氣光頭嫂。但是可可這麼做，她卻吵到我們大家！」朱先生以一種平常、溫和口氣回覆：「可可住在這裏已經多年。大家瞭解她平常為人處事，她不會亂發脾氣。這次，可可講了光頭嫂多次，她不聽，可可才伙大。只有房東說的話，光頭嫂才聽！」本不想再說王哥什麼，但心一橫：「早上不到九點，光頭嫂關門聲很大聲，吵得可可沒法睡覺！關門聲一定也吵到你。你們兩個房間，門對門。最近，其他人說，你都不出面講話，袒護光頭嫂！是可可，你就說，她吵到大家！所以，他們說，你沒是非，沒正義感。」

聞言，王哥臉色下沉，十分不高興！

朱先生沒給老人插嘴機會，匆匆巧妙地轉移話題。

二四五

六月十二日，星期五。

黃昏六點多，王哥和朱先生再次見到下班的老李滿臉塗白，心知老李今天又打工刷油漆。

王哥笑著對老李說：「唱戲回來了啊！」

老李微笑嗯哼回應，邊走進屋。

王哥輕鬆若無其事：「今天是我的週年紀念日！」

老李：「什麼紀念日？結婚紀念日？」

王哥自我解嘲：「我摔跤、住院紀念日。」

晚上十點多，朱先生走向廚房想打開冰箱拿水果吃。瞧見林先生穿著灰色露肩低領背心、卡其長褲站立可可房門近處，即往後院落地紗門進出口滑道上，低頭凝視地面。任何人此時此刻，只要進入廚房區，駐足片刻，大抵都能清楚聽到可可在房間內跟朋友講電話聲音。

看在朱先生的眼裏，林先生整個臉部側面專注表情，應是對可可講話聲及她的隱私，忽然間，泛起興趣與好奇。

朱先生問：「你還沒煮飯？」因為見到林先生從餐廳帶回來的一包白飯，以及從超市買回來的生鮭魚都原封不動，擱在流理台上。

林先生：「沒有！很熱，涼一下！」

朱先生沒搓破假相，不發一語，拿了水果後，立即離去。內心想：「你剛洗過澡，從浴室出來。況且，今夜氣溫微涼，怎麼可能會熱？」不過，「醉翁之意，不在酒，不在風涼。」「隨他去！」

二四六

六月十三日，星期六。

早上，張小姐：「房東經營的酒店，遣走廚師。現在只賣酒。」「生意做不起來！客人要先電話預定，才開門。平常，關燈關水，省錢。」

朱先生：「上次，登中文報紙廣告，脫手，賣六十萬。」

張小姐：「現在，他只要五十萬。」

晚上，不到八點，趙太燒菜、打掃幫傭兼奶媽的工作可暫時休息，返回大雜院休工一天。她一進門，朱先生迫不及待告訴她，「你們隔壁光頭夫婦搬走了！」

家鄉廣州的趙太：「太好了！他們討人厭！那位太太不理人，看到我，也不打聲招呼。基本禮貌都沒有！沒文化，沒受過教育。鄉下來的！」

二四七

六月十五日，星期一。

基於好奇心，王哥還是擅自打開光頭寫給房東的字條，讀到：「老王說你回台灣……」。迅速讀完信，開始擔心、煩惱：「房東回來怪我爲什麼告訴別人他回台灣嗎？房東幾天前只告訴我出差啊！房東會嫌我多嘴嗎？他會不會怪我為何收下光頭夫婦的鑰匙，讓他們搬走，害房租收入減少？房東如果對我生氣，要我搬家，怎麼辦？」

另外，「我這個月以來，覺都沒睡好！因為光頭夫婦住在這裏的時候，早晚製造太多躁音吵到人。」比方說，洗澡、咳嗽、唱歌。加上，光頭嫂連平常在室內都還愛穿高筒靴子走來走去，叩叩地板聲迴音，擾人安寧。抱怨此刻，下午五點三十五分，大白天的，由於長期累積睡眠不足情況下，老人忍不住自言自語：「現在，眼睛都睜不開了！」

二四八

六月十六日，星期二。

可可休息日。下午四點多，朱先生拿出無花果糕餅、桃酥，而可可拿出葵瓜子且忙著烹泡北京張一元的茶葉。兩人坐下來，各自偎著餐桌，閒話家常。

可可憶及老家四川重慶的日常生活，尤其挺愛雨天。因爲「下雨天，我們一家人都待在家裏，哪也不去。我們圍在一起包包子、包餃子。然後，坐下來喝工夫茶，嗑瓜子，嚐點心。」

可可又語，現在，晚上，張小姐回來，她就待在房間，不出門，兩人少碰面。她怕張小姐抓著她聊個不停，很累。「現在，更年期。到了晚上，只想自己一個人安安靜靜，不想跟人講話。」

今天，王哥只關心在克利夫蘭開打的 NBA 職業籃球總冠軍賽第六戰賽程，也是全美夢幻球季最終章。居住於北加州南灣，基於地域情感因素，他當然為金州勇士隊加油。不負眾望，勇士隊終場以一〇五比九十七擊敗克利夫蘭騎士隊，四勝二敗。因此，睽違四十年再度贏得 NBA 總冠軍。北加州東灣奧克蘭市政府將於十九日星期五，舉行勇士冠軍大遊行。

「要是有人開車載我去，我一定去看遊行。那會很熱鬧！」王哥夢想著。

沒過幾天，星期五那天，勇士隊在奧克蘭市中心大出風頭，享受著城市和市民為他們舉行的盛大總冠軍遊行。參與勇士這場遊行花車接近二十多輛，近百萬球迷湧向街道參與這一場嘉年華會。電視機前，球迷王哥內心也被牽動，熱騰不已！

二四九

六月二十日，星期六，春季最後一個周末，也是端午節。

中午，朱先生搭火車去三藩市中國城，想感受一下過節滋味。果然，唐人街上，鑼鼓喧天，又巧遇兩隻小獅子，一金黃一通紅，蹦跳舞動。朱先生走進燒臘飯店，點了一份海鮮煲。逛街沿途上，買個粽子回南灣去，應景一下。

八點半，天際漸漸暗淡。朱先生一進屋內，靜悄，卻傳來一聲哀嘆。

「是王哥嗎？」猜想。

廚房內，朱先生問：「是誰在端午節唉聲嘆氣？」剛從雇主家回來渡周末的趙太尷尬無言，僅苦笑。幾秒鐘後，她終於承認：「是我在嘆氣。」趙太道出：「我雇主家買菜買得少。

主人家吃完飯後所留下剩菜才給我吃，只一點，我吃不飽！」「雇主太太中國人雖然嫁給洋人，不停找家務事叫我做。還叫我抱嬰孩上樓。我怕上樓，因為膝蓋會痛。我忍下來，因為怕被辭退，沒工作！」

二五〇

六月二十一日，星期天，父親節。

早上八點四十分，王哥來到廚房冰箱拿土司麵包當早餐。

王哥對朱先生無奈曰：「我女兒今天不來。她說她忙。」意謂著，愛美麗不會帶王哥去餐廳吃飯慶祝父親節，只能獨自過節。

過後，可可私下對朱先生細語：「王哥做父親失敗，三個兒子、女兒都不理他！」以及「光頭夫婦還住在這裏的時候，因為有人跟他講話，老頭變得很囂張，背後講我壞話。現在，夫妻搬走了，沒人跟他講話，老頭變得低調。今天早上，才又開始主動跟我打招呼。我沒睬他！」

朱先生做完禮拜，山景城教堂在二樓交誼室有個慶祝父親節午餐活動。大盤大盤盛滿雞肉、鮭魚、牛肉、蒸甘薯、白飯及冰淇淋、水果和飲料。

搭巴士返抵陽光谷，已是下午三點多。

敲門聲，朱先生確認是王哥。

「你沒和張小姐去山上？」

朱先生困惑：「山上？」

王哥：「他們教會去山上。」

朱先生：「喔，你是說，參加山上退修會活動？」「沒有！」
王哥：「我女兒等一下晚上帶我去吃飯。」
朱先生：「她改變心意？不是說很忙？」
王哥：「不知道！她打電話給我，說，晚上帶我去吃飯。」
朱先生：「太好了！我為你高興。」
沒幾分鍾後，張小姐開車回來。
差四分鍾就六點，愛美麗開車來載父親。
廚房裏只有張小姐、可可和朱先生在。朱先生忙著水煮新鮮玉米，可可顧著爐火上的綠豆雜糧湯，張小姐則把冰箱剩菜倒進鍋內加水熬湯。三人閒話。
張小姐：「剛剛我回來的時候，老王跑出來晃，等我帶東西回來給他吃。我以前出遊回來，大都會帶點東西給他吃。其實，我這次是有帶甜點回來。但是怕他養成習慣，會認為我每次出遊回來都要帶點東西給他吃，認為這是我的責任。我好像有義務似的。」
張小姐眼神游移往可可方向，仰天大笑曰：「你以前為老頭子燒菜半年。老頭告狀，對房東說，是我害他，是我叫妳不要幫他做菜。」「那時候，我只是跟老頭講，可可上班夠累的，你還黏她，要她做飯給你吃！」
可可對張小姐說：「不是妳的緣故。我當時真的厭煩，累了。我又不是他兒女什麼的。他女兒都不管他，我算什麼。虧妳講他，我才脫離苦海。我應該感謝妳。」復言：「老頭後來還怪我，好的被我吃了，他因此得了三高，血壓高、膽固醇高、血脂肪高。真沒良心！」

二五一

六月二十二日，星期一，夏至，黃昏。

光頭駕車重返胡同，按鈴找房東。最近他一直回來要拿回當初繳給房東的訂金，但始終無果，這次，疑問：「打電話給房東，都一直沒人接聽。」

王哥：「他可能還沒有從台灣回到美國！」

張小姐：「房東記錄不好！以前他把別人訂金扣下來，不給，吃掉了！這種事，他幹得出來。不然，你打電話給他女兒看看。你等等，我去找她電話號碼給你。」

光頭道了謝。

後來三人閒聊，光頭透露：「我兒子已經二十七歲了！」

雖然待在房裏沒出來，但廚房裏三位男女談話聲各個宏量，故可可聽得清清楚楚他們彼此之間的對話。

可可暗想：「光頭嫂講話不老實，說自己四十歲，兒子二十歲。相較之下，她先生應該講的是實話，可信。如此說來，光頭嫂實際年齡可能有四十七、八，都快五十歲了！還騙人，說自己四十歲。」

幾天後，六月二十六日，二〇一五，對王哥，對馬克，這對互不往來父子兩人而言，心中已經無風無波，無所謂了！「清晨，美國最高法院裁定承認全美同性婚姻的合法地位。」對王哥而言，不管何種形式婚姻，人好，才重要。對馬克來說，他早已和義大利裔情郎在加州合法雙宿雙飛。因此，此日，跟平常日子一樣度過。

次日，中文報紙「星島日報」頭版首頁第一行，簡潔八字：

「同性婚姻　全美合法」

室友們對美國最高法院日前裁定，宣布支持全民健康保險法，這項法案才會感到與切身有關。

這些天，對美國政黨政治來講，高等法院在短短兩天之內兩次重挫共和黨，那就是民主黨的同性婚姻和歐巴馬健保雙雙過關。

二五二

六月二十九日，星期一。

東岸，機場短程巴士川梭於紐約市區，黑人駕駛把客人一一停放在不同目的地，包括旅館前或街道口。操著流利非洲語言，說起英語略帶外國腔調駕駛，一路上，把收音機音量放大聲，有時，邊開車還隨著流行歌曲節拍搖頭晃腦一下。不同膚色旅客似乎默默地享受著旋律！中間，廣播節目廣告時段，鼓吹聽眾：「快嚐秘魯牛油果 Avacado ！」然而，幾天前，朱先生在西岸加州灣區，收音機常打出廣告：「快嚐美味的加州牛油果！」

載著滿滿從紐約甘迺迪機場旅客去旅店或回家的小巴士，疾駛過時代廣場、百老匯區、紐約大學城中區、第五街大道。當輪到把朱先生停放在曼哈頓市區 Marriott 旅店前，也已經坐在小巴上一個多小時。交給駕駛員五塊錢小費，樂得對方笑開懷，意外地回了朱先生一句中文：「謝謝！」

套房位於三十五樓，商旅休閒餐廳則座落頂樓，三十八樓。

坐在三十八樓窗檯上，窗外，視野遼闊，盡情觀賞哈德遜灣和自由女神像，數棟聳天摩登大廈。另一端景像，令朱先生意外驚喜，是鼎鼎大名九一一後重建的嶄新世貿中心大樓亦在眼前。

離開旅館，買張一連七天的地鐵票卡後，從 Cortlandt 車站，搭 R 線歷史悠久紐約捷運，往 Forest Hills -- 71 Ave 方向。途中，經過華埠、紐約大學，選擇在四十二西街和第七街大道下車。鑽出地面，時代廣場附近，買了一張百老匯音樂劇的票。不到六點鐘，回到旅館三十八樓吃免費簡便晚餐，但點了一杯紅酒，八塊錢。

日前，會下定決心旅遊，前進大蘋果國際都會以善待自己，乃受到姪女鼓吹：「你活著，好好對待自己，不要死省錢！留給誰？花光！美國有歐巴馬全民健保，你再也不怕萬一人生無常的時候，要付龐大醫療費了！好好享受，別一直苦了自己！錢留給我們親戚？這樣，我們搞不好反而希望你早死。如果你不留下遺囑？死後，銀行存款，全數充公！你幹嘛想不開？盡量花錢在自己身上。」身為 Marriot 國際連鎖旅館白金卡會員，姪女豪爽地代朱先生訂下這趟大蘋果城市之旅。

一五三

六月三十日，星期二。

午餐時間，走進華埠一家飯館，朱先生點了豆腐牛肉飯和上海春捲。飯食送來，立即懷念舊金山華埠新寶的海鮮豆腐煲：

「還是舊金山中餐館的菜，好吃！」

不久，返回旅館休息。

再次出門，前往時代廣場附近，五十二西街一家百老匯劇場，觀賞晚間七點鐘音樂劇「Jersey Boys」。

二五四

七月一日，星期三，紐約市清晨四時十七分，夏雷初響，夏雨輕敲旅店三十五樓窗戶，綿綿輕語一陣。

早上，打開電視CNN台，螢幕上，白宮玫瑰園。十一點零八分，歐巴馬總統走進花園，正式宣告：古巴和美國，這兩個鄰居國家在五十四年前，也就是一九六一年冷戰期間，宣布斷交。今天，雙方都同意互設大使館，落實去年十二月關係正常化的協定。朱先生想，國與國交往，有時蠻像人與人之間互動，離離合合。關上電視，步出飯店，走向重新建好的世界貿易大樓，加入人群，接近九一一紀念碑，憑弔。

下午，從市區旅店出發，跳上地鐵R線，於時代廣場下車，走到四十九西街，觀賞兩點半那場百老滙音樂劇「芝加哥」。落日前，朱先生再搭地鐵造訪華埠地區，順道彎進小義大利區餐飲街逛遊，其樂趣，有如逛進加拿大蒙特婁市餐飲街，充分展現歐洲風味。

紐約市這幾天都是八點三十分左右才日落。

二五五

七月二日，星期四。

旅店三十八樓，早餐提供燻鮭魚，令人眼睛一亮。

另外，享受什錦水果、優格、炒蛋和培根肉，加上一杯拿鐵咖啡後，下樓，跑去櫃台尋問紐約公立圖書館地址。

接待人員：「四十二街和第五大道的街口」。

朱先生手拿著地圖，搭乘地鐵R線，途中，停靠三十四街車站時，兩位中南美裔年輕人笑容可掬，跳上車。一位笑臉啟口，向一截車廂內旅客道聲早安後，另一位手持吉他年輕人輕撥細絃，於是，二重唱「Stand by Me」。聲調適中，和鳴悠揚，幾回低唱，絕不吵人，只想用優美旋律取悅旅者。

下一站，時代廣場四十二街，逐漸進站。音樂家見好就收，拿出小帽試探收取賞金？見綠色一元紙鈔和一枚兩毛五銅板打賞金，不多，但棕膚色年輕人露牙，以西班牙語道謝，兩人再匆匆下車，如同他們上車般，那樣匆匆。僅利用地鐵一站之有限距離，期望有效打造出生活中微小希望。放棄長噓短嘆、拒絕虛擲光陰，年輕人立志要優雅輕快地活出人生。

「願我能向他們學習！」朱先生暗中告訴自己。

四十二街，下車，這兒也就是第七大道位置。然後，安步當車來到第五大道，果然，早於1911年啟用的圖書館呈現眼前。進入這棟國家級美術式歷史建築地標，朱先生選擇在「The Irma and Paul Milstein Division of United States History，Local History and Genealogy」圖書室裏閱讀、寫字。時而瀏覽館內巨高窗戶、巨型吊燈、厚重木桌木椅，和銅罩銅柱古老檯燈。據悉，一些有名作家、學者曾在此間圖書館默默創作耕耘過。

晚上七時三十分，趕場看了另一場百老匯音樂劇「Finding Neverland」。

次日，晨起，七月三日，星期五。早餐後，前往櫃台辦理退房手續。當晚搭機返回加州前，利用空檔，跳上地鐵，尋找紐約大學NYU校園。時逢國慶假期，全校閉館，當然包括圖書館。幸好，校區一角，華盛頓廣場公園內來往民眾、水池噴泉、凱旋門、綠蔭、戶外桌椅，倒也成了觀光景點，方有不虛此行之感。

一二五六

七月四日，美國國慶。

八點多，電話上，愛美麗問父親，要不要去她洋人公公、婆婆家吃烤肉？她可以開車來接？

王哥想到小女婿家親家公、親家母都講英文，而且吃烤肉，配沙拉，就這麼簡單一餐，於是婉辭：「你們去吧！」

九點多，王哥見張小姐在廚房，向她道聲早。

張小姐：「老林現在用手去洗一堆衣服？不用洗衣機了嗎？」

王哥點頭稱是。

張小姐「也好！他用洗衣機洗，機器都會被他搞壞了！」

王哥說，要去大華超市一趟。

張小姐語氣表示關心：「吃過早飯沒？」

「吃了！一杯咖啡、吐司、一顆白煮蛋。」

張小姐認同如此菜單。

王哥才舉步走向大門方向沒兩步，張小姐從背後喊住：「去大華，不要買水果。後院樹上結了很多桃子！我現在都不買水果。野生的，都吃不完！」

聽完，王哥繼續提起步伐前行之際，邊自語：

「今天，要看電視轉播世界盃女子足球賽。」

被張小姐聽到，問了一句：「中國隊要打嗎？」

王哥：「沒有。」

張小姐立即反應：「沒打進五強嗎？」

王哥稱：「沒有！美國有。」

張小姐不解：「這麼大的國家，人那麼多，訓練不出人才？」

王哥：「今天，英國、德國爭三、四名。明天，美國、日本爭冠軍。」

「你現在比我們還像美國人！天天看各種球賽。不是足球、棒球，就是籃球。瞭若指掌！」張小姐說。

王哥再抬腳緩慢前行幾步，又邊說起成人學校往事：「以前，天天幫老師擦黑板。後來，公民考過了！她說，你現在是美國公民了，送你一件印有美國國旗的T恤。所以，我現在穿上這件！」

邁出大門，繞到牆邊籬笆內，取出四輪手推助行器，外出。

十點多，可可出來上完廁所、盥洗後，張小姐也主動和顏悅色地找話跟可可家常好一會兒。可可有時得巧妙地緩緩移步後退，或做點手邊事，避開張小姐講不停！雖然如此，張小姐也稍微往前移步，好貼近可可，再找話題，打開話匣子，比方說呵護院子裏花紅葉綠心得、落得滿地桃子等等

張小姐問：「妳要不要桃子？」

可可婉謝：「不要！」

張小姐：「朱大哥回來了！我聽到他聲音。」由於是隔牆鄰居，房間內動靜互通之故。

可可沒回應，走向後院，想趁上班前，簡單手洗幾件衣服。

一會兒，林先生跟可可，先後上班去。

朱先生出現廚房，煮牛奶麥片。

幾天不見！端著一碗熱麥片，朱先生坐在餐桌旁，正要享用時，張小姐拿出一盒尚未開封台灣花生米，打開，對朱先生勸食曰：

「來！這個配稀飯，最好！」

朱先生笑曰：「我這是麥片！」

張小姐：「一樣。」

朱先生爲了捧場，用手抓一小把花生米。接著，張小姐再拿出一罐未開封蓋豆腐乳，對朱先生再勸食：「這個拿去配著吃，也很好吃！」不過，朱先生婉謝。眼看桌上堆著自己從中國超市買回食物中，張小姐驚見一盒久違的黑仙草：「啊！我這兒還有仙草，趕快吃了吧！上次，買個小西瓜回來，想請你們吃！結果，忘了！放到壞了！給丟了！」說畢，取出仙草，拆封，用大碗，切切弄弄，擠進新鮮檸檬汁。

王哥聽到朱先生講話聲音，出來。見到朱先生，笑問，渡假回來了啊？

王哥：「我剛出去買報紙。」「愛美麗，渡假去。叫我給自己買隻烤鴨吃吃！她說，她渡假回來，會付我錢。叫我先付。」

朱先生：「買了沒有？」而張小姐接著問價錢？

王哥：「買了！整隻，加上稅，二十塊錢吧！」

張小姐準備好仙草，叫王哥和朱先生拿容器來裝食。

王哥回房去拿小碗，而朱先生指著麥片碗：「吃飽了！吃不下！謝啦！」

張小姐這時指著大容器內塞滿小桃子：「來！來！拿幾個桃子。剩下的，我拿到教會，分給弟兄姐妹，五個裝成一包。」

朱先生怕失禮，道謝並挑了五個桃子，問：

「這些是從我們後院樹上摘的？」

張小姐：「不是。是隔壁鄰居家的桃樹，結了滿樹枝都是桃子，長到我們這邊。」表現誠意，朱先生馬上洗了一粒小桃子，然後，塞進嘴巴裏，嚼沒兩下，吐出來，對張小姐解釋：「太苦！嚥不下。還是我們後院種的，比較好吃！就算不甜，但不苦，脆脆的，還嚥得下口。」

王哥適時表達朱先生所言，屬實。

王哥手中拿兩頁中文報紙對朱先生笑曰：「你出去渡假這幾天，我看到報上有電影明星舒淇的照片，我幫你留著。等你回來，給你！」

張小姐一聽，笑問朱先生：「你和我們家一樣，也都喜歡舒淇啊？」

王哥又湊耳對朱先生輕輕講：「房東現在幫我升級電視頻道，可以看一百多台！你要看電影長片，到我房間來看！」

朱先生瞪大雙眼：「一百多台？有 HBO 嗎？」

王哥：「我也不曉得！可以看長片就是了！」

張小姐吩咐王哥：「去拿大一點的碗來裝清涼仙草。」

王哥只裝了一小碗，道謝後，回房去。

張小姐對朱先生聊說：「今天，有炎炎夏日的感覺！」

朱先生笑談：「現在是夏天啊！」

下午一點多，朱先生走到中國超市附近中國餐館區，挑了一家，進去吃碗牛肉麵。回程，順道買些水果、一罐鮮奶，拎回楓葉巷。午休，聽收音機。

約六點半，老李開車回到大雜院，王哥在前院站站走走。兩人見面講講話、耍耍嘴皮，如昔。

老李調侃王哥，因為當他看到王哥身穿印有美國國旗的T恤：

「美國公民，不會講美國話！」

王哥回嘴：「很多美國公民都不會講美國話！」

昨夜在舊金山機場枯等出租汽車，無果。一旦，朱先生安返大雜院，頓覺：「這兒有點像家的感覺！」深深覺得，這兒胡同裏種種人事，是過去的縮影。這兒北美人民公社現實環境，肯定是未來的預言。這兒大雜院內，來去過往男女房客，各個身不由己，不得不狀況下，齊聚，且迸出不同火花。

朱先生又想，幾小時前，人困在空盪、設計摩登、雅潔舊金山國際機場內，猶如蹲在一座牢區掙扎，極度想搭到車回到陽光谷。

「原先講好，用信用卡預付了車資。飛機於晚間十一點五十分降落舊金山，車行信誓旦旦，一定會有司機會開車來機場接人。結果，等無人！打手機詢問，計程車行竟說，司機沒排班候客，會退錢。抱歉！」朱先生內心氣憤難消。

那時，空盪盪機場內，起身找人跡，找人為伴，即使是陌生人。見到一位坐在長排座椅上獨自低頭打盹又打呼老頭子，以及一位坐在另一頭長排座椅上單獨地閉眼假眠年長婦女。見到老頭、老太，朱先生一度徬徨心，頓然風平浪靜！選擇兩位中間那排空虛狹長座椅上，悄悄坐下來，深怕驚動男女，紛紛離去，而再度陷入淒涼落寞！

朱先生想，幾小時前，幾天前，人還在紐約。生活在大蘋果紐約市，逗留在旅店三十八樓免費提供榮譽會員美食、飲料以及格調高雅、氣氛佳的設計空間，縱使美好，只限於早上七點半至十點，下午五點半至晚間七點開放。百老匯劇場，縱有場場盪氣迴腸戲劇演出，總有曲終人散的寂寞，恰似眼前摩登高雅舊金山機場，人去樓空。

多少時候，人怕人！鎮日上演戲碼，一個人讓另一個人失望、絕望！

然而，多少時候，活在世上，人需要人，離不開彼此，相互取暖，往前行！

二五七

七月九日，星期四。

下午快兩點鐘，王哥推著四輪車慢步走去大華買報紙。買完報，準備走到紅綠燈十字路口，途經星巴克咖啡店前，因為整修路邊花圃美化工程，路面呈現高低不平。此際，王哥推車前行確實有點困難，不是那麼通順。剛好有位從附近商圈一家中國飯館出來五十幾歲西洋女子見狀，主動趨前協助王哥通過高低不平路面。

王哥抬頭，笑臉望向淡妝、高個頭、身穿藍色褲裝、耳墜子一對藍色耳環的洋女人道謝：

「Thank You！」

趁著等待四面八方紅綠燈空檔，女子掀開話匣子：

「你會講英語？」

「會！一點點！以前在成人學校學的英語。」王哥笑答。

「你是不是美國公民？」單刀直入問了一句。

王哥：「是啊！」「我喜歡美國USA！」

「好！好！你來美國幾年了？」

「三十年了！」

「你太太呢？」

王哥嚐試用簡單英語溝通：「No!」「離婚，她，台灣。」「我，三個孩子，兩女一男。我，八十歲！」

「你看起來年輕！你非常有紳士風度！」馬上接下去問：「你有沒有 SSI 社會安全老人福利金？」

王哥：「有！」

洋女子：「我們可以做朋友。可以看出來，你是一位好朋友！我正在找像你這樣年紀的男人，但不是要結婚。我們只是做男女朋友，出去吃頓飯，吃美味大餐！但是，我住得很遠。」

王哥：「我沒車！」

「你要一直走嗎？」洋女人右手指向蘋果科技公司新總部建築工地，**Homestead** 街道方向。

「不是！我要左轉，**Wolfe** 街，回家。**Bye !Bye !**」說完，王哥獨自過了街後，再按另一個紅綠燈按鈕，準備通過另一條人車繁忙的街口。

晚上快九點半，朱先生散步回來，見林先生悶頭在廚房煮菜，又瞧見浴室門深閉，此時此刻，想必是可可在淋浴，只好跑到後院水槽那兒刷牙。剛刷完牙，適巧，可可洗完澡，穿著粉色浴袍也走到後院，欲將剛使用過的大浴巾搭在曬衣架上晾乾時，與朱先生不期而遇。

朱先生：「妳洗好澡了？我馬上接著要洗！」

可可：「你去洗！」然後湊近朱先生耳際，降低語調：

「他沒辦法煮魚。我把他的魚給丟了！」幾天前，男女吵得不可開交，夜深，林先生找不到人訴苦。原本視張小姐為仇人，林先生那時顧不得舊怨，竟在大門進口處遇上張小姐時，主動向對方低聲抱怨：「可可把我冰箱裏的三片生魚給丟了！」

可可繼續輕聲向朱先生咬耳朵：「還有，老林在你背後講你壞話。老林對張小姐說，朱先生是笑面虎。人前，笑臉，講好話。人後，講人家壞話。朱先生不可靠，妳不要相信他。他和可可交情很好！」

朱先生不可置信地問可可：「誰跟妳講的？」之外，心中默然認為：「我向來待老林不薄！他不至於會這麼講我吧？我都幫他講話，同情他。」

可可：「是張小姐自己透露這些給我。」

當下，朱先生立即憶起，對可可說：「是有那麼一個晚上。林先生和張小姐他們兩個人講悄悄話，講到一半，大概十一點一刻，那時候，我剛好關上電視，打開房門，要上洗手間，然後，準備等一下就寢。」驚訝林先生怎麼和常罵他的張小姐雙雙站立大門口邊輕語？當時，不疑有它，「我輕手輕腳，怕打攪他們兩個人說話，我還說聲，借過。」張小姐得知背後有人，停止耳語，轉身，淡笑問朱先生：「要洗澡嗎？我等下也要洗！最近，天天洗，流汗的關係！」那時，朱先生回道：「我洗過了！只是上個廁所。」同時，僅單純地暗中猜測：「老林可能向張小姐告狀，他的魚被可可給丟了吧？」

這時，朱先生面對透露風聲的可可說：「萬萬沒想到，那天晚上撞見他們，居然是在講我閒話！」並大大表達對林先生十分失望！

二五八

七月十日，星期五。

加州連續四年乾旱現象，今年，總算盼來一絲希望！因為國家海洋大氣管理局預測，聖嬰現象逐漸增強，非常有可能在今年秋末形成，一值延續到明年春天。若真，那麼它將會帶給加州及時雨。就算這則氣象預報無法成真，屆時，高於平常值雨量，仍舊可期待。

朱先生想，要是多日變成雨天，固然為某些地區帶來泛濫成災，不過卻也為北加州多處乾涸水庫注入大量雨水，而令居民引頸期盼。朱先生體驗到，加州居民恰似中東沙漠當地人民，尤其對傾盆大雨總是拭目以待、伸展雙臂歡迎，天降甘露。

這天晚間近十一時，朱先生從 **Palo Alto** 的史丹福戲院觀賞黑白老片，由費雯麗、勞倫斯奧立佛主演「**Lady Hamilton**」回來。張小姐已坐在廚房餐桌看中文報。朱先生稍後立於爐頭前熬煮薑湯時，張小姐翻到報紙廣告版「聯合服務」專欄，抬頭，說：「房東開的酒店現在經營起色情服務！」

朱先生：「真的？他不是要賣掉嗎？」

張小姐：「賣不掉。」「你看！他們現在刊登廣告的版面，竟然出現在色情店家廣告區塊。廣告裏預約電話，你看，就是房東女兒的電話號碼。」

朱先生不敢置信，要求借看一下報紙廣告以求徵信。果然，房東開設「金錢櫃夜總會」標榜：音樂酒吧。**KTV** 包廂。卡拉 **OK**。豪華大廳。雞尾美酒。尤其當朱先生看到「美麗公關」四字時，脫口：

「妳好像沒瞎說！他們還在最後一行誠徵公關，列出網址。」

張小姐：「灣區國民黨老大，對房東會很頭痛！房東是這裏國民黨支部幹部。國民黨幾次選舉，選得這麼爛，形象夠糟了！房東雖然一直以來都有捐款給黨部。」

當朱先生繼續看其他色情店家廣告時，即時發現他們都僅有房東家夜總會的四分之一版面。如「忘不了。**Fremont**」「一流。年輕美眉，一流服務。聖荷西　伯克萊」「青春美女。火辣性感，莞式手法，服務一流，頂級享受。陽光谷　聖荷西　聖塔克拉拉」。「國色。

中日韓美女，青春亮麗，望君光臨，十日更新。聖荷西」還有「湘女。中國女孩，性感大波霸，願做你貼心小貓。」等等。不久，當朱先生洗完澡，右手端著盥洗臉盆回房途中，經過廚房，瞥見林先生在爐頭上煎著鯖魚，同時，他也在另一個爐頭上炒韮菜。

房間正處廚房邊的可可受不了睡前還得遭受油煙、魚腥及韮菜嗆鼻味，故忿怒情緒襲上心頭，尤其天氣達八十度高溫，使得房間內悶熱。暗恨：

「怎麼屢講不聽？好不了幾天，老毛病又犯？」她氣得走出房門，走向廚房，打開廚櫃，取出一瓶黑醋。走到大餐桌，因為她知道林先生等一下會坐在桌邊吃飯。於是打開醋瓶，狠狠地將整瓶醋全倒在桌上。可可已想好說辭，要是有人不悅，她會回答，醋味，為了消除魚腥臭味。實際上，她要向林先生表達抗議，叫他吃不成飯。倒完醋後，放好醋，回房間。

林先生看在眼裏。他拿抹布去流理台水槽那兒沾水，接著，彎身清理桌面上醋酸，讓自己有個可以吃飯用餐空間。吸滿黑醋濕溚溚抹布，被林先生故意地擰乾、滴下醋水在可可門口。

一段時間後，可可忽然尿意上身。開門，想去廁所小解時，門口一灘醋水害她滑了一跤，咚，一聲倒地。當時，四下無人。林先生正在上廁所。

林先生小完便，回到廚房時，見到可可也在那兒。林先生莫名奇妙地站在廚房入口，像個二愣子，一動不動。剛才四下無人，摔了一跤，可可認了！但是男人一直站著盯著人看，這可惹毛可可，怒吼如母獅：「你站著，幹嘛？老流氓！」

想到以前，天天燉排骨湯。更早以前，天天煮五花肉紅燒梅乾菜。現在，天天煎臭魚，像吸大麻上了癮。於是，可可將長期累積起來的新仇舊恨，瞬間，全都轉化為驚天動地的咆哮，髒話傾巢而出，似乎唯有如此，方能舒解心中積怨。男子先不語，沒多時，採取攻勢，破口回嗆憤怒女子。可可無法想像原本無理男子竟然振振有辭，還好意思擺出一付受害者姿態，竟還大聲頂撞？於是乎，女子更加漫罵男子：「為什麼每天半夜，還燒些重腥羶味、辛嗆味的菜，打擾室友們安靜的夜晚！」吼完，轉身，摔門，進屋裏。落單男子吼聲如公虎：「妳給我出來！」

女子聽到男子挑釁口氣，再度被激怒，迅速打開房間門，雙手插腰：「幹什麼？我怕你啊？操你媽！你想怎樣？」

男來女往三、四分鍾後，雙雙氣呼呼罵髒話、摔東西，各自回房，才逐漸完全安靜下來。這夜，樓上、樓下室友們，不但全員在家，而且分別待在自己房間裏安靜地側聽到一場火爆場面，戰況激烈。

幾分鍾後，室內百頁窗緊閉，室外有人輕敲面向後院的鋁窗。朱先生狐疑片刻：「是林先生嗎？他曾經有一次心情不好，就是敲窗，找我出去陪他聊聊！」暫停觀賞電視節目，從沙發椅上站起來，打開窗簾，隔著透明玻璃窗左右巡視，查無人煙。重回沙發椅，坐下來，繼續看電視。不到一分鍾，有人輕敲房間木門。朱先生前去應門，依舊查無人。納悶？決定走向廚房看分明。

結果，可可在爐頭前等待水滾。

「剛才是妳敲門？」

可可：「對！我想跟你談談剛剛吵架的事！想找個人說說。」

為了講話方便，兩人跨進後院，月下交談。泰半，都是可可在喋喋敘述，講一半，感覺有人在廚房走動。

可可移步，探頭，往屋內瞧：「是那個死傢伙！」

朱先生：「我們明天再聊吧！」

可可：「我先進去看看！」

讓朱先生意外，為何可可進了屋，隨後把鋁門扣鎖住，咔，一聲？返回屋內的可可認為，她這個動作暗示朱先生，不要從後門進屋，繞道，走前門，再潛回房間，避人耳目。誰知道，朱先生尚未會意過來，已聽到鋁門開門聲。正猜測，是否可可重回行列，好完成待續心情故事？還是另有他人？如果不是可可，那麼又會是哪位大哥？哪位大姐？頓時，林先生嘴中含著一根牙刷出現在眼前。兩個男人四眼對望，但瞬間，游移它方，各自默然地低頭，一位未停腳步朝向後院水槽去刷牙，一位掉頭，走回屋內，兩人沒有交集。朱先生納悶：「他剛才跑到後院來刷牙，難道，廁所浴室有人正在使用？」沒有立即走回房間，朱先生反方向走向衛生間，想查証實況。結果，廁所木門敞開著，沒人在使用。「原來他故意跑到後院去刷牙！看看是不是我在後院？」朱先生認清事實。

二五九

七月十一日，星期六。張小姐早早起床，依照往常周末休假日，晏起，大約十點多，房間內才有動靜。

走到餐廳沖咖啡，張小姐自言自語：「年青氣盛！來這裡找女人吵架。每天燒三次飯。誰要跟你住啊？」「你們吵，害我第二天上班，就算白天睡午覺，都會做惡夢！夢到他們兩個人在吵架。年紀大了，屋子裏不安寧，心情受影響，覺也睡不好！」

十分鍾過去，張小姐仍在，可可和朱先生相繼出現在廚房準備燒水、做早餐。張小姐建議：「乾脆把餐桌搬走！省得惹起一堆麻煩！」

可可：「大姐！我贊成。」

眼看另一個爐頭上，水滾了。這時，正在煮麥片牛奶粥的朱先生提醒可可：「妳的水，燒開了！」

可可：「我要沖咖啡。每天早上，都要喝一杯滾燙咖啡，配上點心，一天才算開始。一定要吃點心，否則，寡喝咖啡，好像缺點什麼！就好像，喝清酒，要配上生魚片。咖啡，不可續杯。茶，可續杯。」

三人閒聊片刻期間，王哥緩緩腳步聲傳到廚房區，人未到，張小姐厲聲曰：「你不要偷聽，去向房東告狀。每次房東打電話來，說，我聽說……」「……事實上，就是你去告的狀。」

王哥喃喃低語，經過廚房，不入，繼續行進朝向前院，還在自言自語：「我哪有告狀？」「我現在要出門，捐舊衣服。房東給我一堆舊衣服，叫我挑幾件，拿去穿。剩下的，幫他捐掉。我現在就要把剩的，我不穿的，丟進新港點心樓店家前面的捐衣箱裏。」然後，推開鐵門，走出室外。

預估，老人聽不到了，這時，可可表達，她十分認同張小姐說法，並不以為然地表達看法：「老頭故意的！他故意這個時候趁我們講話的時候出來。捐衣服？什麼時候不可以捐？早一點，晚一點，都可以啊！」

張小姐：「這都是我的錯！當初，是我把死老頭引進，住進來的。」「我以前常去一家東北人開的美容院去洗髮、做頭髮。那時候，美容院老闆娘告訴我，老頭常走進店裏看人，找人講話。老闆娘不好意思趕他走！有天，老闆娘告訴我，老頭可憐，沒地方住。兒子和同性戀兩位年輕人要趕他走。我這才介紹他來我們這邊住的！想不到，他現在是個麻煩。」

這天下午近兩點鐘，王哥又推車出門買報紙。買完報紙，回程，來到鄰近一間牙科診所前面，一位山西人年近六十歲中國女子正在附近公車站牌候車。

女子眼見王哥走近，主動問話：「你是不是要坐公車？」

王哥：「沒有！我不坐公車。我住在下面一個紅綠燈右轉進去，再左轉，就到了。」

女子：「你是講普通話的！」接下來：「我住在 Palo Alto，準備搭公車回去。公車拖班嗎？還是過了時間？車子怎麼還不來？等好久了！」

王哥對陌生女子說：「我要回家了！」

女子：「我陪你走一站。下面剛好也有一個公車站牌。」

老頭子、老太婆並肩走在馬路邊人行道上。

女：「你有沒有領 SSI 社會安全老人福利金？」

男：「有啊！」

女：「幾歲？」

男：「快八十了！」說完，十分驚訝，眼前中國女人怎麼跟之前洋女人講法一樣？

女：「我有個朋友，今年六十五歲。我把她介紹給你。你要不要？」

男：「我女兒在管我的事。」

女：「我朋友做護士。要不要找個時間，咱們出來吃個飯？把你女兒也約出來，叫你女兒跟她見見面！」

男：「好吧！考慮吧！」

女突然回頭，然後奮不顧身地邊喊邊跑：「公車來了！」

男喊著：「我跟妳講過，可能會慢個幾分鐘吧！它不是來了嗎！」

幸運地，女子及時跳上周末公車。

男女不但還來不及約日期，而且還未曾留下雙方電話號碼。晚間十點左右，張小姐未歸。林先生下班回來，煎海魚、炒韮菜，腥嗆氣味從可可門底細縫飄進，讓味覺特別敏感女子忍無可忍，多時累積起來不滿情緒，終於再度達到火山瀕臨衝爆臨界點。可可衝到後院欲打電話給房東申訴時，正巧，朱先生房間面向後院唯一窗戶開著。換句話說，可可和房東對話內容，都可猜個七、八成。

聽完可可抱怨林先生，房東回應：「煎魚不犯法。」

這下子，可惹惱四川女房客，抑制怨氣無處宣洩之氣憤，然而暗中決定，這次，絕不托泥帶水。可可接下來，口氣平靜地應付房東：「我知道了！大哥，就當我沒說。我知道了！」然後匆匆掛上電話。疾步奔向廚房，邊默默告訴自己：「他媽的！我知道了！文門不通？老娘來武門的！」

衝進屋，立刻使勁所有氣力，重力摔東西，且高頻率尖聲飆髒話，破口大罵：「操你媽個B！天天臭魚臭肉，香腸韮菜，誰受得了！」「操你奶奶個B噢！你不是男人！天天吃！吃！吃！吃你媽的B肉裏去！操你媽！在餐廳打工，不會在餐廳裏吃飯，偏偏跑回來燒臭魚，薰人！」

台灣郎林先生難以嚥下可可在夜深人靜時刻，男女眾室友都待在房間內，聽得清楚自己大男人被女子辱罵，因此反擊，用男性洪鐘吼聲：「我操你媽個B！瘋女人！我不能煮飯嗎？」

四川姑娘可可：「你可以！只是現在幾點鐘了？晚上，大家要睡覺休息，你還在煮臭魚、燉臭蘿蔔排骨湯！煮重味道的東西。操你媽，講都講不聽！」

台灣郎再吼：「我做飯幾年！為什麼現在不可以煮？沒水準的瘋女人！」四川女：「你才沒水準！」想到以前學過的罵人台灣話：

「幹你娘！」一句迅速出口，然後繼續：「屋裏其他人都有禮貌，大家節制。哪像你？地痞流氓！不要臉！」

男：「妳太妹！每天神經病！……」不待說完，女子氣得再度提高音量，重提：「你他媽的不要臉！送巧克力，送花！噁心死了！」

男子反問：「那妳為什麼收下？妳才不要臉！」

女子：「我給你面子，你不要臉！還好意思講！我操你媽的B！」

男女爭鋒相對，你來我往，互不相讓一陣。

氣急敗壞，可可順手拿起流理台上菜刀，繼續髒話不斷，並揚刀做勢一番。林先生見狀，挺身：「妳砍啊！」

可可罵曰：「砍？砍你的B肉？呸！你還配啊？」又停不下來辱罵時，林先生氣得轉身，走兩步，握拳重擊走廊上、自己房間外的牆壁以洩憤，然後回房。誰知，位於林先生緊鄰隔壁，月初剛搬進來二十二歲杭州年輕女孩管小姐，早已嚇得魂不附體真想敲王哥房門求援。沒一會兒工夫，可可跑到後院打電話給朋友訴苦。講話聲，引起林先生好奇，認為又是朱先生偷偷跑出來跟可可講悄悄話。為了求證，林先生擠點牙膏在牙刷上，走向後院水槽方向，再次佯裝刷牙。可可見到仇家正欲走進後院，急速關上手機，火氣再被飆升。她雙手一插胸前，右腳交疊左腳，擋住出口。隨即質問男子為何故意跑來後院？

林先生：「我為什麼不可以來？我在哪刷牙，是我的選擇！」

可可：「你為什麼不在廁所刷牙？你去廁所。」

林先生：「有人。」

可可不信，三步併成兩步衝去廁所瞧個究竟。發現根本沒人用廁所，於是，回頭跑去再痛罵林先生。

林先生：「妳就是跟小人在一起！」

一聽，可可抓住時機，責之曰：「好啊！你罵朱大哥是小人！」轉身，走向大門口方向，四顧而呼曰：「朱大哥，你出來！」數聲。

當時，朱先生正在看公共電視 **PBS** 周末電影長片，同時，又不願捲入是非，故先是保持沈默，不回應。可是，可可契而不捨，叫了第三聲：

「朱大哥，你出來！」

朱先生覺得應該無法逃避了，於是，開門走出來。

可可：「他罵你是小人！」

林先生站在可可身後，連忙否認。可可咬定林先生背後罵人。

可可加油添火，轉身，當面控訴林先生：

「張小姐說，你在背後講朱大哥壞話！」

林先生：「我沒有！不然叫她來對質！」

可可：「有！張小姐說，你背後講，他是笑面虎。」之後，再面對朱先生重述一遍：「他罵你是小人！」

朱先生回答：「我知道了！」回答後，立即轉身，回房去。

可可再狠罵林先生幾句，才丟下林先生於身後，走回房間，摔門，砰一聲，關上門。

獨留林先生大聲喚道：「妳們瘋女人！」

時鐘指向夜央十二時，張小姐開車回來。一進門，濃烈醋味襲鼻令她不適且不悅起來，口發怨言。張小姐曉得這醋是可可潑在餐桌上，表面上揚言要除去林先生煎魚散發出魚腥味，實質上則表達不滿。雖然如此，張小姐依舊不以為然地嘀咕，獨語：

「這畢竟是公共場所。要吵要鬧，你們兩個人的事！但不要影響大家！」

氣難消、胸口鬱悶而難眠的可可，隔著木門，聽到了。於是，立刻開門，說：「我說大姐啊！妳這才能體會，我天天聞臭魚的味道，有多難受啊！」

聽此言，張小姐無從答辯。

約凌晨一點半，兩個女人仍未眠，又在廚房相遇。

張小姐隨口建議，乾脆把大餐桌搬到後院去，誰都不要用。「如果大家煮好飯，要吃飯的話，各自回房吃！省得麻煩，減少衝突。」

一聽，可可立即表態，十分樂意接受這個絕佳建議，一不做，二不休，馬上執行：「好！咱們倆現在就把桌子搬出去，搬到後院去。」連四張沙發背椅也被她們搬遷至院子，餐廳霎時空出許多空間出來。

兩、三個小時後，早晨四點多一點，天還黑朦朦。林先生躡手躡腳走出房間，打開通往後院大片鋁門，走近被置於戶外大餐桌，伸展雙臂，一口氣，擡起長木桌時，戶外自動計時感應燈，怎麼突然熄滅？

林先生不解：「這不可能！自動感應燈要好幾分鐘後，才會自動熄掉。怎會？」轉身，想進屋察究竟，萬未想到，徹夜難眠的憤怒女子早看在眼裏。

未料，可可把鋁門給鎖上，讓林先生進不了屋。

此刻，可可清醒地待在房間，聽到林先生從後院繞到他房間窗戶邊的戶外走道，開窗，爬窗，鑽進室內。盛怒未消男女，此刻，中間僅隔一道牆。

第二天，星期天早上，林先生已騎腳踏車上班去。十點多，張小姐獨自在廚房，有意無意之間，開口自語：「這種女人，也不可以一直讓！」

聽在可可耳裏，格外刺耳，她立馬又打開房間門，對張小姐說：

「大姐！我是被逼的啊！就像老林逼妳，妳忍受他兩年，妳不也終於把餐桌給移走了？否則，他一直坐在那兒，擋住妳冰箱，害妳拿東西都不方便！他不也是跟妳對幹了一段時間？」

張小姐聽後，再度無言以對。

當晚，近十時，王哥洗完澡。意識到窗外，夜月下，有輛汽車停在路邊，心生好奇：「誰的車停在那裏？」

原來房東沒通知任何人，突至大雜院。這時，恰好林先生下班回來時刻，但兩人未碰上面。

廚房裏，沒人，但爐火上，正在蒸著魚肉，冒著蒸氣。海魚腥味，微微散漫開來。蒸魚人，林先生，遠在浴室裏淋浴沖澡。

房東聞到魚腥味，開始諒解，暗思：

「怪不得可可生氣！她一開門，不但聞到更濃魚臭味，又看到老林坐在她房門前餐桌那裏吃！」

不久，王哥聽到房東在後院講話聲音。老人側耳仔細聽，聽出來是房東正在跟林先生講話。

接著又聽到，林先生指著擱置在後院空地的大餐桌對房東進言：

「把桌子搬回屋內，我吃飯要用的！」

房東：「幹嘛？搬進來，事情又多了！你燒好飯菜，拿回你自己房間去吃。」「桌子搬掉，好！大家不會在這裏講東講西！」

王哥走到後院，房東的背對著他，卻和林先生面對面。

王哥向房東禮貌性打招呼：「你來啦！」

房東轉身看到王哥，示意：「你進去！」

王哥順從地緩緩走回房間。

瞬間，房東來找王哥，順便敘述一下方才他和林先生兩人之間對話。

王哥隨想隨說：「張小姐上次叫我不要死在這裏，會害你房子租不出去！」「我就告訴張小姐，我不會死在這裏。我會打九一一電話，死在醫院裏的！」

房東：「我們信教的！怕什麼？」

二六〇

七月十三日，星期一早上，王哥打電話給乾孫女安潔莉卡，詢問，何時可載他老人家來趟每月一次的外出，陪去買菜、理髮、上銀行使用提款機、上館子吃飯？沒有任何血緣關係的洋孫女：「爺爺，每次開車載你跑來跑去，費不少汽油。我汽車要加油。現在油價上漲！」

王哥聽懂意思，心想，自從搬來胡同，安潔莉卡就沒開口要過油錢，已經夠意思了！如今每月政府撥款老人津貼八佰八十九塊錢，扣除八佰塊錢房租，只剩下八十九塊錢，餘錢不多。不像幾年前，尚未搬來美國人民公社前，那時候，還跟兒子馬克同住。當時，拿政府六佰塊錢老人福利金，撥出三佰塊錢給馬克分擔房租，手邊還有三百塊可花用，手頭寬裕些。因此，王哥那些年每個月托安潔莉卡開車載他出門辦事，每次辦完事，王哥照例會請小丫頭在外頭吃飯。餐桌上，王哥都會十分大方再塞個十塊、二十塊錢紙鈔給她當汽油錢。經濟狀況今不如昔，權宜之計，王哥今天提出：「我只能給妳五塊錢油錢。爺爺剩款不多！」

小Ｙ頭接受王哥提議：「OK !爺爺，我星期三載你出門去買菜。」

掛上電話，王哥走出房間，去找朱先生：

「你幫我看看手邊這些肯德基炸雞優惠券，什麼時候過期?它字太小，我看不清楚！」

朱先生摘下近視老花眼鏡，細瞧：「八月下旬才過期。沒問題！」

王哥：「我請安潔莉卡吃炸雞，比較划得來。三塊炸雞套餐，一客，五塊九毛九。如果帶她去吃中國館子，一客午餐特價，起碼八塊錢，外加小費，比較貴！」

早上十時許，王哥來到廚房，要從冰箱拿出洋火腿肉片，想回房做三明治。這時，可可已經靜靜地站在爐頭前等待水滾沖咖啡好一會兒了。王哥低調不語，深怕自討沒趣。

出乎王哥意料之外，可可主動打破多日來兩人之間僵局，溫柔又體貼對王哥說：「王哥，張小姐上次說，你把冰箱上層冷凍庫塞得滿滿東西，冰箱關不緊，留下個細縫，所以冰箱裡面冷氣不夠！這樣吧！你讓給我下層冷藏半格。至於你，食物太多要放進上面冷凍庫冷凍。原屬於你的那一層的空間變得不夠大。這樣吧！你把多的東西放進冷凍庫屬於我的那一層的一半空間吧！我們不要給張小姐塞東西進來。」「冰箱上面，冷凍部分，你用我那半格，我只用半格就夠了。冰箱下面，冷藏部分，你讓我半格，我用兩層，你用一層。」

王哥受寵若驚，暗樂！可可跟他講話了，真是夢寐以求。因為，已有好長一段日子，王哥一再主動向可可打招呼，道聲早安，或「出去啦！」、「回來啦！」女方都不理不睬，冷漠以對。這時，王哥心情頓時愉快，滿心感謝，樂曰：「好！我分散一些東西到你冷凍庫那層去。我冷藏的那半格，妳就用吧！沒問題！多謝啦！省得張小姐嘮叨我。」

接下來，可可開始再度數落林先生於深夜時分，罔顧大家感受，天天煎海魚、燉肉湯、炒韮菜蒜苗、炸香腸什麼的，油煙菜味擾人無法安寧度夜。「屢講不聽！」並敘述昨晚吵架一些細節。

王哥：「我老早跟妳講過，妳如果跟他交往，妳可不要惹火上身！老林這個人，不好弄！他跟老闆吵架！跟周圍人吵架！」「我以前跟妳講，他是火爆脾氣的人！妳忘了？妳現在惹火上身了！老林是這種人，像是，我喜歡妳，妳不喜歡我，我就報復！」

可可聽得點頭稱是。王哥又喜又安慰在心頭：「她服我了！識人無誤！」

最近，可可和林先生大吵，未料，此舉反而把可可推向王哥，成為兩人破冰最好媒介！可可和林先生大吵，也把朱先生推回到王哥那邊，兩人談天說地次數也多了。

二六一

七月十五日，星期三。

近午，安潔莉卡依約開車來載王哥外出購物、吃飯。

先去肯德基店吃炸雞餐，王哥請客付完帳，在找回零錢中，當場抽出一張五元紙鈔遞給安潔莉卡，作爲汽油錢。

「爺爺，十塊錢！」乾孫女價錢加碼的理由：「汽油最近漲價！」

王哥不以為意，笑曰：「好！十塊錢。」邊遞錢，邊說：「爺爺我省著用錢。只要妳每個月帶我出來一次，買買東西、去銀行、理髮、吃飯，我就很高興了！」

二六二

七月十六日，星期四。

下午六點半，夏日陽光如畫。

果奇異生命體。

王哥指著前院一棵樹：「那棵石榴樹開完花後，你看，正在結出紅色石榴果，很漂亮！」聽此一說，朱先生迫不及待地走向樹叢尋找果實，不久，探頭於枝葉中，見識到半花半果奇異生命體。

二六三

七月十八日，星期六周末，張小姐不慌不忙地待在屋內燒東西吃、看手機上播放中國連續劇，要不然跑到後院澆花修剪枝葉。同時，心中打算黃昏時刻，才開車出門，因為已經和朋友約好去永和超市吃兩碗才九塊錢的牛肉麵。

朱先生打開冰箱，拿出優格準備帶回房間配熱咖啡當早餐時，張小姐像是說給朱先生聽，因為廚房沒有其他室友在場：

「可可小姐不准老林煮魚，她沒有權利這麼做。這是在美國耶！她把大陸共產黨那套鬥爭搬過來。」

朱先生全無任何回應，低頭默然不語，手上拿著冰涼優格，悄步回房，並暗想：「以前，老林半夜煎魚煮菜，妳也為了此事痛罵對方。」現在開始，「室友們的事，我統統不管！少是非！」

不多時，林先生起床後，先把昨日剩下斑豆湯鍋放回爐頭上溫熱一番，然後去後院搓洗衣服。張小姐佯裝走到後院整理花圃，實則藉機找林先生講講話，主動開口向林先生大聲以國、台語夾雜並用，高談闊論台灣即將舉行的總統大選時事，以及透露台灣兩大政黨和大陸共產黨之間秘辛：

「現任中共主席在高層會議定調，任期內要解決台灣問題。共產黨這次默許、暗中操作民進黨民調居高不下的氛圍，讓民進黨候選人當選。這樣，共產黨輕鬆應付民進黨，拿下台灣，因爲民進黨是烏合之眾。國民黨，歷史上，應付共產黨經驗豐富。加上，國民黨和共產黨兩黨近來交往熱絡，共產黨要翻臉，下不了手。對付民進黨，就沒包袱。這就是為什麼國民黨現在強棒各個不願出來選總統。」

林先生也回應幾句，直到洗完衣服、曬好衣服在鐵環勾架上後，進屋。

林先生騎車上班去。如今，沒講話對象，張小姐只好跑到後院去澆花、修理枝葉。

當朱先生前去廚房洗餐具，可可身穿水紅色長及膝的浴袍輕聲抱怨並問：

「早上，她一直大聲講話，講不停！她跟你講話嗎？」

「只一下子，我沒搭腔。張小姐是在跟老林講話。」

「你看！她以前跟他吵架，罵他，都忘了？她沒原則！」

不久，王哥走出大門時，小趙正在清掃前院。上午十一點十五分。王哥上前，自述：「我女兒剛打電話，叫我先走去醉香居餐廳訂位，中午，飲茶。有他們一家，還有我妹夫都要來。」然後，走到木板籬牆邊取出四輪手推車，朝目的地前進。一路上，賦予任務在身，無牙老人心情充實、愉快。

吃完飲茶，順便攜回一份中文報紙。當打開現場實況轉播球賽的電視，心情飄然起來。下午四時許，王哥再走出房間，見六十四歲的張小姐仍在廚房東摸摸西摸摸，基於邀功，一時嘴甜：「大姐啊！現在天熱，晚上睡覺，紗窗鐵門都有打開嗎？我當初建議房東買這個鐵門的。」

張小姐未停下手邊雜事，沒抬頭，簡單應曰：「有啊！夏天，天熱！」

王哥繼續賣乖：「我晚上睡覺前，都會把進屋走廊的燈打開，我才會去睡覺。妳就不用摸黑。大姐命令，我一定做到！」

張小姐未回覆，仍做著手邊事。

張小姐出門前，約下午五點五分，趙太做完一星期幫傭工作，這時，回到丈夫身邊。趙太進房，卸下背包，馬上前去廚房，夫妻倆忙碌燉湯燒菜、講廣東話。

張小姐向趙太打招呼：「妳回來了啊！」

兩個女人輕聲聊聊。

趙太：「他們還在吵嗎？」想到上星期六，可可和林先生兩人驚天動地大吵，震撼程度，害趙太整夜睡不著。

張小姐應曰：「他們吵到拼個你死我活！」

總是不甘寂寞的王哥聽到講話聲，敢緊開門，緩步走進廚房，加入行列。

王哥向趙太打招呼：「妳回來了啊！我對門小姑娘管小姐還沒回來！她去洛杉磯玩，還沒回來！本來說好，昨天十七號要回來的！」

張小姐頓時提高音量：「你幹嘛關心小姑娘？」

王哥：「我照顧她嘛！」

張小姐更不滿，口氣更為高昂：「你那麼老了，還要照顧二十歲小姑娘？喂，你還需要被人照顧哪！你要照顧她什麼？你能照顧她什麼？小姑娘咧！」「你們這些男人，好色！醜八怪，蔡小姐，你怎麼不去照顧她？」「讓人聽了就伙大！」

王哥急著解釋：「剛搬來小姑娘，她上次，碰上老林跟可可吵架，老林還捶牆壁，嚇得她想敲我房門……」不待說完，張小姐嫌老頭愈描愈黑，怒氣沖天：「說大話，你不能講。怕亂講！太吹牛！年輕女孩，你來照顧？聽了就嘔心！男人看到她，搶著照顧，哪輪到你老頭子？聽了就噁心！沒本事照顧自己，不要講照顧人家。杭州姑娘，她中文又不是不好！老色鬼！誰照顧誰啊？吃豆腐！」「你可以講，照顧房子，或照顧房東，不可以說，照顧年輕女孩！」

王哥十分要面子，故常打斷，叫張小姐不要再講了，以免在趙家夫婦面前出醜之外，房間裏的房客們想必也在房間內聽得清楚，於是王哥急忙息事寧人：「好了！好了！不要再說了！我講不過妳！」說完，王哥轉身走回房間，氣呼呼地重聲拍擊木門，再狠狠地摔上房門。

張小姐驚訝，老頭平常對她都逆來順受，今兒個竟然脾氣這麼大！於是再度拉開嗓門：「老先生還摔門？發飆，血壓一高，還要叫九一一！」最後補上：「笑死人！還那麼火爆？摔門噢？保重！保重啊！」

張小姐出門了！

這時，趙家夫婦、朱先生還有可可都待在自己房間內。

還在氣頭上，無處宣洩，老人走到前院花圃邊枕木上坐下來，兩眼向前發愣呆望。當時，七點零七分，華氏 73 度。當天日落時間，八點二十六分。

二六四

七月二十三日，星期四。

午間兩點多，朱先生返回小窩，躡手躡腳地上洗手間，怕被洗手間隔壁王哥聽到，又會藉故跑出來找話講，而浪費時間及太不值得。四點半，王哥走到大門，見到朱先生球鞋放在房間門口，托鞋被穿進屋裏，而且細窄門縫透些微黃燈光，外加收音機所播放音樂歌曲流洩，表示人回來了。故意拉開嗓門：

「朱老大回來啦！」期盼有人跟他講講話。

朱先生再也不像以前，都會不好意思，勉強露臉，虛應一下。現今，猶如入定老僧，不為所動，心安理得，不作任何回應，心想：

「我變成這樣對付你，老頭子，都是被你鍛鍊出來的！」

無任何應門聲，王哥知趣地默默離開。

下午六點多，朱先生在廚房熱飯菜。王哥跑出來找人抬槓閒聊。不多時，老李也下班回來，王哥和對方打個照面：

「李大俠回來啦！」

兩位上海老鄉交換三、兩句後，王哥轉身回房，留下朱先生一個人在廚房，邊走邊說：

「我要進去了！李大俠每次跟他講話，都在罵我。」

以往，老人看到窗外老李開車到家，會立刻起身，加緊腳步朝向深鎖鐵門，開鎖後，開門，迎接下班人。今天，王哥舉止有異，但朱先生僅放在心內，不說。幾分鐘後，朱先生拿著煮好食物回房吃。

洗完澡，走進廚房，老李一個人煮晚飯。以前，王哥都會留在附近，找老李說說話，好排遣無聊。

快八點鐘，電視頻道26台，中文台將播放連續劇「愛情悠悠藥草香」，剩下最後幾集，二十九日將是完結篇。深被劇情牽引，吃完飯的老李急欲觀看晚間電視劇時，世事難料，自己房間內電視機竟然居此緊要關頭卻故障了！於是，敲王哥門。先輕聲敲門，無人應！再大聲敲門，仍無反應。這太不合常情，不論是時間點或禮貌上，顯然有點刻意行為。這下子激怒老李，不信邪，立志，非得讓王哥開門不可！匆匆腳步奪門而出，跑到戶外，站立王哥紗窗外，敲窗，大喊王哥幾聲。仍舊死寂一片。變成不服氣，老李返屋，再度敲門，依舊無人應。這次，他使勁推開王哥木門，擋門厚木板被推移。黑洞洞房間，老李大力搖動平躺且佯裝入眠王哥。這時，王哥無法有任何藉口，故翻身，背對老李。

老李：「我要在你房間看電視劇。」

王哥當然知道他電視壞了，但冷冷回答：「我想睡覺！」

老李：「我在這兒自己看。你睡！」

王哥冷靜：「今天不行！我要睡。對不起！你到別人家去看。」

老李，吃了閉門羹，心不甘，因感受到王哥故意拒人千里，非懷好意。一時，內心報復性詛咒起無牙老人：

「張小姐罵你，活該！以前，都幫你講話，可憐你！現在，巴不得，她常罵你。罵得好！」怒氣沖天，無奈地離開王哥房間。

朱先生進出廚房拿東西、洗東西，靜靜地不留痕跡，早將老李和王哥互動看在眼裏，放在心裏。獨想：「老李，你今天終於看到王哥的另一面！」「我嚐過這種個中滋味！我可以原諒他，但不會忘記！忘不了，王哥不願幫忙丟銅幣，啟動洗衣機。」話說，那天早上，已十點多，任朱先生敲破門，得不到王哥任何回應。硬推開門，卻見老人躺在床上閉目，佯裝熟睡。朱先生大聲喊「王哥！」老人竟死不回應。朱先生深知老人在這之前，早聽到「我向小趙抱怨洗衣機，為什麼投了錢幣，機器怎麼都不起動？王哥的房門，我幾分鐘前，跑去上廁所的時候，還看見老頭子房門像往常一直敞開著啊！」

這天晚上十點剛過不久，朱先生去洗手間經過廚房，被可可叫住，輕聲問：「吃西瓜？」她指著被放在流理台上半個紅通通果肉。

「噢！謝了！睡前，不吃，省得半夜跑廁所。」

可可徵詢：「我們談個五分鐘？」

她開始放低語調，才起頭講不到兩句，朱先生即用右食指示意，有話？兩人到後院講，免得隔牆有耳。

男女不知，林先生其實在房間內已隱約聽到講話聲。

夜空下，可可說，剛才在洗碗，林先生像個二楞子，站在廚房入口呆望著她。當下，她想：「我佔著水龍頭洗碗。照常理，當有人正在使用水龍頭，任誰，都會走開，等別人用完。他不是！他站在那兒，不走！」「後來，老李睡前拿著漱嘴缸要到後院洗衣水槽那兒刷牙。他經過老林背後，老林聽到第三者的腳步聲，才開口叫我，說，可可，妳掉了東西。」可可想：「掉的尤其是女人褲頭三角褲！他怎麼好意思提到女人私密東西？如果情況互異，我就不會對任何男人提這種東西，太隱私！」

朱先生不解，問道：「褲頭？怎麼會掉在廚房？」

可可：「不是廚房，是浴室外的走道上。」解釋更清楚些：「我洗完澡，拎著小塑膠籃，籃子裏邊放些洗衣精、沐浴乳瓶瓶罐罐。一般，洗完澡，我會順便在浴室裡沖洗當天換下來的褲頭什麼的。擰乾後，搭在籃子上，拿回房。可能在走回房間路上，掉落下來。那時候，死傢伙剛好一開門，可能看到地上的三角褲。」

朱先生：「後來呢？」

可可：「他叫我，我裝著沒聽到。走回房間，心想，反正等一下再回頭撿。我才不要馬上撿起來。否則，第一，他認為，對我做好事、表達善意，我接受了。第二，隱私物耶！他故意嗎？」

朱先生：「妳沒講出口的是，他意淫？這點最讓妳受不了嗎？」

可可：「現在，我再也不敢把花花綠綠女人三角褲頭晾到後院曬衣架上！以前，晚上，把洗乾淨的褲頭先晾在房間裏，第二天起床，會拿到院子去曬曬太陽幾小時，上班前，再收回房間，備用。因為，現在，他早餐、晚餐，都坐在後院小桌上吃飯。我的褲頭，才不要讓他看到！」不停抱怨林先生：

「院子裏，小桌子旁只留一張椅子。他總是把椅子轉個方向，面對我的窗、我的房間，吃東西。」「這個人，沒腦嗎？怎麼不記仇？都忘了我們激烈大吵？」「吵完後，煮飯方面，他倒不會再煎臭魚。但是，夜晚，他會在房間唱歌、吹口哨，像個流氓！他這樣，我反而怕他！他現在沒人跟他講話。以前，他會找你訴苦，你勸他！」朱先生一聽，臉色一板，不悅曰：

「他背後講我壞話，我還理他？這些日子以來，他忌妒我跟妳一起聊天，我也比較少理會他了！他講我壞話！妳看看！妳可以作証，我搬來一年多，可聽過我講他任何壞話？我知道他喜歡妳，我偶爾還會在妳面前幫他講話，說什麼，他基本上不是什麼壞人，只是少根筋！妳還記得嗎？」

可可：「哎呀！朱大哥，你怎麼會想到介紹這個貨色給我？看他長得B樣，我怎可能看上他？沒文化！我朋友會笑我的，笑我怎麼這麼沒眼光！」

朱先生繼續：「自從我看老林在妳這邊沒什麼大希望，我就勸老林去大陸鄉下用錢買個年輕女人回美國同居或結婚。反正，他每個月賺三千多美金，這些年下來，想必攢了也存了不少錢。又有綠卡，他沒問題的。還有，我現在不該在妳面前講的一件事，那就是，妳知道嗎？我上次還對他說，要不然，晚上，出去花錢找個女人去！」

可可忽然想起一個人來：

「他跟蔡小姐蠻配的！蔡小姐對他很好。他怎麼發脾氣，她都容忍他。」

朱先生：「我曾經跟他提過。」

可可：「他怎麼說？他怎麼說？」

朱先生忍不住笑道：「他說，他還是喜歡妳！」

可可：「他和老頭相比較，老頭還好，講了，會聽。他不是！」「張小姐跟我講，我愈和他吵，搞不好他心裏愈來愈爽，因為這是他和我唯一交流的機會跟方式。」

朱先生不語，心中猜測：「老林心目中，這樣男女激烈拼得你死我活，搞不好，它是一種另類快感、高潮！又爭吵當晚，老林真希望可可揮刀砍在身上嗎？他會無怨，痛苦但欣然接受嗎？因為，上前迎刀，倒在所愛的女人刀下受傷流血，勝於生活中枯燥乏味、生命無趣？拼個你死我活的壯烈，該不會是另類深愛對方的一種求仁得仁、激烈表達方式？」

可可：「上次，本來想在他下班前，敢緊把後面鋁門鎖住。他現在不知道怎麼搞的？走後門進屋。」

朱先生插問：「他以前下班回來，都停好單車，走前門的啊！」

可可：「後來，一想，不行！不上他的當！如果我鎖門，表示，我還在乎他。豈不是中了他的計！所以，我就沒鎖上廚房這個鋁門。」抱怨未中斷：「他小人！上次跟他吵完，不久，發現，我汽車門邊有道刮痕，還有鞋印。趁他上班出門，我跑到他房門前，檢查他皮鞋底的紋路，就是廚師穿的那種又厚又高鞋底的黑鞋，跟車上鞋印吻合！他用鞋踹我的車！」小而且透露，她悄悄警告剛搬來二十來歲年輕杭州姑娘：「小心妳隔壁男人，是個色狼！」因爲，丫頭頻問：「哪個男的？」可可說，她未點名，只重申：「屋裏，男的，要小心！」因爲，她想到：「死老頭子，口中講，年紀大了，可以當爺爺、爸爸了，其實，好色！」

朱先生笑談：「男人、女人，都好色！人的本性。人不管多老，都一樣，老頭子、老太婆都一樣，好色。我也好色，只是，好色也要有道，如同混江湖，也要有道。道理的道。否則，豈不是倫理亂掉！」

忽然間，廚房內水龍頭沖洗聲傳到後院，人在後院的朱先生機警地側身偷瞄，是林先生，故對可可悄話：「喂！他在廚房！」

一聽，是林先生，這下子，可可躡手躡腳走近透明大片鋁門，伸頭細瞧。同一時間，朱先生當下決定，來個反方向繞圈子回到前門，再遛進房間，避開大醋桶林先生。未料，才走出後院側門，右彎，剛朝向前院大門半途，林先生佯裝從屋內走向戶外前院，想透透氣，實際上卻是要堵朱先生。兩男餘光看到彼此身影，再度無任何交集，形同陌路，各自直行，反方向漸行漸遠。

二六五

七月二十五日，星期六周末早晨，張小姐悶著頭在後院忙進忙出。她寫了一張字條，將它貼在被閒置於戶外的木製大餐桌面上：

「除了房東以外　任何人都不要移動、搬動此桌

為了禁止再因此桌引起爭端吵架

星期六　07-25-2015　張小姐敬上」

二六六

七月二十六日，星期天。

早上九時許，張小姐、可可、林先生，先後相繼晨起，迎向嶄新陽光！

後院，張小姐提醒林先生：「這些桌子，不要亂動！就按照這樣擺，免得吵吵鬧鬧！」

林先生不滿，強烈表達桌子應該搬進屋內原來方位，他好吃飯用。為此，男女大吵起來！

張小姐對林先生喝道：「你有種，討厭每個人。卻沒種，搬出去！」

當兩人互吵時，可可正在廚房做飯。

上班時間快到了，林先生匆忙外出，跨上單車騎走。

心有不甘，氣難消，林先生轉個車頭，返航。

衝進屋，對張小姐咆哮：

「桌子的事情，妳被人利用了！神經病！妳們都是神經病！」

可可一聽，林先生那句話聽到耳裏，分明箭頭亦指向她，立刻破口飆罵：

「我們神經病？你幹嘛還要跟我們講話？你才神經病！」接著罵男人「不要臉！女人內褲掉在地上，關你什麼事！還故意提醒。」

林先生：「我不知道那是妳的內褲！」

男子再說了幾句氣話後，大步走向前院，又跨上單車，騎去打工。

屋內。張小姐：「我這種人怎麼可能被人利用？」

可可應曰：「他這個人好像沒法跟人溝通、交流！」繼續：「講不聽！講不通！聽不懂！」

二六七

七月二十七日，星期一。

夏日午後六點過後，朱先生在煮晚飯。王哥當然早在自己房間內吃完飯，出來找朱先生擺龍門陣：「老林應該花點錢出去玩玩，散散心！要不然，讓他躺在醫院裏一陣子，他才會看得開！就像我一樣。上次住院，反省以後，看開了！不再管閒事！快樂，自己找。他不要天天死想著可可。男女緣份，勉強不來！無緣，就算了吧！搞不好，他出去旅行，還遇上和他有緣的女人。」「老林，報復心強！這點，我清楚。他以前當兵，受過特種野戰部隊訓練。」

近八點，日頭漸西落，張小姐回來時，朱先生還在後院搓洗衣服。她走近，獨自笑嘆：「我兒子要入贅！」

朱先生沒抬頭，仍埋頭洗衣，隨意問：「老大？老二？」

張小姐：「老二，馬克。」「他為了女人，為了愛情，決定去加拿大跟那個比他年紀大十來歲的女人在一起。小兒子馬克還說，會申請加拿大國籍。我告訴他，放棄美國國籍，將來想恢復國籍，是很困難的！」「一開始，我還不能接受！他說，媽媽，妳二十八歲從台灣到美國，一個新國家，現在不也是過得很好？我現在三十多歲，去加拿大，一個新國家，開始一個新人生。我聽了，無話可說。」

張小姐繼續在朱先生身邊自言起來：

「人活著，要談一場轟轟烈烈的愛情！生命才不會缺少什麼！目前，我看我身邊的人，當初結婚，都不是真愛結合。他們結婚，都是為了方便行事，有目的！婚後幾年，目的達到了！孩子大了！也就 Quit！結束掉它。」

二六八

七月二十八日，星期二。

為了避開見到林先生，相較於平時，可可特別起個早，八點三十分就起床，敢緊做便當飯菜，好帶著去上班，如此中、晚兩餐就有著落。忙碌洗、切、炒之際，小趙也出來煎水餃。兩人閒聊幾句。未料，林先生這會兒不知怎的也早起，聽到廚房內男女對話，一度誤認為可可和朱先生在講話。為了要証實男人聲音是否為朱先生？於是，拿著牙刷故意經過廚房區往後院水槽方向，而捨棄無人使用的衛浴間。一看是小趙，不是朱先生。林先生走近可可身邊，拋下一句：「可可，妳要做一件事，不然，妳會後悔的！」

說完，林先生走到後院刷牙去。

可可聽到威脅口吻，瞬間，十分生氣。但旋想，目前，林先生已經沒有煎臭魚了，也就別斤斤計較！不理不睬，乃是當前策略。

一旁略帶耳背的小趙，不知是否真聽不懂，還是裝蒜？竟轉頭，對可可戲曰：「他叫妳名字！」然後用廣東話說：「喜歡妳囉！」

哭笑不得情境下，可可大力拍打小趙胳膀一下。

可可馬上輕手輕腳走到浴室，發現沒人使用，因此愈發認為林先生：「不正常！最近行徑可變態得厲害。」讓她有點擔憂害怕。

二六九

七月三十日，星期四，下午。

月初才搬進後院小木屋年輕人，月尾，在父親開車前來幫忙下，父子兩人一起忙搬家。家當沒多少，全被塞進一輛自用小汽車裏。王哥記起，眼前這位大學畢業後即投身電腦工作年輕人，有天，下班回來較早，王哥跟老李恰好站在前院聊天。年輕人忍不住當他們面前搖頭，嘆口氣：「啊！」了長長一聲。然後用英語說：「要安靜一點！」「先是一男一女在屋裏大吵，再來是兩女一男在後院大吵特吵，害我沒辦法休息、睡覺。」

王哥和老李明白，不到一個月，只會說英語華裔青年見識到老男老女吵架的震撼教育。像是寧靜夜晚，突然，張小姐和林先生兩次互吼。沒過幾天，換成可可和林先生兩次拼得你死我活咆哮，以及周末上午可可、張小姐兩女子在後院，先後槓上林先生，最後，男女相互飆罵。

其實，幾天前，王哥就發現年輕人在大雜院裡經過幾場老先生、老太太多次猛烈交火之洗禮後，竟長達一個多星期，不見男孩汽車停在王哥窗外的巷道邊了。當時，老人暗自預言：「年輕男孩可能會搬家。」後來證實所言不假。房東忍不住對王哥讚曰：「老王，你料事如神啊！」

明日，朱先生忍不住笑著對王哥戲曰：「那孩子萬萬想不到，屋內老頭子、老太婆的火爆程度絕不會輸給年輕人！這下子，可讓他學到了，是誰規定的，人老了就會變得慈祥和靄、又可親？」

二七〇

八月二日，星期天，近午。

張小姐問王哥：「朱先生，好久沒看見啦！他是不是旅行去了？」

王哥：「沒有！我昨天星期六還看到他！」

張小姐：「會不會被綁架？」

王哥無回應，僅奇怪張小姐怎麼會有如此怪異想法？實在異於常人！不解，內心難免質問：「有人綁架他？幹嘛？」

張小姐開車離去，往教堂路上。

八月四日，星期二，可可整天休息。中午，朱先生和可可各自準備中飯時，愉快談話，戶外天空呈局部淺灰雲層。

朱先生：「上回不是聽說妳夏天要回四川老家？」

可可：「夏天太濕熱，會直流汗，受不了，不回去。加州夏天再怎麼熱，都比重慶舒服。因為加州不管怎麼熱，總會有點微風。我計劃明年農曆過年前回大陸，留在老家過年，前後待上兩個月。」

朱先生僅就天候部份表達看法：「可能是灣區這邊，南灣，近海灣，海風從舊金山吹來！」

可可透露：「明年從大陸回來，我準備找房子搬家，搬離這裏。」

朱先生：「我瞭解！住得好，住得壞，不管怎樣，住在這兒，已經夠了！尤其老林。因為妳說，他變態。」「其實，最近，我也興起想搬走的念頭。」

返回自己房間，朱先生坐在沙發椅上，雙腳放在一張木椅上，蓋上薄毯，打盹片刻。夏天午後約四點，朦朧睡意中，朱先生彷彿聽到窗外女子尖銳一再警告叫喊聲。再聽，清楚地傳至耳際，急呼曰：「朱大哥！下雨啦！快收衣服！朱大哥！下雨啦！快收衣服！」

夏眠驚醒，彈離沙發椅，衝向後院曬衣架，急忙收拾衣服。這時，可可也匆匆從曬衣架上收回夏衫、內衣。

雨，是陽光雨。陽光普照，同時，天際局部淺雲層，且雨滴從天飄落。

沒兩分鐘，雨停。

靜待一會兒，確定無雨，兩人才再將衣物拿出戶外去曝曬。

之後，朱先生默然回味著：「這種守望相助過程和人情味，可是獨自一人住在外面單房公寓裏，絕對無法體會得到！」

二七一

八月六日，星期四，早上十點半。

朱先生提前煮中飯，炒雪豆、煎鯖魚，想避開張小姐，在於王哥先前透露：「張小姐，今天下午向雇主請假，她要回來清理東西。房東要她把堆在廚房的雜物統統清掉。」

王哥問朱先生：「昨天晚上，她有跟你在廚房聊天嗎？講話聲音好大。」

朱先生：「沒有！她在講電話。」

王哥：「老李，昨天七點半下班回來。洗完澡，本來要煮飯。看到張小姐回來，嫌她煩，不願和她照面，馬上開車又溜出去，十一點多，才回來。」

朱先生：「怪不得，我昨天晚上九點回來，老李房間的燈黑暗一片。我還想，他怎麼那麼早睡？平常，他十點多，才會睡。」接著：「老李沒錯！彼此講不講話，看個人。我們來租房子的，不是來社交，當然沒有誰硬性規定，要跟誰講話，不跟誰講話。有緣，多講一點。講不上話，就別講。這些不都是房東一直告訴你，你不也是一直常掛在嘴邊？」

二七二

八月十日，星期一，夜幕漸垂，近八時。

朱先生正在削梨，趙太來到廚房水槽邊，湊耳相告：

「你知道老林要搬家嗎？」

朱先生搖頭，然後側耳聽個仔細。

趙太：「月初，老林從他口袋拿出房東給他的信封。打開信，給我看內容。房東寫著：

請準時繳房租，不要騷擾女性。」「老林告訴我，他看完信後，非常生氣，決定搬走。他現在工作餐廳老闆也在為他找房子。」

朱先生：「可可會很高興，他要搬走！」

晚飯後，朱先生前腳跨出大門欲散步前，微感疑惑地對王哥表示：「這幾天晚上，走在外頭，忽然間涼起來！現在不還是夏天嗎？」

王哥：「已經立秋了啊！」

朱先生難以置信：「怎麼可能？」

王哥：「騙你幹嘛？月曆上標記的。」

認為老頭瞎講，半信半疑：「你拿給我看。」

果真，前兩天，八月八日那一格，早已印上「立秋」兩字。

「轉眼又秋天！」朱先生不得不承認。

二七三

八月十二日，星期三，早上九點多。蔡小姐開車重返胡同，這次，要來借電源插座，那是由於她現任房東家裝潢工程引發停電。她把煮得半熟海帶麥片粥帶來，借用大雜院廚房設備，繼續煮。趁空檔，蔡小姐載沒車的趙太去大華超市買菜。行前問王哥：

「要不要去大華？」

王哥：「我乾孫女安潔莉卡，等一下要來載我出去買東西。」

兩位女人一路上談天。

離婚多年的蔡小姐搬離人民公社後，落腳新居處，意外地和新房東來電，雙方現已發展為男女朋友。她兒子，現已是大學生。蔡小姐不同於其他室友之處，在於她的家人、親友大多居住美國，如王哥一家。

購物完畢，返回。

恰巧，林先生走出房門準備騎單車急忙上班去。林先生這幾天深夜未歸，直到凌晨四、五時，他那雙廚師專用黑色大皮鞋才會在房門口歸位。

五十八歲蔡小姐撞見久未聯繫的林先生，禮貌上，男女相互簡短打招呼後，林先生不帶一絲溫熱表情揚長而去。沒多久，海帶麥片粥香味飄散廚房角落。蔡小姐收拾片刻，正欲攜帶粥食離去，分別向趙太、王哥道別，拋下同樣一句話：「林大廚，那個沒良心的！」

第二天，早上十點，王哥不小心把自己反鎖在房門外，回不了自己房間。當下，趕忙打電話給房東，請他前來開門。房東說，好，等一下會來開鎖。結果，到了中午，還沒來。下午約三點，太陽炙熱，趙太推開鐵門，來到前院戶外。她瞥見王哥彎腰拔草，人卻常抬頭望向巷口，見房東汽車駛進巷道否？

趙太悄然鄙視：「這老頭巴結房東。拔草，就正常專心拔。哪有人一直抬頭望？分明是做給房東看，討好房東。時間也不對，太陽曬死人，還故意出來拔草！狡猾的老頭子，最好被曬得昏倒！」

依然不見房東人影。

黃昏五點多，王哥只好兩手推著四輪助行器去大華超市買晚餐便當。

趙太後來瞧見王哥獨自坐在可可門前，喃喃自語：

「我的小天使、小天鵝，怎麼還沒回來？」

趙太暗笑：「都八十歲老頭子了，還在發癡？她要二十五號，旅行才回來！你有得等！」

老頭上次問趙太，可可幾時歸？她回答，不知道。

不久，八點過後，日落加州。

二七四

八月十五日星期六這一天，一位擁有兒孫的婦人決定搬進後院小木屋。她預先告訴房東：「我喜歡安靜。如果太吵，就搬走！」

不用工作，休閒日，張小姐九點起床。不多時，林先生也現身廚房。張小姐找話跟林先生聊，先是用國語普通話，旋即轉換成台語，巧妙地欲拉進彼此非敵對關係。大部分時間，林先生光聽，少語，幾乎成爲張小姐獨腳戲。然而，張小姐全然不以為意、不在乎！只要別人不拒絕，默默當聽眾，讓她一個人講，也過癮。這時，她就有本事天南地北話題切換不斷，且口沫橫飛，樂此不疲，來滿足自己必需要說話的迫切需要。否則，落得鬱鬱寡歡。

朱先生、可可、老李都注意到這點，且同感：「她跟老頭子挺像，就是要找人講話，可以一個人講個不停。他們兩個人為什麼不像小趙那樣正常？」

第二天，黃昏時刻，五點五十五分，戶外氣溫華氏九十五度。入睡前，凌晨十二點二十分，室外溫度仍高達華氏七十五度。

「高溫！感覺好像在台灣。但是加州不會濕熱、黏瘩瘩的感覺。不管怎麼說，這種悶熱氣溫，真親切！」朱先生心中毫無怨言。

二七五

八月底，星期一，早上九點多。可可一直認為林先生昨晚整夜未歸，人不在。於是，您閒地做著便當菜好帶去上班。告個段落，專心地在水槽邊忙洗碗筷瓢匙。

「妳的裙子好漂亮！」忽然背後傳來男聲。

回頭，驚訝發現是林先生。

「我現在怕他！」可可氣頭上又百般無奈。

當晚下班回來，可可立馬把那條裙子丟進垃圾桶。

「被那個混蛋一講，我都嫌噁心！以後誰還敢再穿啊？丟！當然丟！」義無反顧，將那件彩裙拋棄。

又思：「搬走，避開騷擾算了！」

但又談何容易？外頭一房一廳房租起碼貴兩倍多。車子要養，加上汽油錢、保險、維修保養都是錢。別忘了，在大陸，還有家要養，兒子、母親什麼的。農曆過年又要回四川老家兩個月，到時候，旅費、返鄉送禮和撒錢給繁多親戚、朋友請客，哪趟歸鄉不是得花上一萬美金，才風風光光來回一趟？這些林林總總，不都靠每個月才繳七百塊錢房租，在這貧民窟裡省吃儉用，苦哈哈過日子？不忍受，行嗎？況且，同樣房租七百，在南灣別地已經找不到這樣居住條件！目前，除了老林，跟其他室友相處多少都有點感情，且相互為伴。窩在胡同內，倒也確實為獨闖美國多年且年紀已五十幾歲的可可找到根的感覺，不再像大海上浮萍孤片！

可可後來神情無奈地對朱先生說：

「人，活在人與人之間的矛盾中！活在自我矛盾中！」

二七六

九月五日，星期六，勞工節假期長週末第一天。

盥洗畢，可可將用罄凡士林特大號塑膠罐丟棄廚房垃圾桶內。

張小姐九點多起床，走到廚房沖杯熱咖啡，遇見可可，講了幾句話，得知兩人都即將要外出與朋友相約聚餐。可可回房。

不久，張小姐開車離去。

當可可再來到流理台洗洗弄弄，驚見張小姐把沖咖啡用的小調羹竟然放入加水的凡士林空罐內，泡著，放在流理枱上。

可可直嚷，不可思議：「她剛伸手進入垃圾桶內，從髒兮兮垃圾堆裏取出凡士林空罐子，加水，再把吃東西的調羹浸水，下次再用來沖咖啡？凡士林，我用了超過一年半才用完，難道不髒嗎？她怎麼像個撿垃圾的老婦人？」

可可把水倒掉，將調羹插入流理台上塞滿東西的馬克杯內，因為，「這個看起來髒兮兮馬克杯是張小姐的，這樣，她回來應該不會講話。」並暗自慶幸：「前幾天，房東帶木工老張來清理掉房子外面籬笆邊一堆儲藏物，丟！丟！丟！房東只留下一張矮木桌，放在前門的大回收桶旁，告訴老頭子，屋裡誰要，就拿去用吧！趁張小姐沒回來前，我立馬叫小趙搬走，藏在後院角落。否則，老太婆看到，一定會拿來用。到時候，她不可能放進自己房間用，因爲老太婆房間被搞得像垃圾山！還不是什麼垃圾堆喔！所以，怎麼可能把矮桌塞得進房間裡？張小姐最後肯定會侵佔咱們公共廚房空間。到時候，木桌上又會被她堆滿雜物，妨礙觀瞻。我們現在太瞭解她了！」繼續忍不住埋怨：「後院，水桶裡泡的衣服，兩、三個禮拜了，也不洗。不但佔地方，聽說，現在，陽光谷遭亞洲虎蚊孳生，危害健康。想幫老太婆倒水，維持公共衛生，又怕她回來罵人。」「有時候想到張小姐，真教人難為！」

早上十點左右，王哥去大華超市買報紙，然後待在超市內東逛西逛。原本擺設小家電商品，全撤走，被換成各式各樣中秋月餅展示區，眾多月餅禮盒傾巢而出，琳瑯滿目！

女店員：「你怎麼最近天天來？」

王哥：「看月餅啊！」

沒事找事，左右比較價錢，王哥會告訴旁人：「香港榮華月餅最貴！」

人在中國超市內欣賞完月餅，返回。小趙轉告王哥，林先生今早已把房租七百塊錢現金丟進廚房牆壁上黑色信箱內，又語：「你打電話告訴房東，叫他過來拿房租。還有，跟房東說，如果要林先生寫支票付房租，房東要先幫他用英文寫好 1 到 10，還有英文 100 的百，怎麼寫？因為他不會寫英文的數字。不然，以後，他付現金。」

王哥：「我等一下會打電話告訴房東。」並隨機建議：「老林可以去玩具店，買小孩子學寫字的練習簿，或者是墊板，上面都印有英文數字 1 到 10 啊！」

接通電話，聽完王哥所提林先生的囑咐，房東微驚：

「那麼麻煩，還幫他寫？他不會寫啊？」接下來：「付現金好了。告訴他，月底準時繳房租！」

二七七

九月八日，星期二，黃昏五點半，氣溫高達華氏九十五度。

可可踏進後院，拿著水管噴灑水泥地，降溫涼爽一些。

她對小趙說：「天氣這麼熱！秋老虎發威。」

小趙：「這種天氣，比夏天還像夏天。」

日落西山，七點二十六分。

二七八

九月十日，星期四，午間一時許，室外氣溫華氏九十三度。

朱先生煮魚片粥，王哥立於一旁：「昨天，我來這兒開冰箱拿牛奶，可可問我，你幹嘛出來開冰箱？」今天早上，「我來拿畚箕，可可又問我，你幹嘛又出來？」王哥不解地輕語：「她就不會叫小趙、老李走開！」

王哥進屋，帶上門。

小趙此時也出來煮蔬菜粉絲湯，朱先生把上述情況告訴小趙。

小趙：「老頭只要聽到可可的聲音，他就會故意出來！」另外，「我朋友上次來，在門口，老頭子跑出來看。任何人來，他都會跑過來查看，好下次和房東見面的時候，講給房東聽。」

夜間近十一時，張小姐和可可在廚房區談天，整棟房子，不論樓上、樓下都被張小姐洪鐘如男人聲音充斥著。

原本躺在床上即將沉沉入睡，儲備體力，準備隔天一大早得上工幹活。這下子，被干擾無法入眠。深知，張小姐破銅鑼嗓一旦被起動，將會如入無人之地之外，又完全沒有節制。忍不住，老李開門，站立在自己房門口，十分不悅地隔空大聲疾呼：

「張小姐，請妳講話輕一點，我們要睡覺！」然後把門帶上。

第二天，樓上溫蒂告訴王哥：

「昨晚，我聽到重重關門聲，但沒聽清楚男房客吼叫、講了些什麼？」

黃昏，老李開著白色工程車下班回來，王哥咧著嘴對他戲曰：「沒人敢！你竟然可以把我們老大姐整到。你這麼一鳴驚人，她嚇到沒講話，真不愧是大俠！李大俠，你最棒！」

二七九

九月十三日，星期天。

王哥從冰箱拿出一罐牛奶，問老李：

「這牛奶十二號過期，可不可以喝？」

老李：「兩、三天沒問題。」

於是，當天和第二天星期一，王哥都喝了那罐牛奶。

九月十五日，星期二，早上十一點鐘，王哥計劃去救世軍吃免費午餐。依往常，穿好外褲，正要打電話給房東相約去吃午餐，結果肚子開始痛，急欲上廁所。匆忙間，邊走，邊用手迅速地拉下長褲拉鍊、脫下褲子，還來不及坐上馬桶，肚子腹瀉拉稀起來，糞水滴在褲頭上、地板上，臭味衝天。肚子還拉個不停，不得不打電話給小女兒。

愛美麗：「先喝熱水。肚皮敷上熱水袋看看。」

掛上電話，喝下熱水，結果肚子瀉水不止。

換上幾條乾淨內褲，來回折騰，一下子，就用盡所有乾淨換洗內褲。

晚上，獨自躺在床上，又來回跑廁所，整夜無法入眠。這時，心知：

「這一定跟喝了過期牛奶有關！」

次日，十六日，星期三，愛美麗打電話問醫生，該如何處理？

「拉肚子水瀉，就去 Costco 大賣場買 Imodium，專門治水瀉。」愛美麗開車送藥來，說明完，即離開。

王哥先喝一杯滿滿藥水，幾小時後再喝一杯。情況似乎沒有改善，腹瀉仍拉在褲子上。肚疼，想吐，但吐不出來。整天無法進食。晚間，王哥孤獨地在黑暗房間內咳嗽、嘆氣。十七日、十八日這兩天，王哥也沒辦法吃任何東西，只好聽唱片聽聽歌。

十九號那天，星期六，才開始自己在房間裏面，弄點馬鈴薯粉泡熱水來充飢。下午，不知情的房東送來一台較新二手冰箱，要汰換廚房內另一台更老舊冰箱，就是那台王哥和可可共用多年的老舊冰箱。趁機，敲王哥門。老人開門，房東嚷著：「我來，心想，老王怎麼不出來？這幾天，他也不接電話！」

王哥：「我在拉肚子。肚子痛。」

此際，王哥幸好可以起床走動了！尾隨房東來到廚房看看大夥換冰箱。可可不僅幫忙把舊冰箱內王哥的食物搬進新冰箱，並和小趙合力把舊冰箱搬到後院空地上。

換冰箱事宜辦妥，房東開車去附近華人商店買了一瓶正露丸回來給王哥服用。同時建議王哥，如還需要，愛美麗可再為父親去買它一瓶。

之後，老人打電話給小女兒，提到肚子拉稀呈現紅通通顏色，還有，沒味口。為此，愛美麗特地再以電話詢問家庭醫生有關父親近況。醫師答覆：

「拉出來的東西有紅紅的，可能腸壁不好。至於沒味口，那是因為妳爸爸把元氣都拉掉了！」

過了一段時間，愛美麗開車送來雞肉麵條罐頭、果汁、還有黃色的運動飲料。父女見面，王哥對小女兒形容：

「今年，拉肚子，我自己起來弄。去年被撞，住院，吃喝洗澡，都有人照顧。」「張小姐說，我每年生病一次。」「這次是老天安排！妳過去都不來看我。這次，老天要我拉肚子，妳才會來看我、關心我。」

小女兒無言，僅雙手一攤，聳聳肩。

愛美麗離去，王哥忍不住喟然嘆曰：

「還是安潔莉卡比較好！每個月，會帶我出去一次。」

漸漸地，小便多了起來。這時，王哥獨自悶在自己房間內看電視的聲響，再度流瀉至房外。

二八〇

九月二十七日，星期日，中秋節。

二樓年輕小ㄚ頭溫蒂拿了兩個蓮蓉蛋黃月餅給王哥：

「我媽叫我去生計麵包店買月餅給你過節。她說，都虧你幫我收信，拿信給我，要我謝謝你。」接下來：「我要搬走了。月初搬。」

王哥：「我知道。」

溫蒂略為驚訝：「你怎麼知道？」

王哥：「房東告訴我的。就是上次，他載我去救世軍拿罐頭食物的時候，在車上跟我提到。」

溫蒂：「我已經忍耐三年了。現在住我隔壁的梁太太，平常晚上不吵，但是男的常常來找她。他來，晚上就很吵。我跟房東講過幾次了！」

王哥：「有時候，跟房東講，也沒有用。」「可可說，樓上梁太太那個男的有我們大門鑰匙。有次，她被嚇到，看到一位長頭髮綁馬尾的陌生中年男人，他怎麼竟然有我們大門的鑰匙，自己開門，然後直接上樓？」「朱先生也說，幾次，早上八點左右，看到一個綁馬尾的男人從樓上走下來，然後離開。」

溫蒂：「我在山景城找到租的房子，很喜歡。」

王哥：「看起來，留不住妳！」

第二天，黃昏，風大，王哥坐在前院花壇邊。樓上梁太太，即溫蒂隔壁室友路過問：「你在外面乘涼？」

「沒辦法！」

原來，林先生在廚房聽歌，並跟著 CD 如入無人之地，盡情高歌：

「無語問蒼天！我愛妳，妳爲何不愛我？我永遠在等妳。」

不但歌曲生疏冷門，而且跟隨音樂學唱的人，其歌聲實在令人不敢恭維，於是，王哥忍不住在前院提高聲調，自言自語：「大家住在一起。你戴耳機聽。我送你，如果你沒有一付。不能說，你喜歡聽，別人跟著你聽。我晚上，都塞耳機聽音樂睡覺。大家住在一起，互相忍讓，大家合作。」

小趙正用托把在托廚房地板。林先生問小趙：「老王生氣啦？」

小趙：「對啊！你在聽歌，吵到他，他跑到外面吹風！」

林先生這才關小 CD 音量、放低自己歌聲。

二八一

十月二日，星期五。

自從那位年輕男孩搬離後院小木屋之後，房子空閒下來沒多久，約九月初，另一名女租客搬進來。一個月下來，朱先生幾次曾在房間內耳聞該女子於後院跟房東講話聲音，但只聞其聲，不見其人。只是，其聲音異常嗲氣、清脆又字正腔圓，她與張小姐粗聲粗氣宛如男孩聲音迥異。朱先生從語調猜測，應是三十多歲女子？

包打聽王哥今天黃昏和朱先生兩人在前院大門口聊天。王哥主動介紹，新加入大雜院的後院小木屋陌生女房客：「她是焦太太，六十幾歲，做會計方面的工作，一早七點半就趕去上班。她兒子四十歲，幾天前，來看她。她孫子讀小學二年級。」末了，興嘆曰：「又是離過婚的人搬進來！」

朱先生暗自訝異：「什麼？原來，她跟張小姐的年齡相仿！我至今還沒見過她的面，但是，她這樣的年紀了，講話聲音怎麼這麼嗲？」

王哥繼續：「焦太太決定承租下來後，有位姓谷，也是六十多歲太太來看房子，看二樓那間。由於房東在電話上交待，特別吩咐我，所以我帶那位太太看房間。張小姐見到她，說，我認識妳啊！谷太太說，我好像不記得妳。張小姐說，十幾年前，我們都住在高伯伯的房子裡啊！」經這麼一提，谷太太想起來了，不解地說：「妳現在變成這個樣子了啊？我認不出來。以前，妳很瘦，穿裙子，很漂亮！」

待張小姐離開、出門後，谷太太私下透露，張小姐，「她先後嫁了兩個美國先生。所以說，她共嫁過三次，都以離婚收場。我們同住那段期間，她想嫁給高伯伯，但是，高伯伯喜歡年輕女人。」又言：「那時候，住在高伯伯家，我和我老公住，她和她小兒子同住。」

藉由谷太太，王哥驚訝：「張小姐原來離三次婚啊！不是離兩次。」

明顯駝背的谷太太當場決定，要承租樓上那間小雅房。

晚間約九點，張小姐返屋時，王哥相告，上海人谷太太是新房客了！目前，谷太太在一家雇主家做幫傭的工作，以燒三餐飯菜為主，當晚可回家休息。

張小姐：「她有四個兒子，但是兒子不要跟她住。媳婦也不喜歡她，跟她合不來！她先生從大陸來美國，不跟她住，跑去住在兒子家！」

王哥只聽聽，心想：「妳也一樣，妳兒子也不願和妳住！」

二八二

十月三日，星期六，午後五時許，陽光仍普照。可可臨時趁機把幾件女人輕便衣物拿到後院曬：「能曬一個小時，算一個小時。」

不到半小時，風，突然刮起，天氣變得涼颼起來。涼意襲身，可可敢緊套上粉紅色鴨絨長袖外套。然後，衝向後院曬衣場一看，不得了，衣物被吹落地面，忍不住驚叫一聲。彎腰收拾衣服，匆匆返屋，相傳曰：

「風，忽然間大起來，天要變冷！」

小趙應曰：「秋風。」

可可雙眼亮起來：「你這樣形容這個時候的風，蠻有意境！」

日前，初秋，雲雀巷幾家庭院果樹上，已結了不少碩大紅色石榴。

如今，中秋月夜之後的深秋，鵝黃秋柿和殷紅石榴，雙雙悄然出現在中國超市的販售區。

二八三

十月五日，星期一，大地呈現暖和氣溫。趙太這天因爲要去醫院看病，向雇主請假在家，而可可休假不用上班。

黃昏，可可對趙太揭露：

「我把上次從大陸帶回來一包包的殺蟲藥粉，丟到廚房垃圾桶裡，不要了！因為怕化學成份太強，危害健康。誰想得到，張小姐又把那一大包藥粉從垃圾桶拿出來，放在冰箱上。我一看，嚇壞了，趕緊再丟掉，丟到外面。」

趙太聽完，同樣感慨：「我上次把不要的舊衣服丟進大門外大型回收垃圾桶裡面。想不到，張小姐打開回收桶，把衣服撿回來。問我，妳不要了？我說，不要了，舊衣服。她收集我丟棄的衣服，統統塞進儲藏室裡。」趙太更十分不解：「她受過高等教育，還到處收垃圾！怪不得，她兒子不要跟她住。」

她們樂此不疲，一再重述著：張小姐整個房間裏被她塞滿髒衣服、空瓶罐、成堆廢紙和過期雜誌、閒置多日的食物和飲料、紙箱、舊報紙及林林總總無用垃圾，連睡覺空間愈加狹小，僅能弓身弓腿而眠。不止一次，好幾回，趁她上班時間，藉由房間門大剌剌地留著一個大縫，男女室友偷瞥後，無不稱奇，又冷不防地，毛骨悚然一陣！

不久，快七點，可可在爐邊煮晚餐時，老李下班回來。

休假在家，林先生在可可身邊一會兒打開廚櫃拿鍋具，一會兒削蘋果，一會兒拿鹽罐，然後灑鹽在蘋果上。

忽然間，前院，進屋門口的大鐵門，被大力甩上，砰！一聲。

這時，老李和王哥原本在前院巷道邊聊天，突然被巨大響聲驚嚇到，兩人不約而同回頭朝屋裏瞧。

老李：「她在生我們的氣嗎？」

王哥：「不是。」

但爲了確定，老人走進屋內，想一瞧真相為何？他看到林先生在可可旁邊，瞬間，林先生亦回身看了一眼王哥。

王哥佯裝且自言自語：「我去拿東西。拿張紙頭。」然後，老人舉步朝向自己房間。

當再度經過廚房，可可和林先生都已各自回房去。

回到前院，王哥對老李說：「她在生他的氣。因為，老林在可可身旁削蘋果，拿鍋子。調皮搗蛋！」

老李：「這種男人沒氣概！」「我們男人的尊嚴都被他丟光了！」

王哥：「是啊！人家不愛你。世上女人多得很。不喜歡你，就算了。就找別的女人啊！幹嘛死賴活賴著可可一個人？」

第二天早上，星期二，王哥在廚房問可可：

「妳昨天故意關門很重，是不是在氣我跟老李？」

「不是。這個死不要臉的男人、無賴，一直纏在我後面。」

王哥笑曰：「對啊！他好不容易逮到一天休假機會，你們兩個人都在！」笑得更濃：「就好像看到一塊美麗的肉，蒼蠅馬上跟過來！」

王哥此刻直覺上感受到現場氣氛，可可沒有拒人千里之外，似乎還有談話心情。趁此良機他想找話跟可可多聊一會兒，好多逗留在可人兒的身邊，於是順勢拋出上星期五，谷太太和張小姐多年後於大雜院不期而遇這個話題。其中，包括谷太太洩漏張小姐當年「想嫁給她們的房東，高伯伯。」

可可：「真的？」「怪不得，高伯伯過世那段日子，張小姐告訴我，她難過到痛哭了好幾天。她還說，她跑去高家幫忙處理後事，有幾個晚上，留在那兒，都抱著高伯伯的骨灰睡覺！」「當時，我還不理解，她自己母親過世，她都沒回台灣奔喪。自己母親的葬禮，她缺席！我還想，她這個人怎麼這個樣子？高伯伯過世，她就這麼難過？」「她還在我面前一直罵高伯伯年輕的大陸太太如何爭遺產！又說，那個女人跟高伯伯在一起，完全是為了高伯伯的錢！」最後不解，張小姐「為什麼喜歡上年紀這麼大，八十幾歲的高伯伯？」

剛踏進廚房，朱先生聽在耳裏，插句話，轉述，張小姐有次「跟我說，是高伯伯把她從嚴重憂鬱症拉回來，救了一命！高伯伯鼓勵她去教堂，唸聖經裡面的經句給她聽，要她喜樂起來！因為，喜樂是良藥！」「她還跟我提到，高伯伯以前在台北是開0南公車巴士的駕駛。」

七嘴八舌中，左右人人為言：

「想不到，兇巴巴大嗓門的張小姐也有這麼一段用情蠻深的往事！」

二八四

十月十二日，星期一，可可不用上班，待在屋內休息。

中午做飯時，可可對朱先生感嘆道，這些年來，從經驗中體認到：「男人，沒錢，跟他在一起過日子，他即捨不得花錢，又省錢，也省力。家務方面，不出力，不幫忙。只會站在一旁，觀察妳，指望妳像賢妻良母一樣，累死妳。」「男人，有錢，反而跟妳談愛情。捨不得妳忙於生活，怕妳太操勞！」

二八五

十月十九日，星期一。

早晨，王哥坐在自己房間，低頭握筆打草稿，準備將來騰在聖誕卡上：

「可可：謝謝妳這一年幫助清理冰箱。

正好在聖誕節送小禮物給妳，請收下。

我年歲已大，自覺身體一年不如一年了！

明年不知是否可以再送聖誕禮物給妳？

我希望妳能找到一位如意郎君，

成立一個幸福美滿的家。
不要像我，老了，一個人孤苦伶仃生活著。
最後，我永遠關心妳，喜歡妳，愛妳。

死老王祝賀

二〇一五年聖誕節」

當天下午，老人雖然獨自推著行動輔助四輪車去大華超市。一但想到等一下要挑一個保溫杯給可可當做冬季聖誕禮物，霎時，王哥生活樂章裡，譜出絲縷生機與暖意。

一路上，空氣中那股使王哥要買份聖誕禮物給可可的勁頭，澎湃高漲，飄飄然，陶然自得，宛若「初戀！」又，其神聖心懷，更甚於出門為菩薩去買焚香，好插在案頭香爐。

二八六

時光荏苒如水流！

北加州舊金山，於十九世紀中葉，吸引了大批人潮湧向此一新淘金地。一波波海外移民也先後抵達這個多陡峭山丘、多海邊沙丘和常被霧靄籠罩的美國西岸城市，比如說愛爾蘭人、義大利人、猶太人、非洲裔、日本人和中國人。

一九〇六年大地震劇變，並未摧毀舊金山，它反而在日後重新從廢墟中站起，快速邁向欣欣向榮！連大文豪馬克吐溫亦被這座城市的地理環境、地質與都市活力深深吸引住，而定居於此，寫作於此。

二十一世紀，舊金山灣區，南灣，雲雀巷大雜院內住的全是華人背景男女房客。

說到華人移民，追憶美國移民歷史洪流，第一次華人由中國廣東省移民加州，為了淘金，處於一八四九年至一八八二年之間。第一條穿越北美大陸鐵路，於一八六九年完工，華裔勞工為此付上艱辛代價。

一八八二年到一九四三年，期間，美國實施限制移民的排外法案。一八八二年排華法案則禁止無裔等特定族裔移民美國，或者成為美國公民。華人移民被迫與外界區隔，因而構建出自給自足「唐人街」聚點。直到第二次世界大戰時期，總統羅斯福廢除排華法案，新法案准予每年可有一〇五名華人移民。

一九四三年以後，國會於一九六五年通過另一項新法案，允許技術工人及他們的家庭移民。這階段，二十世紀六〇年代和七〇年代，不少台灣和香港大學生和專業人才申請移民。而一九七七年起，漸有中國大陸移民。

回顧今昔，每位移民身上都背負著一本個人傳記。

大雜院內往往來來男女，他們亦是人手一本人生隨筆。字裡行間，或許缺乏明麗辭采、平淡無味，但仍一頁翻過一頁，莊嚴地！苦樂中，他們日日學習，亦是為了完善自己，如你。

另一方面，現今，加州參議院教育委員會通過最新法案，要求確保加州學生在課堂上學習一八八二年排華法案，以及美國華裔協助修建穿越北美大陸鐵路所做的貢獻。教育委員會體認到，唯有藉歷史，讓年輕學子了解社會中歧視的起緣、影響。學生進而明白加州各族裔所做種種貢獻，由此，推動社會多元化，並充分尊重人權，方可實現。

二八七

庶民生活，景物變遷，人生須臾。人類日常軌跡假如像一帖帖書法，一頁頁手札、那麼，飄搖命運，王哥過活，似乎稱不上垂直勻稱！其他室友們悠悠度日，亦談不上密疏劃一！大雜院內漫漫長日，行字行句，無論長短、輕重，大抵自然瀟灑一帶而過。任由它春去秋來，行筆之處，了無藏鋒與露鋒之微妙，更少豐肌秀骨。

無牙老人一度猶如困於鳥籠，心靈受創，展翅難飛，無法自由遨翔。某天，遷徙至鳥巷，卻在此段人生場景，難免賣力演出。驟然，夏鳥不再鳴唱！春節前夕，攜回人工彩鳥至今。來年暮春，初見前院孤樹上蜂鳥巢窩築起，幾經晨昏，再見鳥去巢榻。

臨老境，某個秋夜，王哥驀然回首，頓時覺得自己整個人生像極了一位孤兒：「被母親放棄，被無兄無姊無弟僅唯一的妹妹嫌棄，被妻子背棄，被兒子離棄，被女兒形同拋棄而疏遠。」加上，身邊無三、兩老友可傾吐。難怪，來來往往室友們察覺到，不少時候，無牙老人窩在房裏常自言自語嘆氣。

另一方面，王哥獨思：「人，要有愛心，爲何要恨來恨去？我覺得自已人緣蠻好的！以前，住在山景城，與人為善，熱心助人，人家還戲稱我是地下市長。現在，去大華買菜買報紙，和華人店員都親切問候，他們也客氣招呼我，像朋友。甚至，店裡墨西哥打工的，也是朋友，彼此用簡單英文問候打招呼。想不通，張小姐爲什麼不像我？她心中怎麼有這麼多恨？」話雖如此，不過，有天，王哥對朱先生說，人生此刻，「我最恨的，是我乾弟弟，我那位水產學校同班同學。他把我媽的錢騙走，害我們現在這麼窮！」「我不恨任何人，只恨我乾弟弟！」

人生際遇部份，王哥臨老孤獨無伴，卻仍然被同樣一件心事縈繞。王哥懷想：「年輕的時候，找個獨生女，家中哥哥都讓她三分的越南女人結婚，結果，離婚收場。」要是「當初和同年齡彰化小女傭和好，應該還不至於落得離婚下場。因爲，她是家中大女兒，下有弟妹，比較會照顧人。」

觸及身後事。王哥曾告訴朱先生，將會葬在百齡園。屆時，每逢九月下旬，重陽思親秋祭，不但早晨佛道社誦經祈福，中午舞獅表演，下午還有風箏表演。愛熱鬧的王哥，不會寂寞！

至於朱先生，當初，前腳踏進胡同剎那，旋即感受到步步走進故事裏。日月星辰，隨著情節自然發現，身邊眾室友個個化爲一面清鏡，讓原本自以為旁觀者能藉此看清自己，認清自己侷限。

「只要跨進大雜院，沒有人是旁觀者了！」

春花秋月，當浸潤於故事源源溪水旁時，自身猶如一株樹，逢時，結出傳奇故事果子。一度擬向人訴說楓葉巷的奇遇，因為始終相信：

「歲月，動人之處在於故事。」

只是每當要講述或筆記下來時，卻已枉然！

深嘆：「故事無從起頭！原因是，不知從何說起？」

身歷其境後，當事者自問，大雜院舊居，哪一個意象或思想曾引起側目？

事過境遷一段時日，重溫舊夢時，哪段事蹟引發內心共鳴？

光陰荏苒，歲月悠悠。

多少年後，追憶當年，再度神遊陽光谷其人其事其物時，心中故事會啟示朱先生割捨掉什麼？專注於什麼嗎？大雜院內，他鄉邂逅故鄉人故事，會隨著記憶力減退或失智，以致於能被懷想的部分，漸行漸渺，終至煙滅？

這一天，朱先生打包行李搬遷前夕，臨去，左思：

「每位房客，每位異鄉人，帶著自己人生故事搬遷楓葉巷，這一座偶然落腳的庇護所。從這裡，聽聞彼此故事之同時，身不由己，屋簷下男女房客也共寫另一段生活中新情節。離開後，各自再奔前程，繼續書寫獨具特色的生命篇章，至死方休！」

觸及身後事，朱先生憶起，曾經告訴王哥：如果有幸，冀盼在自己葬禮上，有人能播放

「Shirley Horn with Strings 的 Here's to Life！」

向生命致敬！

因為，「世上，還有什麼東西可以用來換取生命呢？」

二八八

臨行，離情依依，朱先生右想：加州人民公社內，來自不同背景室友同伴，保留了原味，另人感受到不一樣的江湖。大雜院縱使時而貧瘠、時而荒涼，像荒原，或如浮萍一片逐波飄盪，寫盡人生蒼涼況味與滄桑。然而，楓葉巷內人人忙著生計，尤其人人活下去那份心志，歷久彌新，形成命運共同體。他們一起優游徜徉，再四方飄零，宛如亞馬遜河四周雨林生態，歲月因而生香。

胡同裡居民，剛搬來，都會好奇：身邊室友們打從哪兒來？

搬走後，也會偶思：他們又去了哪兒？

畢竟，「你，是另一個我。」

面對生活，「每位室友有著別樣的表情。」

人人必須不斷向前，否則就是死亡。

然而，古今生命雲遊，曲折繚繞，任憑貴賤，唯一交集：

「人人編織了希望，釋放出心中恐懼。

希望好事能發生。

希望能遇到貴人。

希望能尋獲救贖。

希望，是對抗空間的神秘武器。

希望，是對抗絕望的秘密武器。

盡力而為，在施與、利他的基礎上，盼能結出更多希望果子。」

幽寂的夜晚！

二八九

頃刻間，太平洋板塊正向北美板塊的西北方向移動。聖安德烈亞斯斷層（San Andreas Fault）南加州段已經醞釀多時，蓄勢待發。「地震，基本上，每一百年發生一次來緩解累積的十六英尺板塊運動距離。」「上次發生地震時間，那已是一八五七年的事了！」

月夜，一隻飛鳥俯瞰雲雀巷時，直觀上洞察、冥冥中被莫名牽引，先採俯衝之姿，其次停下了腳步。不似往常落腳於草原上、稀疏樹叢間、沼澤邊緣，或棲息在籬笆上、電線桿電源線上，鳴囀輕快如笛吟唱，鼓舞大地。無言地，牠，俯身傾耳，「土地深處蚯蚓、昆蟲孜孜不倦低唱嗡嗡與低哼聲。」牠，仰頭，風聞「楓樹正在成長」。牠，俯首貼耳，聽聞「無牙王哥自言自語與嘆息，雙雙融入大地奏鳴曲中一片嫋嫋天籟！」

輕觸天籟後，啪嗒啪嗒地鼓翅，扶搖直上，飛上楓樹枝頭。皎潔星月腳下，大雜院籬邊，好一幅悠閒自遠圖像，一抹幽趣。俯仰之間，牠，雀然無聲地暝思：「天，光明！」「地，廣闊！」

凝視遠方，這一夜，這一刻，地與天漸合一。

因為眼淚被抹乾，嘆息被撫平。

這景象，卻令枝頭雲雀，頓然，手足無措！